LA LETRA CON SANGRE

SAUL BLACK

LA LETRA CON SANGRE

Traducción de Eduardo G. Murillo

Umbriel Editores

Argentina • Chile • Colombia • España
Estados Unidos • México • Perú • Uruguay • Venezuela

Título original: *The Killing Lessons*
Editor original: Orion Books, an imprint of The Orion Publishing Group Ltd.,
Londres
Traducción: Eduardo G. Murillo

1.ª edición Mayo 2015

Copyright © 2015 by Glen Duncan
    All Rights Reserved
© de la traducción 2015 *by* Eduardo G. Murillo
© 2015 *by* Ediciones Urano, S.A.U.
    Aribau, 142, pral. – 08036 Barcelona
    www.umbrieleditores.com

ISBN: 978-84-92915-66-8
E-ISBN: 978-84-9944-870-1
Depósito legal: B-8.164-2015

Fotocomposición: Montserrat Gómez Lao
Impreso por Romanyà-Valls, S.A. – Verdaguer, 1 – 08786 Capellades (Barcelona)

Impreso en España – *Printed in Spain*

1

En el instante en que Rowena Cooper salió de su acogedora cocina impregnada del olor a galletas y vio a los dos hombres en el patio trasero de la casa, con la nieve que caía derretida de los bordes de sus botas, supo exactamente lo que significaba aquello: era por su culpa. Años de no cerrar con llave puertas y ventanas, de dejar las llaves en el encendido del coche, de no pensar que algo como eso podía suceder en alguna ocasión, años de sentirse a salvo... Todo había sido una mentira que había sido lo bastante estúpida para contársela a sí misma. Peor todavía, una mentira que había sido lo bastante estúpida como para creérsela. Toda tu vida podía convertirse en nada, a la espera de la cita con tu gigantesca estupidez. Porque aquí estaba ella, a dos kilómetros del vecino más cercano y a cinco kilómetros de la ciudad (Ellinson, Colorado, 697 habitantes), con un hijo de trece años arriba y una hija de diez en el porche delantero, y dos hombres en el patio trasero, uno de ellos armado con una escopeta y el otro con un cuchillo largo que, incluso en la vertiginosa pendiente de aquel momento, la llevó a pensar que se trataba de un machete, aunque era la primera vez que veía uno, dejando a un lado las películas. La puerta abierta a su espalda dejaba ver la abundante nieve que todavía caía al anochecer, tan hermosa al recortarse contra la curva oscura del bosque. Faltaban cinco días para Navidad.

La sobrecogió una abrumadora sensación de la realidad de sus hijos. Josh tumbado en la cama sin hacer con los auriculares puestos. Nell con su chaqueta North Face roja contemplando la nieve, mientras iba devorando como en sueños el pastelillo de mantequilla de cacahuete recubierto de chocolate que había negociado con ella no hacía ni diez minutos. Era como si existiera un nervio invisible que corriera desde cada uno de ambos hasta ella, hasta su ombligo, su útero, su alma. Aquella mañana Nell había dicho: «Ese tal Steven Tyler parece un babuino». Soltaba afirmaciones como ésa sin venir a cuento. Más tarde, después del desayuno, Rowena había oído a Josh decir a Nell: «Oye, ¿sabes una cosa? Eso es tu cerebro». «Eso», sabía Rowena, sería algo así como una palomita de maíz o una pelotilla. Se trataba de una eterna competición entre ambos, encontrar cosas pequeñas o desagradables y afirmar que eran el cerebro del otro. Pensó que había recibido un gran don por el hecho de que sus hijos no sólo se quisieran, sino que se gustaran con cautela. Pensó que su vida estaba sembrada de grandes dones..., al tiempo que su cuerpo se vaciaba y el espacio que la rodeaba recorría su piel como una bandada de moscas, y notó la boca abierta seca, el chillido que se avecinaba...

no grites...

si Josh guarda silencio y Nell se queda...

tal vez sólo violación oh Dios...

quieran lo que...

el rifle...

El rifle estaba guardado en el armario que había debajo de la escalera y la llave estaba tirada en su bolso y el bolso estaba en el suelo del dormitorio y el suelo del dormitorio estaba muy, muy lejos...

Lo único que has de hacer es superar la situación. Lo que sea necesario con tal de...

Pero el más grande de los dos hombres avanzó tres pasos, en lo que a Rowena se le antojó a cámara lenta (tuvo tiempo de percibir el olor a sudor rancio, cuero mojado y pelo sucio, de ver los pequeños ojos oscuros y la cabezota, los poros que rodeaban su nariz), levantó la culata de la escopeta y la golpeó en la cara.

Josh Cooper no estaba tumbado en la cama, pero sí llevaba puestos los auriculares. Estaba sentado ante su escritorio con la Squier Strat (segunda mano, eBay, doscientos veinticinco dólares, había tenido que añadir los cincuenta que su abuela le había enviado por su cumpleaños tres meses antes, para combinarlos con los aportados por su madre) enchufada en su diminuto amplificador de prácticas, siguiendo una clase de YouTube (cómo tocar «The Rain Song», de Led Zeppelin), al tiempo que intentaba no pensar en el vídeo porno que había visto en casa de Mike Wainwright tres días antes, en el cual dos mujeres (una pelirroja madura con sombra de ojos verde y una rubia joven que se parecía a Sarah Michelle Gellar) se lamían mecánicamente sus partes íntimas. Un sesenta y nueve chica-chica, había dicho con sequedad Mike. Dentro de un momento harán un culo con culo. Josh no tenía ni idea de qué podía significar «culo con culo», pero sabía, con sorda vergüenza, que fuera lo que fuese quería averiguarlo. Mike Wainwright era un año mayor que él y lo sabía todo sobre el sexo, y sus padres eran tan indolentes y excéntricos que no habían colocado un control parental en su PC. Todo lo contrario de la madre de Josh, que había impuesto esa condición si quería tener un PC.

El recuerdo de las dos mujeres le había excitado. Justo lo que la clase de guitarra debía evitar. No quería tener que hacerse una paja. Después, se sentía deprimido. Una pesadez y aburrimiento en las manos y la cara que le ponía de un humor de perros y le impelía a responder con aspereza a Nell y a su madre.

Se obligó a volver a «The Rain Song». La pista le había desconcertado, hasta que averiguó que no la tocaban con afinación normal. Una vez afinada de nuevo (re-sol-do-sol-do-re), había pillado el truco. Había un par de intervalos tramposos entre los acordes de la introducción, pero sólo era cuestión de práctica. Al cabo de una semana la clavaría.

Nell Cooper no estaba en el porche. Estaba en la linde del bosque, donde la nieve era profunda, contemplando un ciervo que se hallaba a menos de seis metros de distancia. Una hembra adulta. Aquellos grandes ojos negros y las largas pestañas que parecían falsas. No podías acercarte a más de seis metros. Hacía un par de semanas que Nell le daba de comer, le tiraba corazones de manzana que reservaba para ella, puñados de nueces y pasas sacadas a escondidas de la despensa de su madre. El animal la conocía. No le había puesto nombre. No hablaba con él. Prefería aquellos encuentros, silenciosos pero intensos.

Se quitó los guantes y rebuscó en el bolsillo una manzana a medio comer. El brillo de la nieve destelló sobre la pulsera que su madre le

había regalado cuando cumplió diez años en mayo. Una cadena de plata
con una delgada liebre que corría de perfil. Había sido de su bisabuela,
después de su abuela, después de su madre, y ahora era de ella. La familia lejana de Rowena por parte de madre procedía de Rumanía. La sabiduría popular ancestral afirmaba que la liebre era un amuleto para viajar
con seguridad, cosa de brujería de mucho tiempo atrás. A Nell siempre
le había gustado. Uno de sus primerísimos recuerdos era darle vueltas
alrededor de la muñeca de su madre, mientras la luz del sol se reflejaba
en la joya. La liebre poseía una vida remota propia, si bien su ojo no era
más que un hueco en forma de almendra en el oro. Nell no se lo esperaba, pero la noche de su cumpleaños, mucho después de haber desenvuelto todos los demás regalos, su madre había entrado en su habitación
y la había ceñido alrededor de su muñeca. Ya eres lo bastante mayor,
había dicho. He encargado que acortaran la cadena. Póntela en la mano
izquierda, para que no te moleste cuando estés dibujando. Y no la lleves
al colegio, ¿de acuerdo? No quiero que la pierdas. Póntela los fines de
semana y las vacaciones. Había sorprendido a Nell, con una punzada de
amor y tristeza, que su madre dijera «Ya eres lo bastante mayor». Había
conseguido que su madre pareciera vieja. Y sola. Había devuelto a las
dos la ausencia del padre de Nell, de una forma muy brusca. El momento había henchido a Nell de ternura hacia su madre, cuando cayó en la
cuenta con una claridad terrible que debía hacer todas las cosas normales (llevarla a ella y a Josh al colegio en coche, ir de tiendas, preparar las
cenas) con una especie de solitaria valentía, porque el padre de Nell se
había ido.

Pensar en ello la entristeció ahora. Decidió colaborar más en las ta-
reas de la casa. Se esforzaría más en hacer cosas sin que se lo pidieran.

La cierva dio unos pasos delicados, olfateó el lugar donde había aterrizado el corazón de la manzana de Nell, y después alzó la cabeza, alerta
de repente, las orejas demasiado grandes (los llamaban ciervos mulos por
las orejas), agitándose como las alas de un pájaro. Nell no había oído lo
que el animal había percibido. Para ella, el bosque continuaba siendo una
presencia enorme, suave, silenciosa (una presencia neutral. Algunas cosas
estaban de tu parte, otras en contra, otras ni una cosa ni otra. El mundo es
neutral, le había dicho Josh. Y en cualquier caso estás equivocada: las

cosas son cosas. Carecen de sentimientos. Ni siquiera saben que existes. Josh había empezado a soltar frases por el estilo en los últimos tiempos, aunque Nell no se creía ni por un momento que hablara en serio. Una parte de él se estaba alejando de ella. O mejor dicho, él estaba obligando a una parte de sí mismo a alejarse de ella. Su madre había dicho: ten paciencia con él, cariño. Es algo de la pubertad. Dentro de unos años, es probable que seas peor que él). La cierva continuaba tensa, mientras escuchaba algo. Nell se preguntó si sería el Tipo Misterioso de la cabaña que había al otro lado del barranco.

El nombre del Tipo Misterioso, habían revelado las habladurías de la ciudad, era Angelo Greer. Había aparecido una semana antes y se había instalado en la casa deshabitada que había hacia el puente, a un kilómetro y medio al este de casa de los Cooper. Se había suscitado una discusión con el sheriff Hurley, el cual dijo que le importaba un rábano que la cabaña perteneciera legalmente al señor Greer (la había heredado años antes, cuando su padre había muerto), no le iba a permitir que cruzara el puente a bordo de un vehículo. El puente no era seguro. De hecho, el puente estaba cerrado desde hacía más de dos años. Repararlo no era una prioridad, puesto que la cabaña era la única vivienda en treinta kilómetros a la redonda de aquella parte del barranco, y llevaba abandonada mucho tiempo. El tráfico que cruzaba el río Loop utilizaba el puente situado más al sur para enlazar con la 40. Al final, el señor Greer había conducido su coche hasta el lado oeste del puente y trasladado sus provisiones a pie desde aquel punto. Tampoco debería hacer eso, había dicho el sheriff Hurley, pero no había pasado de ahí. Nell no había visto al señor Greer. Josh y ella estaban en el colegio cuando había pasado con el coche por delante de su casa, pero no tardaría mucho tiempo en volver a la ciudad. Según su madre, en la cabaña ni siquiera había teléfono. Cuando Jenny Pinker se había pasado a verla la semana anterior, Nell la había oído decir: ¿Qué demonios está haciendo ahí? A lo cual Rowena había contestado: Sólo Dios lo sabe. Camina con bastón. No sé cómo se las va a apañar… Tal vez esté buscando a Dios.

Nell inspeccionó sus bolsillos, pero todas las nueces y pasas se habían terminado. La cierva huyó.

Un disparo de escopeta resonó en la casa.

2

Nell corrió.

Mientras se decía que no había sido un disparo.

A sabiendas de que lo era.

El suelo era un témpano de hielo agrietado en una corriente veloz que se movía a toda velocidad contra ella. Tenía la cara congestionada, las manos repletas de sangre. Había un ruido en el aire, como si estuviera lleno de partículas susurrantes. Los detalles eran recientes y perentorios: el suave crujido de la nieve; el olor a galletas recién horneadas en la cocina; un complicado nudo en el grano del suelo de roble; el marrón intenso de las zapatillas de deporte Converse de Josh junto a la puerta de la sala de estar, y la luz que se filtraba a través de las vueltas de las lazadas.

Su madre estaba caída de costado al pie de la escalera. Había un charco de sangre a su alrededor, como joyas oscuras, con un brillo suave. Su falda había desaparecido y tenía las bragas enrolladas alrededor del tobillo izquierdo. Su pelo estaba revuelto. Tenía los ojos abiertos.

Nell sintió que se hinchaba y flotaba. Era un sueño del que podía escapar si quería. Pataleabas desde el fondo del agua, contenías el aliento a través de la espesura hasta alcanzar la delgada promesa de la superficie, y después el dulce aire. Pero no paraba de patalear y no llegaba a la superficie, no despertaba. Sólo la certeza de que el mundo había estado planeando esto durante toda su vida, y todo lo demás había sido un engaño para distraerla. La casa, que siempre había sido su amiga, se mostraba impotente. La casa no podía hacer otra cosa que mirar, con dolorida conmoción.

Las piernas desnudas de su madre pedaleaban poco a poco en la sangre. Nell tuvo ganas de taparlas. Era terrible, la piel pálida de las nalgas de su madre y el pequeño garabato de venas varicosas en el muslo izquierdo al descubierto de aquella manera, en el vestíbulo de delante. Su boca pronunció *Mami... Mami... Mami...*, pero no surgió ningún sonido, sólo su respiración dificultosa, algo sólido y demasiado grande para su garganta. Su madre parpadeó. Movió la mano a través de la sangre y se llevó un dedo a los labios. Chis. El gesto dejó una mancha vertical roja, como el lápiz de labios de una geisha.

—¡Mamá!

—Huye —susurró su madre—. Aún siguen aquí.

Los ojos de su madre se cerraron de nuevo. Nell recordó las veces que se habían dado besos de mariposa, las pestañas apoyadas contra la mejilla.

—¡Mamá!

Los ojos de su madre se abrieron.

—Corre a casa de Jenny. No me pasará nada, pero tú has de huir.

Arriba se oyó el ruido de muebles al moverse.

—¡Ya! —susurró su madre. Parecía furiosa—. ¡Vete ya! ¡Deprisa!

Algo se movió mucho más cerca. En la sala de estar.

Su madre la agarró por la muñeca.

—Huye ahora mismo, Nell —le espetó—. No estoy bromeando. Hazlo o me enfadaré. ¡Ya!

Para Nell, alejarse de su madre fue como si la delgada piel que las unía se desgarrara. Notaba una feroz vaciedad en los tobillos, rodillas y muñecas. No podía tragar saliva. Pero cuanto más se alejaba, más asentía vigorosamente su madre, *sí, sí, continúa, nena, continúa.*

Había llegado a la puerta de atrás abierta cuando el hombre salió de la sala de estar.

3

El pelo rojizo le caía en rizos grasientos hasta la mandíbula, cubierta por una barba rala. Ojos azul claro que recordaron a Nell blancos de tiro con arco. Tenía la cara húmeda, y daba la impresión de que sus manos de uñas mugrientas se hubieran descongelado demasiado deprisa. Tejanos oscuros grasientos y una chaqueta negra de plumas, con un roto en la pechera a través del cual asomaba el suave forro gris. Sus pies apestarían, pensó Nell. Parecía tenso y excitado.

—Hola, zorra —dijo a Rowena, sonriente—. ¿Cómo lo llevas?

Después, se volvió y vio a Nell.

El momento se prolongó mucho rato.

Cuando Nell se movió, pensó en la forma que había empleado la cierva para huir al interior del bosque. Su cabeza se había enderezado a la derecha como si hubieran tirado de una rienda invisible, y luego se había girado y movido como si el resto del cuerpo fuera una fracción de segundo más lento y tuviera que alcanzarla. Así se sintió ella cuando dio media vuelta y corrió, como si su voluntad se le hubiera adelantado a una distancia enloquecedora, con el fin de que su cuerpo se sincronizara.

El espacio que la rodeaba era pesado, algo que debía vadear. En la playa, durante unas vacaciones en Delaware, se había parado de puntillas en el mar, con el agua verde botella hasta la barbilla, y Josh había dicho, ¡Oh, Dios mío, Nell, un tiburón! ¡Justo detrás de ti! ¡Corre! Y si bien se sintió segura (o casi segura) de que estaba bromeando, notó la agonía del peso del agua, suave, taimada, que le oponía resistencia, dificultaba sus movimientos, en connivencia con el tiburón.

Josh.

Mamá.

No me pasará nada, pero has de huir.

No me pasará.

Nada.

«Nada» significaba después, mañana, el día de Navidad, días y semanas y años, desayuno en la cocina desordenada, el olor a tostadas y café, televisión por la noche, paseos en coche hasta la ciudad, las visitas de Jenny, el perfume de la crema de manos de su madre, conversaciones como las que habían sostenido últimamente de mujer a mujer, de alguna manera...

Oyó un estruendo detrás de ella. Miró hacia la casa.

El hombre pelirrojo se estaba levantando del suelo de vestíbulo, riendo.

—¿Qué pasa, zorra? —dijo, y después sacudió la pierna para soltar la mano de Rowena de su tobillo. De algún modo, Nell comprendió que ése había sido el último esfuerzo de su madre. Sus fuerzas también se habían agotado. Y, no obstante, de su agotamiento nació un impulso que la empujó y sus piernas se movieron, sin apenas tocar la nieve dura que Josh y ella habían pisoteado durante sus paseos hasta el bosque.

Se puso a correr.

Parecía imposible, se sentía tan vacía... La brisa más leve la alzaría en el aire como una hoja caída.

Pero estaba corriendo. Le llevaba veinte metros de ventaja.

Zorra.

La palabra era oscura, rebosante de suciedad. La había oído tal vez un par de veces en su vida, no podía recordar dónde.

¿Cómo lo llevas? Su sonrisa cuando había formulado la pregunta significaba que, dijera lo que dijese, nada le impediría hacer lo que se proponía. Tan sólo le impulsaría a hacerlo con más tenacidad.

Quería volver con su madre. Podía detenerse, dar media vuelta, decir al hombre: Me da igual lo que está pasando, déjeme tapar las piernas de mi madre y rodearla en mis brazos. Eso es lo único que quiero. Después, puede matarme. El anhelo de detenerse era muy poderoso. La forma en que los párpados de su madre se habían cerrado y abierto, como si fuera algo muy difícil que exigiera su concentración, con mucho cuidado. Significaba... Significaba...

El roce de sus brazos contra la chaqueta de plumas, el ruido sordo y el chirrido de sus botas sobre la nieve. Estaba muy cerca de ella. Los veinte metros se habían reducido. Había sido estúpido pensar que podía correr más que él. Las piernas largas y la energía de los adultos. Por primera vez pensó: *Nunca volverás a ver a tu madre. Ni a Josh*. Su voz lo repitió en su cabeza, *nunca volverás a ver a tu madre*, mezclado con el «*hola, zorra*» del hombre, y su madre recitando *El bosque es adorable, oscuro y profundo, pero debo cumplir promesas, y recorrer kilómetros antes de ir a dormir…*

Sabía que no debía mirar atrás, pero no pudo evitarlo.

Casi podía tocarla, con las manos rojas extendidas hacia ella. Vislumbró en aquel segundo la boca abierta entre la barba rojiza, dientes pequeños manchados de tabaco, los ojos azul claro como los de un chivo, la nariz afilada de orificios largos y en carne viva. Tenía aspecto de estar pensando en otra cosa. No en ella. Parecía preocupado.

La mirada hacia atrás le costó cara. Tropezó, sintió que la tierra se enredaba con la punta de su bota izquierda, extendió los brazos hacia delante para amortiguar la caída.

Los dedos del hombre rozaron la capucha de su chaqueta.

Pero había ido más allá de sus propias posibilidades.

Ella se sostuvo, apenas, sobre sus piernas vacías, y él cayó al suelo detrás de ella con un gruñido y un «Joder» susurrado.

Los ojos de su madre diciendo *vete, nena, vete*.

Nunca más. La vida lejana de la liebre dorada tan cerca repentinamente de la suya.

Las cosas sólo son cosas. Carecen de sentimientos. Ni siquiera saben que existes.

Nell se oyó sollozar. Un calor tibio floreció en sus bragas y comprendió que se había meado encima.

Pero ya había llegado a la línea de árboles, y la luz del atardecer casi había desaparecido.

4

Aún la estaba persiguiendo. Oía el suave crujido de las piñas cuando las pisaba. El bosque no se encontraba en estado de shock como la casa. A la casa la había afectado, pero el bosque apenas lo había registrado. El olor a madera vieja y nieve no hollada siempre la llevaba a pensar en Narnia, el armario ropero que conducía al mágico reino invernal. Pensó en ello ahora, pese a todo. Su mente estaba concentrada en todos aquellos pensamientos inútiles, revoloteaban alrededor de la imagen del rostro de su madre y la forma tan lenta en que había parpadeado, y había una mirada en sus ojos que Nell no había visto nunca, la admisión de que había algo que no podía hacer, algo que no podía arreglar.

Tu chaqueta es roja, cabeza de chorlito, imaginó que Josh le decía. *Roja. No se lo pongas fácil.*

Se acuclilló detrás de un abeto de Douglas y se la quitó. Debajo llevaba un jersey de lana negro. El frío se apoderó de ella al instante, con vicioso placer. El forro de la chaqueta era azul marino. Lo inteligente, lo que Josh haría, sería darle la vuelta y ponérsela así. Se dispuso a ello, pero sus manos eran cosas débiles y distantes con las que había perdido el contacto. Ahora, el corazón de la liebre era el de ella, diminuto, y enviaba latidos de pánico a su pulso.

«Joder», le oyó decir.

Demasiado cerca. Aléjate y después vuelve a ponértela.

Corrió de nuevo. Había oscurecido más. En algún punto, debajo de la nieve, estaba la senda que partía de la carretera, pero no tenía ni idea de en dónde estaba. Los árboles, absortos en sí mismos, no le proporcionaban ninguna pista. Y además estaban sus huellas. Él seguiría su rastro, fuera a donde fuese. Al menos, hasta que la luz se apagara por completo. ¿Cuánto faltaría? Minutos. Se dijo que sólo debía continuar unos minutos más.

—Ven aquí, pedazo de mierda —dijo su voz.

No sabía dónde estaba. Los abetos y la nieve situaban cerca todos los sonidos, como en el estudio de grabación del padre de Amy. ¿Debía trepar? (Podía trepar a cualquier sitio. Nell, cariño, ojalá dejaras de trepar a todas partes, había dicho su madre. Nell había dicho: no me caeré. A lo cual había replicado su madre: no me preocupa que te caigas. Me preocupa que lleves genes de mono.) ¿Debía trepar? No, las pisadas se detendrían y él lo sabría: ¡Aquí estoy! ¡Aquí arriba! Trastabilló. Encontró nieve más firme. Sus piernas cedieron. Sintió dolor en las palmas cuando cayó al suelo. Se levantó. Corrió.

De pronto, la tierra se inclinó. En algunos puntos la roca asomaba de la nieve. Se vio obligada a correr colina abajo. A veces, los ventisqueros le llegaban por encima de la rodilla. Sus músculos ardían. Tuvo la impresión de que había transcurrido mucho tiempo desde la última vez que le había oído. Había perdido el sentido de la orientación. Respirar lastimaba sus pulmones. Se puso la chaqueta. Ya había oscurecido lo bastante para que el rojo importara.

Una rama se partió. Alzó la vista.

Era él.

Nueve metros por encima de ella y a la izquierda. La había visto.

—¡Quédate ahí! —bramó—. Deja de correr. Jesús, pequeña…

Algo rodó bajo su pie y cayó. La pendiente lo arrojó hacia ella. No podía parar.

Nell tuvo la sensación de que sólo había dado media vuelta y recorrido tres pasos absurdos cuando le oyó gritar. Pero esta vez no miró hacia atrás. Sólo era consciente del dolor de sus músculos y de que cada bocanada de aire le quemaba. Las piedras doblaban sus tobillos. Las ramas herían sus manos expuestas y la cara. Algo le arañó el ojo, un pequeño detalle cruel en la confusión. La única certeza era que de un momento a otro le pondría las manos encima. En cualquier momento. En cualquier momento.

5

En la casa, Xander King vio morir al chico en el suelo del dormitorio, y después se sentó en la pequeña silla giratoria del escritorio. El mundo había cobrado vida, a su estilo, pero algo no iba bien. Esto había sido un error, y la culpa era de Paulie. Paulie le estaba poniendo de los nervios. Paulie iba a fastidiarlo todo. De hecho, era ridículo que hubiera dejado a Paulie quedarse con él tanto tiempo. Paulie tendría que largarse.

Supuso un alivio para Xander darse cuenta de esto, saberlo con total certeza, pese a los inconvenientes, el trabajo que implicaba, la distracción. Todo cuanto sabías con certeza significaba un alivio.

El frío olor a pintura nueva se desplegaba a su alrededor, desde la habitación vacía que había al otro lado del pasillo (había efectuado un magnífico peinado del piso de arriba: el dormitorio de la mujer, con su olor a ropa blanca limpia y cosméticos; otra llena de cosas guardadas pulcramente en cajas: discos de vinilo, sobres de papel manila, una máquina de coser; un cuarto de baño con la luz desfalleciente que caía sobre su porcelana y las baldosas, y la quinta habitación, a medio pintar, pequeña, con un armario ropero y una cómoda cubiertos con lonas protectoras. Un rodillo con su bandeja, pinceles en un bote de aguarrás, una escalerilla. Le había recordado a Mama Jean, subida a *su* escalerilla en la sala de la casa vieja, con su mono de hombre que olía a rancio, la cara moteada de emulsión blanca).

La tele del chico estaba encendida, con el sonido apagado. *The Big Bang Theory*. Otro programa como *Friends*, con demasiados colores brillantes. Xander descubrió el mando a distancia sobre el escritorio y zapeó, con la esperanza de encontrar *The Real Housewives of Beverly Hills*. O *Real Housewives of New York*. O *Real Housewives of Orange County*. Había muchos programas que le atraían. *The Millionaire Matchmaker*. *Keeping Up with the Kardashians*. *America's Next Top Model*.

The Apprentice. Pero no tuvo suerte. Cierta intensidad se había apoderado de su cuerpo. Se peinó un poco, mientras echaba un vistazo a las tripas desparramadas del chico muerto, después desvió la vista, sintió que la intensidad se extendía a sus extremidades, como si poseyera un sintonizador que pudiera encender y apagar a voluntad.

La guitarra del chico había caído sobre la alfombra. La alfombra era de estilo nativo americano. Lo cual recordó a Xander un hecho que conocía: colonos blancos habían regalado a los indios mantas infectadas de enfermedades con la esperanza de que todos enfermaran y murieran. Conocía algunos hechos probados. Hechos probados que tenían sentido de una forma que muchos otros no. Muchos otros no sólo carecían de sentido, sino que le agotaban. Siempre estaba luchando contra el agotamiento.

Recordar las mantas infectadas logró que la barba le picara. Hacía cuatro días que no se afeitaba. Sus rutinas habían padecido. La pila de la afeitadora se había agotado. Lo bueno de la afeitadora a pilas era que podías hacerlo sin espejo.

Pensó en la mujer de abajo. Pronto bajaría a por ella, pero de momento era estupendo sentarse y disfrutar de la intensidad. Era maravilloso saber que podía bajar a por ella cuando le diera la gana. Era maravilloso saber que no iría a ningún sitio. Él sí podía ir a donde le diera la gana y hacer lo que quisiera, pero todo cuanto deseara ella dependía de él. Su rostro y sus manos poseían la mullida calidez que era impaciencia y todo el tiempo del mundo a la vez.

Pero, aun así, algo no iba bien. En los últimos tiempos, demasiadas cosas no iban bien. Había una forma de hacer lo que necesitaba hacer, y últimamente la había perdido de vista. La zorra de Reno, por ejemplo. Eso también había sido culpa de Paulie. Definitivamente, Paulie tenía que desaparecer.

6

El mundo se detuvo y Nell voló a su través. Un no silencio, como cuando pones la cabeza debajo del agua en el baño, el ruidoso silencio privado del interior de tu cuerpo. Corrió en la oscuridad, y a cada paso que daba sabía que no podría dar ninguno más. Era como si el hombre ya le hubiera puesto las manos encima, pero no obstante seguía moviéndose. ¿Cómo podía continuar moviéndose si él ya la había atrapado? Tal vez la había levantado en volandas y estaba pedaleando en el aire. Como las piernas desnudas de su madre, que pataleaban poco a poco en la sangre. La sangre de su madre. A la que había abandonado. Tirada en el suelo. Tanta sangre. Cuando brotaba la sangre no paraba nunca. Nunca más. Nunca más volverás a ver...

No había más árboles. Se elevó un frío más profundo del barranco, aire puro y el sonido del río muy abajo. La nieve caía ahora con mayor celeridad, empujada en ángulo por el viento. El puente se encontraba a quince metros a su izquierda. Lo cual significaba que estaba a un kilómetro de casa, y avanzaba en dirección contraria. Pero no podía volver sobre sus pasos. Cuando pensaba en volver sobre sus pasos, la única imagen que recibía era la de él surgiendo de detrás de un árbol y el cálido ruido sordo de ella al chocar contra su cuerpo, mientras los brazos del hombre la rodeaban al instante. *Te pillé.* Le oía diciendo eso.

Corrió hacia el puente. Aunque pareciera increíble, había un coche aparcado a unos cuantos metros de él.

¿De quién era el coche? ¿Estaría vacío?

Se detuvo. ¿El coche del hombre? ¿Con alguien dentro?

Forzó la vista a través de la nieve que caía.

No había nadie en el coche. ¿Podría esconderse debajo? No. Estúpida. El primer lugar donde él miraría. ¿Gente cerca?

Examinó el borde del barranco. Nadie.

No había tiempo. Muévete.

Corrió hacia el extremo del puente.

Un letrero rojo con letras blancas:

PUENTE CERRADO PELIGRO NO CRUZAR

Montantes metálicos oxidados clavados en las paredes del barranco. Traviesas de madera que se tambaleaban, recordó, las pocas veces que su madre había cruzado el puente en el jeep. Sabía que, unos dos kilómetros al oeste, el barranco se estrechaba hasta alcanzar apenas seis metros de anchura, antes de volver a ensancharse. El año pasado, una tormenta de hielo había derribado un abeto de Douglas sobre el hueco. Los adolescentes demostraban su valentía gateando hasta el otro lado y volviendo. Tenías que ir y volver. Ésa era la cuestión. Josh y su amigo Mike Wainwright habían dedicado toda una mañana a reunir el valor suficiente. Se desafiaban mutuamente. Y otra vez. Al final, ninguno de los dos lo había hecho. Sesenta metros. El oscuro aire del barranco preparado. El río a la espera.

Rodeó el letrero. Sentía helados entre las piernas los tejanos mojados. Las arrugas mordían su piel. Sentía los pies magullados. La nieve le llegaba por encima de las rodillas. ¿Cuál era la distancia hasta el otro lado? En el jeep tardaban segundos. Tenía la impresión de vadear sin cesar. Pesos invisibles lastraban sus muslos.

A mitad de camino tuvo que pararse a descansar. Tenía ganas de tumbarse. Apenas podía ver a la distancia de un brazo debido a la nieve que caía. La distancia entre ella y su madre y Josh le dolía por dentro. Seguía imaginando que era por la mañana, la luz grisácea del día y el calor de la cocina, su madre se volvía hacia ella cuando entraba y decía, Nell, ¿dónde te habías metido? Estaba fuera de mí...

Se obligó a moverse. Tres pasos. Diez. Veinte. Treinta. El final del puente. La parte posterior de un letrero metálico idéntico, supuso, al del otro lado. Un carrete roto de alambre de espino colgaba entre las barandillas y oscilaba en la vaciedad del barranco.

—Maldita seas —dijo la voz del hombre. Daba la impresión de encontrarse a centímetros de ella. Se volvió. Había llegado al letrero de

PUENTE CERRADO, y lo estaba rodeando con grandes esfuerzos. A Nell se le antojó imposible ordenar a sus piernas que se movieran.

Avanzó tambaleante. Dos pasos más. Tres. Casi había llegado.

Algo la obligó a detenerse.

Aparte del susurro de la nieve que caía y el estruendo íntimo de su respiración, no se oía nada. Pero tuvo la impresión de haber oído algo.

El sonido real, cuando llegó, borró todo lo demás de su mente.

Y cuando el mundo desapareció de debajo de sus pies, una pequeña parte de ella experimentó un extraño alivio.

Esta parte (su alma, quizá) se elevó de la caída como una chispa con la idea de que, al menos, todo había terminado, al menos iría a donde había ido su madre. Creía en el cielo, de una manera vaga. Adonde iban las buenas personas cuando morían. Un lugar en el que podías andar sobre las nubes y había escaleras blancas y jardines y Dios, aunque siempre había imaginado que preferiría saber que existía antes que conocerle en persona. A veces, se había preguntado si ella era una buena persona, pero ahora que había llegado el momento no tenía miedo.

Muy lejos, el sonido del metal al chirriar contra la roca.

A su alrededor, la penumbra y la nieve que giraba lentamente.

Entonces, algo se elevó a una velocidad atronadora y la golpeó en la cara.

7

Aún estaba oscuro cuando Nell abrió los ojos, aunque no tenía ni idea de cuánto rato había estado inconsciente. Su primer pensamiento confuso fue que estaba en la cama, y que el edredón estaba mojado y helado. Después, su vista se aclaró. No era el edredón. Nieve. Unos ocho o diez centímetros. Continuaba nevando.

Como si hubiera estado esperando a que cayera en la cuenta de esto, el frío la invadió, se apoderó de cada molécula y dijo: *Te estás congelando. Morirás congelada.*

Se incorporó sobre un codo. Demasiado deprisa. El mundo giró. El suave abismo del cielo y la alta pared del barranco dieron vueltas como ropa en una secadora. Rodó de costado y vomitó, y se quedó tendida durante un tiempo que se le antojó muy prolongado, aunque su cuerpo no sólo temblaba sino que se agitaba en ocasiones, como si alguien la estuviera azuzando con una picana. A través del frío tomó conciencia de dos dolores: uno en el pie derecho, otro en el cráneo. Latían al unísono con su pulso. Eran fuertes, pero sabía que no tanto como serían al cabo de un rato. Era como si le estuvieran diciendo, con regocijo, que sólo acababan de empezar.

Daba igual. Todo daba igual. *Nunca más volveré a ver a mi madre.* Le recordó aquel día, cuando ella era muy pequeña, en que perdió a su madre en unos grandes almacenes. De repente, todos los adultos desconocidos y las estaturas intimidantes, el pánico, todo el horror de estar sola en el mundo. El mundo había ocultado lo aterrador que podía ser hasta aquel momento. Se replegó medio minuto después, cuando Rowena la localizó, pero era imposible olvidar. Y ahora volvía a repetirse.

Volvió a incorporarse sobre el codo y bajó la vista. Estaba tendida sobre una angosta plataforma que sobresalía del barranco a unos cinco metros de la cumbre. Si hubiera rodado otros veinte centímetros habría caído desde sesenta metros de altura hasta el río verde oscuro y sus rocas dispersas. En el lado opuesto, con los montantes aplastados, el puente colgaba ridículamente de uno de sus enormes remaches.

Se había partido la cadena de la pulsera de la liebre dorada. Estaba caída en la nieve a su lado, entre motas de sangre. *Ya eres lo bastante mayor.* La liebre señalaba el límite de su caída. Unos cuantos centímetros más y estaría muerta. Imaginó que podría salvarla cierto número de veces. Ésta era una. Se preguntó cuántas. Cerró los dedos a su alrededor con mucho cuidado. Se le antojó una eternidad el tiempo que tardó en guardarla en el bolsillo de la chaqueta. Viaje seguro.

Se puso de rodillas centímetro a centímetro. El dolor del pie subió de volumen. Apretó los dientes con fuerza. Sintió la cabeza grande, sólida y caliente, y después fría y frágil. Su cuero cabelludo se encogió. No podía parar de temblar. Sentía la caída que tenía detrás como un peso que tirara de ella.

Ojalá dejaras de trepar a todo. Me preocupa que lleves genes de mono. Nell había pensado en *jeans** de mono (chimpancés con tejanos Levi's pequeñitos), hasta que Josh puso los ojos en blanco y se lo explicó. Ni siquiera entonces lo había pillado.

La pared del barranco era de roca negra congelada, con vetas blancas donde la nieve se había helado. No era del todo vertical. No era del todo vertical, pero lo bastante.

No me pasará nada, pero has de huir.

Alargó la mano hasta el asidero más cercano. Tenía los dedos entumecidos. El calor inundó su cara. Y cuando intentó ponerse en pie, el dolor del pie chilló.

---

* En el original, juego de palabras basado en la homofonía de *genes/jeans* [jēn]. (*N. del T.*)

8

Paulie Stokes sufría grandes dolores. Su caída le había impulsado con toda la fuerza del peso de su cuerpo contra lo que había resultado ser un tocón de unos sesenta centímetros medio enterrado en la nieve. Su rodilla izquierda doblada lo había golpeado con fuerza, y ahora, cuando ya tenía la casa a la vista, el dolor era tan terrible que estaba empezando a pensar que se la había roto.

Pensaba que ella había muerto.

Se quedó allí parado unos quince minutos. Hasta que la cabeza de la niña se alzó. Había visto que su cuerpo recuperaba la orientación. Había visto que la pequeña zorra escalaba. Escalaba, Jesús.

Xander no podía saberlo.

Xander no podía y no debía saberlo.

Paulie sabía que era una decisión insensata, pero la había tomado. Muchas decisiones las tomaba así, con la sensación de que aquello que intentaban evitar era inevitable. Lo hacía con una mezcla de ligereza, terror y fascinación. Vivía una vida alegre, aterrorizada y fascinada a un lado de Xander. Pero cuanto más tiempo pasaba con Xander, más pequeña y menos fiable era la vida. De modo que ahora, en una especie de sueño repetido, se dijo que Xander no debía saber lo de la niña y Xander lo descubriría y Xander no debía saberlo y sólo era cuestión de tiempo que Xander lo averiguara y él no se lo diría, y después el bucle de sueño se disolvió como la estela de un cohete en el cielo y dio unos cuantos pasos dolorosos más sin espacio para nada salvo el rayo bifurcado de su rodilla rota hasta que pese a eso el bucle de sueño se reinició de nuevo y Xander no debía saberlo y seguro que Xander lo averiguaría y él no se lo diría y todo saldría bien pero no.

—¿Dónde coño estabas? —preguntó Xander cuando entró cojeando en la sala de estar—. ¿Qué te pasa?

Las persianas de madera estaban bajadas y dos lámparas de mesa encendidas. Proyectaban una agradable luz mantecosa. La habitación poseía cierta cordialidad, desde los sofás de pana hasta los DVD esparcidos del chico y la alfombrilla con su dibujo de cuadrados y rectángulos en diferentes tonos de marrón. La mujer estaba caída en el suelo de espaldas, hasta donde Xander la había arrastrado. Sus bragas azul claro estaban cerca, manchadas de sangre. Seguía con vida. Su boca se movía, pero no salían sonidos. La idea de qué sería de él si Xander le abandonaba germinó en Paulie de repente, una sensación como la del sueño del maremoto que tenía de niño, en el que estaba parado en un paseo marítimo comiendo un helado de espaldas al mar, y el cielo se oscurecía de repente, y cuando se volvía veía abalanzarse hacia él una pared de trescientos metros de agua oscura, moteada de tiburones y restos de naufragios. Al mismo tiempo, el hecho de la impotencia de la mujer, el aspecto de fuerza agotada de sus extremidades desnudas, conseguía que se sintiera alimentado, como si una oleada de proteínas fabulosas le hubiera inundado.

—Creí ver a alguien ahí fuera —contestó—. Pero era un ciervo. Me he hecho daño en la maldita pierna. He de ponerme una venda.

—¿Un ciervo?

Paulie había visto un ciervo mientras regresaba tambaleante a través de los árboles.

—No tendrías que haberla dejado sola —dijo Xander.

—No iba a ir a ningún sitio.

—Eso no lo sabías. Ése es tu problema: no piensas. ¿Que no iba a ir a ningún sitio? Las mujeres levantan furgonetas cuando sus hijos están atrapados debajo. No piensas. Ya te lo he dicho.

—Vale, vale. Joder, tío, ¿y si hubiera aparecido alguien? Tendrías que darme las gracias.

Paulie tuvo que volverse cuando dijo eso. Xander te miraba y tus mentiras se desmoronaban. Tenía las manos húmedas. El dolor de la rodilla era una bendición, puesto que cortocircuitaba todo lo demás.

—Ve a vendarte la pierna —le ordenó Xander—. No vuelvas aquí hasta que yo te lo diga. Y cierra la puerta de atrás, por el amor de Dios.

Cuando Paulie salió renqueante, Xander se paró sobre la mujer caída en el suelo. La sensación de malestar, de carecer de lo necesario para hacer aquello como era debido, no le había abandonado, pero quedaba reducida a la insignificancia por la intensidad palpitante de su cuerpo y la encrespada vivacidad del mundo. Cada detalle de la sala, le gustara o no, proclamaba que, con independencia de cómo hubiera sido la vida de aquella mujer hasta ese momento, ahora estaba en sus manos. Su impaciencia controlada era un placer para él. Era como refrenar a un caballo a sabiendas de que ganaría cada vez, fuera cual fuese la competición. Esto deparaba cierta hilaridad, la certeza del poder, la certeza de la victoria. Existía un momento de equilibrio, entre reprimirlo o liberarlo. Tenías que esperar el momento y hacerlo durar lo máximo posible, porque rendirse a él era lo más dulce del mundo, una dulzura que impregnaba hasta la última célula, de manera que todos tus movimientos eran perfectos, cada fragmento de ti era perfecto, desde las huellas dactilares hasta las pestañas, y gran parte del agotamiento se diluía como un arnés podrido y te quedabas libre.

—¿Qué? —preguntó a la mujer, al tiempo que se arrodillaba y acercaba el oído a su boca—. ¿Qué estás diciendo?

9

Rowena Cooper había perdido y recuperado la conciencia varias veces. Recordaba despertar al pie de la escalera y descubrirse empapada y pesada. Una terrible certeza aplazada de que estaba empapada y pesada de su propia sangre. La culata del arma la había golpeado como un meteoro. Aquellos últimos fragmentos de pensamientos: que descubrirían a Josh; que ojalá Nell lo hubiera oído y huyera; que Nell no huiría, que volvería, vería, chillaría… y también acabarían con ella.

Después, negrura.

No había oído el disparo. No lo sabía.

Pero cuando despertó de nuevo reinaba un silencio absoluto arriba. Una inteligencia muerta había sustituido a su hijo.

Entonces Nell, de repente cerca, que olía a nieve y bosque, la carita que era como una marca en el corazón de Rowena. La terrible energía que le había costado convencer a Nell de que huyera. *Huye.* Diciendo que se enfadaría si no lo hacía y viendo en la cara de su hija que la niña sabía que todo era una farsa para ocultar algo mucho peor. Era un pacto entre ellas. La energía de su hija en aquel momento había llenado a Rowena de amor y orgullo.

La última imagen, después de que el tipo pelirrojo se hubiera levantado del suelo, era de él corriendo tras ella, hacia la oscura línea del bosque. *Continúa, nena, sigue corriendo. Escóndete, escóndete entre los bondadosos árboles.*

Se había vuelto a hundir en la nada, y cuando despertó la estaban arrastrando por los tobillos a lo largo del pasillo y a través de la puerta de la sala de estar. El hedor a hígado de su sangre mezclado con el olor del árbol de Navidad y el aroma a cera de los envoltorios de regalo. Tenía frío y sed (pensó en el largo tiempo transcurrido desde que gateaba por el suelo. Cuando eras pequeña, el suelo formaba parte de tu perspectiva. Olvidabas la vista desde allí abajo, los rodapiés y espacios secretos bajo el sofá, con sus objetos perdidos y pelusa). Vio la chimenea que Josh había preparado para encenderla a primera hora del día. Sólo se encendía por Navidad. Era uno de los rituales que había adoptado años antes, con tímida masculinidad. La primera vez lo había hecho sin preguntar. Rowena había entrado en la sala vacía, lo vio y se quedó parada mientras reprimía las lágrimas. Su marido, Peter, había muerto en un accidente de coche cuando Nell contaba sólo dos años de edad, y Josh cinco. Cómo se había preocupado por si no estaba a la altura de las necesidades de los niños. Y entonces, el silencioso acto de compensación de su hijo. Había experimentado un gran acceso de ternura y pérdida.

La realidad de la muerte le llegó por mediación del frío y la sed. La inmensa tristeza del hecho. Su tiempo se agotaba como los últimos granos de arena succionados a través de la delgada parte media de la clepsidra. Se agotaba. Se agotaba. Detonaron imágenes de su pasado: la infancia en Denver; el suelo de parqué de la pequeña casa y el patio invadido de malas hierbas; su padre leyéndole *El Hobbit* cuando estaba enferma; las emocionantes primeras semanas en la universidad en Austin; la certeza cuando había conocido a Peter, los felices glotones sensuales en que se habían convertido el primer año, amor y placer como una ridícula fortuna heredada; la emoción de comunicarle que estaba embarazada y el sorprendente descubrimiento de que él lo deseaba tanto como ella, de que aquélla era en realidad su vida, que se iba conformando; el nacimiento de Josh, Nell, los regalos complicados, corrientes, poco apreciados, de tener una familia. Después del accidente, la vida hecha trizas, la aceptación cada vez mayor. La opaca realidad del pago del seguro y la vuelta a Colorado. La última casa de la carretera. Un plácido rincón donde criar a los chicos y cicatrizar las heridas.

Pensó en la dilatada idea del futuro: Josh y Nell se hacían mayores, universidad y líos amorosos y casas y niños, llamadas telefónicas y el dolor de su ausencia y la paz de rodearles entre sus brazos cuando iban a casa, las cosas que todavía deseaba (tal vez un hombre de nuevo; en los últimos tiempos su cuerpo se lo había estado diciendo, decía que ya era suficiente, sólo tenía cuarenta y un años), y entre todo eso la relación imaginada con el mundo físico menospreciado, de sol y hojas rojas en el suelo de un bosque y el hermoso primer olor del mar… Sintió que todo esto se disolvía en el vacío, en la futilidad, un dolor al que no podía adaptarse. Le vino una extraña e inconsistente imagen de la habitación a medio pintar de Nell. La niña había dormido con ella aquellas últimas noches, mientras la redecoración avanzaba con parsimonia. Ahora, ya no se terminaría nunca. Había sido dulce estar cerca de su hija todas esas noches. Quería despedirse de sus hijos. Por encima de todo deseaba verlos, olerlos, oírlos y abrazarlos por última vez. Y mientras tanto la oscuridad iba y venía, y muy vagamente una confusión de preguntarse si había algo al otro lado y, después de todo el dolor del horror, ¿volvería a ver a Peter?

—¿Qué? —preguntó el hombre, con la cara cerca de la de ella—. ¿Qué estás diciendo?

Pero una burbuja de sangre se formó y estalló entre sus labios. Vio la luz central del techo, el centelleo del espumillón dorado, sintió que el frío se transformaba en calor cuando se formó la imagen de Nell corriendo entre las sombras por la nieve.

10

La detective de homicidios de San Francisco Valerie Hart, treinta y ocho años, sabía que había cometido una equivocación. La última de una secuencia de equivocaciones que había empezado cuando había sonreído al tipo, Callum, en la coctelería de iluminación suave menos de dos horas antes. Él le había devuelto la sonrisa, pero con una expresión de suficiencia autosatisfecha que, sabía ella, no conducía a nada bueno.

Las cosas no habían ido a mejor durante su breve conversación. El tipo trabajaba «en la banca, pero no hablemos de eso, no me pone», ni en el taxi, cuando él había hecho caso omiso de una llamada que ambos sabían procedía de otra mujer, ni cuando había cerrado la puerta del apartamento a sus espaldas, la había observado avanzar unos pasos en el salón y soltado, «Jesús, con ese culo no hay discusión que valga». Valerie sabía que lo había dicho incontables veces antes. Y en su caso no lo decía en serio. Sabía exactamente lo que ella era a sus ojos: un polvo de segunda categoría. Una mujer mayor que no pondría objeciones a lo que él quisiera hacer en la piltra, porque ella se sentiría agradecida de estar en la piltra.

El apartamento no hizo más que confirmar la equivocación. Estaba en el edificio Ashton cercano a Candlestick Park, con una vista de la bahía del suelo al techo. Valerie conocía el lugar. Dos dormitorios te costaban casi cuatro millones de dólares. Nada sorprendente que el decorado, la idea de algún decorador a sueldo de minimalismo (vidrio y acero) y diversión (alfombra de cuero) pregonara: un gilipollas rico vive aquí.

Y allí estaba ella. La única culpable del desaguisado.

—Para —dijo, cuando le sacó la lengua de la boca para respirar.

Estaban en la cama, él encima de ella. Tenía la blusa abierta, y él le había bajado el sujetador con movimientos torpes para descubrirle los pechos. El tipo agachó la cabeza, capturó su pezón izquierdo con la boca y pasó la lengua por encima. Lo lamió.

—Para —exigió Valerie.

Él no hizo caso.

Una de las formas en que pasan estas cosas, pensó Valerie. *Una de las múltiples formas.*

—Para —repitió por tercera vez, en voz más alta.

—Joder. ¿Qué? ¿Qué pasa?

Lo dijo sin disimular su impaciencia. Que se convertiría en irritación. Que se convertiría en ira.

Pasó la mano izquierda por detrás de su cabeza y la agarró del cuello. La derecha estaba en la V abierta de sus pantalones, y sus dedos la exploraban a través de las bragas. Por Dios, su señoría, estaba mojada. O sea, venga ya.

Estaba mojada. Residualmente. Cuando habían empezado, lo había deseado bastante. No porque se hiciera ilusiones sobre él. De hecho, precisamente porque no se había hecho ninguna ilusión sobre él. En estos tiempos, desde Blasko, si se iba a la cama con un hombre tenía que ser uno que no le interesara más allá del deseo físico. En esos tiempos, desde que había asesinado al amor, tenía que ser alguien que no le gustara.

Pero ya no lo deseaba lo suficiente. En realidad, se sentía triste. Aunque sabía muy bien que esa tristeza no le iba a servir de nada allí.

Apoyó la mano en el pecho del tipo y empujó, sin mucha fuerza, tan sólo una declaración civilizada.

—Salte de encima —ordenó.

—Bien, tienes razón a medias. Voy salido. —Su mano ejerció mayor presión entre sus piernas—. Si quieres jugar, ningún problema —dijo, al tiempo que aferraba su cuello con más fuerza—. Pero no te cabrees.

—No se trata de eso —repuso ella, y empujó por segunda vez—. Salte de encima.

—No es eso lo que me está diciendo tu chocho.

Astucia o fuerza bruta. Ésas eran sus opciones. Discutir no, desde luego. Él pesaría, calculó, unos ochenta kilos, y la vanidad le enviaba al gimnasio tres o cuatro veces a la semana. Había pasado mucho, mucho tiempo desde el entrenamiento en la Academia, y no había hecho mucho ejercicio durante los últimos meses, pero la idea de salir de debajo de él mediante algún truco la agotaba. Oye, llevo un poco de coca en el bolso. Vamos a esnifar un par de rayas. No la creería. Estaba atento a su cambio de opinión. En la Academia, cada sesión de «Habilidades prácticas policiales» se desarrollaba al sonido del mantra del instructor: Sobreviviréis. Sobreviviréis. Sobreviviréis.

El ojo de Lea arrancado tenedor balón el destrozo entre las piernas de Sally el cuerpo de Yun-seo motas de tierra él empezó solo pero tumba poco profunda río para...

Para. Para.

Su bolso se hallaba a unos cinco metros de distancia, donde lo había dejado, sobre el brazo del sofá de piel crema del dormitorio.

Tercera opción: astucia y fuerza bruta.

Se tranquilizó debajo de él. Hacía dos semanas que llevaba un resfriado encima. Era consciente de que le dolían las cavidades nasales.

—Así está mejor —dijo él, mientras se incorporaba sobre la mano izquierda para echarle un vistazo y le introducía la derecha dentro de las bragas—. Buena chica.

Ella sacó la rodilla derecha de debajo de él, hizo palanca con el tacón (todavía llevaba puestos los zapatos) y le propinó una patada con todas sus fuerzas en un lado de la garganta.

El hombre se quedó tan conmocionado por el dolor que Valerie no necesitó toda la fuerza de su pierna derecha para derribarle, pero esos cálculos ya no le interesaban. Saltó de la cama y alcanzó el bolso en tres segundos.

Id con cuidado, les había dicho el instructor a todos. Un golpe en la garganta puede matar a cualquier bribón.

Este bribón no estaba muerto. Se había quedado de rodillas sobre la cama, sin dejar de tragar saliva, y se aferraba la garganta.

—¿Qué coño? —preguntó con voz estrangulada cuando vio la Glock en su mano—. ¿Qué coño?

Valerie era una mezcla de adrenalina y vaciedad. Se subió la cremallera de los pantalones y se reacomodó el sujetador.

—Dios, ¿eres...? —Tragó saliva—. ¿Eres policía?

Valerie se abotonó la blusa. Su chaqueta estaba caída en el suelo, al lado del sofá.

—Cierra la boca y quédate ahí —replicó en voz baja. Tenía la cara congestionada. Sintió los días, semanas y meses de agotamiento ejerciendo presión sobre la adrenalina, a la espera de que cediera, cuando había estallado como el mar a través del cristal de una ventana.

—Escucha —dijo el tipo, con una mano levantada, la palma hacia delante, todo el cuerpo intentando reinventarse como la personificación de la inocencia—, sólo estábamos... —Tragó saliva—. Quiero decir que yo no estaba...

—Será mejor para ti que no hables —le sugirió Valerie, al tiempo que se ponía la chaqueta. El sonido de su voz la asqueó. La prueba de que aquello no era un sueño, sino una situación real en la que ella solita se había metido.

Cuando estuvo preparada, se acercó un par de pasos a la cama, con la pistola apuntada hacia él.

—Oye —dijo el hombre, tembloroso—. Oye, Jesús, venga ya. —Tragó saliva—. Lo siento. No cometas ninguna locura. No te he hecho nada. ¡No te he hecho nada!

—Entonces, ¿por qué lo sientes?

El tipo sacudió la cabeza. Incredulidad. ¿Cómo le había podido pasar a él? ¿Cómo era posible que le estuviera sucediendo aquello?

Ella habría podido decir muchas cosas. Laura Flynn, una de sus colegas, había dicho no hacía mucho: Dale a cada mujer una pistola y una placa y verás cómo descienden las estadísticas de violaciones. Lo que más deseaba decir Valerie al hombre de la cama era: y así es como pasan estas cosas.

Pero, por lo que fuera, todo murió en su boca. Sólo quería irse a casa.

Sin dejar de apuntarle con el arma, salió del dormitorio andando hacia atrás, dio media vuelta y abandonó el apartamento, cerrando la puerta a su espalda.

11

Despertó a las cuatro y media de la mañana, después de una hora y treinta y cinco minutos de dormir asediada por sueños, al sonido de la poesía. A propósito: hacía algún tiempo había empezado a sintonizar la alarma de la radio con una emisora digital que leía poesía toda la noche. La poesía carecía de sentido. Pero te daba cosas. Ésta era una del pequeño número de verdades que había descubierto. Un número penosamente pequeño. Como los últimos centavos de un sin techo en un mundo que exigía mil dólares al día para que resultara soportable.

«Debe convertirse en el aburrimiento pleno —dijo la suave voz masculina por la radio—. Sujeto a dolencias vulgares como el amor, entre los Justos ser justo, entre los Sucios sucio también, y sobre la endeblez de su propia persona, si puede, soportar discretamente todos los agravios del Hombre.»

Valerie apagó la radio. *Todos los agravios del Hombre. Sobre la endeblez de su propia persona. Sucios. Entre los Justos. Ser justo.* Las palabras se arrastraban perezosas por su cabeza, le concedieron unos preciosos segundos antes de que El Caso ocupara su lugar: *autocaravana refrigeración albaricoque caramelizado con un palillo en el centro embute objetos tripas arrancadas con cuchillo de pescado qué tipo de cuchillo de pescado número limitado quizá pescador demasiado metraje policía de tráfico fusta embutida en vagina sabía que Katrina tenía que haberlo hecho de lo contrario por qué se iría con él ellos no uno dos tipos pero empezó con uno no sé cómo sé esto Kansas el punto medio he de llamar otra vez a Cartwright no se lo toman en serio he de…*

Al contrario que la radio, eso no lo podía desconectar. El Caso estaba cuando dormía, y cuando despertaba, y la acompañaba durante todo el día. Acúfenos clasificados X. Acúfenos diseñados por el Diablo. Cuando era niña, su abuelo (el último católico practicante de la familia) le había dicho: primero el Diablo te informa de que existen cosas terribles. Después te dice en qué habitación están. Después te invita a echar un vistazo. Y antes de que te des cuenta, eres incapaz de encontrar la puerta de salida. Antes de que te des cuenta, tú eres una de las cosas terribles.

Se levantó y fue al baño.

Una línea azul indica un resultado positivo. Aquella mañana de hacía tres años la acompañaba cada mañana. Como si las humildes características del cuarto de baño no pudieran olvidarla. Ella no podía, desde luego. Aquella mañana se había sentado en el suelo envuelta en una suave toalla de baño blanca. A la espera.

Un test de embarazo detecta la presencia de una hormona llamada gonadotropina coriónica humana (hCG) en la sangre o en la orina. La hCG se produce en la placenta poco después de que el embrión se una con el revestimiento uterino y se desarrolla con rapidez en el cuerpo durante los primeros días de embarazo.

El idioma de la biología impersonal. *Gonadotropina coriónica. Placenta. Revestimiento uterino. Embrión.*

En lugar del idioma personal: bebé. Hijo. Madre.

Padre.

Blasko le había dicho en una ocasión, en lo más álgido de su vida en común, antes de que el caso Suzie Fallon la impulsara a arruinarla: Lo mejor y lo peor de ser policía es que te facilita decir la verdad. Estaban en la cama, sosegados en los cariñosos retozos de un polvo de madrugada que había empezado medio dormidos, para después despertarles e intensificarse hasta alcanzar una dulzura teñida de lujuria. Menudeaban estos encuentros, los aceptaban como algo a lo que tenían derecho. Después, a Valerie le gustaba volver a dormir mientras escuchaba su voz. Lo facilita, había dicho él, porque cada día estás rodeado por la insensatez de la mentira.

Lo había recordado aquella mañana de hacía tres años, sentada envuelta en una gigantesca toalla en el suelo del cuarto de baño, a la espera de que la línea del test se tiñera de azul.

Embarazada. 5-6 semanas.

Se había preguntado, con las rodillas dobladas contra el pecho, tiernos los hombros desnudos, por qué no fabricaban dos tipos de kits de test domésticos: uno para las mujeres que intentaban concebir, en el cual destellaba un resultado positivo: *¡Felicidades! Estás EMBARAZADA*; y uno para las mujeres que lo temían, en el cual se reflejaba el mismo resultado como: *Joder. Lo sentimos. Estás EMBARAZADA.*

Pero, por supuesto, sabía que los fabricantes habían llevado a cabo sus investigaciones. Con neutralidad. Sin expectativas. Sin juicios de valor. Sólo los hechos. *Embarazada. 5-6 semanas.*

El impulso había sido telefonear a Deerholt para decirle que se encontraba mal. Pero la idea de pasar el día sola en su apartamento la aterrorizaba. Porque en aquel momento, tan sólo unas semanas después del caso Suzie Fallon y la muerte del amor, estaba sola.

En cambio, se había levantado del suelo con esfuerzo. Se vistió. Fue a trabajar. Pasó el día comportándose con normalidad, mientras por dentro se revolvían la pérdida, el pánico y todo el daño que ya había hecho.

Aquella noche, tumbada en un baño sin burbujas hasta la garganta, se había dicho: Todavía no has de decidir nada. Te queda algo de tiempo. Puedes esperar.

Así que había esperado. Pasó días recorriendo los mismos desdichados círculos, precipitándose en las mismas incógnitas. Múltiples futuros se estremecían en su interior, combatían entre sí. Pero había esperado.

Hasta que la decisión se le había escapado de las manos.

Habría podido sufrir un ataque de nervios, pero no fue así. En cambio, después del caso Suzie Fallon, después de la muerte del amor, después de lo que le habían quitado de las manos, continuó adelante, así de sencillo. No era la misma. Aportó una nueva y ardiente claridad a su trabajo, una energía mecánica, incansable. Se convirtió en una policía mejor. Todo el mundo se dio cuenta. Nadie dijo nada.

Habían transcurrido tres años, eso seguro. Pero en el tiempo imaginario aquella mañana en el cuarto de baño había sucedido hacía un momento. Siempre sería hacía un momento. El tiempo imaginario no respetaba la cronología. En especial el pasado.

Su resfriado había empeorado. Tenía las cavidades nasales en carne viva y le dolía el cuerpo. El consumo de alcohol había aumentado poco a poco, esas semanas, esos meses, esos tres años. El día anterior se había atizado media botella de Smirnoff. No le iría nada mal una copa ahora mismo, cuando el resto del mundo estaba bebiendo café. Se había acostumbrado a hacer caso omiso de ese tipo de razonamiento.

Cuando era pequeña, detestaba ir al colegio. Por las mañanas, su madre le decía con frecuencia: Sé que tienes ganas de matarte, cariño, pero cepíllate los dientes y te sentirás algo mejor. Y tenía razón. Limpia y vestida, Valerie siempre se veía forzada a admitir, a regañadientes, avergonzada, que la vida era, al fin y al cabo, tolerable.

Fue al lavabo y cogió el cepillo de dientes. Sus manos temblaban.

El mensaje de Blasko perduraba todavía al lado del espejo del botiquín, donde tres años antes lo había clavado con una chincheta en la pared, escrito con un rotulador permanente negro sobre una hoja limpia de papel: *HOY NO.*

Como diciendo, puedes dejar de ser policía cuando te dé la gana. Pero hoy no. Era el único rastro de él que quedaba en el apartamento. Ni siquiera un calcetín solitario, un cepillo de dientes o un lápiz del departamento. Y de quién era eso la culpa...

Le habían arrancado un ojo a Leah y se había tragado cuatro de sus dientes los neumáticos son Goodyear G647RSS demasiados demasiados Lisbeth unicornio de cristal laceraciones en ano y vagina no puedo hacerlo SÍ HOY SÍ HOY SÍ HOY...

Cepíllate los dientes, por los clavos de Cristo. Te sentirás mejor.

A medio cepillarse los dientes, vomitó en el lavabo.

12

Ochenta minutos después (ochenta minutos divididos entre estar parada bajo los chorros casi hirvientes de la ducha, para después mirar desde la ventana de su apartamento el despertar previo al amanecer del barrio de Mission (camiones de reparto, corredores, gente que paseaba perros y personas todavía borrachas a causa de las juergas nocturnas), Valerie estaba sentada en el centro de coordinación de la comisaría, dándole vueltas a la idea que no la dejaba en paz desde hacía tanto tiempo que ya no recordaba cómo había sido su vida sin ella: que no estaban más cerca de atrapar al hombre, u hombres, lo más probable, que hacían eso que cuando habían descubierto el primer cadáver tres años antes.

Katrina Mulvaney, treinta y un años de edad. Funcionaria de asistencia educativa en el zoo de San Francisco. Se informó por primera vez de su desaparición el 3 de junio de 2010. Su cuerpo había sido encontrado tres semanas después en una tumba de escasa profundidad a dos kilómetros al este de la Ruta 1, a mitad de camino entre San Francisco y Santa Cruz. Vivía en el quinto piso de un complejo de apartamentos sin ascensor en Castro. Sin conocerse, Valerie y ella habían sido prácticamente vecinas.

Entre las fotografías que el novio de Katrina había aportado (las fotografías de «antes»), había una que Valerie había examinado en numerosas ocasiones. En ella, era patente que Katrina no esperaba ser fotografiada. El novio habría dicho, «Eh», y ella se había vuelto. Era lo que Valerie calificaba de foto «perspectiva». En este caso, perspectiva sobre la vida. Se observaba en gente captada así, desprevenida. La perspectiva de Katrina era de esperanza cautelosa. La mirada decía que no era estúpida, sabía que el mundo puede joderte sin previo aviso. Pero también decía que era consciente de haber sido querida de niña, y que todavía la conmovía la belleza, y que conocía sus defectos y debilidades, pero también sabía que no era una mala persona. La mirada decía que sabía desde hacía muy poco tiempo antes de la foto que estaba enamorada. Eso era parte del temor que aún perduraba en su perspectiva: que el amor pudiera salir mal.

El amor no había salido mal.

Lo que había salido mal era que alguien la había secuestrado, violado, mutilado y asesinado.

Después, esa persona (*personas*) había secuestrado, violado, mutilado y asesinado a Sarah Keller, de veinticuatro años de edad. Después a Angélica Martínez, después a Shyla Lee-Johnson, después a Yun-seo Hahn, después a Leah Halberstam, después a Lisbeth Cole. Siete mujeres de edades comprendidas entre los veinticuatro y los cuarenta años. Y las autoridades habían tardado casi todos esos tres años en caer en la cuenta de que todo cuanto esas mujeres tenían en común era que el mismo hombre (u hombres) las había asesinado.

Valerie imaginó a los millones de estupefactos adictos a las series televisivas policiacas. ¿Tres años? ¿Estamos hablando de policías retrasados mentales?

Si intentaba responder a esa pregunta se topaba con la fatiga como un muro de tierra seca. La forma en que las escenas del crimen de las series rebosaban de pruebas. La forma en que las pistas siempre conducían a algún sitio. La forma en que la red de investigación se cerraba alrededor de un amasijo de llamadas telefónicas y deducciones instantáneas. La forma en que los detectives lanzaban peticiones como «*Consígueme una lista de todos los lugares que venden asfalto laminado y de las ventas de los últimos cuatro años*», y en cuestión de minutos conseguían lo que deseaban. La televisión centrada en las series policiacas era una industria dedicada a vender el cuento de hadas necesario: no puedes hacer cosas terribles e irte de rositas. Si haces algo terrible, tarde o temprano tendrás que pagar.

Mientras que...

Se imaginó presentando la queja ante el Dios de su abuelo, la de que los pecadores debían ser castigados. Y Dios sonreía y enarcaba sus cejas de Papá Noel y decía: Mientras que...

—¿Capuchino? —preguntó Will—. Voy.

Había otros tres detectives en la sala de techo bajo y luces fluorescentes. Will Fraser (el compañero de Valerie), Laura Flynn y Ed Pérez. Los insomnes, junto con Valerie. Los fantasmas. Los obsesos. Los quemados. Durante las dos horas siguientes el resto del equipo se reuniría y la atmósfera del centro de coordinación se saturaría de la oleada colectiva de irritación y esfuerzo y frustración y agotamiento y aburrimiento. Pese a lo cual, sabía Valerie, tendría que serenarse para informar a la nueva oficial de enlace del FBI. Pensó en Callum, cuando la noche anterior había dicho: Con ese culo no hay discusión que valga. Pensó en la distancia que su cuerpo había recorrido desde Blasko. Desde el amor. Blasko le había dicho, durante las primeras semanas de su relación: Eres más bonita que un caballito de mar. Dispensaba sus cumplidos como si fueran conclusiones científicas desapasionadas. La habían henchido de tímido orgullo. Algunos hombres, había dicho él, explorarán la sala en busca de rubias frígidas de tetas siliconadas. Para otros hombres, una minoría, te lo aseguro, serás la única mujer de la sala. Yo soy uno de esos hombres. Procura recordarlo cuando empieces a pensar en dejarme tirado.

—Sí, gracias —dijo a Will, sin levantar la vista de la pantalla del ordenador portátil. En otra época habría contestado de una forma más creativa. Algo así como: «Dos terrones. Y revuélvelo en dirección contraria a las agujas del reloj, gilipollas». Había perdido el impulso de bromear. Will aún lo conservaba. Era el tipo de ser humano bueno cuya bondad derivaba de saber hasta qué punto era un ser humano deleznable, pero no permitía que éste anulara el punto en que dejaba de serlo.

—¿La cuota de hoy? —preguntó él.

Valerie le miró. Will tenía cuarenta y dos años, alto y delgado, la piel del color de la caoba desteñida, pestañas largas y una expresión de lánguida picardía.

—Cinco —mintió Valerie—. ¿Y tú?

La «cuota» abarcaba una escala de uno a diez. Uno representaba la certidumbre de que estabas haciendo lo debido para resolver el caso y alcanzar la victoria sobre los Poderes de la Oscuridad, y diez era la admisión definitiva del fracaso, salir por la puerta y renunciar a ser policía para siempre. Y tal vez sumarse a los Poderes de la Oscuridad.

HOY NO.

—Ocho —dijo Will—. Pero Marion me ha dicho esta mañana que ya no está segura de desearme. Por otra parte, me ha salido un forúnculo enorme en el culo. Es posible que los dos hechos estén relacionados.

Cuando se fue a buscar los cafés, Valerie oyó la rapidez sobrenatural de los dedos de Laura Flynn sobre el teclado. Sabía que, al cabo de un momento, tendría que levantarse, cruzar la sala y pararse delante del mapa de los asesinatos. Tendría que pararse delante del mapa de los asesinatos e intentar por enésima vez que hablara. Al mapa de los asesinatos no le daba la gana hablar. La frase del mapa de los asesinatos era que no tenía nada nuevo que decir. Pero el mapa de los asesinatos era un mentiroso. Tenías que creer que todo el caso era una mentira. Tenías que creer que todo el caso intentaba con desesperación ocultarte algo. Tenías que creer que, a la larga, pescarías El Caso. Y tenías que hacerlo antes de que El Caso te matara. O antes de que te obligara a partir el corazón de tu amante.

13

—Como ya saben —dijo el capitán Deerholt, cuando se hubo reunido el grupo de trabajo—, el agente especial Myskow está de baja laboral. Por lo tanto, la agente especial York es su sustituta a partir de hoy. Se reunirá con cada uno de ustedes más tarde. Sé que están hasta el cuello de trabajo, pero hagan el favor de reservar un hueco durante las siguientes veinticuatro horas. Ahora, quiero ofrecerle un resumen, aprovechando que están todos presentes. ¿Detective Hart?

Valerie estaba junto al mapa de los asesinatos. No necesitaba notas. No necesitaba refrescar su memoria. Casi siempre, no había nada más en su memoria (aparte de Blasko, el caso Suzie Fallon y la muerte del amor). La agente especial Carla York tenía treinta y pocos años. Una mujer menuda, pero visiblemente en forma, de ojos color avellana y maquillaje preciso y comedido. Pelo castaño claro recogido en una corta coleta. Traje chaqueta azul marino. Botas negras de tacón bajo cómodas. Sin alianza. De hecho, sin ninguna joya, por lo que Valerie podía ver. La idea de tratar con ella, alguien nuevo, la había consumido durante toda la mañana. Una persona nueva era una reafirmación del único hecho que importaba: Todavía no le habéis cogido.

—Empecemos —dijo Valerie, al tiempo que indicaba la fotografía de «antes» de Katrina en el mapa—. Primera víctima, Katrina Mulvaney, treinta y un años, mujer blanca. Funcionaria de asistencia educativa en el zoo de San Francisco. Residente en el Área de la Bahía, cadáver encontrado en el Área de la Bahía. Segunda víctima, Sarah Keller, veinticuatro años, mujer blanca, prostituta, residente en San Luis, Misuri, cadáver encontrado cerca de Richfield, Utah. Tercera víctima, Angélica Martínez, veintiocho años, mujer hispana, maestra de escuela, residente en Lubbock, Texas, cadáver encontrado cerca de Laramie, Wyoming. Cuarta víctima, Shyla Lee-Johnson, treinta y cuatro años, mujer blanca, prostituta, drogadicta, residente en Lincoln, Nebraska, cadáver encontrado cerca de Elk City, Oklahoma. Quinta víctima, Yun-seo Hahn, veinticinco años, mujer norteamericana de origen coreano, estudiante de posgrado en Berkeley, residente en el Área de la Bahía, cadáver encontrado en el Área de la Bahía. Sexta víctima, Leah Halberstam, cuarenta años, mujer blanca, ama de casa, residente en Plano, Texas, cadáver encontrado cerca de Salina, Kansas. Última víctima, Lisbeth Cole, treinta y cuatro años, mujer blanca, prostituta, residente en Omaha, Nebraska, cadáver encontrado cerca de Algona, Iowa. Éste no es el orden en que los cuerpos fueron descubiertos. Es el orden que hemos deducido basándonos en los datos aproximados de la muerte.

Valerie hizo una pausa. Ojalá hubiera ventanas. Le habría sentado muy bien poder ver el cielo, incluso el cielo de mediados de diciembre en San Francisco. Desde la lejanía del más allá, las mujeres muertas le habían dedicado su atención. Sin urgencia. Sin expectativas. Sólo con aturdida tristeza. Porque sabían que no sentía nada por ellas.

—Todas las víctimas fueron mutiladas, lo más probable antes de asesinarlas. Mezcla de cuchillos y herramientas. Sabemos con certeza que tres de ellas, Katrina, Yun-seo y Lisbeth, fueron violadas. En todas ellas aparecen las huellas dactilares y el ADN del mismo individuo, y en las tres últimas, Yun-seo, Leah y Lisbeth, aparecen las huellas dactilares y el ADN de un segundo individuo. No sabemos si han sido dos tipos desde el principio, o si el segundo fue reclutado. En cualquier caso, no se ha encontrado ninguna coincidencia de los dos en las bases de datos.

La impaciencia y el aburrimiento en la sala eran palpables. Esa reunión era redundante desde un punto de vista táctico: de todos modos, York iba a recibir toda la información, por mediación de los ocho investigadores que trabajaban en el caso, y Valerie se reuniría por la tarde con ella en privado. La verdadera razón de que Deerholt les hubiera reunido era porque se sentía preocupado por la creciente sensación de inutilidad. Estaba preocupado por la moral. Eso era un recordatorio: Eh, venga, es un trabajo de equipo, lo conseguiremos, no os rindáis. Somos una familia.

—La imposibilidad de descubrir vínculos era inevitable —dijo Valerie—. Teniendo en cuenta la cronología de los acontecimientos, la dis-

persión geográfica y la demografía de las víctimas, tres años no está mal.
De no ser por la firma y el ADN, es muy probable que seguiríamos sin
haber descubierto vínculos, al menos dejando aparte a las dos víctimas
del Área de la Bahía.

Las dos víctimas del Área de la Bahía eran la bendición de Valerie.
Y la maldición. Era el único lugar en que había tenido lugar más de un
asesinato. Daban por sentado (la desesperación, admitía Valerie en privado) que el asesino de Katrina era de la zona o tenía estrechas conexiones con ella. Todo lo demás estaba disperso a lo largo y ancho del centro
de Estados Unidos. El Área de la Bahía (insistía la desesperación) era
especial. Valerie creía que, si los asesinos habían conocido a alguna de
sus víctimas antes de convertirse en víctima, esa víctima era Katrina
Mulvaney. *Empieza con lo que sabes*, le había dicho el tutor de escritura
creativa de Valerie en un curso que había seguido cuando era adolescente. Ahora aplicaba el razonamiento a los asesinatos. La vida nunca se
cansaba de estas perversas conexiones. A primera vista, daba la impresión de que Yun-seo Hahn no aportaba la menor ayuda, porque los asesinos en serie, tal como Jodie Foster había predicado en la gran pantalla,
tendían a cazar en el seno de su propio grupo racial y social. Pero como
no contaban con nada mejor que la geografía para seguir adelante, la
metodología de trabajo era concentrar la fuerza operativa en el lugar
donde creían que los sujetos desconocidos vivían, habían vivido antes o,
al menos, habían forjado alguna especie de relación con la primera, y tal
vez quinta, víctima. Ésa era la justificación de San Francisco, en parte.
Eso y el simple dato de que contaban con un presupuesto mayor y mejores recursos que todos los demás estados implicados.

—En cuanto a la firma —continuó Valerie—, debe de ser lo único
que no hace falta repetir. Pero para que quede constancia, nuestros chicos dejan objetos dentro de sus víctimas. Objetos aleatorios o significa-
tivos, eso todavía no lo sabemos. No se trata de polillas o mariposas raras, por desgracia. Nada, de hecho, que nos ayude a reducir la lista de
sospechosos. Las dejan en la vagina, la boca o el ano, salvo en los casos
de Yun-seo y Leah, que los dejaron en el abdomen abierto. Lo supone-
mos porque los objetos eran demasiado grandes para sus orificios favo-
ritos.

Valerie había pasado horas hipnóticas con las fotografías de los cadáveres, las fotos de «después» en la transformación posterior al asesinato. Las tripas al aire libre de Yun-seo. Una pesada hacha entre los intestinos largo y delgado. Peor que eso, a un nivel surrealista (un hacha, al menos, era un instrumento de violencia en potencia, era decididamente congruente), era el ganso de cerámica vidriada, deprimentemente alegre, que sus asesinos habían dejado en Leah Halberstam. No era de tamaño natural, pero aun así tuvieron que cortar la mitad de sus órganos internos para acomodarlo. Según el informe del forense, el destripamiento se había efectuado con un cuchillo de pescado dentado. En las películas, el ganso habría exhibido la marca del fabricante, sería un objeto antiguo, habría reducido el número de personas que podían ser los propietarios o saber dónde encontrar uno. Pero eso no era una película. El ganso se había fabricado en serie durante los años setenta. Había decenas, cuando no centenares de miles distribuidos por el país, o lo habían estado. Si querías comprar uno ahora tenías que rebuscar en rastrillos, tiendas de artículos de segunda mano o boutiques de objetos kitsch, que tenían como clientes a gente con más dinero que sentido común. Era el tipo de objeto que aparecería en una web emo-hipster llamada algo así como cosasdemispadresquemeflipan.com.

—Katrina Mulvaney tenía los restos de un albaricoque caramelizado con palillo en el centro en la vagina —dijo Valerie—. Sarah Keller tenía un balón desinflado embutido en la garganta. Angélica Martínez tenía un folleto de una exposición de dinosaurios del Museo de Historia Nacional de Los Ángeles metido en el ano. Shyla Lee-Johnson tenía una fusta en la vagina. Lisbeth Cole tenía una pieza de cristal transparente de cinco centímetros de longitud (el consenso general es que se trata de un cuerno de unicornio) en el ano. Si están intentando decirnos algo —Valerie miró a Carla York, sin esperanza, pero con la certeza de que no iba a confirmar esta hipótesis—, aún no sabemos qué es.

Notaba la indiferencia de la sala hacia las mujeres muertas. Y la suya también. La sabiduría sobre el homicidio a la que había accedido hacía poco: con el fin de deducir quién había hecho esas cosas a una persona, tenías que apartar a un lado la realidad de dicha persona. La persona se convertía en una víctima. Una víctima era un enigma hecho carne y hueso. Detener al culpable significaba ganarte el derecho a pensar de nuevo en la víctima como una persona. El problema consistía en que, cuando detenías al culpable (si lo conseguías), estabas tan hecho polvo que la persona te importaba una mierda. Sólo querías emborracharte y ver deportes. O salir y follarte a un desconocido. Querías hacer cualquier cosa, en realidad, capaz de postergar la realidad, la de que al día siguiente habría otro cadáver, otro enigma hecho carne y hueso, otro testimonio en el caso contra el mundo como lugar de esperanza, luz y amor. Sobre todo si ya habías asesinado al amor. Eso, para Valerie, había sido a la larga el elemento de compensación, la lección que había aprendido. Antes del caso Suzie Fallon, tres años atrás, su debilidad como policía era que no podía dejar de pensar en las víctimas como personas. Porque en su vida existía el amor no había sido capaz de dejar de pensar en el amor que las víctimas habían conocido en la de ellas. Después, con la ayuda del caso Suzie Fallon, había asesinado al amor. Ahora, las víctimas no eran más que feos rompecabezas que debían resolverse. Sabía que eso la había llevado a ser mejor en su trabajo. Pero, a veces, veía que la gente la miraba, y la pregunta que leía en sus ojos era: ¿Cómo has llegado a ser tan fría, tan clínica, tan muerta?

—También somos conscientes de la posible irrelevancia de los objetos —continuó, en atención a Carla York—. Sólo hay dos formas de considerarlos. O poseen significado, un significado útil, un significado que nos ayudará a descubrir quiénes son esos tipos, o sólo nos están tomando el pelo, proporcionándonos la Práctica Habitual del Asesino en Serie porque ellos también han visto películas.

Todo el mundo, sabía Valerie, estaba harto de los objetos. Todas las fotos de antes y después de las víctimas en el mapa de los asesinatos tenían una etiqueta con el nombre del objeto descubierto en su interior. Era algo que roía el alma tener que ver cada día la palabra «balón» o «ganso» adscrita a la imagen del cuerpo femenino mutilado. Era justo el tipo de cosa que pondría como una moto a un psicópata.

—En resumidas cuentas: nuestros chicos raptan a las mujeres en un estado, hacen lo que hacen, y después abandonan sus cuerpos en otro. Lo cual exige un trabajo que implique viajar, o ningún trabajo.

Podrían ser autónomos desde un punto de vista económico, pero la Unidad de Ciencias del Comportamiento nos indica que eso no encaja con el perfil.

Valerie se dio cuenta de que Carla York no intervenía. Todavía no, en cualquier caso. Sin duda Myskow le habría confesado a York que existían dudas, por decirlo de una manera suave, entre el equipo sobre la utilidad de elaborar perfiles. Déjame adivinar, Ed Pérez (el superescéptico del FBI) habría dicho, incluso antes de que Myskow empezara, estamos buscando a un varón blanco de edad comprendida entre los veinticinco y los cuarenta años, con delirios de grandeza y un historial de maltratos. Escaso afecto. Quizá labio leporino o trastornos del lenguaje. ¿Me he olvidado de algo? No era justo, y Valerie lo sabía. La ciencia del comportamiento había descartado mucho tiempo atrás al psicótico cortado por el mismo patrón. El Simposio sobre los Asesinos en Serie de 2005 organizado por el FBI en San Antonio había dedicado un montón de tiempo y energías a sacar a la luz los «mitos sobre los asesinos en serie», muchos de los cuales, admitían, habían sido alimentados por el optimismo reductivo de la ciencia conductista. El problema residía, evidentemente, en que cuanto más admitían que no era una ciencia exacta, menos útil se les antojaba a los agentes encargados de las investigaciones.

—En cualquier caso, la elevada movilidad es evidente —afirmó Valerie—. La buena noticia es que Leah Halberstam y Lisbeth Cole fueron encontradas menos de setenta y dos horas después de su muerte. Tenemos moldes de neumáticos que sitúan a una autocaravana de clase B a dos kilómetros de cada tumba. La flota de marcas y modelos compatibles es grande, y como más de ocho millones de estadounidenses son propietarios de autocaravanas, ya podéis calcular. Además, no podemos descartar la posibilidad de que estén utilizando múltiples vehículos. Estamos trabajando con vídeos de la policía de tráfico, pero si se mantienen apartados de las carreteras principales, no obtendremos nada.

Miró a Deerholt. Ya está bien, ¿verdad? Estamos perdiendo el tiempo. Los ojos de Deerholt le transmitieron su acuerdo. Termina. En cualquier caso, todo el mundo anda deprimido todavía.

—Con todas las precauciones habituales —dijo Valerie—, estamos buscando a dos varones blancos. Uno de pelo oscuro y ojos oscuros, el otro casi con toda seguridad pelirrojo. Uno, al menos, vinculado con el Área de la Bahía. Calzan un cuarenta y tres y un cuarenta y uno, respectivamente. Las huellas del calzado nos conducen directamente a zapatos baratos de Kmart, de manera que por ahí no hay nada que hacer. Tenemos todo cuanto podíamos esperar de Serología y, como ya he dicho, tienen claro lo de su ADN. Pero todas esas pruebas no nos sirven de nada si no tenemos sospechosos. Hace siete meses que trabajamos en ello. A día de hoy hemos celebrado más de doscientas cincuenta entrevistas e interrogado a seis sospechosos, todos los cuales han sido descartados. Mantenemos buenas relaciones con las fuerzas de la ley de ocho estados, dejando aparte a la Agencia…, pero seguimos estancados. Da la sensación de que no sabemos nada. Pero lo que sí sabemos es que están acelerando. Transcurrieron unos ocho meses entre las víctimas uno y dos. Desde entonces, los intervalos se han abreviado. Tan sólo siete semanas separan a las dos últimas víctimas. La aceleración comporta errores. Van a cometer uno. No lo olvidemos.

Eso iba dirigido a Deerholt, y él lo sabía. El jefe de los investigadores arengando a las tropas.

Las tropas no se lo creían.

Ni tampoco Valerie.

14

—¿Te encuentras bien? —preguntó Carla York a Valerie. Estaban en el Taurus de Valerie, circulaban en dirección a casa de los padres de Katrina, en Union City. Estaba nevando, el tipo de nieve que no cuajaría, copos diminutos agitados por ráfagas de viento. Will Fraser seguía una pista. Lo que él llamaba una pista. Había estado investigando a proveedores de equipos de refrigeración para vehículos en el Área de la Bahía (y más allá, aunque sólo Valerie lo sabía), convencido de que si los asesinos transportaban cadáveres a cientos de kilómetros de distancia, tendrían que conservarlos en hielo. Los congeladores de las autocaravanas no eran lo bastante grandes para albergar un cuerpo, había dicho Will. A menos que lo despedaces, cosa que nuestros chicos no hacen. ¿Y si el coche se averiaba? ¿Y si les paraban por culpa de una luz trasera rota? Yo en su lugar llevaría un cajón falso lleno de filetes y gofres.

Valerie le echaba de menos. De una manera más aguda en presencia de Carla York, quien no sabía nada de ella. Quien había dedicado la última hora del horario de Valerie endilgándole lo que parecía un examen de recapitulación. ¿Por qué no te largas a leer los malditos informes?, había estado varias veces a punto de decir. La experiencia o la paranoia se lo habían impedido: había una calma en los ojos color avellana de Carol que le despertaba desconfianza. Imaginó el informe del FBI: Estamos un poco preocupados por la investigadora principal. Está mostrando señales de estrés. Corre la voz de que tiene un problema con la bebida. Ve a echarle un vistazo.

Y ahora, siguiendo las instrucciones de Deerholt, acompañaría a Valerie hasta nueva orden.

—Estoy bien —dijo Valerie—. No me puedo quitar de encima este maldito resfriado.

Cosa de la que se arrepintió de inmediato. Todos los investigadores habían tenido que asistir, en uno u otro momento, al seminario de concienciación sobre el estrés del departamento. «Señales de advertencia física y síntomas de estrés» era el primer componente. «Resfriados frecuentes» era uno de ellos. Y también dolores y malestares inexplicables, náuseas, mareos, dolor en el pecho y taquicardia. Como también, probablemente, vomitar de repente mientras te cepillabas los dientes.

—Tampoco es que importe mucho ya —dijo Valerie—, pero ¿nuestros chicos son psicóticos?

Toma el control. Oblígala a responder a preguntas.

—El asesino alfa quizá —contestó Carla—, pero creo que los dos no. Lo más probable es que el beta sea su esclavo de algún modo, aunque es evidente a partir de la serología que es él, al menos, quien se divierte con los cadáveres. Como un carroñero. Es improbable que el alfa le permita intervenir mientras están vivas.

Valerie la miró de reojo. Carla tenía la vista clavada en el parabrisas. Tenía el pelo estirado hacia atrás con tanta fuerza que debía dolerle. Cara pequeña (*de ardilla*, pensó Valerie), facciones correctas y una boquita enloquecedoramente pulcra. ¿Atractiva? Para los hombres que buscaban glamour superficial. Pero no le sobraba ni un gramo, y la piel era impecable. Lo bueno de un hombre cuando envejece, había dicho Blasko a Valerie en una ocasión, es que aprecia más la belleza de las mujeres. Bien, tal vez la belleza no, pero sí la suntuosidad sexual, el *carácter*… sexual.

—Si el alfa es un clásico —dijo Carla—, ha de poseer el control total. Cosa que no le impedirá culpar al beta de todo, incluidos los asesinatos. Podemos apostar a que es el dinámico. Pero es probable que el alfa lo asesine cuando termine.

—¿Termine?

—Si alguna vez lo hace. Cosa que no hará, porque vamos a detener a ese cabronazo.

La palabrota supuso un impacto. Hasta ahora, Carla habría podido estar hablando a una clase de estudiantes de posgrado. El cinismo de Valerie se impuso: *Es el efecto espejo. Te ha oído jurar, luego ella jura también. Es lo que quienes carecen de esperanza han aprendido a hacer en los concursos de citas. Es lo que los psicópatas aprenden a hacer.*

En teoría, Valerie iba a ver a los padres de Katrina porque la madre, Adele, había llamado para decir que había descubierto algo que le parecía significativo. En realidad, la visita sólo era para transmitirles el mensaje de que no les habían olvidado. De que no se habían olvidado de su hija. De que la caza del hombre u hombres que la habían asesinado seguía viva. Había, por supuesto, oficiales de enlace con las víctimas, que mantenían informadas a las familias, pero Valerie había pasado mucho tiempo con los Mulvaney durante los primeros meses. Demasiado, según Will, quien la había advertido acerca de la subrogación de la víctima. No era eso lo que preocupaba a Valerie (Will era una de las personas a las que sorprendía mirándola con tristeza en los últimos tiempos), sino los padres.

—Encontramos esto en el sótano —anunció Adele Mulvaney, al tiempo que entregaba a Valerie una sencilla caja de zapatos negra—. Tendría que haber estado en una de las cajas de plástico de cuando ella se mudó, supongo, pero estaba debajo de una pila de trastos de Dale. Pensé que tal vez querría echarle un vistazo.

Dale era el padre de Katrina, y no estaba en casa. El oficial de enlace con las víctimas le había dicho a Valerie que bebía mucho. No era sorprendente: un asesinato se cobraba más de una vida. Adele iba vestida con elegancia y todavía llevaba el pelo gris cortado por encima de los hombros, pero se podían advertir los estragos en los ojos castaño claro, en el mundo destrozado, en la pérdida para la que no existía recuperación. La casa estaba adornada para Navidad de manera somera (tenían nietos del hermano mayor de Katrina, y la familia pasaría junta las fiestas), pero se palpaba en el ambiente que hacerlo casi les había matado. Hasta el árbol adornado con espumillón poseía cierta presencia tensa y lastimera.

—Son sólo cosas sueltas —dijo Adele—. Resguardos de entradas, bolígrafos y algunas joyas de cuando era pequeña. Pero hay algunas fotos, y pensé... Sé cuánto tiempo dedicó a revisar las fotos de su teléfono y del ordenador. No sé. Quizá...

—Ha hecho bien en llamar —la tranquilizó Valerie—. ¿Le parece bien que lo examinemos en comisaría? Se lo devolveré lo antes posible.

Se quedaron media hora. Bebieron el café obligatorio. Hicieron lo posible por aparentar que la energía investigadora era elevada.

Dale Mulvaney subía tambaleante al porche cuando se marchaban. Aliento a bourbon. Lo cual provocó, para su disgusto, que Valerie deseara beber. Otra vez.

—¿Cuántas hasta ahora? —preguntó.

—Dale, cariño…

—¿Cuántas?

—Siete —contestó Valerie—. Señor Mulvaney, ésta es la agente especial York. Sé que debe parecer…

—¿Agente especial? ¿Qué tiene de especial?

—Basta, Dale.

—Nos dijo que lo atraparían —continuó Dale Mulvaney—. Pero ahora resulta que son dos. Ahora es en plural. Estaba justo donde se encuentra ahora cuando nos dijo que le encontraría. Y ahora, han muerto siete chicas. ¿Qué están haciendo? ¿Qué coño están haciendo?

—Deberían irse —sugirió Adele—. Será mejor que se vayan. Entra, Dale.

Dale Mulvaney apoyó la espalda contra uno de los postes del porche y se dejó caer hasta dar con el trasero en el suelo.

—Es una pregunta retórica —añadió—. Sé qué coño están haciendo. No están haciendo nada. No están haciendo una mierda.

—No permitas que eso te afecte —comentó Carla en el coche, camino de la comisaría.

—¿Qué?

—El padre.

Valerie se encrespó. La suposición de que eso la afectaba. Por un momento, se sintió tan irritada que fue incapaz de contestar.

—No permito que me afecte —replicó después, con mucha calma. Estuvo a punto de decir: No me afecta. Me alteró en el último momento. Luego, se preguntó qué versión sería cierta.

—Bien —dijo Carla—. Es la parte brutal del trabajo.

Una vez más, Valerie se sintió insegura sobre cuál debía ser la réplica correcta. Todo lo que salía de la boca de Carla parecía parte de una elaborada infiltración, comentarios inocentes destinados a dejar al descubierto la culpabilidad de tus respuestas. Era la autosuficiencia de la mujer. Tenía esa forma de inspeccionarte sin mirarte. Además, su pulcritud física conseguía que Valerie se sintiera desaliñada. Carla olía a ropa recién salida de la lavadora y a champú algo cítrico.

—Brutal es que violen y asesinen a tu hija —aseveró Valerie. También se le antojó que no habría debido decir eso.

Pero Carla se limitó a asentir.

—Exacto —dijo en voz baja.

Mientras Carla iba a buscar un bocadillo, Valerie se sentó ante su escritorio y echó un vistazo a la caja de zapatos. Media docena de pasadores y bandas elásticas para el pelo, un cepillo de dientes de viaje, una insignia de monitor de comedor, resguardos de entradas de conciertos (Radiohead, los White Stripes, Nick Cave), unos ridículos dientes que castañeaban de cuerda, un pulcro pañuelo blanco, medio tubo de base L'Oréal, unos cuantos imanes para frigorífico de My Little Pony y catorce fotos, todas menos una con amigos o familiares que Valerie sin duda habría entrevistado ya.

La excepción era una polaroid de Katrina que daba la impresión de haber sido tomada cuando tenía diez u once años de edad. Llevaba tejanos cortados (se distinguía la marca de nacimiento en forma de media luna en la pierna izquierda) y una camiseta amarillo chillón que ponía Hoppercreek Camp, y posaba delante de lo que Valerie pensó que era un árbol deforme, pues daba la impresión de tener dos troncos, uno vertical y otro que brotaba en un ángulo de treinta grados y se unía con el otro a un metro y medio del suelo. Katrina tenía una mano apoyada en la cadera, en la imitación de postura sexy típica de las niñas, y sonreía con los ojos entornados para protegerse del sol. La misma mirada de optimismo cauteloso, atemperada apenas por la torpeza juvenil.

Devolvió los objetos a la caja y tomó nota mental de pedir a alguien que los volviera a examinar, por si aparecía alguien en las fotos con quien no hubieran hablado todavía. No era probable. Adele les había dado una caja llena de desesperación maternal.

Sonó el móvil de Valerie. Era Will.

—No ha habido suerte —dijo—. Un tipo de Santa Cruz tenía un gran congelador instalado en su Freelander hace cuatro años. Resulta que es un taxidermista de sesenta y cuatro años con degeneración macular severa y un perro guía. Tuvo que dejar de conducir y trabajar hace dos años.

—Lo siento. Valía la pena probar.

—¿Cómo van las cifras de las cámaras de tráfico?

—Después de restringirlas a los cuatro días anteriores a que Leah y Lisbeth fueran encontradas, aún tenemos más de ciento cincuenta autocaravanas clase B en las carreteras interestatales importantes que no han sido investigadas. Están en ello, pero va lento.

—¿Y la señorita Quantico?

—Creo que nos están evaluando. Al menos a mí. Así que no aparezcas borracho.

—Pero si acabo de abrir una botella de Cuervo.

—Ni la pruebes.

Pensar en un trago de tequila consiguió que las glándulas salivares de Valerie se contrajeran. Apenas pasaban unos minutos del mediodía.

—De acuerdo —concedió Will—. Volveré dentro de una hora.

Valerie dejó caer el teléfono. Cuando se agachó para recogerlo, una punzada de dolor recorrió su espina dorsal desde la base hasta los omoplatos. Lo suficiente para que permaneciera inmóvil unos segundos, con los ojos cerrados.

Cuando los abrió y se incorporó poco a poco, Blasko estaba parado delante de su escritorio, con las manos en los bolsillos.

—Hola, nena. Cuánto tiempo sin vernos. Tienes un aspecto horrible.

15

Xander King (quien no había sido siempre Xander King, algo que recordaba cuando sucedían cosas como éstas) no lo podía creer. ¿Qué clase de casa rural no tenía una jarra de leche? Había registrado todos los armarios de la cocina. ¡Sólo una maldita jarra de leche! Al menos, una jarra de salsa. Preferiblemente marrón. De esas que llamaban de loza. Daba igual cómo las llamaran. No había ni una. De haber una, podría corregir aquella equivocación (que era culpa de Paulie). Esa equivocación podría... corregirse no, exactamente, sino... enmendarse. Eso le provocaba una terrible irritación, como cucarachas correteando bajo su piel. Mama Jean titilaba y florecía en la periferia de su visión, y sonreía al ver el desastre que había causado. Era culpa de Paulie, maldición. Déjame hacer una. Quiero hacer una. Y Xander había dicho de acuerdo. ¿En qué estaría pensando? Si Paulie lo hubiera hecho no sería problema de él. Pero, por supuesto, con lo inútil que era Paulie, cuando llegó el momento, Xander tuvo que hacerse cargo, porque Paulie se amilanó. Con lo cual, tuvo que hacerse responsable de todo el asunto. Lo cual significaba que tendría que haber encontrado una jarra.

—Tendría que ir allí —comentó Paulie. Estaba sentado en el suelo de la cocina y se aferraba la rodilla herida. Tenía la cara empapada de sudor. Xander (quien, empujado por la desesperación, se había subido a una encimera y palpaba con las manos la parte superior de los armarios, en caso de que por algún motivo ignoto hubiera una jarra allí, tal vez rota o sin asa, que no utilizaran desde hacía años) no le hizo caso.

»¿Xander? —dijo Paulie.

No hubo respuesta.

—Oye, estoy diciendo...

—Cierra el pico. —Siguió una pausa—. ¿Has captado mi tono de voz?

Paulie proyectó un repentino silencio. No obstante, habló al cabo de un momento.

—No es justo.

Xander se clavó una astilla en la palma. El tenue dolor incendió su cuero cabelludo. Bajó de la encimera. No había jarra. Era imposible enmendar aquello. La leve serenidad que había obtenido después de ocuparse de la zorra en la sala de estar se había esfumado. Todos los nudos estaban tan tensos como siempre. Procuró no mortificarse sobre el engaño constante al que se veía sometido. Pero era como si todo el día se estuviera riendo de él.

—Ve a buscar la autocaravana —ordenó.

—No es justo.

—Ve a buscar la autocaravana. Te lo he dicho dos veces. ¿Quieres que lo repita por tercera vez?

Paulie desvió la vista. Xander examinó la astilla. Ahora tendría que buscar unas pinzas. Las cucarachas correteaban bajo su piel.

—No puedo andar —protestó Paulie.

—No está lejos —repuso Xander—. Podrás hacerlo.

Paulie permaneció inmóvil un momento.

—Cuando la metamos dentro, pues —dijo en voz baja.

Xander se estaba preguntando si debería acabar con Paulie de una vez por todas en aquel mismo momento. Pero todo el asunto era un desastre en todos los apartados. Y estaba hecho polvo.

—Sí —afirmó—. Cuando la metamos allí.

Paulie se puso en pie con un gran esfuerzo y se encogió.

Era inútil decirle que no iban a meterla en la autocaravana, pensó Xander. Era inútil decirle que no había forma de arreglar el desaguisado, puesto que no había jarra de leche. Era inútil decirle que iban a dejarla a ella y a su hijo donde estaban y largarse. Era inútil decírselo hasta que fuera a buscar el vehículo. Era inútil decirle lo que fuera, porque pronto estaría muerto.

16

Nell ignoraba si estaba dormida o despierta, viva o muerta. Nada era seguro. Algo la arrastraba a través de la nieve. Cuando era pequeña, Josh la había aterrorizado hablándole del Abominable Hombre de las Nieves. Un monstruo (Nell había imaginado un enorme ser cubierto de largo vello blanco, con ojos como muertos agujeros negros y la boca llena de sangre) que se materializaba de repente en mitad de una ventisca y... se te llevaba (Nell albergaba sentimientos encontrados. Se le antojaba el tipo de monstruo tan feo y solitario que podías sentir pena por él..., con tal de que no se te llevara. A su cueva. Para izarte en sus manos de un blanco puro y arrancarte la cabeza de una dentellada y aplastar tu cráneo entre los dientes). Algo la arrastraba a través de la nieve y pensó: *Ah, es el monstruo.* Era una idea liviana. Iba y venía, sin molestarla mucho. Muchas cosas iban y venían, imágenes que se encendían y apagaban en la más absoluta oscuridad. La nieve caía desde un cielo oscuro. Una estufa de hierro anticuada como un enano ventrudo. Unas manos le tocaron la cara. Un anciano se arrastraba hacia ella a cuatro patas, el rostro deformado. Al final, no había ido al cielo. Pero tampoco parecía el infierno. O quizá tenía fiebre. Dentro de un momento, su madre aparecería a su lado: Pobre Nellie, estás ardiendo. Josh susurraría: ¿Se pondrá bien? El Abominable Hombre de las Nieves se quedó confuso a causa de Retortijones en la Barriga. Su madre los había padecido a veces.

Unas manos la desnudaron.

Todo ello en la más absoluta oscuridad.

Una vaga vergüenza cuando le bajaron la cremallera de los tejanos.

Intentó salir de la negrura para asegurarse de que era su madre, pero la negrura no se lo permitió. Era un peso suave, como agua oscura tibia.

Las manos (no, no eran las de su madre; el olor y el tacto no eran de ella) le bajaron las bragas por las piernas, y oyó el sonido de la leña al crepitar en el fuego. ¿El Demonio te desnudaba cuando llegabas al infierno? En una imagen del infierno, Josh le había mostrado que toda la gente iba desnuda, ensartada en brochetas o grandes ruedas, o estaba siendo acuchillada y asada por pequeños demonios provistos de tridentes. Lo más horrible era que todas las personas desnudas parecían indiferentes, como si no fueran conscientes de lo que les estaba sucediendo. Por su parte, ella sólo se sentía algo preocupada. Las manos que la desnudaban sólo eran una especie de distracción irritante, que le impedían caer dormida. Estaba muy cansada, y la cálida negrura prometía un sueño profundo y reparador. Intentó hablar: *Oye, para. Déjame en paz.* Pero su boca no emitió el menor sonido. Las palabras se deslizaron bajo la piel de su rostro en lugar de salir al mundo.

Recuperó el sentido un momento y vio al mismo anciano, todavía a cuatro patas, todavía con el rostro desencajado (a causa del llanto, pensó; había lágrimas), que se alejaba de ella sobre un suelo de madera que no reconoció.

Entonces, la tibia agua oscura se cerró sobre su cabeza. Su último pensamiento fue que no quería soñar. Porque su último sueño había sido una pesadilla, en el cual su madre estaba caída al pie de la escalera en un charco de su propia sangre y le decía que huyera.

17

La ironía, pensó Angelo Greer, cuando despertó en medio de un dolor espantoso de un sueño acerca de un terremoto, para descubrir que se había desmayado sobre el suelo mohoso de la cabaña, era inmortal. Si no inmortal, al menos un último superviviente garantizado. Cuando el mundo se acabara, el último vestigio de la presencia humana sobre la tierra sería un olorcillo (como el aroma de la pólvora después de unos fuegos artificiales) a ironía.

Los dos años y medio transcurridos desde el fallecimiento de su esposa Sylvia habían sido una demostración cada vez más amplia de la falacia del dolor. La falacia del dolor era que lo superabas. La falacia del dolor era que, cuando un ser amado moría, sufrías, descendías al inframundo, descubrías tu medida en la oscuridad de la madrugada, y al final (puesto que el compromiso con la vida invalidaba todo lo demás) descubrías que tu medida era suficiente. Poco a poco, levantabas cabeza. Empezabas a mirar a tu alrededor. Veías que el mundo (a través de formaciones nubosas y etiquetas de productos) se volvía a insinuar. Descubrías que el mundo todavía era suficiente. Comprendías que la voluntad de vivir era algo de taimada bondad. *Empezabas a superarlo.* Habías cambiado (ensanchado y profundizado por la pérdida), pero aceptabas el contrato renovado. Sabías que ibas a continuar adelante. Descubrías que aquel suceso no había cumplido la amenaza de matarte.

Ésa era la falacia, y él la prueba viviente.

Había dejado de escribir, por supuesto. Por supuesto, porque un novelista tenía que estar enamorado amoralmente de la vida, de todo cuanto comportaba la vida, incluida la muerte…, y él no lo estaba. Ya no. Había creído que la labor del arte era moldear el mundo de una forma imaginativa, encontrar un sitio para cada cosa. Pero después de la muerte de Sylvia sólo había encontrado sitio para su ausencia y su tozuda presencia.

Llevaban casados treinta años cuando llegó el diagnóstico: astrocitoma de grado IV. Inoperable. Radio y quimio hasta que ella dijo: Basta. Murió una tarde en la cama de su apartamento de la calle Veintitrés. Angelo estaba acostado a su lado, pegado a ella, con los brazos alrededor de su cuerpo, en el rectángulo de luz de la cama. Se había quedado dormido tal vez unos veinte minutos, y cuando despertó ella había muerto. Con los ojos cerrados, la cara vuelta hacia el otro lado. Hacia el otro lado. Vuelta hacia otra parte. Hacia donde iban los muertos. Que quizá era un lugar inexistente. Tenía cincuenta y seis años. Un año más joven que él.

Desde entonces, había perdido el sentido de la orientación. *Todo se desmorona*, como decía el poema. No podía pensar. Carecía de una perspectiva de sí mismo. Se descubrió haciendo diversas cosas: tumbarse en el suelo con la vista clavada en el techo; follarse a una prostituta latina de veinticuatro años; recorrer Manhattan en toda su anchura bajo un calor horroroso, ahogado en su propio sudor. Era consciente de la gente que existía en su vida (no tenía familiares vivos, pero sí amigos, colegas), que al principio caminaban de puntillas a su alrededor, después le exhortaron a recuperarse, después se irritaron, después empezaron a reconocer poco a poco que tal vez había perdido la razón. Una parte muy remota de su ser sabía cuál era el aspecto que debían ver: su vida habría debido facilitarle los recursos necesarios para sobrevivir a la pérdida de su esposa. Era un escritor de éxito. Había ganado premios. Su obra había sido traducida a veinticinco idiomas. Había disfrutado de largas comidas con editores en restaurantes de vajillas centelleantes y gruesas servilletas. Hizo giras internacionales. Pero los amigos, los colegas, no sabían que el centro de su vida era Sylvia. No sabían que todo era más llevadero porque ella no se lo tomaba en serio. No sabía que sólo se sentía en paz consigo mismo cuando estaba con ella. No sabían que era la clase de amor que el mundo consideraba superada.

Y sin ella, las insignificantes dimensiones de todo lo demás habían quedado al desnudo con una violenta viveza molecular. No podía relacionar nada con nada. Como decía otro poema.

Había ido a la cabaña sin ningún propósito definido, pero con la vaga intuición de que tal vez jamás se iría de ella. No había pensado más allá de eso. La casa había pertenecido a su padre. Abandonada desde hacía más de dos décadas. Angelo la había visitado de niño. En medio de su dolor, se descubrió recordándola. El barranco, como la sonrisa de una calabaza de Halloween. Los espesos bosques de hoja perenne. La tierra poseía algo que él deseaba. No sabía qué. Subió al coche y condujo hacia el oeste desde Nueva York durante dos días. La nieve cayó por fin, cosa que le tranquilizó cuando ya estaba al borde del ataque de nervios. Compró provisiones en Ellinson. No sabía qué estaba haciendo, pero la casa poseía un silencio y una solidez que se traducían como una especie de aprobación espartana.

Habían transcurrido seis días. No se había llevado libros para leer. La lectura había seguido el camino de la escritura. Leer y escribir constituían la prueba de que el mundo todavía te interesaba, todavía te intrigaba, todavía te *incordiaba*. En cambio, miraba la nieve. Se tumbaba en el sofá. Se dejaba reducir a actos sencillos. Cortaba leña. Comía productos enlatados. Mantenía encendido el fuego de la estufa. Su mente funcionaba con unos amodorrados servicios mínimos.

Entonces, la noche anterior, la ironía había llegado. En forma de algo tan poco espectacular desde el punto de vista médico como una ciática.

¡Ciática! Le habían presentado la afección cuatro años antes. Se sometió a una intervención para reducir el disco herniado de su columna que estaba ejerciendo presión sobre el nervio (L5 compromete S1, como había llegado a saber), llevó a cabo los ejercicios de Pilates con una especie de entumecida satisfacción, aceptó la leve cojera y el uso de un bastón y, desde entonces, llevó una vida libre de dolores.

Hasta la noche anterior, cuando, sin más preámbulos o advertencias, la ciática había regresado.

Había olvidado cómo era. Había olvidado hasta qué punto el dolor era debilitador e insoportable. Antes de perder el conocimiento había pasado dos horas a cuatro patas en el suelo, incapaz de moverse. El dolor le hizo llorar. Hacía meses que no lloraba. La pena había agotado las lágrimas. La pena había desgastado su mecanismo y continuado hacia otras cosas. El universo le había concedido una clemencia aleatoria: había mordido el polvo cerca de una botella de whisky de malta, regalo de su editor, con el cual había compartido un inútil almuerzo más de un año antes, en los días en que la gente todavía esperaba que superara la situación. El whisky, un Macallan de veinticinco años, había reposado desde entonces en el asiento del pasajero de Angelo, y lo había añadido a la caja de provisiones olvidadas que había traído de Ellinson cuando llegó. En ausencia de pastillas (la idea del dolor físico había desaparecido hacía mucho tiempo de su esquema de las cosas), el whisky se había presentado como el único analgésico disponible, y se había bebido casi toda la botella. Ahora, por tanto, además de la crisis agónica de sus piernas, padecía una resaca que le machacaba el cerebro. Necesitaba agua. Se moría de sed.

El fuego de la estufa de leña se había apagado, pero aún quedaba un poco de calor residual en su hierro. Sus pies no se habían congelado del todo, pero el resto de su cuerpo temblaba de una manera ridícula (Sylvia le habría cuidado de haber estado presente, pero no sin humor. En una ocasión, tras sufrir un repentino ataque de diarrea en la presentación del libro de un amigo y correr a casa en taxi, se cagó encima antes de poder llegar al cuarto de baño. Sylvia, con un vestido de noche negro y un collar de oro globular, se paró en la puerta del baño y recitó citas de críticas aparecidas en la prensa: «... inquebrantable honestidad y una imaginación tan rica como ambigua...», «... uno de nuestros mejores escritores...», «... mientras que novelistas inferiores se contentan con ingeniosos entretenimientos, Greer todavía persigue la alta literatura...», mientras él se agitaba en el suelo, intentando quitarse sus ropas manchadas, los dos riendo como niños. Habían sido testigos de los mejores y peores momentos de cada uno. Era un continuo. No había nada en ambos donde el amor no hubiera encontrado acomodo).

La cuestión era: ¿podría llegar al fregadero? Tenía que moverse. Tenía que beber agua. Pese a lo que dijera el dolor. Y después, fuera como fuese, tendría que llegar al coche. A un teléfono. A un médico. Lo cual sería imposible, le estaba diciendo ya el dolor. El dolor ya le estaba diciendo que sería un milagro llegar al fregadero.

Estuvo a punto de morir. Tuvo que gatear e incorporarse sobre el borde de la estufa. Los nervios de su pierna derecha chillaban. Concentró todo el peso que pudo en sus brazos y deslizó su boca reseca bajo el chorro helado del grifo (agua de manantial, en teoría, sabía fresca y pétrea), y a cada sorbo sentía que el bienestar inundaba de nuevo sus células. No supo calcular cuánto tiempo estuvo bebiendo. Se le antojaron horas.

Pero aun así no podía dar más de tres pasos seguidos, incluso doblado en dos, incluso con el bastón. A cuatro patas, trabajando a base de pequeños esfuerzos que le obligaban a apretar los dientes e inundaban sus ojos de lágrimas, cargó la estufa de leña y encendió un fuego. Pasó otra media hora antes de que lograra ponerse la chaqueta térmica y el sombrero, con la tozuda esperanza de que cuando los tuviera puestos podría andar.

Pero no fue así.

Era una broma. El coche estaba al otro lado del puente que cruzaba el barranco, y el puente se hallaba a diez minutos a pie, incluso para una persona físicamente capaz. Pero el único analgésico disponible eran los últimos restos de whisky, y con la mejor voluntad del mundo sabía que, en su estado actual, no lograría echar ni un trago. Se preguntó si podría noquearse de forma manual. Golpearse la barbilla contra el borde de la estufa. Machacarse la cabeza con una sartén. Era una medida del dolor que padecía el hecho de que no captara la sorna de la idea. Sólo podía pensar en romperse la mandíbula y arrancarse los dientes de cuajo. Sylvia, por supuesto, se habría reído. Aquel absurdo apuro le había traído de vuelta su sentido del humor. Casi la sentía sonriendo ante el contraste, el drama de su alma reducido a una farsa por su cuerpo. Ella lo valoraría. La ironía había sido su elemento.

Decidió gatear hacia la puerta y asomarse al exterior para ver la profundidad de la nieve.

Y si bien, cuando logró abrir la puerta, vio lo que vio enseguida, su comprensión tardó un momento en captar lo que su cerebro ya había discernido.

Estaba mirando el cuerpo de una niña pequeña.

18

Estaba tendida boca abajo en el borde del porche, donde la capa de nieve era más delgada, con una pierna doblada, los brazos flácidos, la cabeza vuelta hacia él, los ojos cerrados, la capucha de su chaqueta roja suelta alrededor de su revoltijo de pelo oscuro. Había un pequeño charco de sangre junto a su boca. Al otro lado de su cuerpo la tierra estaba esculpida de blanco. La nieve seguía cayendo con fuerza a través de la oscuridad. El barranco se encontraba a veinte metros de distancia. Al otro lado, el bosque trepaba por la pendiente occidental, cargado de árboles de hoja perenne, como una sobredosis de Navidad. La luz de la puerta abierta revelaba las huellas de sus pies, o mejor dicho, de sus piernas, porque en cada paso se había hundido al menos hasta las espinillas, que se alejaban en dirección norte hacia el puente.

Muerta.

La sangre junto a su boca.

La postura indiferente del cuerpo, como si se hubiera tumbado para echar una siesta en una playa soleada.

Una niña muerta. Aquí. Ahora.

Durante unos tres segundos la adrenalina bloqueó el dolor de Angelo cuando se movió, pero sintió que insistía en volver a invadirle cuando se tambaleó hasta el lugar donde la niña yacía y se dejó caer de rodillas a su lado. Las ideas se hacían trizas y acababan en callejones sin salida:

Busca el pulso…

No la muevas…

Esto es porque…

Demasiado tarde para…

Sin teléfono, sin nada que…

Esto es porque…

De Ellinson, de alguna de las casas…

Respira, respira...

Creerán que la he...

Desprovisto de todo salvo de instinto, Angelo acercó el oído tanto como pudo a su boca abierta.

Y tuvo la sensación de que la espera era eterna.

Entonces llegó. Tenue. Pero más tibio que el aire sobre su piel. Estaba respirando.

Si tenía algún hueso roto, moverla sería peligroso. Pero si no la sacaba de la nieve podría morir en cuestión de segundos. Sin la menor duda.

Salvo que él apenas podía moverse. Si intentaba, y conseguía, alzarla en brazos, no existían garantías de que no fuera a caerse o dejarla caer. Además, todavía necesitaba una mano para el bastón. Era horroroso, pero tendría que arrastrarla hacia dentro, eso sí, con mucha delicadeza.

Angelo supo, mientras tomaba fuerzas, lo que iba a costarle. Pero no había alternativa. Aún de rodillas, aflojó la cremallera de la chaqueta de la niña alrededor del cuello, y después la tendió de espaldas con mucho cuidado. La nieve le ayudó. Aferró la parte posterior de la capucha con la mano izquierda, preparó el bastón en la derecha, y después se fue poniendo en pie muy lentamente.

Y estuvo a punto de derrumbarse de inmediato, de tan fuerte que era el dolor. En el primer instante de enderezar su columna vertebral más de noventa grados, sintió el reflejo de su cuerpo de apoyarse sobre manos y pies. Lanzó un grito involuntario, y no dejó de gritar a cada paso que daba, hasta que la dejó delante de la estufa. Entonces se derrumbó entre sollozos, y si bien la puerta de la cabaña continuaba abierta a su perfecto país de las maravillas invernal, no pudo hacer nada durante un rato.

La niña no se movía. Angelo se preguntó si estaría en coma. Su chaqueta era impermeable, pero los tejanos estaban empapados y medio congelados. No era el hombre más adecuado para ese tipo de situaciones, pero sabía que no se debía dejar a nadie con la ropa mojada. El agua que se evaporaba disminuía la temperatura del cuerpo. Tuvo una visión de la niña recuperando la conciencia y descubriendo que la estaba desnudando. El terror se apoderaría de ella al instante. Pero no había otra cosa que hacer. Por lo que él sabía, se encontraba en la última fase de la hipotermia. Recordó haber leído en algún sitio que, en casos de hipotermia extrema, el síntoma más evidente (los temblores) cesaba. Y aquella niña no estaba temblando.

Hazlo ya, dijo el fantasma de Sylvia. En aquel momento estaba muy cerca de él, muy comprometida (nunca, desde la infancia, habría dicho que creía en fantasmas. Su parte racional todavía no creía. Pero desde la muerte de Sylvia su parte racional había sido abandonada en la playa de su tiempo, junto con una gran parte de la persona que era. Ahora, era un extraño para sí mismo, y su vida un sueño que ya no cuestionaba. Vagamente, desde que había empezado a notar su presencia, en su cabeza, cuando no en el aire que le rodeaba, era muy consciente de lo que su parte racional habría dicho al respecto: que su fantasma no era nada más que el poder generador de su recuerdo obsesionado. Pero le daba igual. Ella venía cuando venía. Si todavía vivía, era por eso. Era lo único que parecía real en el sueño). *No pierdas el tiempo*, dijo Sylvia. *Lo primero, la puerta. Gatea. Después, el saco de dormir. Algo debajo de su cabeza. ¿Cuánto tiempo habrá estado ahí fuera?*

Lo hizo todo a gatas, transido de dolor. Le quitó la ropa mojada a la niña (pero supo en cuanto le quitó la bota derecha y vio la hinchazón oscura que debía tener el tobillo roto) y la tendió sobre la estufa, para que la viera en cuanto despertara. Abrió el saco de dormir por completo sobre la esterilla Karrimor, la depositó con delicadeza dentro, y después subió la cremallera. Deslizó una almohada debajo de su cabeza y añadió más leña a la estufa. Cuando terminó, estaba empapado en sudor.

19

¿Cuántos años? ¿Nueve? ¿Diez? Había agujas de pino en su pelo oscuro. Tenía la cara cubierta de diminutos arañazos.

Arañazos porque había corrido a través del bosque.

¿De quién estaba huyendo?

¿Dónde estaban ahora?

¿Y de qué iba a servir un tullido si hacían acto de aparición?

Sylvia, muy concentrada, enviaba boletines informativos concisos y breves: mantenla caliente. Haz que ingiera líquidos.

No tenía línea terrestre. No había cobertura de móvil. Tenía que llegar al coche. No podía llegar al coche. Casi había acabado con él llegar al porche delantero y volver. Vio una imagen de sí mismo gateando a través de la nieve hasta el puente. Imposible. Daba igual cuántas veces abordara el problema, los hechos básicos no cambiaban: estaba atrapado allí hasta que L5 decidiera que ya estaba cansada de torturarle y aliviara la presión sobre S1, o hasta que alguien de quien ella dependiera apareciera para reclamarla. Era evidente que alguien aparecería, tarde o temprano. Se habría extraviado. Pero ¿qué le había pasado? ¿Y si moría entretanto?

¿De quién estaría huyendo? Consultó a Sylvia. Notó que sacudía la cabeza, vio sus ojos oscuros rutilantes de misterio.

Cuando había tenido que desnudar a la niña lo hizo deprisa, impulsado por el pánico de mancillar su dignidad. Pero el tobillo hinchado significaba que tenía que ser cauto y lento (¿quién sabía qué más se habría roto?), y una tristeza vívida le había tendido una emboscada al ver sus piernas pálidas y la vulva lampiña. La desolación de sus piernas desnudas. En cuanto se secaran las bragas se las volvería a poner.

El mundo está plagado de cosas espantosas que les suceden a los niños. Sylvia y él no habían tenido hijos. Sylvia conservaba cicatrices de un aborto espontáneo que tuvo a los dieciocho años, y su esperma tenía una movilidad tan mínima que era como si estuviera muerto. Lo habían intentado en los primeros años de matrimonio, cinco intentos de fecundación in vitro sin éxito. Se dieron cuenta de que aquello empezaba a consumirles, el ciclo de esperanza y decepción. Tuvieron la prudencia de saber cuándo parar. Había creado cierta tristeza entre ambos. Pero también había formulado la pregunta necesaria: en la ausencia de un hijo al que amar, ¿será esto suficiente? ¿Seréis suficientes el uno para el otro? Y la respuesta, como ambos sabían, era sí. Les había unido más, con ternura. Les había confirmado.

Mientras miraba a la niña, Angelo se quedó consternado por su vulnerabilidad, las menudas muñecas y la tierna garganta, los ojos como capullos cerrados. Decidió que, cuando los tejanos estuvieran secos, también se los pondría.

Palpó su frente. El frío había desaparecido, pero la niña no se movía. Su inmovilidad era espantosa. Si temblara o sufriera espasmos, enviaría la señal de que todavía estaba en la tierra. Tal como estaban las cosas, imaginó su espíritu vagando en algún lugar intermedio entre aquí y el más allá, perdida, confusa, sola. *No, no puedo ayudarte con eso,* dijo Sylvia. *Ella sigue contigo.*

Había más dificultades. Incluso con la estufa de leña encendida iba a tener mucho frío sin el saco de dormir. Había una manta devorada por las polillas en la cómoda del dormitorio (sin cama), y dos toallas de baño que había puesto a secar el día anterior, pero eso sería el límite de su aislamiento. Había dormido sobre la Karrimor, en el suelo, junto a la estufa, pero ella la necesitaba más, de modo que debería arriesgarse con el sofá hecho trizas, que casi con toda seguridad empeoraría el estado de su espalda, si era posible que empeorara. Tendría que protegerse con más ropa. Lo cual significaba volver a moverse. Lo cual significaba que L5 tocaría el timbre de la puerta de S1.

¿De quién huía la cría?

Al cabo de un momento, decidió, cuando hubiera hecho acopio de fuerzas, registraría todos los cajones de la casa en busca de cualquier cosa que pudiera, por inútil que fuera, utilizar como arma.

20

La conmoción había confundido su cerebro. Dedicó un tiempo agónico e indeterminado a gatear alrededor de la cabaña (descubrió una lima oxidada, una sierra rota, una escoba a la que faltaban la mitad de las cerdas), antes de verse obligado a llegar a la conclusión de que lo único que estaba a su disposición era el atizador con asa de latón de la estufa, que apenas medía treinta centímetros de longitud.

Después, estupefacto por su torpeza, recordó el hacha.

Que estaba, por supuesto, en la diminuta leñera contigua a la cabaña.

Olvídalo. La búsqueda lo había agotado. No le quedaban fuerzas.

Pero la imagen de la niña corriendo aterrorizada a través del bosque no se disipaba. Ni la angustia de las piernas desnudas y el estado de absoluta indefensión al que había quedado reducida.

No puedo hacerlo.

Prueba.

Intentó disuadir a Sylvia. Aunque se hiciera con el hacha, ¿qué iba a hacer exactamente con ella? En su estado, ¿pensaba ella en serio que iba a mostrarse a la altura de cualquier atacante? Colmarle de insultos obtendría el mismo resultado. ¿Y por qué estaba tan obsesionado con la idea de un atacante? La niña habría podido… La niña habría podido ¿qué? ¿Jugar al escondite? ¿Caer de un árbol al que había trepado? ¿Escapar de un manicomio?

Era terrible, la claridad con la que sentía la necesidad de protegerla. Era una nueva medida de su debilidad, por si le hacía falta una más.

La energía de Sylvia vibró cerca de él: *Hay quince pasos de distancia hasta la leñera. O una breve distancia a cuatro patas sobre la nieve. Venga ya. Ponte los guantes.*

Por lo visto, la conmoción también había dado cuenta de su resaca. Los restos del whisky le guiñaron el ojo, prometedores.

No. No te embotes.

Vale.

Venga. Hazlo ya.

Cuando regresó (había conseguido dar cinco pasos doblado en dos con el bastón, y después una sonriente L5 le obligó a gatear sobre la nieve), estaba seguro de algo: si un atacante irrumpía por la puerta ahora, no podría ofrecer la menor resistencia.

Embutió el hacha debajo de la estufa, oculta. No quería blandirla cuando ella abriera los ojos.

La niña estaba temblando. De una forma alarmante. Estaba cubierta de sudor. Cuando posó la mano sobre su frente, descubrió que estaba ardiendo. Fiebre. Debía darle agua. Como fuera.

Tembloroso, y también sudado, Angelo se desplazó con un gran esfuerzo hasta el fregadero y llenó de agua una taza. Repitió el camino a la inversa y se acuclilló en el suelo a su lado.

—Vamos —dijo, levantó su cabeza y la acunó en el brazo izquierdo—. Bebe. Te sentará bien. Por favor. Vamos. Toma un sorbo. Tú puedes hacerlo.

Pero ella no pudo. Él confiaba en que algún instinto reflejo de rehidratación le conferiría ánimos. Había confiado en que, con independencia de adónde hubiera ido su alma, su cuerpo sabría que todavía necesitaba agua, sentiría la taza en los labios, abriría la boca, bebería, tragaría.

Esto no sucedió. El agua resbaló sobre su barbilla.

Hasta ahora has hecho lo que has podido. Descansa un rato.

Apoyó con delicadeza su cabeza sobre la almohada.

21

—De hecho, hace semanas que he vuelto —afirmó Nick Blaskovitch—. Mi padre murió. Mi madre no está en condiciones de estar sola. Serena no puede irse de casa. Tiene su vida.

Mientras que yo no. Desde que me partiste el corazón no.

Las manos de Valerie temblaban. Las obligó a apoyarse sobre el escritorio para disimular.

Tres años.

Tres años que se convertían en nada en cuanto los dos se encontraban en la misma habitación. En este caso, en una habitación donde resonaba la energía concentrada de la policía en horas de trabajo. Al amor le daba igual en qué habitación estaba. El amor no era criminal. El amor era alegremente amoral.

—Lo siento —dijo ella. *Lo siento.* El aire se espesó debido a la historia de la expresión entre ellos—. Siento mucho lo de tu padre —se apresuró a añadir—. ¿Qué pasó?

—Cáncer. Malo, pero rápido.

—Oh, Dios, Blasko, lo siento muchísimo.

Tres «*lo siento*» en cinco segundos. Nunca serían suficientes.

—Lo sé.

Intercambiaron una mirada. ¿Qué podían hacer, salvo mirarse? ¿Qué había que ver, salvo que todo seguía presente? Todo cuanto habían compartido. Todo cuanto ella había destrozado.

Él también se daba cuenta. Siempre habían sido mutuamente transparentes, sobre todo en connivencia. Cuando estaban juntos, el mundo había revelado ser una broma de mal gusto en la que habían caído. A veces te partías el culo de risa y a veces te desesperabas, pero una vez os descubríais mutuamente ya no tenías que volver a hacerlo solo.

Sólo que hay algo que nunca te dije, Nick. ¿Pensabas que antes me odiabas? Espera y verás.

—¿Has vuelto a trabajar aquí? —preguntó ella.

—Temo que sí.

Verle cada día. El rostro sereno de facciones morenas, con su expresión de inteligencia cansada pero inquieta. Su olor familiar. Su voz. Se imaginó de repente viajando a un país caluroso y pobre donde nadie supiera nada de ella. Una cabaña de adobe. Polvo rojo. Pies descalzos bajo el sol. Licor. Soledad.

—¿Todavía brigada antivicio?

—Informática Forense. Mucho despacho. Me reciclé. Alta tecnología. ¿Sabes lo que es un bloqueador de escritura de hardware? Tú no, pero yo sí.

—¿En serio?

—En serio. Si tu grabador de vídeo digital se estropea, llámame.

Llámame.

Sin alianza, pero eso no demostraba nada. Ella buscaba la presencia de otra mujer en sus ojos. No podía evitarlo. El reflejo la sobrecogió. Él lo sabía. Su mirada decía que no había nadie. También decía que no diera nada por hecho. Estuviste a punto de matarme. Podrías estar a punto de matarme otra vez.

—Estáis con el dúo de asesinos en serie —comentó Blasko, al tiempo que echaba un vistazo a la caja de zapatos—. ¿Habéis llegado a alguna parte?

Ella sacudió la cabeza y desvió la vista. No hablemos de eso. Demasiado cercano a nuestra historia. Demasiado cercano al núcleo, al caso Suzie Fallon, al amor, y a su asesinato extendido.

Lo has hecho porque crees que no tienes derecho a la felicidad, había dicho él tres años atrás, semanas antes del cuarto de baño, la prueba del embarazo, el lenguaje de la biología impersonal. *¿Crees que cargándote el amor resucitarás a Suzie Fallon? No resucitarás a nadie.* Y tuvo razón.

—La leche —dijo Laura Flynn—. ¿Eres tú?

Había pasado de largo, con un Starbucks en una mano, un sándwich a medio comer en otra, y tres abultadas carpetas debajo del brazo.

Blasko le dedicó una sonrisa. Dos carpetas se escurrieron de debajo del brazo y escupieron su contenido sobre el suelo. Laura estuvo a punto de derramar también el café.

—Tranquila —rió Blasko—. Tranquila, tigresa.

—Es fantástico —dijo Laura Flynn—. Es por tu culpa. —Pero dejó en el suelo todo lo demás y le rodeó entre sus brazos. Era una mujer menuda y fogosa, de pelo muy negro y ojos muy azules, y podía vencer a la mitad de los tíos de la comisaría haciendo pulsos—. ¿Qué estás haciendo aquí? —preguntó, al tiempo que miraba a Valerie por encima del hombro de Blasko mientras le abrazaba. Una mirada que decía: rediós. ¿Estás bien? ¿Qué significa esto? ¿Vais a volver a empezar?

La mirada de Valerie le respondió: No. No lo sé. No puedo. No sé. Él no querrá. No lo sé.

Y ahora se lo tendré que contar. Todo.

22

En su apartamento, de madrugada, Valerie estaba sentada delante de su ordenador portátil, revisando las nuevas imágenes del circuito cerrado de televisión del zoo de San Francisco. Mejor dicho, estaba sentada mientras las imágenes desfilaban, sin poder concentrarse en ellas. Se había bebido media botella de Smirnoff y había demasiadas colillas de Marlboro en el cenicero. Alguien le había dicho hacía mucho tiempo: una vez hayas accedido a permitir que te asesinen, los cigarrillos te harán compañía en todo momento. Los cigarrillos estarán a tu disposición. La apática nieve había cesado. La lluvia golpeaba contra las ventanas. Le escocían los ojos y le dolía el cuerpo.

Blasko.

Nick.

Sólo le llamaba Nick en la cama. Sólo en la cama eran el uno del otro. En todos los demás sitios eran la Policía. En todos los demás sitios pertenecían a la Ciudad, a las violadas, los agredidos, los secuestrados, los maltratados, los muertos. La cama había sido su refugio, la única brizna de realidad que conseguía hacer soportable el resto de la realidad.

Hasta que el resto de la realidad se había vuelto codicioso y había decidido enloquecer a Valerie, mediante el asesinato de Suzie Fallon.

Estate atenta al Caso, le había dicho su abuelo cuando había ingresado en Homicidios. Siempre hay uno que te afecta. No existe explicación para ello, pero todo policía tiene uno, a la larga. Todo policía de Homicidios. No lo verás venir. Lo único que podrás hacer será reconocerlo cuando llegue y aguantar. Hazme caso. Lo sé. Cuando le había dicho eso tenía una mata erizada de pelo blanco, ojos verdes y profundas arrugas en la delgada cara. Él también había estado en Homicidios, durante veinte años. Valerie le preguntó, por supuesto, cuál había sido su Caso. No hablo de eso, dijo él. Y tampoco te ayudaría que lo hiciera. Valerie sabía que era el caso que había cambiado su catolicismo: se cargó su fe en Dios, pero logró que su fe en el Demonio fuera más fuerte que nunca.

No lo verás venir. No lo había visto. Sabía que el cadáver de Suzie Fallon era lo peor que había visto en su vida, pero al principio se lo tomó como cualquier otro cadáver, como otro acertijo de carne y hueso, otro desafío. Si estabas en Homicidios, el mundo te deparaba horror tras horror, y siempre formulaba las mismas dos preguntas:

1. ¿Puedes lidiar con esto?
2. ¿Puedes coger a la persona que lo hizo?

Las respuestas de Valerie siempre eran las mismas:

1. Sí.
2. Puedo probar.

Suzie Fallon, de diecisiete años, había sido secuestrada un sábado por la noche cuando volvía a casa de una fiesta celebrada en Presidio. Mejor dicho, no volvía a casa. Ella y dos amigos, Nina Madden y Aiden Delaney, que eran pareja, habían tomado LSD y en algún momento de la noche salieron a pasear por las calles. Según Nina y Aiden, el plan era ir al parque, pero Suzie se había puesto paranoica y volvió corriendo a la fiesta. Aparte de su asesino, Nina y Aiden eran las últimas personas que la habían visto con vida. Su cuerpo había sido encontrado dos semanas después, tirado entre la 580 y el Brushy Peak Reserve. Como cuerpo, era apenas reconocible. La autopsia reveló que no llevaría muerta más de cuatro días. Había pasado diez días cautiva, y durante ese tiempo la habían violado y torturado en repetidas ocasiones con toda clase de cosas, desde un soplete oxiacetilénico hasta ácido sulfúrico. Necesitaron su historial dental para confirmar su identidad.

La investigación se prolongó durante seis meses. Valerie no sabía decir en qué momento el rigor profesional había pasado a ser obsesión personal. No sabía decir en qué momento dejó de ser capaz de bloquear las imágenes de los últimos diez días de Suzie. No sabía decir en qué momento empezó a vivir en la habitación de las cosas terribles. No sabía decir en qué momento había empezado a odiarse a sí misma. No sabía decir en qué momento había empezado a tratar de destruir el amor. Sólo que lo había conseguido, y que sabía que lo estaba haciendo, y que no podía parar.

Cuanto más chillaba a Blasko más lo absorbía él. Se convirtió en su misión, averiguar cuánto aguantaría. Empezó a odiarle por amarla. El amor se convirtió en una obscenidad. Una obscenidad comparable a las cosas obscenas que le habían hecho a Suzie Fallon. Era lo único que tranquilizaba a Valerie, la certeza de que, día tras día, estaba torturando y asesinando lo que había entre ellos. Le parecía lo más natural e inevitable del mundo.

Al final, desesperada por su tolerancia, se llevó a su apartamento al agente del FBI que trabajaba con ellos (Carter, un completo gilipollas) y se lo tiró una y otra vez, hasta que, como ella bien sabía, Blasko llegó a casa y los sorprendió dale que dale.

Dos días después, como si el mundo hubiera admitido por fin que tenía derecho a una liberación, detuvo al hombre que había asesinado a Suzie Fallon.

Pero a esas alturas el mundo se había cobrado su precio. Nick Blaskovitch pidió el traslado a otro destino y ella no volvió a verle.

Hasta ese día.

Justo a tiempo de que todo se volviera a repetir.

Se había marchado antes de que ella descubriera que estaba embarazada. *No has de decidir nada ahora mismo. Tienes tiempo. Puedes esperar.*

Pero una noche de la octava semana había despertado a causa del dolor, y vio que sangraba abundantemente. Puso una toalla en el asiento del coche y condujo muerta de dolor (te lo mereces) hasta Urgencias, donde, a mitad de su explicación de lo que había salido mal, el dolor la dobló en dos y cayó de rodillas. Esperó lo que se le antojó un rato larguísimo sobre una camilla en una habitación muy iluminada, a la espera de que la visitaran. El médico que la atendió era una joven de rostro cansado y un largo flequillo de pelo rizado oscuro, recogido en una coleta. Había una lámpara redonda grande sobre Valerie, que proyectaba un suave calor sobre su vientre y piernas desnudas, lo cual le recordó la época en que Nick y ella habían ido de vacaciones a Brasil y habían tomado el sol desnudos en una playa aislada, la sensación de asombrosa permisividad, la idea de que Adán y Eva se habrían sentido así antes de la Caída. Al cabo de un breve rato, la doctora vino y le dijo: Sí, lo has perdido. Eso es todo. Lo siento. ¿Quieres verlo? Valerie se había preguntado qué demonios podía verse a las ocho semanas, pero miró de todos modos. Y añadió lo que vio a las muchas cosas que ya había visto. La diminuta cabeza con su red de vasos sanguíneos. El presunto ojo como una mancha de tinta precisa. El bulto que presagiaba la nariz.

Había pasado ingresada aquella noche. Por la mañana volvió a casa en coche. Un día luminoso, con el cielo azul. Tráfico. Gente. Vida.

Hubo un bebé, Nick. Pero no sabía si era tuyo. De todos modos, lo perdí.

Valerie apuró el medio vaso de vodka de un trago, encendió otro Marlboro y se obligó a mirar las nuevas imágenes. *Tendrás que pensar en él. Tendrás que decírselo. Pero aún no. Aún no.*

El material de las cámaras del zoo sólo había sido una posibilidad remota: la esperanza de que las cámaras hubieran plasmado a Katrina hablando con alguien a quien no hubieran entrevistado, algo extraño en la interacción, algo levemente erróneo que unos ojos de policía pudieran captar. Myskow, el predecesor de Carla, había colocado al asesino en la categoría de «organizado», lo cual significaba preparativos, planificación, acecho, familiarizarse con la rutina de la víctima (aunque junto con todos los demás puntos del perfil no eran más que meras suposiciones; y nadie podía decir si un depredador organizado no empezaría a perder los papeles a medida que los cadáveres se fueran amontonando), pero ¿qué cantidad de imágenes podías ver? ¿La semana previa al incidente? ¿El mes? ¿El año? Sólo Valerie continuaba mirando. Y en aquel momento lo estaba haciendo sólo para apartar de su mente a Nick Blaskovitch.

Valerie pensaba en los casos como una serie de círculos concéntricos, como un blanco de tiro al arco. Empezabas desde el centro, la diana. Encontrar lo que buscabas en la diana (mediante pruebas consistentes, interrogatorios, descubrimientos mientras todo continuaba fresco) significaba que el caso ocupaba horas, días, quizá dos o tres semanas, hasta resolverlo. Pero si no encontrabas lo que necesitabas en la diana y te desplazabas hasta el siguiente círculo (sospechosos menos probables, interrogatorios más amplios, pruebas circunstanciales), las semanas se convertían en meses. Cada círculo al que te desplazabas era menos probable que te diera lo que necesitabas. Pero lo único que se podía hacer era avanzar de uno a otro. Y los círculos eran eternos.

El círculo en el que estaba trabajando ahora (las nuevas imágenes del zoo) se hallaba muy lejos de la diana. El nuevo material abarcaba seis meses *de todo el zoo*, no sólo, como en el anterior metraje, los ángulos de cámara en que aparecía Katrina. No había nada nuevo, en realidad. Valerie llevaba en ello cuatro semanas, y cada noche pasaba horas revisándolo. Se había convertido en un ritual. Era lo que hacía para mantener la sensación (en ese espacio de tiempo desdichado entre llegar a casa y caer dormida) de que estaba haciendo *algo*, por desesperado que fuera.

Se había limitado a las imágenes de la entrada del zoo, excluyendo (en primera instancia) a mujeres, grupos familiares, ancianos. Buscaba a un hombre solo, o a dos. (*¿Dos hombres?* Se había mofado la escéptica que anidaba en su interior. *Estamos en San Francisco, por el amor de Dios.*) No era (exceptuando a las parejas masculinas gais) una idea tan loca. No hicieron falta muchas imágenes para concluir que los visitantes masculinos solitarios que iban al zoo constituían una minoría. Por supuesto, siempre existía la posibilidad de que esos hombres se encontraran dentro con alguien, pero aparte de revisar todas las imágenes de todo el zoo no había forma de comprobar eso. Ése sería, pensó, el siguiente maldito círculo de desesperación. No era una idea demencial, no. Pero penosamente remota. Su método era sencillo: cada vez que un varón solitario del rango de edad adecuado entraba en el zoo, congelaba la imagen, capturaba en pantalla una toma del individuo con un código de tiempo y la archivaba. Eso la dejaba con una creciente galería de (la frase era risible) «sospechosos en potencia». Y todo ello basado en la optimista presunción de que si alguien quería acechar a Katrina, el zoo sería el lugar ideal para hacerlo.

Fue revisando las imágenes. Transcurrieron dos horas. Perdió la concentración. Se dijo que estaba malgastando el tiempo. Se hartó tanto del proceso que volvió a las imágenes de Katrina, que se puso a examinar al azar. Pero allí no había nada. Ya las había visto todas antes. Demasiadas veces antes, las multitudes que remolineaban alrededor de los puestos de comida, las familias absortas en sus vidas, los niños que reían ante la jaula de los monos, la visible emoción colectiva delante de los grandes felinos.

Pero las mujeres muertas vibraban en silencio a su alrededor.

Se obligó a volver a contemplar las imágenes de la entrada. Dedicó otra hora a enfocar con el zoom, retroceder, rebobinar, detenerse, capturar imágenes, archivar, su mente convertida en un revoltijo surrealista de momentos con Blasko y leones bostezantes y *entre los Sucios sucio también* y el agotador catálogo de las heridas de Katrina y otra copa y otro cigarrillo y El Caso *Kansas punto medio ganso fusta balón aceleración ni siquiera sabemos trabajo o quizá ninguno Dale no lo logrará código de tiempo 15.36.14... 15... 16... 17...*

Se inclinó hacia delante en la silla, apoyó la cabeza sobre los brazos, que descansaban sobre el escritorio. *No te quedes dormida aquí. Si estás a punto de dormirte, vete a la cama.* No dormir en tu cama cuando podías hacerlo era como no beber de un charco cuando estabas perdido en el desierto.

Sus ojos se cerraron. Era dulce la rendición, la sumisión de la parte más sabia de ella. Era como la infancia.

Despertó sobresaltada de un sueño en el que caía.

Maldita sea.

El código de tiempo decía ahora *37.11.06... 07... 08...*

Había perdido veintidós minutos.

Su intención, mientras se estiraba y notaba que sus vértebras la regañaban, era rebobinar hasta el punto en que se había dormido, cerrar el ordenador y reanudar la tarea al día siguiente.

Pero por algún motivo que no supo identificar (aparte de la culpa por haberse dormido, para empezar, una sensación perversa o supersticiosa de que la habían engañado durante veintidós minutos), volvió al momento en que se había adormilado, apretó la tecla y puso en marcha la cinta.

15.36.14... 15... 16... 17... 18... 19...

Detuvo la cinta.

¿Había visto antes a aquel tipo?

Cientos de caras desfilaron por su cabeza.

Eran esos momentos en que el Dios que no existía entraba en acción. Los dos segundos después de que tus ojos se cerraban.

Notó cosquilleos en el cuero cabelludo. Las mujeres muertas sumaron sus tristes energías a su alrededor.

Varón blanco, metro ochenta, ochenta y dos kilos, cabello castaño oscuro, tal vez treinta y pocos. Pantalones de combate caqui, camiseta de los Raiders azul marino, sin reloj de pulsera, sin joyas visibles.

La cabeza de Valerie era una estación abarrotada de hombres solos. Era como esforzarse por distinguir una cara conocida entre la muchedumbre. Era como buscar a un ser amado. El miedo a perderlo en la confusión...

La camiseta de los Raiders la fascinaba.

Le había visto antes. ¿Le había visto antes? Un día diferente. Un código de tiempo diferente. Una visita al zoo diferente. La misma ropa. El dato de la misma ropa era ese tipo de dato.

Cálmate.

Reprodujo las instantáneas archivadas en miniatura. Había más de trescientas, pero su mente se abrió paso entre el caos de sueño y alcohol y despertó de repente, casi de una manera sobrenatural.

Caras. Caras. Caras.

Paró al cabo de media hora.

Mismo tipo. Misma ropa.

Tres días antes.

Solo. Más solo que la una en la entrada en ambas ocasiones. Los ojos oscuros intensos y remotos al mismo tiempo.

Valerie apagó el cigarrillo. Mantuvo en pantalla las dos fotos, y después volvió a las imágenes de Katrina que correspondían a las dos fechas de las visitas del individuo. En caso necesario, iría fotograma a fotograma. Pero ahora las reproducía a doble velocidad. La camiseta de los Raiders saltaría de la pantalla, estaba segura. Le escocían los ojos. Los píxeles cobraban vida propia. Se balanceaba en la estrecha línea que separaba la certidumbre de la desesperación. Todos los demás habían tirado la toalla con las imágenes del zoo. Ella también se había rendido, salvo como una forma de autoayuda, una forma de hipnosis, una concesión a su conciencia nunca satisfecha.

Durante todo el visionado se dijo que no debía dar rienda suelta al entusiasmo. No existía ninguna ley que prohibiera a un varón ir solo a un zoo, todos los días de la semana que le diera la gana.

Pero algo había. Había dedicado tiempo suficiente a aquella tarea.

Cinco minutos. Diez. Veinte.

Para.

Jesús.

Raiders.

Volvió a revisar lo que acababa de ver. Katrina estaba con un grupo heterogéneo (adultos y niños) junto a la jaula del tigre de Sumatra. Era un día de sol radiante que empezaba a declinar. La joven llevaba una de las camisetas del zoo, negra y con el logo amarillo, pantalones cortos de lona para ir de excursión (había dejado de odiar la marca de nacimiento en forma de media luna, había dicho Adele), calcetines blancos altos hasta el tobillo y zapatillas de deporte blancas Nike. Como siempre, estaba hablando muy animada, la felicidad normal en una persona a la que le gustaba su trabajo. Todos los miembros del grupo estaban fascinados por los tigres.

Salvo el tipo de pelo oscuro con la camiseta de los Raiders, en la periferia del grupo.

No apartaba los ojos de Katrina.

Cálmate, se repitió Valerie. No es que no sea nada, pero tampoco es gran cosa.

Su instinto de policía le decía lo contrario. La inmovilidad del individuo. La indiferencia a todo lo que no fuera Katrina. El hecho de que había ido solo al zoo. Dos veces. Dos veces, como mínimo. Al día siguiente pediría a alguien del equipo que revisara más imágenes. Sabía que le encontrarían de nuevo. No tenía derecho a saberlo, pero sí.

Pasaban unos minutos de las cinco de la mañana. Llamó a la oficina. Ed Pérez contestó.

—Anota esto —ordenó Valerie, y le dio la descripción.

—Vale —contestó Ed. Parecía hecho polvo. Valerie se preguntó si aquel caso era el que iba a joder la vida de Ed. Sabía exactamente el estado en el que se encontraba, derrumbado sobre su escritorio, necesitado de un afeitado, con el faldón de la camisa fuera de los pantalones, la panza liberada.

—Envío fotos e imágenes —dijo—. Envíalas a todas las demás agencias.

—¿Prensa?

—Si me sale bien. Que los de vídeo repasen las cintas y consigue todo cuanto puedas de la taquilla que hay en la entrada del zoo. Es probable que no sea tan imbécil como para haber pagado con tarjeta de crédito, pero nunca se sabe. Lo mismo digo de las imágenes del aparcamiento. Llegaré dentro de una hora.

El entusiasmo venció al agotamiento. El alcohol impregnaba su organismo, todavía bastante entero. Joder, ¿por qué había bebido tanto? (*Porque últimamente bebemos mucho, mi amor...*). Se daría una ducha, bebería una pinta de café y comería todos los hidratos de carbono que encontrara en la nevera.

Veinte minutos después estaba duchada, vestida y brutalmente cafeinada, presa de una especie de alegría estupefacta. Tenía los ojos en carne viva y las cavidades nasales palpitaban. Se sentía frágil pero despierta.

Salía por la puerta cuando el teléfono sonó. Era Carla York.

—Es posible que tengamos otra —anunció.

Las células de Valerie se pusieron en tensión.

—Nevada. Unos veintidós kilómetros al sur de Reno. Se encuentra en descomposición seca, con lo cual es posible que lleve allí entre dos meses y un año. O más. ¿Puedes estar en la comisaría dentro de una hora?

—Salgo hacia allí.

—Hay un helicóptero. Deberíamos ir.

¿Cuántas?, había preguntado Dale Mulvaney. Siete. Dios, no dejes que sean ocho. Pero Valerie ya sabía que sería así. La venganza mágica del asesino por las imágenes del zoo. No podías evitar llevar a cabo esas ecuaciones inquietantes. Pero si era cierto, significaba, al menos, que el tipo filmado por la cámara era él.

—¿Por qué creen que es nuestra? —preguntó.

El teléfono de Carla crujió un poco, como si lo hubiera acunado contra su hombro mientras sus manos hacían otra cosa. Valerie no entendió la respuesta.

—¿Puedes repetirlo?

—He dicho que había un cronómetro embutido en la boca del cadáver.

23

Xander King no estaba durmiendo. Había vuelto a casa de Mama Jean. Cerca de él notaba el parpadeo de la luz interior de la autocaravana y oía hablar a Paulie, quien le preguntaba por qué habían parado, pero era una delgada realidad exterior a la que no podía acceder. Sabía que estaba sucediendo esto porque la mujer y el chico del día anterior estaban al margen del esquema de las cosas. De haber encontrado una jarra de leche, habría podido arreglarlo, se la habría llevado. Pero no había ni una maldita jarra, y ahora, por culpa de eso, estaba de vuelta en casa de Mama Jean. Era lo que pasaba cuando no hacías bien las cosas. *Y lo seguiremos haciendo hasta que te salga bien*, decía Mama Jean. Siempre. Nunca lo hacía bien. Sentía el dolor seco de sus ojos, por haber estado abiertos demasiado rato, pero en casa de Mama Jean parpadeaba con normalidad.

Estaba en la sala de estar. Las cosas vivas de la sala de estar eran el reloj de pared bañado por el sol y la chimenea negra y el sofá verde y el mueble bar con su multitud de botellas como joyas parpadeantes, y cada una de ellas también estaba viva. Eran cosas bonitas, pero más propias de Mama Jean que cualquier otro elemento de la casa, salvo quizá la televisión. Ninguna de aquellas cosas vivas le hablaba. Se limitaban a contemplar lo que sucedía.

La televisión estaba encendida. Gente de diferentes colores con chalecos brillantes y pantalones cortos que hacía deporte. Una pista de carreras naranja con plácidas rayas blancas. Un campo de un verde intenso.

Leon quería ir allí.

Él era Leon en casa de Mama Jean. Mucho antes de convertirse en Xander King. Mucho antes de que llegaran los números y el dinero.

Deseaba estar sentado en el mismo borde de la pista de atletismo naranja con toda la gente que miraba desde los asientos que había detrás de él, y sentir el zumbido de los corredores cuando pasaban delante. Justo antes de que llegaran los anuncios, cinco círculos conectados aparecían en la pantalla, una fila de tres y dos. Leon se había aprendido los colores: azul, negro, rojo, amarillo, verde. Los círculos le proporcionaban una extraña sensación de un mundo muy, muy lejano.

—¿Te apetece un helado? —preguntó Mama Jean.

Leon alzó la vista. Sólo mirar a Mama Jean era como alzar un gran peso con el cuello.

—Te puedo ofrecer una bola de chocolate y una bola de vainilla. ¿Qué te parece?

Leon notó que su cara enrojecía, las manos se le espesaban, y de repente tuvo ganas de mear. Pero ese día ya habían subido al cuarto, hacía poco rato. Hacía poco rato, ¿no? No había salido bien. El demonio del cerebro no se había ido de su cabeza, le había dicho después Mama Jean. Como una mano hecha de humo negro. Si aún continuaba presente cuando tuviera que empezar el colegio, todas las chicas se reirían de él. ¿Era eso lo que quería?

Leon se puso en pie sin decir palabra y siguió a Mama Jean hasta la cocina. Las encimeras estaban fregadas y lustrosas, las ventanas llenas de sol. Fuera, las hojas de los árboles temblaban.

Iba a mitad del helado cuando presintió que a Mama Jean le iba a dar el telele.

Cuando a Mama Jean le daba el telele, una especie de inmovilidad, tibieza y silencio caían sobre ella. Leon siempre lo percibía. Cuando sucedía, los objetos de la casa se ponían en tensión, porque ellos también lo sabían. Tuvo ganas de escupir la cucharada de helado que acababa de introducirse en la boca. El olor de los grandes tejanos azul claro, la laca y el tabaco de Mama Jean invadió la cocina.

Leon avanzó unos pasos hacia la puerta de atrás, aferrando con mucho cuidado el cuenco de helado en las manos.

Había llegado al umbral, cuando oyó a Mama Jean decir:

—¿Qué coño crees que estás haciendo?

24

Para Paulie el largo trayecto con la rodilla herida no había sido divertido, pero tampoco era divertido estar tirado en el culo del mundo con Xander, que tenía el aspecto de una persona hipnotizada. Acababan de cruzar la frontera con Utah y se dirigían hacia la 15 por el este, cuando le despertó el brusco viraje de la autocaravana, porque al parecer Xander se había dormido mientras conducía. Estuvo a punto de cagarse encima mientras intentaba levantar el pie de Xander del acelerador, hasta que la autocaravana se detuvo en la cuneta. Era temprano, pasaban pocos minutos de las diez.

—Eh —dijo, y sacudió el hombro de Xander por enésima vez—. Eh.

No era la primera vez que pasaba esto. Y sucedía con más frecuencia desde hacía poco. La ausencia de Xander aterrorizaba a Paulie. Le indicaba la medida de cómo sería su soledad en el mundo sin él.

Y aun así, todavía no podía creer que no hubiera disfrutado de tiempo con la mujer. Le había embargado de una honda debilidad y desesperación, como si su ira fuera un minusválido en una silla. Le había impulsado a pensar, siquiera por un momento, que debía abandonar a Xander. Pero la idea, por fugaz que fuera, había conseguido que la oscuridad de la tierra bostezara con una especie de gravedad que le dio náuseas.

Xander volvió la cabeza poco a poco y le miró.

—Jesús —exclamó Paulie—. ¿Te encuentras bien? ¿Qué ha pasado?

Xander parpadeó. Movió los músculos de la cara.

—Tengo mucha sed —contestó—. Tráeme agua.

—Joder, tío, tú…

—¿Cuánto tiempo llevamos parados?

—No lo sé. Media hora, tal vez.

—Tráeme un poco de agua.

Paulie fue a la parte posterior de la autocaravana y sacó una botella de plástico de Vine de la nevera. Xander se la bebió toda. Paulie se quedó fascinado por los movimientos de la manzana de Adán de Xander. Le llegó un vívido recuerdo de la niña que huía de él en el bosque. Tendría que habérselo dicho a Xander. ¿Por qué no se lo había dicho? Había sido una locura no decírselo. *Una niña se me escapó.* La vergüenza se lo impidió. La vergüenza y el miedo. *No pienses en eso. Ahora no podemos regresar. Joder.*

—Mañana hemos de conseguir una jarra —dijo Xander.

—¿Qué?

—Una jarra de leche. Una de esas jarras pequeñas con pico. Para la leche. Y pilas.

—¿Pilas?

—Quiero afeitarme.

—Vale, pero ahora es preciso que continuemos. Hemos de irnos ya, ¿vale?

Xander permaneció inmóvil unos instantes, contemplando a través del parabrisas la carretera que atravesaba serpenteante la tierra desierta. Paulie se sentía desesperado, suspendido. Era una agonía cuando la voluntad de Xander, que por lo general era como un cálido foco sobre él, se desplazaba a otro lugar.

Y cuando Xander se volvió hacia él, fue con una mirada vacía que habría podido significar cualquier cosa. Paulie no podía soportarlo. Estuvo a punto de soltar toda la historia de la niña en aquel mismo momento.

—Vuelve a la parte de atrás —ordenó Xander—. Prepárame un poco de café.

Paulie forzó una carcajada.

—Tío, cuando te duermes así… No sé si… ¿Sabes?

—Vuelve a la parte de atrás —repitió Xander, y puso en marcha la autocaravana.

Paulie forzó otra carcajada y apoyó la mano sobre el hombro de Xander para darle una sacudida cordial. Pero no pudo. Xander encendió el motor. Paulie se agarró la rodilla herida y trepó entre los asientos hasta la parte posterior del vehículo. Y rezó para que, tal como él sospechaba, no se hubieran quedado sin café.

25

El cuerpo (no parecía correcto llamarlo «cuerpo», cuando quedaba tan poco de él) había sido descubierto por unos excursionistas nocturnos que iban a Carson City desde Reno atravesando el parque estatal que bordeaba el lago Washoe. Eso es nuevo, al parecer, había dicho Carla en el helicóptero, gente que camina en la oscuridad. Lo había dicho sin sorpresa. Nadie de la policía se sorprendía por nada. *Debía ser de lo más aburrido*, pensó Valerie. La poesía, como los sueños, poseía un mecanismo de detonación retardada. El lugar del crimen se encontraba a apenas medio kilómetro de la orilla, en un bosquecillo de árboles despojados de hojas.

Habían enterrado el cadáver, pero la fauna había escarbado en la tierra hasta sacarlo a la superficie. Todos los órganos y el tejido blando habían desaparecido. Fragmentos de cartílago correoso se aferraban a los huesos. La parte inferior de la mandíbula estaba partida, ya fuera porque se había desprendido o porque la habían roto al introducir el cronómetro en la boca. El aparato en sí mediría unos ocho centímetros de diámetro, la esfera negra con números blancos dibujados con puntos luminosos, rodeada por una montura de plástico que imitaba el latón. Costaba menos de diez pavos. Era el tipo de objeto que la nostalgia había salvado de la obsolescencia.

Tres especialistas de la escena del crimen de Nevada continuaban en el lugar, tomando fotografías. Se habían llevado a cabo todas las mediciones. Habían delimitado un perímetro con cinta y la tumba estaba cubierta con una carpa. Dos detectives de Homicidios de Reno, el oficial médico y media docena de agentes del RPD uniformados estaban de guardia. Todos con el traje protector que parecería ridículo si no sabías por qué lo utilizaban. Era una mañana nublada, sombría bajo los árboles. La tierra olía a humedad y marga.

—Al menos han leído los informes —dijo Will a Valerie.

Tenía un aspecto horroroso. Habían aterrizado en Reno y les habían acompañado en un coche patrulla. De los tres, sólo Carla tenía aspecto de haber dormido. O eso, o había superado por completo la necesidad de dormir.

—Sí —asintió Valerie, y pensó de nuevo que la falta de datos habría sido un mero chiste mucho tiempo atrás. Han leído los informes. ¿Objetos en la boca? ¿En la vagina? ¿En el ano? Llama al equipo de San Francisco. Los están recogiendo. En lugar de capturar a los tipos que los meten.

—¿Detective Hart?

Valerie se volvió.

—Sam Derne —se presentó el hombre que se acercaba—. Homicidios de Reno.

—Hola —replicó Valerie. Derne tendría casi cincuenta años, un tipo bajo y cuadrado con el pelo gris muy corto y ojos verdes relucientes. Sostenía una cámara digital de buen tamaño.

—Según el oficial médico es imposible determinar la antigüedad de los restos hasta practicar la entomología forense —comentó—. Y puede que ni siquiera entonces. Pero meses, seguro. Es posible que más de un año. Dejamos el reloj donde estaba para que usted lo viera, pero quitamos esto.

Entregó la cámara a Valerie.

—Está en pantalla. Lo guardamos en una bolsa. Lo encontramos al lado de la mano derecha.

La imagen de la pantalla era un fragmento roto de tela azul oscuro, lona o tejido vaquero, supuso Valerie, bordada con lo que podrían ser letras, tal vez la parte inferior de una R con la curva de una U o una J superpuesta. Era imposible distinguir el color del hilo, puesto que estaba muy sucio.

—Parece parte del bolsillo de una camisa de bolos —apuntó Valerie, y se la pasó a Will—. Salvo que es demasiado grueso. ¿Uniforme de obrero?

Repasó mentalmente *conductor de autobús camión tren taller mecánico instalaciones fábrica coches reparto mantenimiento…*

Derne asintió.

—En cualquier caso, lo tenemos.

—Es una mujer, ¿verdad?

—Tendremos que esperar al informe del patólogo, pero a primera vista, sí. Pelo, tamaño de los huesos, mandíbula, cavidad pélvica. El oficial médico está bastante seguro.

¿Cuántas? Siete. No. Ocho.

—¿Crees que ha sido deliberado? —le planteó Will, al tiempo que indicaba la imagen del bolsillo desgarrado.

—Sólo Dios lo sabe —contestó Valerie—. Tal vez lo arrancó mientras se resistía. Pero si se trata de nuestros chicos, la escena primaria sucedió en otra parte. Tuvo que aferrarlo en la mano durante todo el trayecto hasta llegar aquí.

—Pero si la congelaron tal vez no se dieron cuenta.

—¿Cuál es la autovía más cercana? —dijo Valerie a Derne—. La 580, ¿verdad?

—Sí, pero no sé cuánto tiempo conservan las imágenes de las cámaras, y el tráfico de autocaravanas no es precisamente escaso en esa zona. El lago Tahoe está a un paso. Si lo hicieron en verano…

Valerie llamó a Ed Pérez y le dijo que llevara las imágenes del sospechoso del zoo a la oficina de Reno.

—¿Qué pasa? —preguntó a Will cuando colgó. Su compañero estaba estudiando la foto del bolsillo desgarrado.

—Nada. Demasiadas chorradas que me dan vueltas en la cabeza.

Llevaban dos horas en la escena cuando Valerie empezó a sentir que se desmayaba.

—Descanso cinco minutos —informó a Will. Pasó por debajo de la cinta y se adentró entre los árboles. Le ardía la cabeza. Le dolían los huesos. De pronto, era muy consciente de su esqueleto. Del hecho de que, bajo la piel, era igual que la mujer que habían encontrado. Imaginó una película acelerada de sí misma en la que iba pasando por las fases de la descomposición, la llegada de las moscas, el acumulamiento de los gusanos hasta formar una masa extática, la desaparición de la carne, los huesos que empezaban a descarnarse.

Paró y se apoyó contra un árbol. Estaba temblando. Cayó a cuatro patas.

Los cinco minutos transcurrieron. Después, otros cinco. Perdió la noción del tiempo.

Se puso en pie, temblorosa.

Había avanzado tal vez diez pasos cuando oyó que una ramita se rompía bajo el pie de alguien, delante de ella. Se detuvo. Convencida de que alguien la había estado observando.

Carla York.

26

El dolor despertó a Nell. Abrió los ojos. Estaba mirando un techo bajo de madera con vigas cubiertas de telarañas. Estaba acostada boca arriba en un blando saco de dormir azul oscuro, sobre el suelo. Sentía una sed desesperada. No reconoció nada.

El instinto le aconsejó que no emitiera el menor sonido. Se quedó quieta, parpadeando. Su pie derecho era un bulto ardiente. Sentía la cara como si alguien la hubiera cubierto con una máscara de piel fría. A su izquierda percibió un sonido susurrante y un calor palpitante.

Volvió la cabeza con mucha cautela.

Una estufa.

Anticuada. Rechoncha. De hierro.

La estufa que había visto. Sus botas estaban al lado, con los cordones desatados.

Levantó la cabeza y miró a su alrededor.

Una pequeña habitación de madera. Una luz amarilla irradiaba desde dos lámparas de aceite, una sobre una mesa junto a la ventana (la nieve continuaba cayendo, el cielo no había oscurecido del todo), la otra sobre una pequeña estantería montada encima de un gran fregadero blanco. Una delgada puerta de entrada con una mochila medio podrida colgando de un gancho.

Se apoyó sobre los codos para incorporarse.

Frente a ella un sillón de orejas verde claro, típico de la gente anciana. A unos pasos más allá del fregadero otra entrada, pero sin puerta. Vio una tercera puerta al otro lado, que descubría el borde de una bañera manchada de marrón.

Se giró, muy poco a poco, para ver que había detrás de ella. Un sofá hecho polvo, también verde, pero que no hacía juego con el sillón, con fragmentos de espuma que asomaban por las grietas de la tela. Encima, colgaba en la pared un cuadro torcido de tres caballos blancos bebiendo en un arroyo, con un bosque detrás.

Eh, zorra.

Las palabras. El sueño.

Era un sueño.

No era un sueño.

Por un momento, todo se detuvo. Como en la fracción de segundo previa a la caída en las montañas rusas.

Entonces, cayó. Entonces, todo se desplomó sobre ella.

Se desplomó sobre ella, dentro de ella y la hinchió de un vacío que creció, y al cabo de un momento surgiría de ella como una fruta que reventara su piel. Y después ya no habría nada más. Nada.

Mamá.

Huye.

No me pasará nada, pero tú has de huir. ¡Ya!

Mamá.

Oh Dios por favor por favor por favor…

La puerta principal se abrió de golpe.

Un anciano a cuatro patas. Pelo largo y barba grises. Brillantes ojos verdes acuosos en una cara arrugada. Arrastraba algo detrás de él.

Se derrumbó en el umbral, con la respiración entrecortada. Se coló un aire frío cuajado de nieve.

Nell se sobresaltó y se echó hacia atrás. Se golpeó la cabeza contra la base del sofá. El movimiento provocó que se intensificara el dolor de sus piernas.

Se quedó petrificada durante lo que se le antojó un largo rato, mientras contemplaba al hombre del suelo. Algo chisporroteó en la estufa. El olor del sofá era acre. Al otro lado del hombre vio un porche de madera, grandes copos de la nieve que caían, el bosque oscuro al otro lado del barranco. Mamá. Josh. Tenía que volver. Tenía…

El hombre levantó la cabeza.

—Oh —dijo con voz ahogada—. Estás… —Pero no pudo contener el aliento. Inclinó la cabeza hacia el suelo. Resolló. Levantó la mano, como para decirle que esperara… que esperara. Nell imaginó que saltaba por encima de él, salía al porche, corría hacia la nieve. Intentó levantarse. El dolor de las piernas la detuvo de inmediato. Era indiscutible. No podía hacer nada.

El viejo alzó la cabeza por segunda vez.

—Estás despierta —afirmó.

Nell lo imaginó desnudándola. Las manos del sueño.

Pero llevaba puesta toda la ropa. La notó rígida y caliente.

—No tengas miedo —le indicó el hombre—. Estás a salvo. Te encontré fuera. ¿Qué pasó? ¿Dónde vives?

Nell tomó conciencia de su boca abierta, pero no emitió ningún sonido.

—Escucha —prosiguió el viejo—, concédeme un segundo. Estás a salvo, te lo prometo. Es que… No voy a hacerte daño. ¿Te encuentras bien? ¿Cómo te sientes?

Nell no contestó.

—Esto parece un poco raro. Lo sé, estoy… Tengo un problema con las piernas. En este momento no puedo andar. Deberías procurar no moverte. Creo que te has roto el tobillo. Deja que entre esto.

Nell vio que se incorporaba a cuatro patas, con las muñecas temblorosas, y arrastraba hasta el interior el saco de troncos. Dio la vuelta y cerró la puerta. Todo el proceso pareció exigir mucho tiempo.

—¿Puedes contarme qué te pasó? —le preguntó el viejo. Gateó hasta una de las sillas plegables y se sentó en una postura endeble. Tenía la cara húmeda.

La sangre que brotaba de su madre. Todo aquel rato. ¿Cuánto rato? *Aún están allí.* Ellos. Más de uno. ¿Sería uno de ellos? Josh la estaría buscando. ¿Estaba Josh…? Pero cuando pensó en Josh sólo obtuvo un oscuro silencio desde el lugar donde Dios se encontraba. Regresó la sensación del deseo que la había asaltado de abrazar a su madre, sintió dolor en el pecho. Su madre, que abría y cerraba poco a poco los ojos. La sangre de su boca como lápiz de labios agrietado.

Mamá está…

No, no lo está.

—Tranquila —dijo el viejo—. No has de decir nada. No pasa nada. Todo saldrá bien.

El ruidoso silencio de la habitación era como agua hirviendo.

—¿Qué te parece si te voy haciendo preguntas y asientes con la cabeza para decir sí y la mueves de un lado a otro para decir no? Sé que estás asustada, pero te aseguro que no tienes motivo para ello. Lo único que quiero es ayudarte y llevarte a casa con papá y mamá.

Papá y mamá. Nell recordó a su padre preparando huevos revueltos y gofres por la mañana, mientras decía: Espero que valores la consumada habilidad invertida en esta faena, señorita. *Consumada*. Utilizaba a propósito palabras rimbombantes, a sabiendas de que ella desconocía el significado, con el fin de que le preguntara por él. Recordó haber encontrado a su madre aovillada en la ducha, con el agua cayendo sobre ella y una expresión como nunca le había visto, y su madre era incapaz de hablar, pero luego se recuperó y le dijo, Chis, nena, no pasa nada, lo siento, no pasa nada.

—¿Puedes decirme si vives cerca? Limítate a asentir.

¿Debía decírselo? ¿Y si era uno de ellos?

Pero una idea alumbró en su cabeza: era el hombre de la cabaña. El Tipo Misterioso. Ésa era la cabaña. No había nada más a ese lado del puente. Empezó a tratar de elucubrar si eso le convertía en inofensivo, pero las palabras huyeron de su boca antes de que pudiera impedirlo.

—Mi mamá está herida.

El sonido de su voz la impresionó. Lo convirtió todo en más real: la cabaña; el anciano; todo. Era como si todo hubiera estado esperando el momento de atraparla. Y el momento había llegado.

El hombre pareció sorprenderse cuando habló. Enarcó las cejas.

—Vale. Tu mamá está herida. ¿Sufrió un accidente? ¿Puedes decirme dónde está?

Sintió un nudo en la garganta.

—En casa —dijo—. En Ellinson. Has de llamar a una ambulancia.

Una ambulancia. Médicos. Medicina. Pero continuaba viendo al hombre pelirrojo parado en el vestíbulo, el sereno nerviosismo de su rostro. *Eh, zorra. ¿Cómo lo llevas?*

Las lágrimas se agolparon y cayeron, cálidas e íntimas sobre las mejillas. Algo había desaparecido del mundo cuando había visto a su madre tendida en el suelo. Algo había desaparecido y el mundo se había transformado en enormes espacios inclinados.

—Oye —habló el anciano, al tiempo que levantaba la mano—. No pasa nada. No llores. Lo solucionaremos. No llores.

—Has de llamar a una ambulancia —repitió Nell, con una voz queda que le pareció desagradable. Pensamientos estúpidos, como que el viejo se parecía al tipo aquel de un CD de su madre. Kris Kristofferson. Algunas mañanas su madre ponía «Me and Bobby McGee». A Nell le gustaba. *Y sentirse bien era fácil, Señor, cuando Bobby cantó el blues...*

—No tengo teléfono —contestó el viejo. Paseó la mirada alrededor de la habitación, como si hubiera un teléfono a pesar de lo que había dicho—. Yo no... ¿Tu madre está...? ¿Hay alguien con ella?

Estúpidos e inútiles pensamientos. Bobby McGee. La falda de su madre subida de aquella manera. La luz pálida que se filtraba por la pequeña ventana cubierta de escarcha de la puerta principal, y que caía sobre sus piernas desnudas.

—Josh —respondió—. Mi hermano.

—¿Josh también estaba herido?

—No lo sé.

Aquí no hay teléfono. Y la sangre brotando. Fragmentos de dramas televisivos sobre hospitales destellaron en su mente. La palabra «*hemorragia*». ¿Cómo era posible que no tuviera teléfono? Estaba mintiendo. Había cometido un error.

—Has de llamar a una ambulancia —repitió.

—No tengo teléfono. Lo siento. No tengo electricidad. No te miento, te lo prometo. No llevarás un móvil, ¿verdad? Tu madre tendrá uno, ¿no?

Negó con la cabeza. La pantalla de inicio del iPhone de su madre era una foto de ella y Josh, que sonreían a la cámara. Josh la había ido cambiando por fotos de bandas de rock hasta que su madre introdujo un código de seguridad.

—Yo tampoco —dijo el hombre. Seguía paseando la vista alrededor de la habitación. Fue presa de un temblor de pánico. El silencio de la habitación y el suave susurro de la estufa eran terribles, debido a la sangre que brotaba de su madre y todo el tiempo transcurrido y el mundo que continuaba adelante, sin que le importara, sin ni siquiera enterarse.

—Has de hacer algo —gimió, al tiempo que intentaba levantarse, y gritó cuando el dolor de las piernas la atrapó.

—Eh, calma, calma. Te harás daño si intentas apoyar tu peso sobre la pierna. Venga, cálmate. Ya imaginaremos algo, te lo prometo.

Pero durante unos momentos la desesperación aplastó a Nell, y se puso a llorar tapándose la cara con las manos. Pensó en su abuela, quien vivía en un complejo para jubilados con una piscina azul turquesa con un gran mosaico de azulejos. En Florida. Al otro extremo del país.

—Te diré algo: ¿qué te parece si empiezo yo? Te habrás hecho preguntas. En primer lugar, me llamo Angelo. Mi padre era el propietario de esta cabaña, y ahora es mía. He venido aquí para… Bien, a modo de vacaciones. Ayer…, no, anteayer te encontré fuera, tirada en la nieve. Estabas inconsciente. Me di cuenta de que estabas herida, así que te traje aquí dentro y encendí un fuego para calentarte. Tenías fiebre. De hecho, ahora que lo pienso, debes estar sedienta.

Nell bajó las manos y se apretó contra el sofá. Angelo cruzó el suelo y se izó sobre el fregadero. Su cuerpo temblaba a causa del esfuerzo.

—Tengo este problema —dijo, mientras llenaba de agua del grifo una taza de hojalata—. Algo en la espalda no funciona como es debido, lo cual significa que mis piernas no funcionan bien. Por eso… —Se puso de nuevo de rodillas y se encogió—, por eso me desplazo gateando. Toma. Adelante. Es agua potable. No bebas demasiado deprisa.

Pero no podía beber. Vio que sus manos cogían la taza de las de él, pero la garganta se le había cerrado y no podía detener las lágrimas. Tenía ganas de vomitar, pero tampoco le salía. Subía, se agarrotaba y no salía.

—Bien, toma un sorbo cuando estés preparada —dijo Angelo, al tiempo que se desplazaba hasta la silla y se izaba—. Pero deberías intentarlo, porque te sentirás mejor.

Nell contempló la taza. El olor a hojalata y a agua pétrea le recordó cuando había ido de acampada. No podía controlar sus pensamientos. Más y más pensamientos inútiles.

—¿Cómo te llamas? —preguntó Angelo.

Nell tragó saliva con un esfuerzo. No hablar era peor. No hablar la dejaba a merced del nuevo estilo del mundo, gigantesco, feo y vacío. Le llegó una breve imagen de ciudades llenas de tráfico oscuro y millones de desconocidos.

—Nell Cooper —contestó.

—Nell Cooper, vale, algo es algo. Y vives al otro lado del barranco, en Ellinson, ¿verdad?

Asintió. No sabía si debía decírselo, pero tampoco sabía qué otra cosa hacer.

—¿Con tu papá, tu mamá y Josh?

Reprimir las lágrimas dolía. Revivía todas las veces que había llorado antes, después la cercanía de su madre, chis, Nellie, no pasa nada, no pasa nada...

—Sólo mi mamá y Josh.

Angelo hizo una pausa.

—Entendido. Y tu mamá está herida, y puede que Josh también, así que hemos de pensar cómo conseguir ayuda. —Otra pausa—. ¿Puedes contarme qué sucedió?

—Había un hombre. Él... Había un hombre en nuestra casa y le hizo daño a mi mamá. Ella dijo que todavía seguía allí cuando entré, y me dijo que huyera. Yo no quería huir. No quería huir, tendría que haberme quedado con ella, pero me dijo que huyera. —Más lágrimas que no pudo reprimir. No podía. Pero lo hizo. Se obligó. Su madre fingiendo que estaba enfadada. Fingiendo que estaba enfadada porque...

—Bien, algo sí sé —dijo Angelo—. Si tu madre te dijo que huyeras, lo dijo en serio, e hiciste bien en hacerle caso. Hiciste exactamente lo que debías. Pensemos en otra cosa. ¿Crees que Josh también pudo huir? ¿A casa de un vecino, también?

Nell intentó imaginarlo. Josh huyendo a casa de Jenny. Jenny llamando a la policía, una ambulancia atravesando Ellinson con la sirena, aparcando delante de su casa.

Pero no pudo.

Negó con la cabeza.

Angelo abrió la boca para decir algo, pero después cambió de opinión. Paseó la vista alrededor de la habitación de nuevo. Nell vio que sus manos temblaban. El hombre guardó silencio unos momentos. Después, dio la impresión de que había tomado una decisión.

—De acuerdo —dijo—. Esto es lo que pienso. Pienso que… voy a ponerme toda la ropa que tengo e intentaré cruzar el puente. Mi coche está al otro lado, de modo que podré llegar a tu casa. Como mínimo, hasta un teléfono. No sé si podré conseguirlo en este estado, pero al menos lo intentaré. Tú no puedes moverte con esa pierna, de modo que tendrás que quedarte aquí. Pero encenderé un fuego y…

—No puedes —le interrumpió Nell.

Él la miró.

—¿Qué?

Notó que las palabras morían en su boca. Todo su cuerpo pareció derrumbarse en una nueva desesperación.

—No puedes cruzar el puente —respondió—. Se ha caído. Tendrás que cruzar por los árboles.

27

Mantén a tus amigos cerca, pero a tus enemigos más cerca. O algo por el estilo. Valerie lo había oído o leído. De vuelta en la comisaría, esperó a que Carla recogiera sus cosas. Pasaban unos minutos de las nueve de la noche.

—No he comido nada en todo el día —le dijo Valerie—. ¿Te apetece tomar algo?

La vacilación fue ínfima, pero observó que Carla tenía que detenerse, calcular, adaptarse. Carla tenía su propio esquema de las cosas, decidió Valerie. Sus propias motivaciones secretas. Pendiente de un hilo. La compostura física de la mujer era, en realidad, un grado de tensión tan extremo que se manifestaba como calma. Reaccionó con una especie de miedo emocionado que complació a Valerie.

—Claro —contestó Carla, como si acabara de llevarse una agradable sorpresa. Abrió la boca para añadir algo, paró y empezó de nuevo—. ¿En qué has pensado?

Fueron a un bar de tapas que se hallaba a unas manzanas de distancia. La estrategia de Valerie: no tenía hambre. Con las tapas podías marranear. El restaurante estaba poco iluminado, menos de una docena de mesas de mosaico y una corta pero tentadora barra al final, con sus tesoros líquidos centelleantes. ¿Beber o no beber? Ésa era la cuestión. Pero Carla pidió una copa de Shiraz, por lo visto sin el menor problema. Con lo cual, si no bebo parecerá sospechoso, pensó Valerie. Faroles y dobles faroles. A la mierda.

—Un vodka tonic —ordenó al camarero.

Valerie cayó en la cuenta de que no había planificado cómo llevar el asunto. Carla parecía relajada. Cansada, incluso, lo cual indujo a la duda a Valerie. ¿Sería Carla tan sólo una persona de una eficiencia irritante, que no guardaba sus traumas en la manga?

—En Sacramento, principalmente —dijo Carla, en respuesta a la pregunta de Valerie sobre dónde se había criado—. Mis padres se trasladaron a Phoenix en 2002, pero para entonces yo ya estaba en Quantico. Mi padre era de la Agencia. Se jubiló hace unos años.

—¿Siempre quisiste hacerlo?

—Yo diría que sí. Mi padre se oponía, en realidad. Y mi madre también. Aunque mi madre nunca superó que abandonara el ballet cuando tenía nueve años.

Sentido del humor. De acuerdo. No era del todo la máquina bien engrasada que su faceta profesional insinuaba. Valerie tomó un sorbo de su bebida imprudentemente largo.

—No sé lo que te impulsó a ti —expuso Carla—, pero yo lo deseé más o menos en cuanto comprendí de qué iba el rollo.

—Coger a los malos.

—Sí. O llevas dentro la enfermedad o no.

—Lo sé.

Y la enfermedad te mata o no. Maldita sea.

Carla se soltó la coleta (para volver a sujetársela, más apretada), y en el momento en que su pelo cayó sobre sus hombros le cambió la cara, reveló a la jovencita nerviosamente concentrada que había sido. Ahora abrumada de pérdidas y arrepentimientos. Entonces, se ciñó la banda elástica, y la adulta dura y reservada regresó.

—Es una pena que no deje espacio para nada más —comentó Valerie.

El camarero, un latino bajito y viejo con un bigote que parecía demasiado grande para su cara, les trajo los platos.

—¿No tienes a nadie? —preguntó Carla, sin mirarla, cuando el camarero se fue.

Durante un momento vertiginoso Valerie se preguntó si Carla sería lesbiana. En ese caso, tal vez habría interpretado la situación de una manera diferente por completo. Mierda. No lo había meditado a fondo.

—No —contestó Valerie—. ¿Y tú?

Carla cogió una aceituna verde sin hueso del cuenco y la examinó unos segundos.

—No. Desde hace mucho tiempo —respondió, antes de metérsela en la boca.

Lo cual las condujo, casi de una manera palpable, a un callejón sin salida. Las siguientes palabras de Valerie salieron de su boca antes de que tuviera la oportunidad de ensayarlas en su cabeza.

—Escucha, ¿has venido a evaluarme?

Carla dejó de masticar. Bajó la vista hacia la mesa. Masticó de nuevo. Miró a Valerie.

—¿Qué?

—¿La Agencia cree que no estoy haciendo mi trabajo?

Carla parecía verdaderamente estupefacta.

—¿Por qué dices eso?

Lo dijo con una perplejidad tan manifiesta que Valerie se sintió estúpida.

Reculó un poco.

—No lo sé. Porque esos cabrones siguen sueltos. Y yo soy la responsable del caso. Si has venido para pasarme bajo el microscopio me gustaría saberlo, eso es todo.

Carla guardó silencio unos segundos, como si lo fuera desentrañando todo poco a poco.

—En absoluto. —Hizo una pausa—. Todo el mundo sabe que te estás dejando el culo con esto.

Lo cual sorprendió a Valerie. Jesús, ¿se estaba poniendo paranoica?

—Te preocupas sin necesidad —añadió Carla.

—¿De veras?

—Sí. Conozco la sensación. Por más que te esfuerces, no es suficiente si ellos siguen sueltos. No hay nada que hacer salvo continuar haciendo lo máximo posible hasta cazarlos.

—No los cazamos a todos. Tal vez no cacemos a éstos.

—No sirve de nada pensar así. Piensa en los que cazaste. Cazaste al asesino de Suzie Fallon cuando nadie más podía.

El nombre todavía detonaba algo en Valerie, después de tres años. Todavía detonaba todo. Todo cuanto el caso Suzie Fallon le había costado. Todo cuanto la había convertido en lo que era ahora.

—¿Estás enterada de eso?

—Lo seguí. Por eso aproveché la oportunidad de trabajar contigo.

¿Halagos? Carla no lo había dicho así. Más bien como si estuviera informando de un hecho. Valerie se sintió avergonzada. Notó calor en la cara. También sintió ganas de que Carla le cayera bien. Pero no podía. Su yo animal no podía. Cuando Blasko y ella se habían conocido, sus yos animales se habían reconocido al instante. Más tarde habían bromeado al respecto, la maldición de las feromonas bajo la cual vivían todavía los seres humanos. Esto, con Carla, era justo lo contrario: un rechazo sin motivo.

Consiguió aguantar el resto de la breve cena. Tras haber formulado la pregunta directa (que por supuesto había revelado las motivaciones secretas de Valerie, el esquema de las cosas de Valerie), las dos mujeres se sintieron violentas de nuevo. Desviaron la conversación hacia temas triviales: los precios de las casas; la baja de Myskov (úlcera duodenal); *Mad Men*; la actual obsesión mundial con no comer hidratos de carbono. Valerie no sabía decir por qué, pero todavía creía que Carla ocultaba algo. Cada vez que sus ojos se encontraban era como si Carla la estuviera observando a través de un espejo polarizado.

Mientras estaban pagando y recogiendo sus cosas, sonó el teléfono de Valerie. Era Laura Flynn. Siguiendo las instrucciones de Valerie había revisado una vez más las imágenes de Katrina del zoo. Raiders había aparecido tres veces. Siempre en la periferia de la multitud, siempre vigilando a Katrina.

Carla dejó bien claro que estaba esperando el resultado de la llamada.

—No te pongas nerviosa —dijo Valerie—, pero parece que tenemos un sospechoso.

28

—La verdad es que no sabes lo que haces —le había dicho la hermana mayor de Claudia Grey la última vez que habían hablado por teléfono, una semana antes—. Eres demasiado mayor para esa basura. Ya no tienes dieciocho años.

Claudia, que contaba veintiséis, de pelo oscuro cortado en una melena larga y una inteligencia promiscua que, cuando estaba de mal humor, podía hacerte un daño del que no te recuperarías, estaba sentada en la ventana del apartamento compartido de dos habitaciones (un subarriendo en el extremo menos pringado de Beach Flats), y disfrutaba, pese a la reprimenda de su hermana, del tenue sol de Santa Cruz sobre sus pies descalzos, cuyas uñas se acababa de pintar con Cleopatra Gold. Imaginaba a Alison en Londres, a nueve mil kilómetros de distancia y ocho horas de adelanto, mientras recogía los platos de la cena con el teléfono encajado bajo la barbilla, y la lluvia que resbalaba sobre las ventanas oscuras. Años antes, cuando ambas eran adolescentes, Alison le había dicho: ¿Sabes lo que eres? ¿Con todo tu intelecto y tus opiniones? Eres antipática. Claudia se había sentido ofendida y justificada. Apretó la mandíbula un momento, y después contestó: Sí, bien, prefiero ser brillante antes que popular. Y ese vestido, Alison, es execrable.

—O sea, ¿cuánto más se va a prolongar esto? —dijo Alison desde el otro lado del Atlántico, sobre un estrépito de platos. Claudia pensó en lo diferente que sería allí, tres días antes de Navidad: oscuro a las cuatro de la tarde; las mañanas gélidas; tal vez nieve.

—¿Cuánto más se va a prolongar el qué?

—Todo esto, señorita Kerouac. Deambular por los estúpidos Estados Unidos.

—No estoy deambulando. Trabajo de camarera. Tengo un apartamento. Y un novio. Soy un ejemplo de legitimidad estática. En realidad, podría estar en Bournemouth.

—¿Tienes idea de lo preocupados que están todos por ti?

—No están preocupados. Están celosos.

Su parte testaruda lo creía. Pero otras partes no. Si casi toda la gente de su antigua vida no estaba preocupada por ella era sólo porque la habían catalogado como loca. Tres años antes, tras haberse dado cuenta de que no sólo no deseaba seguir una carrera académica, sino de que probablemente la impulsaría a suicidarse, había interrumpido su doctorado («Capacidad negativa y lo sublime egoísta: un estudio comparativo de George Eliot y Charles Dickens») en Oxford y había entrado en una fase de trabajos poco inspiradores y menos remunerados en Londres (camarera, curro de bar, administrativa consistente en preparar tés pretenciosos), vivir de manera caótica por encima de sus medios, salir demasiado, emborracharse, acostarse con hombres dedicados al arte pero que no iban a ningún sitio y, en general, continuar la guerra en su fuero interno entre la fe en su grandeza potencial y el terror de ser otra chica demasiado lista que, al final, perdía la partida.

Después, su abuela había fallecido y le había dejado (y a Alison) algo de dinero. No dinero capaz de cambiar su vida, como decían los presentadores de concursos televisivos, pero sí suficiente para financiar una escapada temporal. Claudia había pasado un año de trotamundos con lo justo para poder vivir. Amistades rápidas, puestas de sol, olores exóticos, tierra, conversaciones sorprendentes, agotamiento. Hubo horas prosaicas en trenes asmáticos, por supuesto, hoteles de mala muerte, la perpetua migraña de no ser capaz de hablar el idioma; pero compensado todo ello por la sensación de libertad y cambio, de no saber qué traería el mañana, de ver su reflejo en el espejo de habitaciones desconocidas. Había descubierto la felicidad de beber una taza de café sola en una terraza, mientras el ajetreo matutino de un lunes francés, español, italiano o griego se expandía a su alrededor. Un tópico de emigrante, sí, pero aun así el café era bueno, así como el aire tibio alrededor de sus tobillos, y la lujuria descarada de hombres mediterráneos con frecuencia estúpidos, con los cuales no obstante se acostaba y, a veces, disfrutaba.

En ocasiones, se consideraba ridícula. Se consideraba ridícula porque creía a pies juntillas en que su deber era vivir una vida extraordinariamente rica y aventurera, plagada de amor y lujuria e ideas y logros y sensaciones que expandían su mente y refinaban su alma y liberaban su libido y profundizaban su comprensión y a la larga la preparaban (en un subtexto, se podría decir) para una muerte elegante. Sabía lo ridículo que sonaba. Pero también sabía que sonaba ridículo porque la gente era demasiado lerda y débil y enfermiza y asustada y avergonzada para aceptar que la vida era para eso, si es que era para algo. Mejor reír de tu intensidad que llorar de tu mediocridad.

Había reservado California para su última parada. En San Francisco, con menos de mil dólares en los bolsillos, había decidido (en una oculta avalancha de certidumbre) que no iba a volver a casa. Lo cual la impulsó de cabeza a una vida de extrema pobreza, y ya no digamos ilegal. Desde entonces se había dedicado a trabajar, sin ser detectada por Inmigración, para todo aquel (bares, restaurantes, padres necesitados de una canguro barata) decidido a saltarse las leyes y pagarle en efectivo. Desde hacía muy poco, gracias a un increíble golpe de suerte, para Carlos Díaz, propietario del Whole Food Feast de Santa Cruz. El propio Carlos era hijo de inmigrantes ilegales. Sentía cierta debilidad paternalista por Claudia (inofensiva, había decidido ella), espoleada por su acento y su CI, y sus ansias de engañar a los hijoputas del Servicio de Inmigración y Naturalización. Claudia había empezado a trabajar hacía cuatro meses, sin otro estímulo que la necesidad de descansar una temporada y ganarse la pitanza.

Pero Santa Cruz la estaba seduciendo. Le gustaba su compañera de piso, Stephanie, también camarera, que era tres años más joven y feliz e inculta y poco fiable y desaliñada, y que no se avergonzaba de desear otra cosa en aquel momento de su vida que días de playa y series de HBO y vino blanco en la nevera y salir con algún chico mono. Le gustaba Carlos y no le importaba el trabajo. Había entablado amistad con una escultora local misántropa con la que podía charlar de libros, arte y misantropía. Lo más inquietante: había conocido a un tipo no muy estúpido, Ryan Wells, propietario de una pequeña empresa de edición digital en el centro de la ciudad, y con quien había salido un par de veces y al que le gustaba besar y con quien, a menos que sucediera algún desastre, estaba dispuesta a hacer el amor.

Más que dispuesta. Habían transcurrido seis meses de celibato desde su último idilio, en San Francisco, y se había ido imponiendo poco a poco una sensación de frustrado derecho. «Novio» era una exageración en honor de Alison, pero Ryan Wells tenía muchos números. Probablemente para el naufragio definitivo, pero más que probable, puesto que había leído casi tanto como Claudia, con un saludable sentido del absurdo y una serena pero contundente cuota de Eros, para algo intenso, emocionante y provechosamente desorganizado en el ínterin. La primera vez que se habían besado él había apoyado las manos sobre sus caderas y su cuerpo había dicho *sí, sí, Jesús, sí*.

Aquella noche iba a una barbacoa en su casa. La idea de una barbacoa tres días antes de Navidad logró que su reloj interno se revolviera, pero qué demonios.

—Vaya, qué guapa te has puesto —le había dicho Carlos.

Claudia había terminado su turno en el Feast y dedicado veinte minutos a prepararse en el lavabo. Maquillaje tenue, Levi's limpios, top azul, chaqueta de ante comprada en una tienda de artículos de segunda mano y sandalias, porque todavía reinaba una temperatura lo bastante elevada (diecisiete grados, en pleno diciembre) para llevarlas. Elementos esenciales para pasar la noche (¡con todo descaro!) en un bolso plateado con lentejuelas. La casa de Ryan estaba al otro lado del río, hacia Graham Hill Road, y como su turno no acababa hasta las ocho no había tiempo para volver a Beach Flats. Él se había ofrecido a pasar a recogerla, pero ella se había resistido. Se dijo que deseaba concederse la oportunidad de cambiar de opinión (muy improbable, pendonazo) hasta el momento de pararse ante su puerta. Pero también implicaba una quisquillosa independencia: Ryan tenía dinero. No una fortuna, pero lo suficiente para que no deseara sentirse como una indigente inglesa necesitada. Había un autobús que la dejaría a menos de diez minutos de su casa.

—Es sólo para el transporte público —dijo Claudia a Carlos—. Llevo *stilettos* y un vestido de fiesta que me pondré cuando llegue.

—¿Que llevas qué y un traje de fiesta?

—*Stilettos*. Zapatos con tacón de aguja. Tacones altos. Dios, es un rollo tratar con el mundo en vías de desarrollo.

—Eso da igual, pero haz el favor de comportarte. Me han contado cómo son las mujeres inglesas. Ha de ser un sufrimiento para ti, porque no tomas suficiente vitamina D.

—Hasta el lunes —se despidió Claudia.

—*Buenas noches, chiquita*. Que te diviertas.

El autobús dejó a Claudia en Graham Hill Road con Tanner Heights. Mientras subía la pendiente (buena precaución la de las sandalias), se sintió (por enésima vez, y muy en desacuerdo con su política general) calmada por la pulcritud de los barrios residenciales norteamericanos. Cedros lánguidos y asfalto prístino. Silencio. Ausencia de basura. El espíritu de Updike flotando sobre los inmaculados jardines y los automóviles adormecidos. Era toda su psicología en un microcosmos, y lo sabía: fascinada por las cosas de las que más desconfiaba. Dilató las fosas nasales e inhaló el perfume de la vida doméstica acaudalada. Había dejado de fumar cuando se mudó a Santa Cruz y lo agradecía en momentos como ése. No era que su cabeza hubiera dejado de ser un caos. Un perpetuo cóctel burbujeante de pensamientos abstractos e impulsos concretos. Aún estaba casada con la Literatura, las Ideas, la Vida de la Mente, todavía casada, sí, pero en el principio de una separación legal. Cuando pensaba en su habitación de Oxford, las paredes forradas de libros con los lomos agrietados, testimonio del empecinado compromiso, cuando pensaba en la claridad con la que había intuido la escala de la relación imaginaria, lo que exigía la vida dedicada a la lectura (que equivalía, en último extremo, a seguir buscando espacio para todo lo humano, por feo, hermoso o extraño que fuera), era como si le hubiera dado la espalda a su hijo. Por miedo. Por no estar a la altura. Porque la Literatura no paraba de recordarle que ella no era lo bastante grande para la Literatura. Y si no era lo bastante grande para la Literatura, ¿cómo podía ser lo bastante grande para la Vida? Existía una explicación más brillante para lo que había hecho (la de que había comprendido la verdad de que alguien como ella corría el peligro de que la lectura se convirtiera en un sustituto de la vida, de que su yo más sabio se había rebelado contra ello, con todo el derecho), pero también desconfiaba de eso. Era, pensó la explicación del Diablo. Entretanto, Dios esperaba, afligido y paciente, a que volviera a Él.

Joder, pensó Claudia, una vez recorrido el familiar bucle mental, *si eso no es una polémica como para freírme los sesos, no sé lo que es.*

A veinte pasos delante de ella, justo antes de que la curva flanqueada de árboles, según la aplicación Waze de su teléfono, la condujera a cien metros de casa de Ryan, un tipo de pelo oscuro y sin afeitar estaba apretando las tuercas de las ruedas del lado izquierdo del conductor de su autocaravana.

Ella pensó: *Qué lugar más raro para una autocaravana.*

Pero llevaba en aquel país el tiempo suficiente para no dejarse sorprender por nada.

29

—Joder —dijo Xander—. Hemos pinchado.

—Yo me encargo —propuso Paulie.

Llevaban conduciendo dos días. La chapuza de los acontecimientos de Colorado había puesto a Xander en acción. La carretera le relajaba, si bien los letreros eran como alambre de espino si intentaba descifrarlos. La autocaravana tenía un GPS parlante. Un tipo de elegante voz robótica. Era raro llevar aquello contigo, una especie de amigo que podía ver todo, aunque fuera tranquilo y ciego.

Por un momento, Xander permaneció inmóvil, con las manos sobre el volante y los ojos cerrados. Después, los abrió.

—¿Tú? —dijo—. Tardarás una eternidad.

Paulie abrió la boca, pero volvió a cerrarla. Habían entrado en una fase en la que debía elegir con mucho tacto cuándo hablar y qué decir. La voluntad de Xander, que durante tanto tiempo había sido para él una especie de traje de apoyo que le envolvía, estaba empezando a cambiar. Aún le sentaba a la perfección, pero su abrazo entregaba ahora calor, masa y presión. Paulie recordó la imagen de una película que había visto cuando era niño: un aparato de torturas de los viejos tiempos, un gran sarcófago metálico forrado de pinchos. Ponías a la persona dentro, y cuando lo cerrabas a su alrededor los pinchos se le clavaban en la carne. Aunque pareciera increíble, recordó cómo se llamaba: la Doncella de Hierro. De ahí (esas asociaciones que su cerebro era capaz de crear le sorprendían, le inquietaban) habría sacado la banda de rock su nombre: Iron Maiden. Eran muy raras esas asociaciones. ¿Sería todo el mundo así? ¿Estaría todo conectado con todo lo demás? Lo imaginó: todo el planeta y todo cuanto contenía en una enorme red, cosas diminutas como colillas de cigarrillos y hormigas unidas con cosas como presidentes y el transbordador espacial. Le daba vértigo, como si hubiera mirado hacia abajo y caído en la cuenta de que se hallaba al borde de un gigantesco precipicio colgado sobre la nada.

Xander no se había movido. Se volvió en su asiento y miró a Paulie. Siempre le había proporcionado placer hacer sufrir a Paulie, pero últimamente se había convertido en una necesidad. La cálida sensación de desprecio que podía acumular, ver la cara de Paulie transformarse en una cosa viva plagada de detalles odiosos, era una droga barata pero satisfactoria. Y cuanto más tiempo pasaba sin hacer lo que necesitaba, más dependía de ello. Había transcurrido demasiado tiempo. No hacer lo que necesitaba disparaba un sonido, susurros que apenas podías oír al principio, como la fiebre cuando estaba en casa de Mama Jean, que iba aumentando sin parar, momento a momento, día a día, hasta resultar ensordecedora, como si su cabeza, como si todo su cuerpo, estuviera invadido de una masa furiosa de abejas. Sólo hacer lo que necesitaba conseguía que desaparecieran. Durante un tiempo. ¿Colorado, dos días antes? Eso no contaba. No lo había hecho bien (las imágenes de la pequeña jarra de leche marrón le atormentaban), y no hacerlo bien, al final, era casi peor que no hacer nada.

—¿Tienes idea de lo inútil que eres? —preguntó a Paulie.

Paulie desvió la vista, primero hacia su regazo, después por la ventanilla lateral de la autocaravana. La luz del anochecer invadía el vehículo. Xander dejó que las palabras crecieran en el silencio. Incluso hacer eso relajaba un poco los músculos de su cuello. Intuía las ansias que tenía Paulie de salir del coche, el leve alivio de la presión que le depararía el aire del exterior.

—¿Crees que estás haciendo algo? —volvió a preguntar a Paulie—. No estás haciendo nada. Yo estoy haciendo algo. ¿Qué haces tú? Nada. Ellas ni siquiera lo sienten. Ni siquiera están presentes.

—Cuando lleguemos a una tienda hay que comprar agua —comentó Paulie, mientras se desabrochaba el cinturón.

—Sabes que estoy diciendo la verdad, ¿no? —le planteó Xander, sonriente.

Paulie no contestó. Sentía la cara congestionada.

—Sabes que estás asustado de ellas, ¿verdad? ¿Cómo soportas eso? Estar asustado de ellas. ¿Qué crees que te van a hacer?

Paulie no contestó. Miraba a todas partes, salvo a Xander. Era como si Xander le tuviera atrapado en una red invisible.

—Es como llevarte cargado a la espalda —dijo Xander, y se desabrochó el cinturón.

Paulie agachó la cabeza. Su olor flotó hacia Xander. Lona húmeda y calcetines agrios y sudor rancio. Paulie, pensó Xander no por primera vez, no se lavaba con demasiada frecuencia.

—Sólo estoy diciendo —habló Paulie, con la mirada clavada en el salpicadero—, que necesitamos agua. Yo también me estoy muriendo de sed. Había un McDonald's atrás, en la 17.

—Como llevarte cargado a la espalda —repitió Xander—. ¿Me has oído?

—Estupendo.

—¿Me has oído?

Paulie efectuó un veloz movimiento con la cabeza, como si de repente se hubiera dado cuenta de que los músculos de su cuello se estaban agarrotando.

—He dicho «estupendo».

Xander mantuvo tenso el nudo invisible durante unos momentos, mientras veía a Paulie respirar con dificultad a través de sus largas y estrechas cavidades nasales. Después, abrió la puerta del conductor y bajó de la autocaravana.

30

Claudia tardó media docena de pasos más en empezar a pensar que sería una buena idea hablar con alguien por el móvil mientras pasaba al lado del tipo. No porque pensara que fuera peligroso, sino porque su aura proyectaba algo (y su radar así lo captaba) que la convencía de que iba a intentar entablar una conversación que ella no deseaba sostener (no era estrictamente cierto que no pensara que era peligroso; era una mujer sola, que se acercaba a un hombre en un tramo de una carretera cuyos árboles impedían a los residentes ver lo que pasaba en ella), pero sí era estrictamente cierto que estaba reprimiendo la idea de que podía ser peligroso. También estaba pensando en todas las veces en que se había enzarzado en la irritante discusión, tras el ataque, violación o asesinato de una mujer en un lugar solitario (enunciada con insidiosa e indiferente racionalidad), de que no había sido sensato por parte de la mujer pasear sola por semejante lugar. ¿No se estaría convirtiendo la mujer en un blanco seguro? Y si lo analizabas a fondo, ¿no se lo habría buscado? La mitad de las veces eran mujeres las que lanzaban aquellas argumentaciones. Daba la impresión de que las mujeres no comprendían que lo que ellas estaban defendiendo no era el derecho de toda mujer a moverse por el mundo con la misma libertad que un hombre, sino el derecho de los asesinos y violadores a hacer lo que les diera la gana, siempre que no hubiera testigos. Empezó a buscar entre sus contactos el número de Ryan (*Hola, soy yo. Estoy a dos minutos de distancia. ¡Ve preparándome un gin tonic!*), cuando el tipo de la autocaravana, que se encontraba a menos de quince pasos de distancia, sacó de un tirón la llave de ruedas en cruz de la última tuerca apretada, se enderezó, se estiró, arqueó la espalda y dijo:

—Señorita, ¿no sabrá por casualidad si voy bien para Paradise Park?

Adrenalina, sin poder reprimirla. Las rodillas enviaron el delirante mensaje de que estaban a punto de ponerse a correr. Pero también intervinieron los tozudos protocolos sociales: *No vas a salir huyendo de un tipo porque te pregunte por una dirección.* A lo cual respondió otra voz interior: *¿Cuántas mujeres han acabado muertas por no hacerlo?* Le vino una imagen de Alison viendo todo esto en una pantalla desde el otro extremo del mundo. Pensó en cuánto amaba a su hermana, pese a todas las heridas que se habían infligido mutuamente. La costumbre de Alison de apartarle de un soplido el flequillo de los ojos.

¿A qué distancia de la cumbre de la colina se encontraba la casa más cercana? Otros tres pasos. Aceleró. Camina con decisión. No demuestres miedo. Demuestra absoluta seguridad. *Para que sepas las consecuencias a las que te arriesgas si me tocas los huevos, gilipollas.*

—Pues no —respondió, sonriente—. Lo siento.

Sigue caminando. Alegre, pero con decisión inalterable. Sabía que Paradise Park se encontraba un poco al noroeste de donde estaban. Pero eso significaría detenerse para darle instrucciones. Y eso significaba que él diría: ¿Tienes un plano en el teléfono? ¿Te importa que eche un vistazo?

—Sé que está por aquí —dijo el hombre, mientras abría la puerta del conductor de la autocaravana y metía dentro la llave de ruedas en cruz—. Llevo un plano, pero no tengo ni idea de dónde está.

Al cabo de cinco pasos llegaría a su altura. Ningún problema. Le daba la espalda. Estaba buscando el plano. Y había tirado la herramienta. No se trataba de una situación comprometida. Paranoia perdonable. Pero sigue caminando. La ropa no coincidía con el precio del vehículo. De alquiler. Deja de preocuparte.

Pero el hombre se volvió hacia ella con excesiva premura. Justo cuando Claudia llegaba a su altura.

Y sujetaba una barreta en la mano derecha.

31

El tiempo se dividió.

Una mitad, el pasado de Claudia, se congregó a un lado de una línea de luz blanca. La otra mitad, su futuro, acudió como una exhalación en una masa de negrura. Estaba atrapada, mientras toda su razón se dedicaba a un único imperativo (¡HUIR!) en un atolladero neurológico, porque a pesar del imperativo la barreta ya se estaba acercando y el reflejo de proteger su cabeza estaba paralizando el de sus piernas.

El mundo se inclinó y exhibió sus detalles: el asfalto reluciente; el verde intenso de los cedros; el olor a goma, aceite quemado y sudor del hombre; las manchas de óxido de la barreta; el rostro grasiento y sorprendido de un segundo tipo que aparecía, asomado por la puerta del conductor, con el largo pelo rojo colgando alrededor de su mandíbula barbuda.

Entonces, sus brazos se alzaron para proteger la cabeza y la barreta la golpeó en el vientre, el aire escapó de sus pulmones y sólo supo que no iba a volver a respirar nunca más. Algo duro golpeó sus rodillas, y se dio cuenta de que había caído y las manos del hombre se apoderaban de ella. Un segundo de presión intensa en la garganta. Su peso se alzó y sus pies calzados con sandalias patalearon en el aire. Impacto. Su espalda se estrelló contra el costado blanco de la autocaravana y una voz de tío que decía joder, Xander, joder, con el fondo sonoro del trino de los pájaros que habitaban en la zona residencial. Destelló una imagen del rostro de Alison, dilatado por el terror. Se dio cuenta, como si fuera la primera vez, que esto había ocurrido a las mujeres desde el principio, vislumbró a los miles de millones, vivas y muertas, la hermandad abrasada que sólo podía mirar, que no podía ofrecerle nada, salvo que éste sería su único ejemplo de la constante histórica, su violación, su muerte. Toda su infancia, adolescencia y madurez, todo cuanto había hecho, tantas conversaciones y besos y risas y pensamientos, tantas cosas menospreciadas porque formaban parte de un mundo que jamás imaginó que cambiaría así. Así. Por algo que llegaba de súbito y abría una brecha entre lo que había sido y aquello en lo que se convertiría por la fuerza. Si sobrevivía.

Si sobrevivía.

En el torbellino resultante de que él la levantara y su codo izquierdo chocara contra la puerta y sus tacones se estrellaran contra algo y la abrumadora y repulsiva realidad de unas manos fuertes y el olor de un espacio angosto de vinilo y gasolina y sudor rancio y el pánico que invadía cada célula, Claudia pensó: *Quiero vivir. Quiero vivir. Quiero vivir.* Todos los planes y matices de su vida reducidos en tres segundos a una singularidad: sobrevivir. Pase lo que pase, has de sobrevivir. Has de sobrevivir.

No veía bien. El esfuerzo por respirar continuaba arrojando oscuridad sobre ella, le robaba la conciencia. Era consciente de la inutilidad de sus extremidades. El parabrisas se cernió sobre ella, el salpicadero sembrado de basura, vasos de plástico y cajas de donuts aplastadas. La voz del tipo de pelo oscuro, diciendo: Dame las cuerdas, dame las putas cuerdas. Comprendió de inmediato que «cuerdas» significaba que la iban a atar. Lo cual inyectó una perentoria debilidad en sus muñecas, codos, tobillos y rodillas. Por lo visto, no había respirado desde que la había golpeado. Por lo visto, aún no había emitido el menor sonido. Sus brazos y piernas eran livianos y derivaban sin rumbo, aunque era vagamente consciente de que intentaban oponer resistencia a su captor. Su captor. La realidad le provocó náuseas, la realidad de que era una persona, con una voz y una cara y un olor y una historia y una voluntad que le había conducido hasta allí, que había recorrido la distancia entre él y ella, que les había presentado. La niña pequeña que tomaba el desayuno en la alegre cocina de Bournemouth, mientras balanceaba sus piernas… y él allí, ahora. Todos aquellos momentos conducían a ése. Todos aquellos momentos conducían a su muerte.

Pasó una moto.

Mira esto por favor. Mira esto.

Pero desapareció. No percibió ningún cambio en el sonido del motor que se alejaba. Ninguna señal. Ninguna esperanza. ¿Y qué habría podido ver el motorista, en cualquier caso? La puerta del conductor estaba cerrada. Lo único que habría visto sería la autocaravana aparcada. Nada que ver.

—Joder —exclamó el pelirrojo—. Es ella.

—¿Qué?

—Es la chica del café.

—¿Qué?

—La del maldito café. Esta tarde. Jesús.

—¿De qué coño estás hablando?

La mano apretó más su garganta.

—Cuando paramos en el café. Esta tarde. Jesús, Xander, cuando paramos para tomar café. El Whole Food o lo que fuera. Es una de las camareras.

Claudia apenas había entrevisto al segundo tipo. No le había reconocido. Si había estado en el Feast, no se había fijado en él.

Pero el mundo estaba lleno de mujeres que no se fijaban en los hombres que se fijaban en ellas.

El tipo de pelo oscuro la tenía apretada encima de los dos asientos delanteros con la fuerza de su peso sobre ella. La palanca del cambio de marchas se estaba clavando en su columna vertebral. La muñeca izquierda estaba encajada bajo el freno de mano. La periferia de su conciencia era borrosa. Llegaría una oscuridad absoluta, un eclipse, si no recibía oxígeno pronto. El hombre todavía rodeaba su garganta con la mano. Con la otra mano sujetaba su muñeca derecha debajo del trasero.

—¿Quieres darme las putas cuerdas? —dijo el hombre de pelo oscuro, al tiempo que alzaba la vista y miraba a través del parabrisas. Para comprobar que el motorista no volvía, pensó Claudia. Para asegurarse de que nadie estaba presenciando aquello. Y ella sabía que no había nadie. Nadie ni nada. Estaba sola. La limpia curva de la carretera por donde, en otros momentos, pasarían los críos con sus bicicletas. Los majestuosos cedros y los robustos pinos. Los pájaros que cantaban y la suave noche dorada de California. No les importaba nada. No les servía de nada. Ni siquiera eran conscientes. Durante toda su vida había alimentado un juguetón antropomorfismo. Anulado. No eras nada para el mundo. El mundo no era nada para sí mismo.

De repente, la mano de la garganta se abrió. Aún tenía dificultades para respirar. Engulló una bocanada de aire, como un huevo duro. Le dio ganas de vomitar.

Cosa que habría hecho, de no ser porque el hombre la alzó de un tirón y estrelló su cabeza contra el salpicadero.

32

—Espera, nena —dijo Blasko a Valerie.

Ella estaba saliendo de la comisaría. Pasaban unos minutos de las ocho de la noche. El sonido de su voz detrás de ella cambió la velocidad de su cuerpo. Lo había estado anhelando. Esperando. Temiendo. No tenía derecho a nada de él, pero ahí estaba. El derecho destrozado pero indestructible. Era inútil. Le esperó. Excitación y tristeza y miedo.

—No nos enredemos en la conversación absurda —advirtió él.

—¿Cuál?

—La que ignora cómo son las cosas.

—¿Qué cosas?

Él no tuvo necesidad de responder, puesto que se estaban mirando. Valerie notó que todas las objeciones se estaban congregando. Al cabo de un momento, las objeciones serían una multitud con una voz y una exigencia: *Déjale en paz. O se lo cuentas todo o le dejas en paz.* Y si se lo contaba todo, ¿qué más daría?

—Vamos a tomar una copa —propuso Valerie, y en cuanto las palabras salieron de su boca experimentó la profunda emoción de lanzarse a cometer una equivocación. No supo qué iba a decir hasta que las palabras escaparon de su boca. Al cabo de unos segundos, estaba caminando a su lado. Iba a alguna parte con él. Estaba con él.

Fueron en el coche de Blasko, dejó el suyo en la comisaría. Lo recogeré después, dijo ella. Lo cual era una admisión de las posibilidades de la noche. Él se limitó a asentir. Comprendido. No había manera de evitar comprenderse. Siempre había sido su dicha. Y, naturalmente, su maldición.

En los viejos tiempos, el lugar al que iban después de trabajar era Juanita's, un bar especializado en tequilas de Divisadero, de manera que no fueron allí, sino a un sitio de aspecto nuevo, el Pelican Bar, en Folsom, con un interior oscuro y una franja de neón rojo que recorría toda la longitud de la barra de vinilo negro, adornada simbólicamente con una franja de espumillón dorado y purpurina esparcida. Menos de una docena de clientes, mesas pequeñas, música suave cortesía del iPhone y los altavoces Bose del camarero. Tom Waits, cuando tomaron asiento con sus bebidas, aunque Valerie no reconoció nada de lo que siguió. Cuando era adolescente, la vida sin música había sido impensable. Ahora, no escuchaba nunca.

—El asunto se está cobrando su precio —afirmó Blasko. El Caso, por supuesto. No era una pregunta. Su mesa de la esquina tenía una vela pequeña dentro de una copita rojo oscuro. Valerie recreó una imagen de ella derrumbada sola ante el escritorio en el centro de coordinación, las enormes fotos de las mujeres muertas encima y alrededor de ella, como objetos de culto.

—Es justo decir que tengo un aspecto horrible —admitió Valerie—. Lo sé.

Él la miró. A mí nunca me pareces horrible. Después, bajó la vista hacia su bebida. El daño le había dañado. Él también se sentía convencido de que estaba cometiendo una equivocación. Pero la tristeza era la enemiga de aquel momento. De cualquier momento. Tristeza o demencia, pensó Valerie. Tú eliges.

—Ha pasado mucho tiempo —dijo él.

—¿Qué has obtenido de Reno?

—Son nuestros chicos. Estoy seguro. El informe del forense es una formalidad. La víctima tenía un cronómetro metido en la boca.

Lo horripilante de las palabras les enmudeció un momento. Hablar del Caso no era una alternativa a hablar de ellos. Era hablar de ellos. Un Caso les había destrozado. Un Caso la había dejado con un aborto, y a él un corazón hecho trizas. ¿Qué había cambiado desde entonces? Nada. Salvo que gracias a ello era una policía mejor. Una policía que no creía en nada y a la que no costaba nada dejar de considerar personas a las víctimas. Una policía vacía de todo, excepto las fascinantes matemáticas de resolver los acertijos de carne y hueso. Hasta ahora. De repente, Valerie lamentó el impulso que la había llevado allí. Estuvo a punto, a punto, de levantarse y marcharse.

—La última vez que estuve en casa de mi hermana —dijo Blasko al presentirlo; cambió de tema y les puso fuera de peligro—, estábamos sentados a la mesa después de comer, y los críos estaban discutiendo en la habitación de al lado. Jenny tiene nueve años ya. A Walt le queda poco para cumplir seis.

Le estaba haciendo un regalo. Al recordarle las joyas absurdas que todavía existían en el mundo, pese a los horrores. Ella no sabía qué iba a contarle. Sólo que con aquel cambio de voz su cuerpo se relajó. Amor. Aún amor. O los restos. Las ascuas no se habían enfriado. Bastarían un par de tiernas exhalaciones (hasta que se lo confesara todo. Entonces, una llamarada diferente. Expulsó la idea). Sólo un par de tiernas exhalaciones y podría volver a ser una policía peor que ahora. ¿No sería ése el precio del amor? ¿No se trataba de la misma transacción, pero al revés?

—Bien, los críos están dale que te dale —continuó Blasko—, y nos damos cuenta de que el ambiente se está caldeando y Serena pone los ojos en blanco, dispuesta a meter baza. Entonces, Walt entra como una exhalación, con aspecto muy enfurecido y ofendido, y dice que Jenny le ha llamado culo de hamburguesa.

Valerie sonrió. Percibió lo extraña que se había vuelto la sensación. Walt aún llevaba pañales la última vez que le había visto. Jenny era una cosita imperiosa, inseparable de su juguete, un muñeco llamado, sin explicación plausible, Earl (*Si tuviéramos un hijo*, había dicho un día Blasko desde la ducha, mientras Valerie se cepillaba los dientes, será una niña y deberíamos llamarla Daisy. Así hablaban del asunto. Sabían que tenían cierto permiso para no hablar de ello en serio antes de sostener la verdadera conversación. Hasta Nick, Valerie jamás se había imaginado teniendo un hijo. Después, amor. Y la asombrosa intuición de que existía otra faceta que podía adoptar: la de madre. Engendrar un hijo con Nick. La había aterrorizado y emocionado).

—Jenny le pisa los talones, con cara de culpabilidad, pero también complacida consigo misma.

—No la culpo —dijo Valerie—. «Culo de hamburguesa» es muy bueno.

—Mejor que eso. Serena se vuelve hacia Jen y le dice muy seria,

«¿Has llamado a Walt "culo de hamburguesa"?» Jenny se parte de risa. Se ríe como una loca, pese al lío en que se ha metido. Serena dice, esto no tiene nada de divertido, jovencita, no es agradable decir esas cosas a tu hermano. Pero Jen no puede parar de reír. Hasta Walt se siente fascinado por su reacción. Entonces, Jen suelta: «Asperger. Le dije que tenía el síndrome de Asperger. Jesús. ¡Culo de hamburguesa! ¡Walt es tan tonto…!»

Valerie rió en voz baja. Blasko sonrió, tomó un sorbo de su whisky.

—Pobre Walt —dijo—. Él era el único que no se reía. Estaba parado allí, absolutamente atónito. Al final, al verse superado en número, se sumó a la rechifla general.

Era demasiado fácil. Demasiado bueno. *Te he echado de menos. Te echo de menos.* En presente.

Pero el daño que ella había causado también se encontraba presente, en todos los espacios que la risa no tapaba. Y cuando dejó de reír, allí estaban de nuevo. Sentados mirándose, con los hechos incontestables de su historia como un genio sonriente entre ellos. Tres años. Y ahora, una vez más, la certidumbre de no estar sola en el mundo. Era maravilloso. Era espantoso. Y faltaba el hecho central. La historia no contada.

—¿Sales con alguien? —preguntó él.

Ah. Vale. Vamos directos al grano. Valerie experimentó la sensación de que el bar se abría a un vacío. Su visión del universo era la de un lugar carente de Dios y significado, pero entretejido de fuerzas aleatorias cuyo trabajo accidental era impulsarte a pensar que existía una conspiración retorcida que lo gobernaba todo.

Negó con la cabeza, no.

—¿Y tú?

—¿Tú qué crees?

Ella sabía la respuesta. De lo contrario, ¿qué estaban haciendo allí?

—¿Qué quieres? —inquirió Blasko.

Pregúntame algo más sencillo, pensó Valerie. Estaba recordando la forma en que la había mirado cuando la había sorprendido con Carter. Sin ira. Capitulación. Una absoluta comprensión de que ella había hecho algo que impedía dar marcha atrás. En aquel momento, Valerie había visto toda su vida concentrarse en sus facciones oscuras, como si todos los detalles se hubieran apresurado a reunirse para recibir aquella gigantesca traición. Una parte desinteresada de sí misma se había sentido fascinada por el cambio en su expresión, la fractura repentina. Ahora, siempre había una parte desinteresada de sí misma fascinada por cosas: los corazones que había roto; los asesinos a los que había capturado; los cuerpos mutilados hasta dejarlos irreconocibles; un feto del tamaño de una gamba en la mano enguantada de un médico. Años antes, cuando acababa de salir de la Academia, un detective veterano le había dicho: ¿Quieres trabajar en Homicidios? Deshazte de tu corazón. El corazón no te servirá de nada. Arráncate el corazón y pon en su lugar un gran globo ocular sin párpados. No siente nada. Lo ve todo. Bien, ahora lo hizo.

—No quiero hacer daño a nadie —contestó al fin.

Blasko se reclinó en la silla y la miró.

—Sobre todo a ti. Es que…

—Me consideraré advertido.

Lo cual enmudeció a ambos de nuevo. Era imposible, pensó Valerie. Tal vez pensara que aún no estaba furioso con ella (tal vez pensara que una parte de él todavía no la odiaba), pero se estaba engañando. Pese a la aparente despreocupación, continuaba siendo la desgracia en que le había convertido. *Esto es una equivocación,* se dijo. *Esto es una gran equivocación. Deberías decírselo ahora mismo y acabar de una vez.*

Pero hasta pensar en ello removió su excitación. La vida regresaba a su vida.

—No me has dicho en qué estabas trabajando —dijo ella. Dando rodeos.

Él hundió el dedo en el vaso y removió los cubitos. Mientras sopesaba, sabía Valerie, si aceptaba que se habían alejado de la cuestión de qué iban a hacer. También se dio cuenta de que Blasko había vuelto sin saber a ciencia cierta qué deseaba. Aparte de desear acostarse con ella. Pese a todo, estar cerca el uno del otro bastaba para establecer necesidad sexual. Incluso ahora (en cuanto ella permitió que su mente derivara en esa dirección), pensar en sus manos sobre ella, la imagen de montarle y deslizar su polla dentro, prendió la dulce hoguera familiar entre sus piernas. Era un placer, la irreverente familiaridad de su lujuria. Recordaba estar tumbada en la cama con él, después de la cuarta, décima o enésima vez que habían hecho el amor, pensando: *Esto sí es riqueza. Gracias a esto, somos millonarios*. En cuyo momento, la empecinada dramaturga cósmica que residía en su interior había susurrado: *Sí, pero algún día tendremos que pagar por eso*.

Y así había sido.

—Nada que pueda estropear la historia del culo de hamburguesa.

Ella comprendió. Informática forense se ocupaba, más o menos, de delitos económicos o pornografía infantil. Había visto algunas imágenes. Antes tenías que encontrarte físicamente presente en la escena de un crimen para ver la peor faceta del lado oscuro. Ahora podías verlo en tu ordenador portátil, mientras bebías una cerveza o hablabas con tu mamá por teléfono. Se preguntó cómo le habría afectado. Cómo le estaba afectando. El globo ocular desinteresado carente de párpados se sentía intrigado. *No tendría que haber sido policía,* pensó. *Tendría que haber sido un maldito científico.*

—¿Sabes lo que sentí cuando supe que iba a volver aquí? —preguntó él.

—¿Qué sentiste?

—Que era inevitable. —Hizo una pausa—. Como un veredicto de culpabilidad.

El teléfono de Blasko sonó.

—Maldita sea —dijo cuando colgó.

—Has de irte.

—Sí.

Salvada por la campana. De momento.

Valerie habría preferido quedarse donde estaba y dejarle marchar sin ella, pero necesitaba el coche. En cualquier caso, ¿quedarse donde estaba para hacer qué? ¿Acabar con otro Callum? El Caso la había depositado en el lugar donde cualquier actividad no dedicada al Caso era inmoral. Pensó en todas las horas que había pasado con los archivos y las fotografías. La risible frase «fuera de servicio». La esperaban más horas fuera de servicio, todo un ejército, con los dedos tamborileando.

Regresaron en silencio, mientras las luces de la ciudad se deslizaban sobre ellos, el interior del coche henchido de miedo y deseo. Valerie sabía que la única forma de saber cómo reaccionaría a sus besos era si él la besaba. En parte lo deseaba, para que su cuerpo se viera obligado a decidir.

Chorradas. Sabía muy bien lo que decidiría su cuerpo. Lo que no sabía era qué decisiones tomaría el resto de ella, después.

Cuando frenaron ante la comisaría, Blasko apagó el motor y los dos permanecieron sentados unos minutos, con la vista clavada en el parabrisas. En algún momento del trayecto él había silenciado su móvil. Ella oyó que vibraba en el bolsillo de su chaqueta.

—¿Y bien? —preguntó él.

—No sé.

—Pero sabes en qué estaba pensando en el bar.

—Sí.

Pausa.

—Yo también estaba pensando en eso.

Pero no sólo en eso.

—Luego me pasaré a verte —dijo Blasko, y añadió, cuando vio que ella estaba a punto de contestar—: No digas nada. Limítate a no abrir la puerta si no quieres.

Oh, Dios.

Estaba sacudiendo la cabeza. Pero no dijo nada. Era terrible el destello de deseo que había hecho revivir aquellos tres años de soledad. Era terrible la forma en la que se afirmaba lo natural de estar con él, sin discusión alguna. El corazón humano era una habitación llena de cosas terribles.

No la besó. La vibración del teléfono, entre otras cosas, decía que aún no. Cogió su mano un momento. Su visibilidad mutua era asombrosa. Después, dio media vuelta y entró en la comisaría. Valerie, emocionada y horrorizada de sí misma, se dirigió hacia el coche.

Subió y se abrochó el cinturón, cuando reparó en el cuarto coche de la fila contraria, el jeep Cherokee negro de Carla York. Con Carla dentro. Estaba sentada en el asiento del conductor con la cabeza apoyada contra la ventana, la vista clavada en el frente. Su postura comunicaba que, o no sabía que la estaban observando, o le daba igual. Su boca parecía flácida. Toda la tensión de su cara se veía comprometida de una manera extraña.

Valerie la observó durante un rato. Se le antojó raro que Carla no la hubiera visto. Sin duda habría oído el coche. ¿No levantas la vista de manera automática?

Carla levantó un pañuelo de papel arrugado y se sonó. Sorbió por la nariz.

¿Lloraba? Jesús.

Por una parte, ¿y qué? Carla era policía. No por ello era menos probable que se viniera abajo en algún momento, como todo bicho viviente. Por otra parte, sorprendió a Valerie ver el remilgado paquete desenvuelto. Era conmovedor y obsceno.

Más por curiosidad que por compasión (*seamos sinceros*, pensó Valerie), bajó del coche y caminó hacia el de Carla. A mitad de camino, Carla alzó los ojos y la vio. Valerie esperaba que se sobresaltara, que se sintiera avergonzada, que intentara la apresurada reinicialización facial. Pero Carla se limitó a verla acercarse sin expresión, y después bajo la ventanilla del conductor. Tenía la nariz roja. Era ese tipo de cara, se dio cuenta Valerie, que resulta devastada por dos o tres lágrimas derramadas.

—Hola —saludó Valerie—. ¿Estás bien?

Carla sonrió. Como a la naturaleza marginal de aquello que la había afectado.

—Sí —replicó—. Estoy bien. Uno de esos días, nada más.

—¿Cuál es el problema?

—Nada, de veras. Es que… —No terminó. En cambio, sacudió la cabeza y rió. Trasladó el bolso desde su regazo al asiento del pasajero, donde su abrigo estaba tirado sobre un montón de papeles, un *Chronicle*, un par de sobres. El resto del interior del Cherokee se veía inmaculado—. Estoy bien. —Después, a modo de rechazo simbólico, que Valerie sabía no debía tomarse en serio—: Es la época del mes.

Como diciendo, sea lo que sea, no pienso hablar de ello.

—Vale —dijo Valerie.

Carla sorbió por la nariz, se removió, enderezó el cuerpo y apoyó la mano izquierda sobre el volante.

—Escucha, has hecho un gran trabajo con las imágenes del zoo. Quería decírtelo antes. Sé que todos los demás habían tirado la toalla.

—Yo también la habría tirado. Era la alternativa a contar ovejitas.

Carla asintió.

—Lo entiendo. Pero aun así...

Al cabo de unos momentos, ninguna de ambas sabía qué más decir. Tiempo suficiente para que Valerie se sintiera levemente fascinada por la parte de ella que todavía no podía congeniar con Carla. Incluso ahora, después de haberla visto vulnerable, algo en ella se negaba.

—Bien, si estás segura de encontrarte bien...

Carla se dispuso a abrocharse el cinturón de seguridad.

—Estoy bien. Y gracias. Hasta mañana.

De vuelta en su coche, Valerie se esforzó por no mirar hacia el de Carla. Pero Carla continuaba aparcada cuando ella se fue. Estaba hablando por el móvil. Saludó con la mano a Valerie sin interrumpir su conversación.

33

Xander no se encontraba bien. La verdad era que se sentía indispuesto desde que habían entrado en California. Era necesario corregir la cagada de Colorado (la mujer muerta sin la jarra de leche apretada en el cerebro como un tumor; ¿por qué, *por qué,* en el nombre de Dios, había dejado que Paulie le convenciera?), pero ahora era como si todo su *cuerpo* se rebelara también contra la equivocación, a pesar de la pequeña zorra que acababa de cazar. Había aparecido de repente. Un regalo. Los segundos que había tardado habían sido limpios, veloces y pletóricos de certidumbre. A veces todo coincidía así, en una especie de oleada placentera, como si no estuviera haciendo algo nuevo, sino reconociendo algo que ya había hecho antes, en una vida anterior o un sueño vívido. La carretera desierta y los árboles y su garganta desnuda bañada por la luz del sol. Todo se había acumulado en sus manos y su cara, y después lo estaba haciendo y todos los movimientos eran perfectos y todo sucedía exactamente como debía ser. Justo lo contrario, de hecho, del desastre de Colorado. Estaba acostado en el sofá cama de la autocaravana, y temblaba un poco. Sentía la cabeza caliente. Sus extremidades empezaban a doler. Había oído decir que si cruzabas demasiados husos horarios o cambiabas de clima con excesiva frecuencia te ponías enfermo, pero nunca lo había creído. Tal vez había algo de cierto en ello, al fin y al cabo. Nieve en Colorado. Sol en California. Todos los climas que había atravesado durante días, semanas y meses se mostraban activos en su cuerpo, intentaban ordenarse. Sabía que Paulie quería cambiar de sitio con él debido a su rodilla rota. Y una mierda. Paulie tendría que sonreír y aguantarse.

Debería dormir. ¿Cuánto tiempo había transcurrido desde que había dormido por última vez? No lo sabía. Demasiado. Había esos otros momentos en que no le apetecía dormir, pero nunca se sentía descansado después, aquellos momentos en que volvía a ser Leon y la casa de Mama Jean se formaba densa y eléctrica a su alrededor. Aquellos momentos eran más agotadores que estar despierto en el mundo habitual. Cuando terminaba de hacer lo que debía hacer todo eso paraba. ¡Imagínate! Un tiempo en que el mundo continuaba siendo el mundo, y la casa de Mama Jean nunca se apiñaba a su alrededor y Mama Jean no tenía nada que decir. Él podía hacer de todo, sin interrupciones: ver la tele, beber cerveza tumbado, nadar en el mar, comer.

Se puso de costado, temblando, y subió las rodillas.

34

De vuelta en el laboratorio de informática forense, Nick Blaskovitch trabajó durante una hora en el último material llegado del caso Lawson, pero sabía que no podía concentrarse.

Valerie.

Él no había mentido. Se le había antojado inevitable. Cuando resultó evidente que su padre no iba a recuperarse y que las opciones de futuro estaban empezando a amontonarse, había vivido una doble vida interior. De puertas afuera, un abanico de planes y alternativas. De puertas adentro, la certeza de que regresaría a San Francisco y Valerie seguiría allí y nada podría detenerle. Incluso admitió la posibilidad de que hubiera encontrado a otro. Y cuando lo admitió, su reacción fue sencilla: se la quitaría a quien hubiera encontrado. Porque fuera quien fuese el pobre hijo de puta, y fuera cual fuese su relación, no sería como la de ellos dos.

La de ellos dos. Reconocimiento. Instantáneo y ridículo. Atracción, desde luego. Poseía el raro don entre los hombres de saber que algunas mujeres le consideraban muy atractivo (no era presumido, pero poseía una relajación en la piel que, sabía, constituía una especie de poder), y Valerie poseía la sexualidad subterránea que los tipos adecuados sabrían que valía la pena explorar, pero la sensación de inevitabilidad les había pillado a ambos por deliciosa sorpresa. Media docena de conversaciones. Una copa después del trabajo. El calor de su cuerpo junto a él en el bar. Ni siquiera habían hablado de cómo acabaría la noche. Meterse en un taxi y al cabo de veinte minutos se encontraban en el apartamento de ella y se besaban. La primera caricia (sus manos en la cintura de Valerie) había sido una simple bienvenida. Después de hacer el amor se habían quedado tumbados en la cama como estrellas de mar. El impulso fue reír. Era hilarante lo estupendo que había sido. Ni siquiera se felicitaron.

Se limitaron a aceptar que habían obtenido su inmensa e inmerecida herencia.

Si algún otro tipo le hubiera dicho esto de alguien (la Historia, Dios del cielo, del Amor de su Vida en un bar), Nick sabía que lo habría desechado. Habría sentido pena por él, aquel hipotético perdedor. Sabía que, a primera vista, estaba siendo ridículo. Tampoco había curado todo el daño que ella le había hecho. Cuando les había sorprendido a Carter y a ella en el apartamento, ella estaba sentada a horcajadas sobre el tipo, las manos de él en el culo de Valerie, el canal de su adorable espalda húmedo de sudor del trabajo sucio que estaba llevando a cabo. Nick los había mirado durante lo que se le antojó mucho tiempo, con la sensación de que el mundo estaba cambiando. Cuando imaginabas estos momentos te veías entrando en acción: violencia, rabia, dolor, locura. Pero en realidad te quedas paralizado, espectador de tu propia crucifixión. Tu parte perversa se quedaba aliviada de que el mundo hubiera demostrado, de una vez por todas, que era un lugar de vacío y traición y mierda. Te absolvía de tener esperanza.

Eso habría debido borrarla de él para siempre.

Pero no había sido así.

El problema consistía en que comprendía por qué lo había hecho ella. Se había vuelto y le había mirado por encima del hombro desnudo, y su rostro era un chillido sereno. Incluso en aquel momento supo Blasko que la comprensión le conduciría a perdonarla a la larga. La comprensión era un don perverso que el amor te concedía. La comprensión había dicho, incluso mientras estaba dando la vuelta y salía por la puerta: *Encontrarás espacio para esto. El odio se consumirá. Seguirá siendo ella.*

Y tres años después, seguía siendo ella.

Los acontecimientos y decisiones que le habían conducido a San Francisco habían constituido una coreografía amable e irresistible. Había llevado a cabo los preparativos con una sensación de rendición, pero también con una creciente emoción serena. Ahora que lo había hecho, ahora que estaba allí, notaba al mismo tiempo desinflamiento (la escala del período previo trufado de fantasías lo garantizaba) y una profunda justificación: porque para ella tampoco había cambiado. Había leído el reconocimiento en su rostro en el primer momento que había levantado la vista del escritorio.

Se levantó de su abarrotado escritorio y se estiró. Eran las diez y diez. Otra hora de trabajo y volvería a su casa, se ducharía, se cambiaría, iría a casa de Valerie y tocaría el timbre de su apartamento. Si contestaba, contestaba. Si no...

Al carajo con eso. Contestaría. Era inevitable. Así lo había transmitido al despedirse en el aparcamiento. Con su mano. Con sus ojos. Con el espacio que les separaba, donde fluía la corriente de la vida.

Fue al lavabo, volvió al despacho y encontró un sobre de papel manila cerrado sobre el escritorio.

El destinatario estaba escrito con rotulador en mayúsculas pequeñas y pulcras: NICHOLAS BLASKOVITCH.

Lo abrió.

Un formulario rellenado. Fotocopiado. Se fijó en la palabra «clínica».

Pero no fue eso lo primero que llamó su atención. Lo que llamó su atención fue un post-it amarillo pegado en la esquina superior derecha de la única hoja. Las mismas mayúsculas pulcras, más pequeñas.

ASESINA DE BEBÉS, decía la nota. FÍJATE EN LA FECHA.

Los reflejos de policía se dispararon en silencio. Una parte de él estaba pensando: *guantes de látex, huellas, espera*. Alguien acababa de entrar y había dejado aquello. ¿Quién? Pero ya se había fijado en el contenido de una de las casillas rellenadas:

DETALLES DEL PACIENTE
APELLIDO: HART
NOMBRE: VALERIE
FECHA DE LA CITA: 23/6/10
MÉDICO: DR. PAIGE
PROCEDIMIENTO: AMEU

La «fecha de la cita» y el «procedimiento» estaban subrayados en rosa. AMEU. ¿Qué diablos era AMEU? Nick buscó mentalmente, mientras sus ojos exploraban y la frase «asesina de bebés» detonaba sin cesar.

La clínica Bryte. Fell Street, 2303, San Francisco, CA 94118.
No le sonaba.

Buscó en Google «procedimiento AMEU, aunque su parte más sabia convirtió lo que leía en un déjà vu.

Hasta las 15 semanas de gestación, la aspiración de succión o la aspiración endouterina son los métodos quirúrgicos más comunes de aborto inducido. La aspiración manual endouterina (AMEU) consiste en extraer el feto utilizando una jeringa manual, mientras que la aspiración eléctrica endouterina utiliza una bomba eléctrica. Estas técnicas difieren en el mecanismo utilizado para aplicar la succión, en la fase temprana del embarazo en que pueden utilizarse, y en si la dilatación cervical es necesaria. La AMEU, también conocida como «minisucción» y «extracción menstrual», puede utilizarse en una fase muy temprana del embarazo, y no requiere dilatación cervical.

Fíjate en la fecha.
23/6/10.
Hacía tres años. Menos de dos meses después de que la dejara.

35

Claudia despertó un tiempo indeterminado después, tumbada de espaldas en lo que se le antojó una oscuridad absoluta.

Lo primero que sintió fue la desesperada necesidad de orinar.

Tres o cuatro leves movimientos revelaron su situación.

La peor situación.

Estaba atada y amordazada.

Y metida en una caja.

Y enterrada viva.

Tres, cuatro, cinco segundos de absoluto rechazo. Ni siquiera el sonido de su respiración, puesto que la conmoción experimentada la contenía.

Después, una explosión de pánico, sus extremidades atadas que intentaban agitarse, las rodillas y los codos y la cabeza golpeando los lados del ataúd y su vejiga que se vaciaba y *no no Dios por favor no* y la realidad como un demonio a su lado diciendo *sí sí sí, esto es lo que hay, esto es lo que está sucediendo, esto es lo que está sucediendo.*

Su mente no era nada, sólo un chillido. Su chillido real fue un carraspeo abrasador en la garganta, puesto que la mordaza de la boca lo bloqueaba.

Enterrada viva. Enterrada viva. Enterrada...

Una sacudida.

Y lo que la conmoción y el pánico habían ocultado: el zumbido de un motor.

Estaba en movimiento.

Estaba en un vehículo. La autocaravana.

Lo cual significaba que no estaba bajo tierra. Lo cual le quitaba de encima la masa de tierra muerta. Gracias a Dios. Gracias...

El alivio murió. No estaba bajo tierra todavía.

Otra explosión de pánico, otro caos interminable de movimientos convulsos, el corazón latiendo en su garganta, la cabeza hinchada de sangre. Se estaba asfixiando. *La asfixia* era un cadáver atascado sobre ella, que la cubría por completo, los ojos, la nariz, los oídos, la boca. Tenía que salir, fuera como fuese. Daba igual adónde. Daba igual cómo fuera. Volvió a chillar.

El vehículo aminoró la velocidad. Paró.

Oh Dios oh Dios oh Dios...

Una docena de lápices de luz junto a sus pies.

Agujeros para respirar.

No querían que muriera.

Todavía.

Alguien se estaba moviendo. El peso al desplazarse se notó en el suelo de la caravana. El sonido de unos pestillos al abrirse. La tapa del ataúd bostezó y la luz segó sus ojos.

—Me has despertado — le reprochó en voz baja el hombre de pelo oscuro («Xander», recordó).

—No puedo seguir conduciendo —respondió la voz del otro tipo desde la parte delantera—. En serio, la maldita pierna me está matando.

Claudia no se dio cuenta de que estaba sollozando hasta ese momento. Los mocos temblaron en su nariz. Notó la tibieza de su orina, un absurdo e ínfimo detalle.

—Te has meado encima —dijo Xander—. Supongo que eso significa que llegamos demasiado tarde para hacer una parada técnica.

Claudia chilló. La mordaza convirtió en nada el esfuerzo. La garganta le quemaba.

—Vale —convino Xander—. Será mejor que me escuches con mucha atención. ¿Me escuchas?

La mordaza olía a rancio. Bajo el terror, su cuerpo la alertaba de deshidratación inminente. Las ligaduras de sus muñecas y tobillos eran como un cortador de queso sobre su piel. Cálculos frenéticos: ¿cuánto tiempo? Ryan habría llamado. ¿Horas? ¿Días? Desaparecida. Esperan veinticuatro horas. Cuarenta y ocho. La policía espera... ¿Verdad? Carlos. Hasta el lunes no. Stephanie. Supondría que se había quedado a pasar la noche. Su teléfono. ¿Caído durante el forcejeo? Alguien lo encuentra. Alguien...

—¿Necesitas hacer algo más? —preguntó Xander, al tiempo que indicaba la mancha de los tejanos—. Asiente con la cabeza si necesitas hacer algo más. No quiero que te cagues encima y el coche apeste.

Sales y les convences de que te desaten las piernas y te pones a correr como sea. Corres.

Asintió.

—Bien, puede que eso sea o no verdad. Pero si estás pensando en escapar, olvídalo.

Movió la mano hacia la parte posterior de sus tejanos y sacó una automática. Que la vea. Que la siga con los ojos mientras la bajaba poco a poco hacia su entrepierna y la apretaba contra ella. Sus rodillas se alzaron de manera involuntaria. Intentó retorcerse para alejarse de ella, pero no pudo, por supuesto. El hombre se inclinó e inmovilizó sus piernas bajo el antebrazo. Apretó la pistola con más fuerza.

—Estate quieta —ordenó—. Oye, estate quieta.

Claudia no podía tragar saliva. La pistola le hacía daño. Dejó de oponer resistencia con un gran esfuerzo. Dejar de oponer resistencia fue como partirse el corazón.

—Así es mejor. Retorcerte de esta manera no te servirá de nada. No te servirá de nada. ¿Comprendido?

Estaba llorando de nuevo, aunque sólo era consciente de ello como si estuviera observando la aflicción de otra persona. Al otro lado de la cabeza de Xander vio los artículos domésticos de la autocaravana. Un hervidor eléctrico. Un microondas. Las últimas cosas que ves. Quedaba espacio en ella para penas precisas: nunca más volvería a desayunar té y tostadas con mantequilla en la cocina de Alison. Ni escucharía el característico crujido del periódico de su padre, como si intentara arrancarle la verdad a sacudidas.

—De acuerdo —dijo Xander, mientras alejaba el arma y la guardaba de nuevo en los tejanos—. Vamos a subirte.

El hecho de que la moviera forzaba la intimidad. Cada contacto (levantarla, ayudarla a ponerse en pie, las manos de él en sus caderas, después en su cuello y el talle de los tejanos) se estampaba sobre su cuerpo como una marca. La caja donde había estado era la base de uno de los asientos del vehículo. Los almohadones de un naranja chillón estaban en el suelo, al lado de él.

—Ponte erguida.

La sangre que se descargaba en sus piernas le hizo perder el equilibrio. Sus extremidades estaban demasiado pletóricas de sensaciones. Todas las que no deseaba. La muerte tomaba forma y la golpeaba. Cada segundo de su vida en aquellos momentos documentaba su muerte.

El hombre introdujo la mano en uno de los cajones de la cocina y sacó un cuchillo grande. Brutalmente dentado. Mango pesado de goma negra adaptado a la mano. Parecía militar. Por encima del hombro de Xander, Claudia vio que el pelirrojo se volvía en el asiento del conductor y lo observaba todo. Tenía la boca abierta, su delgado rostro húmedo y tenso. El parabrisas revelaba un fragmento de arbustos iluminados por los faros que se disolvían en la oscuridad. Ninguna carretera visible. Ni sonido de tráfico. El culo del mundo. Moriría en el culo del mundo. Recordó que Alison había dicho en una ocasión: no me importa la manera en que muera, siempre que no sea una muerte solitaria.

Xander se agachó y cortó las ligaduras de los tobillos. Eran de esas baratas de plástico, las que los policías utilizaban a veces en lugar de esposas de acero. La sangre regresó a sus pies entumecidos.

—Camina —le ordenó el hombre.

Cuatro pasos hasta lo que resultó ser el diminuto cuarto de baño del vehículo. Sin ventanas. Una luz fluorescente redonda, que parpadeaba un poco. Pese a todo, recordó a Claudia la forma en que los párpados se movían cuando habías dormido poco. El hombre agarró sus muñecas y cortó las ligaduras.

Tenía los brazos y las piernas libres.

Y no le servían de nada.

—Tienes dos minutos —dijo Xander—. No intentes armar bulla. Nadie puede oírte. Si tocas la mordaza, te cortaré la lengua.

La sorprendió que cerrara la puerta. No había cerradura. Por supuesto. Se quedó de pie en el diminuto espacio, temblorosa, ahogándose en sus propias lágrimas. La alegría de tener libres las extremidades. La inutilidad de ello. Su cuerpo estaba atestado de impulsos sin destino alguno. A pesar de que examinó cada centímetro, el cuarto de baño no le ofreció nada. Plástico blanco moldeado, el fluorescente privado de sueño, un retrete químico, una alcachofa de ducha, un lavabo en el que apenas cabían las dos manos. Sin escape. Sin armas. Nada. Permaneció inmóvil, mientras sentía la hemorragia de los momentos. La necesidad de quitarse la mordaza era abrumadora, pero no lo hizo. Te cortaré la lengua. Él esperaba que utilizara el retrete. Cuando pensó en bajarse la cremallera y los tejanos, el contacto de sus manos regresó a su piel. Había un espejo pequeño sobre el lavabo. Cuando se miró, lo que vio la espantó. La cara húmeda de sudor y mocos. El ojo izquierdo amoratado. Costras de sangre bajo cada cavidad nasal. Y el horror central de la mordaza. Su cara, ella, amordazada. El amor de su familia (sus padres, Alison) a miles de kilómetros de distancia, y ella allí, ahora, mientras sucedía esto. Pensó en qué pasarían si la veían así. Su padre destrozado, el rostro bondadoso de su madre deformado por el dolor, Alison aovilla-da sobre su cama, gimiendo como un animal herido. Nunca les volveré a ver. Nunca...

La puerta se abrió. Cayó en la cuenta de que una parte de ella había estado pensando en romper el espejo, un trozo de cristal... Pero era plástico reflectante, no cristal, y él la habría oído hacerlo y en el momen-to de hacer esos cálculos el tiempo se le había acabado y él había apare-cido de nuevo.

—Lo hayas hecho o no —dijo Xander—, fuera. Aún nos queda un largo trecho.

36

Estaba todavía oscuro cuando se detuvieron y la sacaron de la caja.

—Ve a abrir —ordenó Xander al otro individuo.

Más manoseos para sacarla de la autocaravana. Las manos de él bajo sus brazos, sus talones golpeando los peldaños cuando bajaba, dejando un rastro en el polvo cuando la arrastraba hacia la casa.

Vio una tierra oscura despejada, un campo invadido de malas hierbas, un cielo cuajado de estrellas. Un patio de tierra. Tres edificios bajos y dos coches viejos, uno al que le faltaban las ruedas, subidos sobre ladrillos. Silencio. La desolación informaba de que no había vecinos. ¿Una granja? No olía como California. El aire era frío, seco y mineral. El sudor empezó a enfriarse sobre su piel. El espacio exterior era valioso, e impuso la realidad de su muerte, enorme y próxima. Notó los miles de kilómetros que la separaban de su hogar, la curva de la diferencia horaria, la vida de su familia, que proseguía sin tener la menor idea de lo que le estaba sucediendo.

Xander la pasó a rastras a través del umbral de la puerta abierta. Abandonada. Pero todavía con electricidad, al parecer. A la luz de baja potencia de una bombilla desnuda que colgaba del techo Claudia vio una gran cocina, con baldosas sucias y accesorios arcaicos. La puerta de un armario abierta: alimentos enlatados y agua embotellada. Un gran fregadero Belfast manchado, con un fragmento desprendido y un grifo que goteaba. Manchas de humedad en las paredes. Dos puertas en la cocina, una de ellas abierta a un pasillo oscuro.

—Hogar dulce hogar —dijo el otro tipo.

Desde el pasillo, una puerta, una escalera de madera que bajaba.

La iban a llevar abajo. Bajo tierra. El pánico se apoderó de ella una vez más.

—Paulie, sujétale los pies, por los clavos de Cristo.

El reflejo de debatirse era imparable.

Xander la soltó y su cabeza golpeó el borde afilado de un peldaño. Al cabo de un momento, el cuchillo estaba sobre su garganta.

—Continúa así —la amenazó él—, si quieres que te clave esto. ¿Quieres que te lo clave?

Claudia sintió que le abría la piel del cuello. Una repentina línea de fuego. Humedad. Sangre. Su sangre. Le llegó una imagen del cartel laminado de las clases de biología en el colegio, que mostraban a un hombre reducido a su sistema circulatorio. Capilares, venas, arterias. Le llamaban Despellejado Jim. Dejó de debatirse. El cuchillo era la única realidad. El cuchillo era lo único que poseía un significado. Si penetraba su carne, toda la sangre saldría. Nada, nada sustituía a ese dato.

—Así está mejor —dijo Xander—. Pero es la última advertencia. Otro intento, y te abro en canal. ¿Comprendido?

La bajaron por la escalera. El sótano era grande y de techo bajo, iluminado por tres bombillas desnudas más. Claudia distinguió cajas rotas, una caldera, una butaca destrozada con la mitad del relleno asomando como un ectoplasma, botellas de cerveza vacías. En varios puntos del suelo faltaban tablas. No había ventanas. Las paredes exhibían manchas de moho. Su corazón reclamaba a gritos el espacio abierto que le habían concedido durante unos crueles segundos, entre la autocaravana y la casa. Un espacio abierto que nunca había apreciado. Un espacio abierto a través del cual su cuerpo ansiaba correr en aquel preciso momento. Correr a toda la velocidad de sus piernas, lejos de ellos, hasta adentrarse en la protectora oscuridad y el aire limpio de la noche. Pero el sótano era una inteligencia neutral que se limitaba a declarar: *Ése fue el último aire puro que jamás respirarás. Este lugar, estas paredes desnudas, este techo bajo, es el único lugar que conocerás a partir de este momento. Durante los minutos, horas o días que queden antes de que te maten.*

Entre los dos la cargaron hasta un nicho contiguo a la caldera y, ante su asombro, le cortaron las ligaduras de manos y pies y le arrancaron la mordaza de la boca. Durante los primeros momentos fue incapaz de hablar. Se tocó la garganta, la notó húmeda de sangre, pero el corte no era profundo.

Paulie fue al otro lado de la habitación, y volvió con un cubo en una mano y dos botellas de agua de litro en la otra. Los dejó a su lado. Ambos hombres retrocedieron y la miraron.

—Por favor —dijo con voz ahogada—. Soltadme. Si me dejáis marchar no diré nada. Juro que no diré nada. Dejadme marchar.

El sonido de su voz le resultó terrible. Confirmaba que todo era real. Estaba realmente allí. Era realmente ella.

Paulie sonrió. Encendió un cigarrillo con un Zippo de color cobre. Xander alzó una mano sobre su cabeza, hasta el extremo de un cable que colgaba. Lo agarró y tiró.

Una reja de seguridad metálica flexible, como las que utilizaban en las tiendas, descendió con un fuerte estruendo. Un candado que pasaba a través de la correspondiente anilla de metal atornillada en el suelo.

Estaba aislada del resto de la habitación.

En una jaula.

37

Luego me pasaré a verte. No digas nada. Limítate a no abrir la puerta si no quieres.

De vuelta en su apartamento, Valerie intentó imaginar que no iba a abrir la puerta. Intentó imaginar que oía el timbre y no hacía caso, los segundos y minutos que transcurrirían antes de saber que él se había rendido y marchado. Intentó imaginar la energía necesaria para esperar, a sabiendas de que si ella apretaba el botón del interfono, le dejaba entrar en el edificio, abría la puerta de su apartamento y se paraba en la sala de estar, sería cuestión de momentos que se abalanzara sobre ella, la rodeara en sus brazos, el abrasador encaje de sus cuerpos, la confusión y la rendición que mediarían entre besarse y arrancarse mutuamente la ropa (la fricción impagable de la tela al abandonar la piel, los leves chasquidos de estática, el primer y tierno impacto de la carne sobre la carne), ir a la habitación, a la cama, la entrega, la certidumbre, la dicha de follar y la certeza de que no existía nada, nada, nada mejor que el amor. Intentó imaginar la sensación de saber que todo había vuelto, que la vida estaba a punto de resucitar de nuevo… y rechazarlo. Intentó imaginar todo esto y fracasó. Fue un fracaso dulce.

Pero en la ducha (su cuerpo, que durante tanto tiempo no había significado nada para ella, reafirmaba su sexualidad a través de sus pechos, el vientre, el cuello y los muslos, a través del repentino despertar que notaba entre sus piernas), otras verdades alumbraron e interfirieron en la fantasía. Que tendría que habérselo contado. Todo. Antes de que pasara algo más. Y si se lo contaba, era casi seguro que nada más pasaría.

Estaba embarazada, Nick. Pero no sabía si era tuyo. Y nunca te lo dije.

No quiero hacer daño a nadie.

Demasiado tarde para eso. Ya le había hecho daño. Le estaba haciendo daño ahora, con estos preparativos eróticos.

Eso no la detuvo. Se había disparado un impulso, tanto si le gustaba como si no. Se afeitó las piernas y las axilas, se lavó y se puso acondicionador en el pelo, se cepilló los dientes. Se puso una falda por primera vez en años. Perfume no. Él nunca había querido que utilizara perfume. Sólo quería, decía, el olor de su piel. Dar crédito a dicha afirmación había constituido una sorprendente introducción a los efectos del amor. Cuando iban a salir, él la observaba mientras se preparaba. Se paraba medio desnuda ante el tocador, se aplicaba maquillaje, y le sorprendía observándola por el espejo. ¿No tienes nada mejor que hacer?, le preguntó la primera vez que sucedió. Él contestó: No hay nada mejor que esto. Y como ella supo que no mentía, su repentina oleada de placer narcisista había sido inocente. Era la primera vez en su vida que sabía que la deseaban y la amaban por ser quien y como era.

Vestida, consultó el reloj. Pasaban de las once. Se preparó un vodka con tónica. Sólo uno. Grande, pero sólo uno. Bebió, sorbo a sorbo. Para armarse de valor.

Transcurrió una hora.

Dos.

La tensión del apartamento empezó a revelarle que él no iba a venir.

El vodka trasegado añadió: *Porque lo ha pensado mejor. Porque sabe que hay algo que le ocultas. Porque nunca volverá a quererte como antes. Y si lo hace, ¿qué crees que harás con ese amor? ¿Qué hiciste la última vez?*

Se sirvió otro.

A la una de la mañana no estaba borracha, pero el vodka le había inyectado franqueza.

Nada ha cambiado. No va a venir porque tienes razón por primera vez: no te lo mereces. Ocho mujeres muertas (y un bebé muerto), y aquí estás con una maldita falda esperando el amor. ¿Con qué derecho? ¿Con qué derecho?

Bebió otro.

Tenías amor y te cagaste encima. Eso fue lo que hiciste. Eso es lo que harás. Él lo sabe. No es estúpido.

Volvió a su escritorio con amarga satisfacción.

Eso es lo correcto. Trabajo, no amor. Para ti sólo hay trabajo, de modo que hazlo.

Repasó todos los archivos de los casos, una y otra vez, hasta que los datos recalcitrantes formaron una tormenta de nieve en su cabeza, con un telón de fondo que era un batiburrillo de restos humanos y los objetos que se negaban a relacionarse. Los objetos. En una fase temprana de la investigación había recorrido la ruta psíquica de sus significados simbólicos, si es que poseían alguno. No la había llevado a ningún sitio. Sobre todo porque no existía un consenso sobre lo que simbolizaba cada objeto. Internet la había conducido a un laberinto de contradicciones. El hacha era de todo, desde un destructor hasta un defensor, desde una cruz invertida a un ciclo de muerte y resurrección. Los albaricoques eran el pecado y la muerte, pero también la belleza (cuando él se había parado detrás de ella y la había rodeado entre sus brazos, diciéndole, eres preciosa, ella le había creído), la inmortalidad, el cosmos, los pechos, el conocimiento… Era absurdo. Preguntar a Internet era como preguntar a Dios: ¿cómo era posible que la respuesta no se contradijera a sí misma y se prolongara eternamente? Por no hablar de las chifladuras. Una fuente obsesionada al parecer con rescatar el símbolo del ganso de sus asociaciones con la estupidez. El ganso era valentía, lealtad, navegación, trabajo en equipo, protección… Había tirado la toalla. No servía de nada. Como el amor. (*¿Eh? ¿Qué? Te quiero*).

Desenrolló el mapa de los asesinatos (una copia del que había en el centro de coordinación) en busca de algo, cualquier cosa, que estrechara la geografía o la redujera a una cierta lógica. No encontró nada. Las líneas rojas formaban un embrollo impenetrable. Durante un breve rato volvió sobre la teoría de que se trataba de un grupo, una camarilla de asesinos que trabajaban en equipo. No era imposible. No era imposible, pero lo único que hacía era empeorar la situación. Para establecer relaciones entre sospechosos se necesitaban sospechosos, y no había ninguno. La media docena a los que habían incriminado en un momento u otro no estaban relacionados entre sí, al menos por lo que revelaba su tecnología de comunicaciones confiscada, y las coartadas que les habían descartado seguían siendo sólidas. La investigación había examinado la correspondencia de asesinos en serie ya encarcelados, la idea de Hollywood de alguien entre rejas que dirigía a un club de fans o a un acólito. No había desenterrado nada plausible (una deprimente cantidad de correspondencia entre pirados condenados y mujeres fascinadas por ellos, que deseaban casarse con ellos, ser folladas por ellos, salvarles, tener hijos con ellos. *Si tenemos un hijo, a veces nos quedaremos levantados hasta tarde sin motivo alguno. Una o dos veces al año iremos a su colegio, diremos que se ha producido una emergencia, lo sacaremos de clase y nos pasaremos el día en el parque*).

Dedicó una hora a llamar a las agencias de la ley de los estados a los que habían enviado las imágenes del zoo. Nada. Mejor dicho, una docena de presuntos avistamientos que hasta el momento no habían dado nada de sí. Llamó a Reno para saber los progresos sobre la identificación de la víctima del cronómetro, pero por supuesto el procedimiento sólo acababa de empezar. Implicaría todos los casos de personas desaparecidas en Nevada durante los últimos... ¿Qué? ¿Dos, tres, cuatro años? Ponerse en contacto con las familias. Historiales dentales. Y eso suponiendo que hubieran denunciado la desaparición de la víctima. ¿Putas baratas? ¿Drogadictas? Muchas mujeres de ambas categorías (y en ocasiones combinadas) no tenían a nadie que se preocupara por su desaparición. No tenían a nadie que se fijara. Añadamos a esto que, si se trataba del dúo en serie, existían bastantes probabilidades de que la víctima no fuera de Nevada. Valerie miró el mapa y pensó en todo el país como en un líquido remolineante, con las partículas derivando de un estado a otro, imposibles de seguir, imposibles de rastrear, desafiando al procedimiento (el viaje en coche a México durante su primer año juntos, las horas de sol sobre sus piernas desnudas a través del parabrisas, sus manos allí, el absentismo compartido, la forma en que su complacida sensación femenina de propietaria la había desgarrado cuando salió del baño de una estación de servicio y le vio hablando con la encargada del surtidor. El amor te tendía emboscadas con estas humildes revelaciones, se quedaba grabado en ti mediante lo oblicuo y lo mundano).

Por pura desesperación dedicó otra hora a revisar imágenes de la policía de tráfico. Autocaravanas. Autocaravanas. Más autocaravanas.

¿Qué estaba buscando? ¿Un conductor con una camiseta que pusiera ASESINO? Una y otra vez regresaba a las imágenes del zoo. El tipo de pelo oscuro con la camiseta de los Raiders que vigilaba a Katrina. Estaba segura de que era él. Pero no podía soportar su certeza intuitiva. Significaba que estaba viendo al hombre que, tal vez en ese mismo momento, estaba haciendo lo que hacía, una vez más, por novena, décima o, por lo que ella sabía, quincuagésima vez. La convertía en una especie de cómplice impotente, como si al mirar su imagen y saber que era él le estuviera dando permiso, incluso alentando, a seguir haciendo lo que hacía.

Eran las cuatro y media de la mañana cuando apoyó la cabeza sobre el escritorio y cerró los ojos. Le dolía el cráneo, a causa de las horas de infructuosa concentración, sí, pero también por culpa del vodka y los cigarrillos que la habían acompañado durante toda la noche. Su resfriado, que la excitación había ocluido, aceleró sus síntomas. Su corazón martilleaba en el pecho. Tenía la piel sensible.

Blasko había cambiado de opinión. Había tenido sentido común. Había recordado quién era ella, de qué era capaz, lo que había hecho. Claro que sí. Había hecho lo correcto.

De modo experimental, Valerie se incorporó y levantó las manos delante de su cara. Estaban temblando. Ahora, le temblaban siempre. He de vigilar eso. Hacer un esfuerzo. Mantenerlas ocupadas. Sobre todo delante de la maldita Carla York.

Dos horas después se había metido en la cama (sola, sola, sola; despojarse de la falda fue como ponerse en ridículo a sí misma) y caído en un sueño inquieto, cuando la despertó el sonido de su móvil.

Y la información que iba a cambiarlo todo.

38

Angelo siempre había sabido, mientras se cubría de múltiples capas, que no llegaría al árbol caído. No sé a qué distancia está, había dicho Nell. Un kilómetro y medio, supongo. Un kilómetro y medio. Ponerse más prendas casi le había matado. Pero ¿qué otra cosa podía hacer? Si existía una posibilidad, tenía que intentarlo, aunque sólo fuera por la cordura de la niña.

Había recorrido diez pasos con el bastón, y entonces se derrumbó. El día era de un azul radiante, y brotaban destellos blancos a su alrededor. Belleza indiferente. Se levantó de nuevo. Un kilómetro y medio le costaría, veamos, ¿tres horas?

Sigue adelante, dijo Sylvia. *Venga*. Es como en la película *Tocando el vacío*. Habían visto la película juntos. El alpinista que había bajado toda la montaña con una pierna rota. El tipo lo había conseguido a base de elegir puntos de referencia (una roca o un montículo nevado en particular) que se encontraran a unos pasos de distancia, y después se imponía el desafío de llegar hasta ellos. A continuación, seleccionaba como objetivo otro punto situado a unos metros de distancia, y así sucesivamente, hasta que después de haber repetido la operación en incontables ocasiones (muerto de dolor), había logrado llegar al campamento base.

Angelo lo había intentado. Sólo cinco pasos más. Sólo seis más. Sólo tres más.

Pero a menos de treinta pasos de la cabaña se había visto obligado a gatear en la nieve, que le llegaba hasta los codos.

Carecía de la psicología adecuada. El alpinista de *Tocando el vacío*, aunque asombroso, siempre se les había antojado a Sylvia y a él un psicópata, alguien que padecía alguna variedad de autismo, o como mínimo un ser carente de calor y realismo humanos. Sylvia también lo admitió ahora.

Tú lo harías mucho mejor que yo, le dijo pese al dolor. Sylvia siempre había desplegado más energía y valentía que él. Sylvia siempre había poseído más buenas cualidades que él. Integridad. Sinceridad. Empatía. Profundidad. Ella habría debido ser la novelista. Pero no albergaba el menor deseo de afirmación pública, de reconocimiento de sus iguales, de encendida aprobación, de fama. Al contrario que él. Al contrario que él, ella era poseedora de una tranquila autosuficiencia y la capacidad de disfrutar de la vida sin vacuas palmaditas en la espalda o alabanzas profesionales. Lo que poseía era la capacidad de amar y de ser amada, y con eso bastaba. También lo había admitido cuando él se había desplomado de costado en la nieve. Lo admitía del mismo modo que admitía todos sus méritos: no con autocomplacencia, sino con una sonrisa y un encogimiento de hombros. La verdad era la verdad, y era inútil negarla.

De acuerdo, mi amor, había dicho ella, cuando él había iniciado el doloroso regreso a la cabaña. *De acuerdo, lo has intentado.*

Lo peor había sido ver que su regreso no sorprendía a Nell.

Lo siento, dijo con voz estrangulada, su rostro bañado de dolor. Lo siento muchísimo.

Ahora, por más que se devanaba los sesos, la situación no cambiaba. Estaban atrapados en la cabaña. Ella, por cortesía de un tobillo roto (y también una fractura de cadera, sospechaba Angelo; y el dolor cuando inhalaba revelaba que una costilla se había roto también); él, a merced de L5 y S1. Dos tullidos, sin medicinas, sin teléfono, sin medio de transporte. *Le hizo daño a mi mamá.* Cada minuto que pasaba documentaba que nadie la había encontrado todavía.

«Todavía» parecía irrelevante. Cuanto más averiguaba Angelo, más convencido estaba de que la madre de Nell había muerto. Asesinada. Había tenido que formular las preguntas con delicadeza. Los detalles despertaban todo lo ocurrido en la cría, enorme, imposible de asimilar. Sangre. No paraba de repetir que su madre se estaba desangrando. Cada vez que la palabra surgía de su boca era como si se le rompiera otro hueso. Su rostro se extraviaba. La conmoción se repetía. Tenía que proceder con cuidado. Al final, dejó de intentar hacerse una idea de lo sucedido. Y en cualquier caso, como por más que narrara lo ocurrido nada podía cambiar la situación desesperada en que se encontraban, ¿de qué servía volver sobre ello? Tanto si la mujer estaba muerta como si no, lo único que podían hacer era esperar. Si el hermano de Nell había escapado o sobrevivido, habría ido en busca de ayuda. En la casa había una línea terrestre y cobertura de móvil. Había vecinos a kilómetro y medio de distancia. Y teniendo en cuenta que no había llegado ninguna ayuda, sólo cabía extraer una conclusión.

Le había entablillado el tobillo lo mejor posible. Dos pedazos de madera lisa que había encontrado entre los troncos cortados, y que había atado con fragmentos rasgados de una toalla. No sabía muy bien lo que estaba haciendo, pero se aferraba a la idea de que cualquier cosa que colaborara en mantenerlo rígido no podría empeorar la situación.

Se sentía siempre agotado. La ciática le impedía incorporarse. Seguía poniéndola a prueba. Seguía recibiendo el mismo fantástico resultado: *Para de intentar moverte*. Llenar un vaso de agua era un sufrimiento penoso. Volver a llenar de leña la estufa, una odisea que le dejaba bañado en sudor, tembloroso, mareado. El único factor positivo de su estado era que el grotesco espectáculo absorbía la atención de la niña durante un rato. Se dio cuenta de que una remota parte de ella registraba sus sufrimientos; sus lejanos circuitos de la compasión todavía intentaban dispararse. Pero todos los circuitos estaban debilitados, bloqueados por el acontecimiento gigantesco que le había ocurrido, que no se olvidaría, que había tomado colosal y tiránica residencia en su mundo alterado. Las sombrías matemáticas eran sencillas. Una madre no le decía a su hija que huyera de su protección a menos que supiera que ya no podía protegerla.

Sylvia iba y venía. Cuando estaba a su lado, la situación era soportable.

No puedo estar contigo todo el rato.

Angelo creía que los muertos tenían derecho a un permiso limitado. Un dinero precioso, que debían gastar con prudencia.

—Ya sé que no quieres —dijo a Nell—, pero deberías intentar comer algo. Te estarás muriendo de hambre.

Anochecía. Ella estaba tumbada sobre el costado derecho en el saco de dormir, de espaldas a la estufa. Podía elegir entre varios dolores, sabía Angelo. Tumbarse de costado suavizaba el dolor de respirar, pero aumentaba el dolor del tobillo. Tumbarse de espaldas disminuía el dolor del tobillo, pero convertía cada inhalación en una cuchillada precisa y cruel.

—¿Nell?

La niña negó con la cabeza. Angelo se dio cuenta del esfuerzo que le costaba hasta la más mínima interacción. Se dio cuenta de que lo sucedido devoraba hasta el último gramo de su conciencia. Estaba condenada a reproducir una y otra vez lo que había visto, sin cesar. Una parte de ella, durante el resto de su vida, lo seguiría reproduciendo. Si vivía hasta los cien años, la cinta continuaría en funcionamiento. Se había convertido en su herencia.

—He de ir al cuarto de baño —anunció Nell.

Angelo ya había pensado que sucedería en cualquier momento. Temía ese momento.

—Vale —convino—. Ningún problema. Te cargaré en la espalda.

Ella meditó un momento.

—¿Puedo utilizar tu bastón? —preguntó.

Si se caía… Si se caía… Oh, Dios.

—Claro —respondió—. Pero ve con mucho cuidado.

Nell tuvo que pensar en la estrategia. Tendría que flexionar la pierna buena y alzarse con los brazos por mediación del lavabo. En otras palabras…

Su chillido comunicó a ambos lo que necesitaban saber. Era imposible. Podía enderezarse, pero incluso si el bastón recibía el peso de la pierna mala, la movilidad suponía una tortura. Las costillas convertían cada paso en una agonía. Nunca lo lograría.

Se tumbó de nuevo, sudorosa, deshecha en lágrimas, sollozante.

—Oye —habló Angelo—, no llores, anda. Ya se nos ocurrirá algo. Aguanta. Dame un minuto para pensar. Decían que yo era un tío listo. Estoy seguro de que se me ocurrirá algo.

Al cabo de unos momentos le planteó:

—Si te llevo al cuarto de baño, ¿podrás sentarte en el retrete?

Pero durante un rato la niña se mostró inconsolable. La vergüenza y la debilidad, además de lo otro. Angelo estaba preocupado por si se hacía pis encima (como mínimo, hacerse pis encima. Angelo no se atrevía a preguntarle si necesitaba algo más que hacer pis).

—De acuerdo —dijo—. Deberíamos intentar lo siguiente: bajamos la cremallera del saco de dormir y lo dejamos a un lado. Después, te tumbo sobre la esterilla. Ya nos ocuparemos del resto cuando lleguemos allí. ¿Cómo lo ves?

Tardaron mucho rato, pero al fin llegaron al cuarto de baño. A Angelo le costó un montón. Él también lloraba, en silencio, cuando alcanzaron su objetivo. Se tendió de costado un momento, con la respiración entrecortada, mientras el nervio de su pierna tintineaba.

—Podré hacerlo —afirmó Nell, pese al dolor—. Podré hacerlo sola.

—¿Estás segura?

—Podré hacerlo. Has de salir.

—Vale, pero estaré al otro lado de la puerta. Llama si me necesitas, ¿de acuerdo?

No miró, aunque le aterrorizaba la posibilidad de que Nell cayera. La niña lloraba sin cesar, una aflicción como ese chirimiri que podía caer todo el día. Imaginó su carita tensa reprimiendo el dolor, las contorsiones para bajarse las bragas y sentarse sobre el váter. Fue un gran alivio para él oír que tiraba de la cadena. Se preguntó cuánto tiempo habría estado tumbada junto a la estufa, reuniendo valor para decirle que necesitaba ir al lavabo. El coraje colosal que los niños necesitaban para estas cosas.

Cuando volvieron junto a la estufa, ambos estaban agotados. Se tumbaron separados por unos centímetros. La niña continuaba proyectando vergüenza, un aura de energía angustiada.

—Es probable que me desmaye —advirtió Angelo—, pero voy a intentar calentar algo. Vamos a ver qué tenemos aquí.

Antes de su repentina discapacitación había transportado a pie algunas cajas de provisiones a través del puente, desafiando al sheriff (el sheriff. Lo que daría por ver a aquel tipo ahora). Los dos diminutos armarios de la cabaña ya estaban bastante llenos, supuso, quizá para diez días, si comían con frugalidad. Aparte de una docena de huevos y una barra de pan blanco rancia, no había nada fresco, salvo alimentos enlatados que les impedirían morir de hambre durante un tiempo. Era una bendición que los grifos todavía proporcionaran, al parecer, agua potable, aunque suponía que podrían fundir nieve en una sartén colocada sobre la estufa en caso necesario. ¿Cuántos días podías sobrevivir sin comida? Dejó de hacerse preguntas.

—De acuerdo —dijo, con un estremecimiento de cansancio, después de haberse arrastrado hasta el armario—. Tenemos sopa. Tenemos pasta. Tenemos latas de tomate, latas de guisantes, latas de jamón, latas de judías, latas de maíz. Tenemos galletas. No tengo ni idea de por qué. Ni siquiera me gustan. Tenemos aceite de oliva. Tenemos arroz. Tenemos chiles secos. Dos dientes de ajo… Debo decir que nada de esto consigue que se me haga la boca agua. —Examinó la parte posterior del armario—. Aunque espera un momento. ¿Qué es esto? *Coq au vin*. ¿En lata? Vale, voy a recalentar esto. También prepararé un poco de pasta. ¿Sabes lo que es *coq au vin*?

Como ella no contestó la miró. Torrentes de lágrimas resbalaban sobre sus mejillas. No había emitido el menor sonido.

Recordó sus piernas pálidas y el esternón diminuto cuando la había desvestido. Imaginó a su madre secándola después de un baño, con una enorme toalla de tacto maravilloso, que habría transmitido a la niña el olor del hogar, la seguridad y el amor. Por el contrario, sabía qué debía pensar de él: un viejo loco minusválido que vivía en una cabaña. Había pasado la mitad de su vida buscando lo que él consideraba las palabras correctas, había dicho montones de veces en entrevistas. Siempre en busca de la perfección. Allí no había perfección que valiera. No se le ocurría nada que decir que no empeorara la situación.

Se quedó un momento (doblado sobre su ridículo bastón) mirándola, la lata como un chiste manido en su mano.

¿Qué hago? ¿Qué coño hago?

No puedes hacer nada, dijo Sylvia. *Excepto mantenerla con vida. Lo único que puedes hacer es cuidar de ella.*

Sin decir nada, se volvió hacia la estufa. No tenía ni idea de en dónde estaba el abrelatas.

39

El tiempo no existía en el sótano. El tiempo no pasaba. Claudia estaba confinada en un presente cada vez más pujante de bombillas desnudas y exhalaciones de la caldera. Al menos, había calefacción. Se sentó dando la espalda al calor radiante. Su consuelo era una traición. Era un testimonio de su cuerpo, de estar encarcelada en su piel, de la realidad de la carne y la sangre y la imposibilidad de escapar a las cosas que le iban a suceder. La preocupación por su cuerpo la condujo a temer por sus sufrimientos. Había leído en algún sitio: *No crees en el alma hasta que la sientes pugnar por escapar del cuerpo*. Habría aceptado eso, que su espíritu o esencia huyera. Volaría como una voluta de humo a través del océano Atlántico hasta la casa de sus padres en Bournemouth, pasaría sus días incorpóreos moviéndose entre las sólidas vidas de sus familiares, como un gato alrededor de las piernas de su dueño.

Habían pasado horas, supuso. Después de bajar la rejilla de seguridad la habían dejado sola y subido a la planta baja. Al principio, después de obligarse a dejar de llorar (siempre había podido, durante su infancia, durante toda su vida, obligarse a dejar de llorar: era uno de los motivos, suponía, de que resultara antipática), sólo había miedo. Máximo miedo. Que todo sonido era el sonido de ellos bajando. Todo su ser concentrado en la tarea de escuchar. No había espacio para nada más.

Pero era humana. Al cabo de un rato, porciones de conciencia se derivaron hacia otros asuntos: probar si podía levantar la rejilla; registrar sus bolsillos en busca de algo capaz de abrir el candado (aunque su parte realista le decía que sólo en las películas se forzaban los candados); explorar la jaula en busca de algo, lo que fuera, de utilidad para defenderse, para escapar. La exploración no dio nada de sí. Tenía un par de monedas de veinticinco centavos y otra de diez en el bolsillo de los tejanos. Inútil. El móvil y el bolso habían desaparecido. Los habrían cogido antes de meterla en la caja. El bolso, en cualquier caso. Se aferraba a la remotísima posibilidad de que hubiera dejado caer el teléfono en el forcejeo, y que lo hubieran pasado por alto. Se le aparecía la visión repetida de alguien que lo encontraba, de Ryan que llamaba, de los ínfimos detalles de su desaparición que empezaban a tomar cuerpo. Pero aunque lo hubiera dejado caer (la realista otra vez), ¿quién pasearía por aquel tramo de carretera a esas horas, fuera la hora que fuese? Había pasado por él a una hora temprana de la noche, y no había visto ni un alma a pie. Aquello era Estados Unidos: las carreteras eran para conducir, no para caminar. Caminar era tercermundista, a menos que lo hicieras en el campo, con una mochila y una gorra de béisbol, para quemar carbohidratos.

Sólo la violación.

Únicamente la violación.

Era obsceno ser capaz de pensar así, aspirar a eso. Era también (a su cerebro no le pasaba nada, no había forma de pararlo) una medida de lo que había más allá de la violación, además de la violación. Lo que había cuando la violación no era más que el punto de inicio. Estaba la muerte, sí. Pero había de todo entre la violación y la muerte. Entre la violación y la muerte había la tortura. Un paisaje infinito. Un viaje que podía llegar a parecer interminable. Un viaje (una confusión de imágenes insoportables en su cerebro) tan desagradable y agotador que podía conducirte a desear la muerte, a anhelar la muerte, a suplicar la muerte. Cosa que no te sería concedida. Negarte la muerte era el objetivo de la tortura.

Ésos eran sus pensamientos. Su mente era el enemigo.

Recorrió con las yemas de los dedos la lechada de la pared que tenía a su espalda. Argamasa que se desmigajaba. Un ladrillo suelto. El principio de muchos ladrillos sueltos. Un agujero. Huir. Libertad.

Pero la argamasa no cedió. Retiró los dedos doloridos.

Las tablas del suelo, pues. Clavos. Un clavo oxidado sobresaliente que pudiera clavar en el ojo del más bajo.

Pero no había clavos sobresalientes, ni oxidados ni de los otros.

—Tienes suerte —dijo Paulie, que apareció a mitad de camino de la escalera del sótano.

Claudia se sobresaltó. Aplastó la espalda contra la pared de manera involuntaria, con los codos apoyados contra las costillas, los puños cerrados. Sus propios movimientos la habían distraído, bloqueado el sonido de la puerta al abrirse. El hombre había aparecido de repente, y todos sus poderes de razonamiento se vinieron abajo.

—Tienes mucha suerte. Está enfermo.

El espacio del sótano cobró vida, una garantía escalofriante de la habilidad del hombre para moverse a través de él. Hacia ella. Sostenía un iPad en la mano derecha. Logró que Claudia imaginara una tienda Apple, hablar con una dependienta. Tiendas. Galerías comerciales. Gente. Vida. Todo lo que nunca más volverás a ver.

Bajó los escalones restantes.

—Tiene gripe —anunció.

Claudia no quería mirarle. No quería mirarle por temor a las otras cosas que veía. El cuchillo. La pistola. Cualquiera de los objetos inocentes con lo que hacían lo que hacían, aquello para lo que estaban diseñados. Para ella.

Paulie llegó a la rejilla. Claudia no podía apretarse más contra la pared. La caldera ronroneaba.

—Yo las hice —dijo el hombre, tocó la pantalla para que cobrara vida y empezó a pasar sus archivos—. Él se olvida de eso. No lo comprende. ¿Cómo las tendría si no fuera por mí?

La pantalla iluminó su rostro. Una sonrisa de afecto se formó en su boca. Era como si estuviera mirando las fotos de sus vacaciones favoritas. Se detuvo. La sonrisa se ensanchó. Dientes pequeños, manchados de nicotina.

—Ah, sí. Me acuerdo de ésta. Fue la mejor.

Tocó la pantalla.

Resonó un espantoso sonido. Los chillidos medio estrangulados de una mujer.

Volvió la pantalla hacia Claudia.

Claudia no podía moverse. El mundo menguó de tamaño. No había nada, salvo ella, que intentaba no mirar y fracasaba.

Las imágenes eran temblorosas. Claro. La excitación condensada del hombre. El rostro amordazado de la mujer desnuda de pelo oscuro, un caos de lágrimas y sangre, los brazos abiertos, las ligaduras alrededor de sus muñecas. Las sombras de los hombres sobre la carne desnuda. El hombro de Xander. Sus manos. El cuchillo dentado. Su silencio, más ruidoso que los gritos de la víctima.

Claudia no era consciente de haber cerrado los ojos. Sólo momentos de negrura. Cuando todo su ser se derrumbaba en la nada.

Pero se vio obligada a volver. Vio. Creyó y no creyó. Supo y negó la certeza.

Los chillidos surgían del iPad con un chirrido metálico. Llegaron a un crescendo.

Después, silencio. Xander de rodillas encima de ella, trabajando en algo con espesa concentración. La voz de Paulie fuera de cámara, diciendo: «Eso no va a caber, tío».

Xander sentado sobre sus talones, respirando.

La carne del vientre de la mujer, desaparecida.

Algo dentro de ella, en lugar de los intestinos.

Algo grande, blanco, duro, brillante.

—¿Ves eso? —preguntó Paulie a Claudia—. ¿Ves lo que es? ¿Lo distingues bien?

Volvió un momento la pantalla hacia él, para comprobar que ella estaba viendo lo que necesitaba ver.

—¡Es un ganso! —dijo Paulie, y después rió—. Un maldito... O sea, ¿de dónde sacará esas cosas?

La cámara retrocedió.

Claudia reconoció la habitación de la película.

Era la habitación donde estaba.

Se descubrió caída a cuatro patas. El mundo se replegó, apoyó todo su peso sobre ella.

—Las tengo a todas aquí —reveló Paulie, mientras tocaba la pantalla con los dedos—. Mira, echa un vistazo. Venga, mira.

Claudia se quedó donde estaba. Quería rodearse el abdomen con las manos, pero carecía de fuerzas para moverse. Su madre y su padre y Alison y su absoluta soledad y toda su vida una hermosa masa de detalles que conducían sólo a aquello. Quería morir ahora, que ese instante se disolviera para siempre en la negrura. Huir, huir, huir del todo. Sólo aceptaría la muerte si era inmediata, si la salvaba de lo que sucedería, de lo que le harían.

Pero los momentos iban y venían (inocentes, como niños que pasaran de largo), y allí estaba ella, viva, y los datos de en dónde estaba y qué acababa de suceder y de qué sucedería no cambiaban. No podían cambiar. Los datos también eran inocentes. Si te ataban y hundían el cuchillo tu cuerpo se abría. El cuchillo no tenía otra elección y tu cuerpo no tenía otra elección. Era parte de un universo de causa y efecto. La moralidad era irrelevante.

—¿Y ésta? —continuó Paulie, como si hablara consigo mismo—. Jesús. Cómo se retorcía la muy zorra. Parecía un saco lleno de serpientes. Venga, no estás mirando.

Claudia gateó hasta la caldera, temblorosa. Volvió la espalda hacia el calor, levantó las rodillas, volvió la cara para no ver al hombre, consiguió al fin rodear su cuerpo con los brazos. La devolvió a su infancia, pequeños traumas, la íntima calidez de las lágrimas sobre las mejillas, compadecida de sí misma.

—No quieres jugar, ¿eh? —dedujo Paulie.

Ella no contestó. Una ínfima parte de ella se preguntó por la mujer del vídeo. Quién había sido. Su vida. Su familia. La tristeza y el horror y el asco de aquello a lo que la habían reducido. Entre el océano de náuseas que la asaltaba, Claudia imaginó que la encontraba en un más allá neutral, algo así como una infinita e insípida sala de espera. Se reconocerían mutuamente. Por lo que habían compartido.

—Da igual —dijo Paulie—. Tenemos mucho tiempo. —Rió para sí de nuevo—. Tenemos todo el tiempo del mundo.

40

Hacía mucho tiempo que Xander no estaba enfermo. Un poco de tos, algún resfriado. El uñero que se había vuelto séptico, de manera que era como tener un pequeño volcán en el zapato. Diarreas ocasionales, obra de la repugnante comida para llevar. Pero nada comparable a esto desde que era Leon, en casa de Mama Jean.

Estaba acostado en la gran habitación húmeda de arriba, temblando. Le dolía la cara. Tenía la cabeza sobrecargada. Fuera estaba amaneciendo.

Los objetos se revolvían y superponían en su imaginación: balón, ganso, albaricoque, hacha, cronómetro, fusta… jarra. La maldita jarra. En Colorado, Paulie le había dicho: Voy a hacer una. Déjame hacer una. Y él, Xander, maldito idiota, le había dejado. Salvo que, por supuesto, cuando llegó el momento Paulie no pudo hacerlo, porque era un cobarde gallina. No pudo hacerlo, de modo que Xander tuvo que hacerlo. ¿Por qué había accedido siquiera a que lo intentara, en el nombre de Dios? ¿En qué estaba pensando? No era de extrañar que estuviera enfermo. Eso no podía volver a ocurrir jamás. Empezabas a dejar que pasaran esas cosas y todo… Tú… Las cosas empezaban a disgregarse.

Una oleada de calor le recorrió, le confirió la sensación de cuando el aire se desplomaba en el desierto, aquel brillo en la carretera. La chaqueta, que por regla general colgaba sobre el largo espejo del armario ropero, había caído al suelo. Su reflejo, aunque no lo estaba mirando, era otro dolor. Nunca le habían gustado los espejos. Una parte de él no creía que fuera un reflejo. Una parte de él siempre creía que los movimientos de la persona del espejo nunca coincidían con los de él. Como si fuera otra persona la que le estuviera mirando, la que le estuviera observando desde el mundo que había al otro lado.

Su madre siempre había tapado los espejos.

Era muy pequeño cuando ella se fue, pero la recordaba. Recordaba que no estaba allí. Largos y oníricos tramos de tiempo, cuando deambulaba por el apartamento de dos habitaciones en las tardes calurosas. Olía a desagües y basura. Era demasiado pequeño para llegar a los interruptores de las luces. La luz del día se iba apagando. De noche, los monstruos se apoderaban del apartamento, y él se escondía en el armario que había debajo del fregadero hasta que la oía volver (con alguien, hombres diferentes, pero siempre un hombre), en cuyo momento ya se había meado o cagado encima, y sabía que ella le castigaría por eso. Era como un choque de coches en su cabeza, verla cuando volvía, porque su belleza era resplandeciente. Sus ojos verdes eran como Navidad, su pelo como una fascinante masa de espumillón dorado. Era la belleza y la rabia que proyectaba lo que provocaba el choque de coches en su cabeza. Parecía imposible que fueran a colisionar, pero lo hacían. Si ella y el hombre ya se habían inyectado, tal vez sólo acabara encerrado en su habitación. Si no, a saber. Si no, hasta los monstruos volvían para mirar.

El último recuerdo claro de su madre era el día de la feria. Era una época extraña en que un hombre, Jimmy, aparecía con mucha frecuencia. Apenas hablaba a Leon, y Leon se mantenía alejado de él, pero por lo que fuera los tres fueron a la feria y Leon estaba sensibilizado por las luces, las atracciones y los olores del algodón de azúcar y los perritos calientes. Era de noche, el cielo al otro lado de los neones de un azul plateado oscuro, con penachos de nubes negras. Leon quería ir al tiovivo. Los caballos subían y bajaban con ojos saltones y sillas de montar de colores electrizantes. Algunas caras eran aterradoras, pero todos los niños que los montaban reían y saludaban y a veces soltaban las riendas y se sujetaban sólo con las piernas. Era un mundo para él, los caballos y los jinetes. Se le antojaba una especie de magia asombrosa, subir allí y ser uno de ellos. Si subía sería uno de ellos. No hablarían ni nada, pero se mirarían y sabrían que todos los jinetes estaban juntos.

Ella dijo: Eres demasiado pequeño para eso. Tendré que subir contigo. Jesús, espera a que pare, ¿vale?

Ella y Jimmy estaban bebiendo cerveza en vasos de plástico. Ella llevaba el pelo echado hacia atrás y su cara parecía pequeña y dura.

Cuando pare, por el amor de Dios. Suéltame.

Pero cuando paró, Jimmy y ella se alejaron hacia un puesto donde Jimmy estaba disparando con una escopeta contra naipes clavados en un tablón.

Leon sufría una agonía. Los niños bajaron y subieron otros niños. Había un caballo en especial que le gustaba, con la crin dorada y una silla de montar verde. Al cabo de nada alguien lo montaría y el tiovivo se pondría de nuevo en movimiento y él no estaría en el mundo mágico. Volvió con su madre y le tiró de la mano. No con fuerza, pero ella, inestable sobre sus altos tacones, se tambaleó y estuvo a punto de caer. Derramó un poco de su bebida, empujó a Jimmy sin querer y éste falló el disparo.

Leon no cayó cuando Jimmy le dio un golpe en un lado de la cabeza, pero notó el impacto enorme y abrasador.

Su madre estaba sacudiendo cerveza de las yemas de los dedos, sus pulseras emitían un ruido estruendoso, decía Jesús, maldito seas.

Leon volvió a la atracción. Se había puesto en marcha de nuevo. Su caballo estaba libre. Era insoportable su necesidad de montar en el caballo blanco de la silla verde, instalarse en el mundo de los alegres jinetes.

Gateó bajo la barandilla protectora. La velocidad y el subir y bajar de los caballos. Pero cada vez que el blanco daba la vuelta sus ojos le invitaban a agarrarse y subir de un brinco.

Leon se acercó más. Dos pasos más. Uno más y pisaría el suelo de madera redondo del tiovivo.

La voz de alguien gritó, ¡Jesús, niño, eh... ¡Para!

Pero Leon experimentaba la sensación de que unas manos invisibles le estaban empujando hacia delante. Los sonidos de la feria se extinguieron. El caballo blanco pasó por delante de él una vez más. Dijo: *La próxima vez. La siguiente vez.* Leon intuía que le esperaba el goce.

Dio otro paso. Podía hacerlo. Sabía que podía.

La niña llevaba pantalones blancos hasta la rodilla, sandalias de piel con hebilla, y su pierna extendida golpeó a Leon, con más fuerza que la bofetada de Jimmy, en la parte de la cabeza que aún le dolía.

No recordaba mucho más después de eso. Sólo los ruidos de la feria que se precipitaban sobre él como una ola de mar y algunos gritos y el olor de la pintura descascarillada del suelo y la parte inferior de los cascos de los caballos que descendían a unos centímetros de su cabeza, cientos de ellos, por lo visto, una y otra vez, durante horas o días…, hasta que unas manos le agarraron de los tobillos y tiraron de él, de modo que la camisa se le subió y las tablas del suelo arañaron su espalda desnuda y recibió una vívida imagen de una mujer gorda con un vestido rosa que sujetaba un helado y le miraba desde detrás de la barandilla protectora, la boca abierta, su rostro iluminado por los neones.

Había otros recuerdos confusos después de eso, pero vislumbrados a través de una neblina tibia: el olor a vinilo sucio del coche de Jimmy; las luces de la carretera; su madre obligándole a comer patatas fritas; Mama Jean parada en su puerta fumando un cigarrillo, mientras sacudía la cabeza.

Fue en casa de Mama Jean donde empezaron las lecciones.

Con un estremecimiento rodó hasta el borde de la cama y buscó debajo.

La única posesión que conservaba de sus días en casa de Mama Jean.

41

Valerie recobró lo bastante la conciencia para leer quién llamaba en la pantalla del teléfono: *Liza Terrill.*

—¿Liza? —graznó—. ¿Qué pasa?

—Hola, Val. ¿Dormías todavía?

Valerie consultó su reloj. Las seis y media. Tendría que haberse levantado media hora antes. Había olvidado poner la alarma de la radio. No habría poesía.

—No, estoy despierta —mintió—. ¿Pasa algo?

Liza trabajaba en Homicidios de Santa Cruz. Valerie y ella eran amigas desde la Academia. En estos últimos tiempos tenían suerte si podían verse tres veces al año, pero siempre que lo hacían retomaban la conversación donde la habían dejado.

—Estoy bien. Puede que tenga algo para ti. Ya que dijiste que te gustaría agarrarte a un clavo ardiendo.

—Cuéntame.

—Chica desaparecida. Bien, chica *probablemente* desaparecida. Sólo han pasado veinticuatro horas, y el tipo que llamó ni siquiera es su novio. Me dijiste que querías algo así en cuanto sucediera, así que aquí me tienes, obediente como siempre.

—Crees que es algo más que un clavo ardiendo, de lo contrario no llamarías.

Siguió una pausa.

—Sí. Lo sé. Ojalá no fuera así. Pero la maldita Máquina está trabajando desde que me llegó.

Valerie comprendió. La Máquina. Intuición de policía. La inexplicable certidumbre. Era un temor y una emoción al mismo tiempo. Y Liza lo estaba transmitiendo incluso por teléfono.

—Deja que coja un boli —dijo. Ya estaba a mitad de camino del escritorio, y sus circuitos bullían de vida—. De acuerdo —dijo cuando estuvo sentada, con una libreta delante de ella—. Dame todo lo que tengas.

Claudia Grey. Nacionalidad británica. Veintiséis años. Vivía y trabajaba ilegalmente en Santa Cruz.

Dos fotografías. La primera del pasaporte, tomada cuando tenía dieciocho años. La segunda del teléfono de su compañera de piso, tomada dos semanas antes: Claudia con una copa de vino en la mano y mirando directamente a la cámara con una expresión algo exasperada. Cabello oscuro largo hasta la mandíbula. Una expresión de ternura, humor y una inteligencia cruel en potencia.

La Máquina de Valerie se puso en acción en cuanto la vio.

Dedicó la tarde a llevar a cabo cuatro entrevistas en Santa Cruz. Carlos Díaz (el jefe), Wayne Bauer (el conductor de autobús), Ryan Wells (el novio) y Stephanie Argyle (la compañera de piso). Carlos confirmó que Claudia había marchado del Whole Food Feast a las ocho de la noche. Wayne Bauer (más el circuito cerrado de cámaras de televisión del autobús) confirmó que la joven había subido a las 20.17 y bajado en la parada de Graham Hill Road a las 20.38. Ryan confirmó que no había llegado a la fiesta. Stephanie confirmó que no había vuelto a casa. En algún lugar entre la parada del autobús y la casa de Ryan Wells, había desaparecido.

Valerie enseñó a los cuatro entrevistados, además de a los empleados del restaurante, la imagen del sospechoso del zoo. Nadie le reconoció. Si el asesino o asesinos habían seguido a Claudia lo habían hecho sin que ningún conocido de la víctima se diera cuenta. Envió todo el material de las cámaras del Whole Food Feast a Liza, quien lo pasaría al equipo de Valerie en San Francisco. Valerie también había albergado esperanzas de que hubiera algún ángulo de cámara en el aparcamiento, pero la imagen sólo era parcial. Una tercera parte del área de estacionamiento estaba fuera de cámara. Ningún empleado del Feast recordaba haber visto una autocaravana, pero eso no significaba que no hubiera aparcado una autocaravana.

Habló con los invitados a la barbacoa. Todos habían ido en coche, con la excepción del hermano y la cuñada de Ryan Wells, que se alojaban en su casa porque estaban de vacaciones. Hablando por teléfono con el invitado número ocho de catorce, tuvo un golpe de suerte.

Damien Court había llegado a la fiesta en su Harley.

—Sí —respondió, cuando le preguntó si había visto una autocaravana durante el trayecto—. De hecho, había una aparcada en la colina. En un mal sitio, justo antes de la curva.

—Necesito que me enseñe dónde estaba —expuso Valerie—. ¿Cuándo podemos encontrarnos?

—Acabo de pedir un asado de tira. ¿Qué le parece dentro de... dos horas?

—No. Ha de ser ahora mismo. Dígame el nombre del restaurante. Pasaré a buscarle.

Damien Court, el redactor jefe digital de Ryan Wells, tendría treinta y pocos años, era alto, de dulces ojos marrones, coleta corta y perilla. También se encontraba, cuando Valerie le recogió, en el estado alterado que afectaba a la gente cuando descubría que se habían convertido en testigos, cuando «crimen» dejaba de ser algo de una película policiaca y empezaba a significar algo en su vida. Valerie percibió el entusiasmo que proyectaba en el coche. Los ojos oscuros un poco más dilatados de lo normal. La corriente de miedo que recorría a los inocentes cuando trataban con la policía, porque el mundo estaba loco y la inocencia no estaba garantizada contra nada, y al fin y al cabo no eran tan inocentes como querrían serlo. Una de las primeras y más preocupantes cosas que descubrías si eras policía era que todo el mundo, todo el mundo reaccionaba ante ti como si tuviera algo que ocultar. Porque todo el mundo tiene algo que ocultar, le había dicho su abuelo. Podría ser tan sólo una adicción al azúcar o una fantasía perversa, pero aparece un policía y es como el ojo de Dios vuelto hacia ellos. Es deprimente.

—Yo diría que a unos cien metros de aquí —le indicó Damien. Habían rebasado la mitad de la subida a Graham Hill Road—. Pero es un cálculo aproximado.

—Será suficiente —contestó Valerie. No quería pasar con el coche por el lugar y fastidiar las posibles huellas de neumáticos. Había llamado a Liza para decirle que necesitaría un equipo forense.

—¿Podrá ver algo? —preguntó Damien. Estaba a punto de anochecer, y bajo los cedros reinaba una oscuridad casi absoluta. Valerie no contestó. Frenó y sacó la linterna del maletero del Taurus. Guantes, paquetes de pruebas, pinzas, dos juegos de cubrezapatos de plástico.

—Póngase esto —ordenó—. Camine detrás de mí.

Estaba nerviosa. No había otra forma sincera de describirlo. Entre el agotamiento de su cuerpo se estaba abriendo paso la certeza de que se trataba (Dios, por favor) de un caso vivo. No había cadáver. No era demasiado tarde. Ni otra reiteración de que se habían salido con la suya. Claudia Grey estaba (por favor, por favor, por favor, Dios) todavía viva. Lo cual significaba que su vida estaba en manos de Valerie. Un corazón que latía y un reloj que desgranaba los minutos. Valerie sintió que El Caso se agitaba, la montaña de detalles e informes, las transcripciones de los interrogatorios, los datos forenses, el mapa de los asesinatos, la espantosa galería de objetos marca de la casa y, en especial, todas las mujeres muertas. Y bajo el nerviosismo, lo cerca que estaba de desmoronarse. Los residuos de combustible que deberían ser suficiente. Como fuera.

—Yo diría que otros veinte pasos más —dijo Damien.

—Vale. Párese. Quédese ahí.

Necesitaba la linterna. Procedió poco a poco, moviendo la luz a uno y otro lado del asfalto y el borde de hierba, sección por sección. No existía sustituto para la microescrupulosidad del equipo forense, pero el ritmo de los latidos del corazón y del reloj que desgranaba los minutos ya estaba engastado en su corazón. Cada segundo era un segundo que acercaba más a la muerte a Claudia Gray. Era como si pudiera escuchar la respiración de la muchacha.

Se detuvo en mitad del arco de la linterna.

Huellas de neumáticos.

Claras incluso a la tenue luz. La película más fina de tierra entre la hierba y la carretera, quizá tan sólo unos quince centímetros de anchura, pero no cabía la menor duda de que un vehículo se había parado allí.

Goodyear G647RSS. Tomar moldes de rodadas se había convertido en uno de los senderos neuronales de Valerie. Dejaría que el Departamento de Policía de Santa Cruz lo confirmara, pero ya había tomado la decisión. Además del espacio entre las ruedas delanteras y traseras, que coincidían con la longitud de una autocaravana, era como si el aire oscuro todavía conservara la huella del lugar donde Claudia Grey se había precipitado en su pesadilla, como si la atmósfera todavía estuviera conmocionada por lo que había presenciado.

Valerie aisló con cinta mentalmente la escena y continuó avanzando metódicamente. La segunda vez que la recorrió (era sólo en parte consciente de la presencia de Damien Court, parado exactamente donde ella se lo había ordenado; el poder ejercido con toda naturalidad por la autoridad policial. Si le hubiera ordenado hacer el pino lo habría intentado), algo destelló a la luz de la linterna.

Se inclinó sobre el suelo. Apuntó la luz.

Una lentejuela.

Dos más a pocos centímetros.

Lentejuelas de plata.

Del bolso de Claudia.

42

—¿Cómo lo quieres llevar? —preguntó Liza Terrill a Valerie. Estaban en la comisaría de Santa Cruz, bebiendo un café demasiado cargado. No podían seguir aplazando la llamada a la familia de Claudia Grey. Técnicamente, para comprobar como si fueran idiotas que Claudia no hubiera regresado a Inglaterra impulsada por un capricho. Pero ni Valerie ni Liza lo consideraban probable.

—Es una persona desaparecida —contestó Valerie—. Como pesadilla ya es suficiente. ¿A quién habéis encargado el caso?

—A Larson. Es bueno. Lo hará bien.

—De acuerdo. Informa al NCIS y dile a los forenses que se den prisa. Envía la imagen del Tipo del Zoo a todo el mundo que puedas. Da la impresión de que siguen utilizando la autocaravana, pero no podemos descartar que vayan cambiando de vehículo, a menos que sean unos completos descerebrados.

Sonó el teléfono de Valerie. Era Carla.

—Tengo entendido que estás en Santa Cruz —dijo.

—Vuelvo enseguida. Tenemos otra.

Una pausa. Sonora, mientras Carla controlaba lo que Valerie imaginó irritación.

—Recibí la llamada esta madrugada. Me llamó Liza Terrill, de Homicidios —apuntó Valerie, dividida entre la culpa y la irritación—. Tuve que marchar sin avisar.

—Se supone que estoy contigo en esto —replicó Carla. Parecía ofendida. O mejor dicho, parecía que hubiera utilizado la pausa para recrear un tono ofendido.

—¿Juntas, como pegadas quirúrgicamente?

Se arrepintió en el acto de sus palabras.

Otra pausa.

—Sólo quiero ser lo más útil posible —confesó Carla—. No sé por qué no me llamaste.

—Eran las cuatro de la mañana —mintió Valerie—. No era necesario que fuéramos las dos.

Era como si pudiera oír a Carla construyendo sus respuestas en los silencios. La siguiente fue precedida por un suspiro audible.

—De acuerdo. ¿Qué tenemos?

Valerie tardó unos minutos en ponerla al corriente, y precisó de un tremendo esfuerzo para no decirle que se largara y la dejara hacer su trabajo. Liza observaba la expresión facial de Valerie con evidente comprensión.

—No va a ayudarnos que nuestra chica sea ilegal —dijo Liza cuando Valerie cortó la comunicación.

—Lo sé. Tendremos que ser insistentes. Es la primera viva en tres años. Y si no lo hacemos bien, acabará muerta con independencia de cuándo caducó su visado.

—¿Las notas de prensa nos han dado alguna alegría?

—Demasiadas. Informes de una docena de estados. Las agencias están haciendo lo que deben, pero no tenemos nombres ni matrículas, y lo único que sabemos con certeza es que estos tipos se mueven muchísimo. ¿Me has visto en Nebraska? Me alegro por ti. Pues al día siguiente estoy en Texas.

—¿Crees que todavía siguen aquí?

—Podría ser. Si no hay cuartel general, van por ahí a bordo de un matadero sobre ruedas. Y ésta es la tercera víctima de California, de modo que hay argumentos para pensar que su base se encuentra en el estado. Pero la dispersión, hasta el momento, da a entender que desplazar a la víctima forma parte del proceso. Se apoderan de ella y después rompen la conexión geográfica. Lo que dejan atrás se enfría enseguida. No sé. Mi instinto me dice que están en la carretera, lejos de aquí ya. Pero existe un factor Costa Oeste. Creo que el alfa creció aquí. Vivió aquí. Y siempre vuelve.

Mientras regresaba a San Francisco bajo la fuerte lluvia, Valerie tuvo que reprimir la absurda tentación de empezar a desviarse por las carreteras laterales en busca de los asesinos. Era lo que hacían con frecuencia las familias de los desaparecidos. Para luchar contra la impotencia. Para luchar contra la culpa relacionada con hacer cualquier cosa que no fuera ir por el mundo en su busca. En las primeras fases de la desaparición de un ser querido, las familias (cuyas mentes daban por sentado lo peor) perdían todo derecho a vivir. El simple acto de preparar café o sacar la basura (cualquier cosa que testimoniara la continuación de la vida normal) tenía el poder de llenarles de vergüenza y asco.

Las familias, se recordó. *Tú no. La policía no.*

Has hecho esto porque no te crees con derecho a la felicidad, había dicho Blasko tres años antes, cuando Suzie Fallon había desaparecido y desaparecido y desaparecido, y el reloj que desgranaba los minutos y el corazón que latía y la vida desconocida en sus manos habían vuelto loca a Valerie. *¿Crees que cagarte en el amor te la va a devolver? No devolverá a ninguna de ellas.* Y, por supuesto, tenía razón. No la había devuelto. No hasta que ya no quedó nada reconocible de ella.

Ahora, era como si Blasko estuviera sentado en el asiento del pasajero a su lado, mirándola en silencio, mientras observaba con calma y tristeza la misma locura a punto de estallar de nuevo. Ella no lo permitiría.

Pero era difícil. Le gustaba Claudia en la foto. El humor alrededor de la boca y en los cálidos ojos oscuros, el aspecto de ser capaz de reírse de sí misma, la insinuación de que no soportaba a los idiotas. Es muy inteligente, había dicho su compañera de piso con nervioso asombro. Quiero decir... O sea, como si necesitaras un *diccionario.*

Lo comprendió: Te gusta porque la ves como una persona. ¿Y por qué te sucede eso, así de repente?

Por Nick. Porque pese a todo lo sucedido y en lo que te has convertido, cuando el amor regresa posee el poder de dar marcha atrás a todo. ¿Crees que has cambiado? No has cambiado. Sólo estabas *esperando.*

Valerie se preguntó si Claudia habría seguido en los periódicos la historia de los asesinatos, si habría reconocido al Tipo del Zoo en las fotos entregadas a los medios, si habría albergado alguna duda acerca de lo que estaba a punto de sucederle. Pero el hecho era que daba igual: un hombre la había secuestrado. Tanto si le había reconocido como si no habría supuesto que iba a hacerle de todo, todas las cosas terribles, todas las cosas peores, todas las cosas definitivas. Ya habrían empezado, probablemente. Era probable que Claudia ya hubiera cambiado, para siempre.

Al pensar en eso, el impulso moral era enardecerse, hacerse una promesa interior construida sobre la rabia: *La encontraré. Juro por todos los… Si es necesario… Por Dios que no permitiré que ésta muera…*

Pero el impulso fracasó. Por fuerza, si no eras una novata. Los juramentos no cazaban asesinos, ninguna promesa salva la vida de las víctimas. Sólo la Máquina. El trabajo incesante, la intuición testaruda, el rechazo a tirar la toalla.

Puedo prometerte eso, pensó Valerie. *Puedo prometerte que no tiraré la toalla.*

Pero incluso mientras ese pensamiento cruzaba su mente le vino la imagen de un pesado par de tijeras que se cerraban alrededor del pecho de Claudia, el alambre de espino embutido entre sus piernas, un cuchillo de pescado hacha fusta machete martillo…

Basta. Basta de eso.

El Taurus iba a ciento cuarenta. Llovía con más intensidad. Los limpiaparabrisas trabajaban a una velocidad que parecía autodestructiva, y aun así tenía que inclinarse hacia delante para mirar a través del cristal. Le dolía la cabeza. Hacía tiempo que no veía a su madre, pero sabía que cuando fuera a verla su madre le haría la misma pregunta de siempre: ¿Ya te cuidas, cariño?

Bajó a ciento veinte. Encendió un Marlboro y tomó un sorbo del café de la gasolinera, ya frío. No podía recordar la última vez que había comido algo servido en plato y con cubiertos. Apenas podía recordar la última vez que había comido. Era importante. No porque tuviera hambre (su apetito había fallecido), sino porque comprendía que debía poner comida en el estómago para evitar desfallecer. Tenía que comer para continuar trabajando.

Ya comerás cuando llegues a casa (y hay una botella de Smirnoff en el congelador).

Te estás volviendo alcohólica.

(Lo sé). No, no.

No, exacto, no. Eres una alcohólica. Puedes ofrecerle eso, junto con todas las demás cosas que deberían convencerte de dejarle en paz.

Cambió de carril para adelantar a una camioneta cargada de escombros. Mientras imaginaba que las mujeres muertas viajaban con ella, flotando sobre el techo del Taurus en una triste constelación.

Entonces, todo se hizo negro.

O mejor dicho, sucedió algo que acabó en una negrura total. Su visión periférica se llenó de arcoíris, como si la luz estuviera atravesando un prisma, y después se desplomó sobre ella como las paredes de un túnel de cristal biselado.

Pensó, con mucha calma: *Me estoy muriendo.* Los colores se oscurecieron. La negrura alrededor de una abertura cada vez más estrecha, su visión del parabrisas, la carretera, el mundo reducido a un punto diminuto. Después, negrura.

Luz.

Luz de freno, singular.

¡FRENA!

La luz logró que el mundo volviera a verse. Era consciente de su pie pisando el freno, el músculo de la pantorrilla tenso. Pensó con calma: *No hay tiempo suficiente. Voy a estrellarme contra ella.*

No se estrelló contra ella.

Ni, cortesía del ABS, se puso a patinar.

Pero hubo un momento suspendido, bostezante, en que la única luz roja de freno de la camioneta que había parado delante del Taurus se precipitó a través de la piel de lluvia del parabrisas hacia ella como un ojo demoníaco imperturbable, emocionado por la perspectiva de presentarle a la muerte.

Las bocinas aullaron. La camioneta se alejó. Su espalda, cuello y hombros se prepararon instintivamente para el impacto que llegaría por detrás.

Pero nada chocó contra ella. Nada chocó contra ella porque el conductor de detrás circulaba a menos de la velocidad límite, a una distancia segura debido a la lluvia. Al contrario que ella.

Si se hace caso omiso de la tensión extrema, puede causar graves reacciones, incluidos repentinos desvanecimientos.

Se imaginó describiendo lo que acababa de suceder a su médico, la doctora Rachel Cole. Rachel, una mujer serena y competente que sólo tenía cinco años más que Valerie, escucharía en un silencio neutral, tomando notas con su letra ilegible, y después diría a Valerie que necesitaba dos semanas de vacaciones, como mínimo.

La gente siempre sabe lo que debe hacer, le había dicho su abuelo. *Pero finge que no.* Lo que debe hacer. Aceptar que se estaba desmoronando. Aceptar que su eficacia estaba comprometida. Deja de trabajar en El Caso. Basta.

El razonamiento la aterrorizó. Porque era sensato. Implicaba que estaba intentando convencerse de que lo que acababa de suceder no había sucedido y fracasaba. Era como intentar parar de temblar de frío diciéndote que hacía calor.

De acuerdo, había sucedido.

Había sucedido, pero era una excepción. Comida insuficiente, sueño insuficiente. No volvería a pasar. Porque no lo permitiría.

¿Y si sucedía?

Si sucedía… Si sucedía ya haría algo al respecto.

Imaginó a Blasko sacudiendo la cabeza, sonriendo con tristeza, porque la conocía.

Imaginó a Carla York sentada a su lado, diciendo: De acuerdo. Basta. Es lo único que necesito ver.

Valerie apoyó las manos sobre el volante, y dejó que la avalancha se calmara. Aunque pareciera increíble, el cigarrillo todavía colgaba entre sus dedos. Bajó la ventanilla y lo tiró. El aire húmedo refrescó su cara congestionada. Sabía que debería poner la sirena y parar a la furgoneta de la luz trasera averiada.

Pero cuando el embotellamiento de delante desapareció y el tráfico empezó a ser fluido, también supo (conduciendo demasiado deprisa, demasiado cerca, y con el torrente sanguíneo presidido todavía por el vodka de la noche anterior) que no iba a hacerlo.

Y, en teoría, ella era la mejor esperanza de Claudia Grey.

43

Will Fraser no podía dormir. Llevaba tres horas en la cama y ahora el reloj anunciaba las 4.48 de la madrugada. Las cifras rojas latían con un brillo de duende. Su esposa, Marion, estaba roncando suavemente. Cabía esperar que, teniendo en cuenta que se había producido el milagro de que hicieran el amor cuando él había llegado a medianoche, tendría que ser él quien estuviera roncando. Pero El Caso era una plaga cerebral de insomnio a la que le habría importado una mierda que se hubiera tirado a toda la banda de animadoras de los Raiders. Lo de «milagro» no era una broma. La primera vez en seis meses. *Un milagro de Navidad*, había estado tentado de susurrar cuando se corrió (se reprimió. No era idiota). Marion y él se querían. «Quererse» significaba conocerse mutuamente de pe a pa, dejarse llevar cada día por las aburridas distracciones domésticas, no enzarzarse con frecuencia en la siguiente discusión disponible, porque estaban demasiado cansados y sabían en el fondo que no conduciría a nada apocalíptico, que resistirían hasta el final (compartían una mutua ternura prosaica equivalente a su irritación), estaban unidos contra sus irritantes hijos (Deborah, diecisiete; Logan, catorce), y cuando vivían separados más de dos días se sentían emboscados por lo mucho que echaban de menos los pequeños detalles de cada uno. En el caso de Will, el sonido de la risa de Marion, que era tan sincera y estupenda como algo procedente del Edén antes de la Caída. Pero llevaban casados veintitrés años. El sexo era con bastante frecuencia tibio o funcional. De todos modos, la lujuria, en los raros momentos en que hacía acto de aparición, era un espléndido rejuvenecimiento. Hola, había dicho Marion, mientras él se cepillaba los dientes, estoy cachonda. Estaba tumbada boca abajo con una camiseta rosa larga y nada más, y de repente las plantas de sus pies descalzos y el pequeño enredo de varices en su muslo le habían vuelto loco, en pocos segundos le habían recordado la riqueza de su carne (la media docena de lunares en la espalda, las arrugas de la parte posterior de las rodillas, la suavidad de su boca), y habían follado con glotonería intensa, consumada y lánguida. Después, él se había quedado tumbado con la cara apoyada sobre su axila desnuda y pensando, *Jesús, Jesús*. Había recorrido beso a beso todo su costado. Después, ella había dicho, Joder, lo necesitaba; se dio la vuelta y cayó dormida.

Desde entonces, a pesar de la dicha exhausta de su cuerpo, Will había permanecido despierto.

Era el bolsillo (si se trataba de un bolsillo) del cadáver de Reno. Las letras bordadas (si eran letras) no le dejaban en paz. Y había sido policía el tiempo suficiente para saber cuándo hacer caso a lo que no le dejaba en paz.

Se levantó con sigilo de la cama, se vistió, atravesó las habitaciones de los críos (Deborah se había dormido con los auriculares de su iPod puestos, en la misma posición exacta de Marion cuando él había terminado de cepillarse los dientes, lo cual le envió una angustiosa advertencia de que su hija se estaba transformando en una mujer, mientras Logan dormía tumbado de espaldas con la boca abierta, una pierna fuera del edredón, iluminado por la foto del salvapantallas de Liv Tyler a caballo en *El señor de los anillos*) y bajó a la cocina.

Preparó café, se sentó a la limpia mesa de roble y repasó sus notas. Sabía que El Caso le estaba dando por el culo a Valerie, pero el suyo no se estaba saliendo de rositas precisamente. Cada cadáver que aparecía era una acusación de su parte en el fracaso de la fuerza operativa. Llevaban tanto tiempo dedicados al Caso, que en su cerebro reinaba un clima de depresión permanente. Bolsillo arrancado, había escrito en su libreta. *¿Tal vez un mono? Quizá el borde de una J, tal vez una R, o puede que una S. Volver a investigarlo: familiar.*

No era suficiente. Necesitaba todos los archivos y volver a ver el bolsillo. Sabía que significaba algo, le sonaba vagamente, era (rió mentalmente de la frase) «una pista». Se imaginó a Marion, que despertaba para ir al lavabo y descubría que se había ido, vio la irritación, decepción y resignación de su cara. ¿Casada con un poli?, había dicho, borracha, durante una fiesta, años atrás. Es como si estuvieras casada con un adicto al crack. Tienes que acostumbrarte a ocupar un segundo plano en el esquema global. Acostumbrarte a las migajas. Pensar en ella tal como la había visto antes (concentrada e impersonal y entregada a su placer) agitó la sangre de nuevo en su polla, le tentó a subir la escalera, rodearla en sus brazos y enterrar su nariz en la suave tibieza de su nuca y regodearse. Tal vez, si el universo había enloquecido de una manera maravillosa y plena, ¿estaría en forma de nuevo cuando se despertara?

Pero la llamada de Valerie horas antes era como una abrasión en su cabeza: Tenemos una viva, Will. Hemos de actuar cuanto antes. Hemos de empezar ya.

Con cierto pesar, y una buena dosis de realismo (las probabilidades de que Marion deseara más sexo a primera hora de la mañana eran risiblemente ínfimas), escribió una nota a su esposa y la dejó sobre la mesa. Eran las 5.17 de la mañana. La sala de pruebas no abría hasta las ocho, pero el supervisor de las horas de poca afluencia estaría allí. El bolsillo no había regresado del laboratorio, pero había una copia de la fotografía que había tomado el tipo de Reno. Engulló el último sorbo de café (*posiblemente J, R, quizá S,* dando vueltas en su cabeza), cogió las llaves del coche y salió a la luz previa al amanecer.

44

—Toma —dijo Angelo—. Te he preparado esto. —Era una sopa de pollo con fideos—. Está caliente. Ten cuidado.

No habían vuelto a hablar de su madre y Josh. Él lo comprendía. El trauma le había proporcionado cierta permisividad de lenguaje para informar sobre lo que había sufrido. Ahora se había agotado. No podía volver a hablar de ello. Poseía la capacidad de los niños de reconocer los hechos de su situación. La niñez era fértil en imaginación, sí, pero también aportaba un don infravalorado para lo real. Los niños eran unos realistas brutales. Su única alternativa era la represión más absoluta. Carecían de habilidad para autoengañarse. Era precisa la madurez para dominar ese ambiguo talento.

Pese a ello, había pensado, bajo la guía ocasional de Sylvia, que hablar con ella le estaba resultando más fácil. Contaba con dos temas inofensivos: él, y la preocupación inmediata por su presente compartido. Ninguno la conducía hacia el pasado ni la proyectaba hacia el futuro. Ninguno reiteraba el paso del tiempo. El paso del tiempo estaba *verboten*. El paso del tiempo no significaba nada, salvo todo el tiempo que su madre se había desangrado. Confió en que no supiera cuánto tiempo tardaba una persona en desangrarse hasta morir. Una esperanza vana: veía la expresión que asomaba a su cara en algunos momentos; el esfuerzo fracasado por no saber; la voluntad de confiar que se estrellaba contra el sólido muro del conocimiento. Era terrible para él no tener nada que darle en respuesta a todo eso. Reprimió su impulso de mentir, de inventar fabulosas contingencias en virtud de las cuales su madre y su hermano habrían conseguido salvarse. No era lo bastante pequeña o estúpida para eso. Hora tras hora era testigo de que estaba siendo arrojada por la fuerza hacia una nueva y brutal existencia. Cada vez que inhalaba aire era una prueba desoladora de que estaba intentando sobrevivir a ello, aunque daba la impresión de que el único propósito de lo ocurrido era destruirla mediante la violencia y el dolor. De hecho, la niña era apenas consciente de su presencia. No habría sido más extraño para ella que si se hubiera encontrado al cuidado de un animal parlante o un extraterrestre bondadoso. Una parte remota de ella había decidido, en algún momento de su convivencia, que no era peligroso para ella. Significó un gran alivio para Angelo haber demostrado eso, que sus palabras o movimientos no desencadenaran el miedo en ella.

Ahora que los primeros impactos de la situación se habían mitigado, había despertado en parte el yo más profundo de Angelo. Una parte, en realidad (era la primera idea en mucho tiempo que había estado a punto de hacerle reír), del novelista. Imaginaba cómo lo habría escrito. Vislumbraba la arquitectura evidente: el anciano con el corazón muerto a quien se le concedía la oportunidad de volver a la vida por mediación de la inocencia de una niña. La reacción de Sylvia a esta idea habría sido su sonrisa característica, comprensiva y traviesa. Angelo había vuelto a la cabaña, ahora lo sabía, para decidir si deseaba vivir o morir. Quedarse o marchar. Continuar viviendo sin amor, o seguirla hasta el misterio. Tras esta admisión, había imaginado que Sylvia tendría que decir algo al respecto. Pero una vez más, sólo obtuvo su sonrisa. La mirada de silenciosa y complacida complicidad. La mirada que, en lo tocante a él, siempre la definía. Era la mirada que le dirigía desde el otro lado de la sala en las fiestas que les aburrían. Era la mirada que le dirigía en momentos de inesperada felicidad. Era la mirada que le dirigía en su postura sexual favorita, sentada a horcajadas sobre él, cuando sabía que estaba a punto de correrse. Era la mirada de conocerle tan bien como él se conocía, por lo cual valía la pena vivir. Había vuelto allí para decidir si podría vivir sin ella.

¿Y bien? ¿Puedes?

Nell estaba bebiendo la sopa. Angelo redobló los elogios: *Muy bien, cariño, buena chica.* Tales elogios eran muy peligrosos: cualquiera de ellos podía sacarla del trance animal, recordarle lo que estaba haciendo, comiendo, incluso a su madre y a Josh, aunque… No. Debía permanecer callado. Debía dejar que el cuerpo de Nell cautivara a su mente con su necesidad. Si la interrumpía ahora, tal vez no volvería a comer jamás.

Pero al cabo de unos cuantos sorbos, la niña paró. Volvió la cabeza y miró por la ventana. Las lágrimas se agolparon y cayeron.

—Oye —habló el anciano, mientras reprimía el impulso de acercarse a ella—. ¿Qué pasa?

Ella no contestó. La impotencia de Angelo para aliviar sus sufrimientos le recordó lo peor de su vida con Sylvia. La otredad de la otra persona. La privacidad de su dolor. El número de veces que había suplicado al universo que le arrancara el tumor y se lo diera a él. *Aceptaré cualquier trato que ofrezcas,* había dicho por dentro. *Quítaselo. Que vuelva a encontrarse bien.*

Lo sé, le transmitió el espíritu de Sylvia. *Consiguió que la partida fuera soportable, saber que he disfrutado de ese amor en la vida. Saber que tuve lo mejor.*

Las lágrimas de Nell pararon con la misma brusquedad que habían empezado.

—No va a venir nadie —dijo.

45

Valerie llevaba sentada dos horas ante su escritorio cuando Nick Blaskovitch apareció poco después de las nueve y media y le entregó un sobre de papel manila. No había hablado con él desde el aparcamiento. Desde el *Luego me pasaré a verte*. Desde el repentino florecimiento de la esperanza demencial (seguido de su no tan repentino marchitamiento). La ducha, el champú, la falda. Él la había llamado «nena» desde el principio. Y le había dicho que las nenas se vestían con faldas. Una sátira sobre el machismo de los policías. Y como era él, porque ella sabía que significaba lo contrario de lo que habría significado en labios de un cerdo sexista, le había gustado. Sólo se ponía falda para él. Para sentir el placer de su mano cuando se deslizaba por debajo. La deliciosa desvergüenza de la mano alrededor de su cintura, las bragas bajadas hasta media pierna, con él dentro de ella.

—No es tu letra, a menos que la disimularas —dijo Blasko.

Valerie miró el sobre. Iba dirigido a NICHOLAS BLASKOVITCH.

No era su letra.

—¿Qué es esto? —preguntó. Él no la estaba mirando. Intentaba evitarlo. Enfurecido de una manera palpable. Y triste.

—Avísame cuando estés preparada para hablar de ello.

—¿Nick?

Pero él ya había dado media vuelta y salido.

Abrió el sobre.

La clínica Bryte.

Oh, Dios.

Durante unos momentos, después de leer el formulario de cita, Valerie permaneció inmóvil. Luego, devolvió la única hoja al sobre, lo dobló y lo guardó en el bolso.

¿Cómo?

Daba igual cómo. *Sólo eso*. Sólo que él sabía la verdad. Mejor dicho, la mitad de la verdad.

Su intención, cuando se puso en pie, era ir al laboratorio de Blasko. Pero, de camino, su teléfono sonó. Era Liza.

—El molde del neumático coincide. Parece que es uno de tus chicos.

—Joder.

—Sí, lo sé.

—¿Muestras de ADN en las lentejuelas?

—Un par de horas.

—Llámame en cuanto lo tengas.

—Lo haré. ¿Estás bien? Suenas rara.

—Estoy bien. Llámame en cuanto esté confirmado.

Blasko estaba solo en una habitación llena de aparatos enigmáticos, trabajando en un ordenador portátil. Valerie vio que apagaba la pantalla cuando entró. Un cuarto oscuro de su mente creyó saber por qué.

—No es lo que piensas.

—¿No estabas embarazada?

—Sí, estaba embarazada. Pero no fue un aborto.

Blasko sacudió la cabeza. Como diciendo, ¿de qué sirve mentir a estas alturas?

—Sufrí un aborto espontáneo.

Lo cual le bloqueó. Tiró de la cadena que contenía la ira. Le partió el corazón darse cuenta de que él, de inmediato, pensaba en su dolor. En lo que eso habría significado para ella. Daba igual lo que significara para él. Se sintió conmovida al comprobar que el reflejo existía todavía, que se preocupaba más de ella que de sí mismo.

—Concerté una cita con la clínica —prosiguió, y la desnudez de las palabras la impresionó—. Para ganar tiempo. No sabía qué hacer.

Los hombros de Blasko, todo su cuerpo, se relajaron un poco. Dando paso a la tristeza.

—Pero en cualquier caso lo perdí —dijo ella, y agachó la cabeza—. Una semana antes de la cita.

Guardaron silencio un momento.

—¿Era mío? —preguntó él después, en voz baja.

Barajó las opciones en su cabeza. Le dolía el abdomen. Recordó el rostro cansado de la joven doctora, su mano enguantada con látex extendida. Lo que sostenía. El feto aovillado como un signo de interrogación. Sólo podía ofrecerle la verdad.

—No lo sé. Lo siento.

Lo siento. Lo siento. Lo siento. Esas palabras eran su enfermedad. Junto con «amor».

El laboratorio carecía de ventanas, iluminado con fluorescentes. En un rincón, un aparato del tamaño de una lavadora emitía un suave sonido.

Valerie se sentó en el borde del escritorio. No confiaba en que sus piernas la sostuvieran. Tenía el rostro inundado de calor. Mantenía las manos apretadas sobre el regazo.

—Lo hice todo mal —confesó—. No creas que no lo sé.

Fue consciente de que él intentaba crear espacio en su interior para todo ello. Porque hasta ese punto la amaba.

—Alguien dejó la carta de la cita aquí para que yo la encontrara —reveló por fin.

Aparte del horror y la intensidad y el agotamiento, ese hecho había estado afectándoles en silencio a ambos. Policías.

—Me doy cuenta —dijo ella.

—¿Alguien de aquí te la tiene jurada?

—Eso parece.

—¿Cómo pudo acceder?

Quiero ser lo más útil posible, había dicho Carla. El FBI podía tener acceso. Si se ponía en ello. Dio rienda suelta a la paranoia e imaginó a Carla registrando su basura y contando las botellas vacías, vigilándola mediante cámaras ocultas en su apartamento, tomando nota de lo cerca que había estado de chocar en la 280, recopilando un expediente para sacarla del caso.

Entonces, recordó los sobres que había en el asiento del pasajero del Cherokee. Sobres de papel manila.

—No lo sé —contestó Valerie, sin saber muy bien por qué no le hablaba de York—. De veras.

—Bien, no es pecata minuta. Hemos de averiguarlo.

Hemos. Complicidad. ¿Alguna vez, desde que se conocieron, había dejado de pensar en ellos como aliados? Nosotros. Tú y yo. Pensar en un futuro sin él era como pensar que nunca tendría suficiente calor durante el resto de su vida, el inmenso mundo un lugar de vientos acerados y gélidas corrientes, la fatiga cotidiana del frío incesante. Cosa que no te mataría, pero sí te desgastaría día a día. Lo cual absorbería la alegría. Lo cual te dejaría vacío y funcional. Desde que le había perdido, así se imaginaba Valerie en su vejez: vacía y funcional. Una mujer con el corazón muerto y atrofiada con la que podías contar.

—No te preocupes —dijo ella—. Lo averiguaré.

—Tendrías que habérmelo dicho.

—Lo sé.

—¿Por qué no lo hiciste?

—Porque no quería que volvieras obligado. ¿Y si no hubiera sido tuyo?

—De haberlo sido, ¿te habrías deshecho de él?

¿Y bien? ¿Lo habría hecho? Apenas se había admitido a sí misma que había concertado la cita. Del mismo modo que apenas había admitido lo que implicaría determinar la paternidad. ¿Podían averiguarlo mediante pruebas mientras todavía no era más que una cosa diminuta en su interior? ¿No debería tenerlo primero? Tantas preguntas que había ido amontonando en el fondo de su mente, mientras se decía: *No has de decidir nada ahora mismo. Tienes tiempo. Has comprado un poco de tiempo.*

—No tenía derecho a pedirte que volvieras —afirmó.

—Yo tenía derecho a saber si era padre.

—*Lo sé. Lo sé.*

Guardaron silencio unos momentos. El aparato del rincón exhalaba su sonido suave. Valerie sabía que sería claustrofóbico trabajar allí, sin ventanas. Desde su despacho, al menos, tenía una vista, tejados poco inspiradores, pero de vez en cuando un fragmento alegre de la bahía de San Francisco.

—¿Era niño o niña?

—No lo sé. No quise saberlo.

El esfuerzo de Blasko por asimilar toda la información era casi audible. Era como si pudiera oír su mente o su alma mientras intentaba ensancharse, crecer a su alrededor. *Y sobre la endeblez de su propia persona, si puede, soportar discretamente todos los agravios del Hombre.* Todos los agravios. Este agravio. El agravio de ella. ¿Existía alguna situación de su vida a la que no se pudiera aplicar el maldito poema?

—¿Querías que fuera a verte anoche? —preguntó él.

Hasta el último gramo de su decencia le decía que mintiera.

Pero la debilidad indecente era más fuerte.

—Ya sabes que sí. —Una pausa—. Pero ahora entiendo por qué no lo hiciste.

Ardía en deseos de tocarle. Rodear la alambrada de las palabras. En cambio, extendió la mano hacia el ratón del ordenador portátil.

—No lo hagas —le aconsejó él.

No le hizo caso. El vórtice de puntos de colores del salvapantallas se disolvió y fue sustituido por filas de fotos diminutas. Su contenido era evidente a medias, incluso minimizado.

—No te gustará ver esto —advirtió Blasko.

No sabía por qué lo hacía. Salvo que tenía tantas ganas de rodearle en sus brazos que si no se distraía eso sería exactamente lo que haría. Y hasta la debilidad indecente sabía que eso no sería justo con él. Clicó una foto al azar.

Un momento antes pensaba que estaba preparada. Pero no estaba preparada. Esperaba pornografía, las repugnantes desproporciones de la pedofilia. Lo que vio fue el torso surcado de cicatrices de un niño, veteado de cortes, algunos cosidos con hilo de plata, otros en carne viva, infectados. El niño era demasiado pequeño para que Valerie supiera si era chico o chica. Sintió que el cuerpo de Blasko se desplomaba debido a la derrota.

—Joder —dijo, aunque la palabra murió en su boca.

Clicó otra imagen. Y otra, y otra.

Todas eran de niños, todos mutilados debido a los malos tratos. Debido a la tortura, puesto que no había una palabra más sincera para eso. Espaldas, pechos, piernas, brazos, genitales. Mutilación sistemática. Mutilación intencionada. Era preocupante captar el placer que le había proporcionado a la gente que lo había hecho.

—Son… Esto es…

—Sí —asintió Blasko—. Se trata de un mercado emergente. ¿Quieres la guinda del pastel? Parte de este material procede de los SPM.

Los Servicios de Protección de Menores. El trabajo se te mete dentro. El trabajo planta sus semillas.

—Tenemos a quince agencias diferentes bajo investigación. Estados Unidos no querrá aceptar esto. Tampoco es que sea exclusivo de Estados Unidos.

Valerie no podía parar. Existía un ritmo espantoso de incredulidad y aceptación. Fuera cual fuese el horror, siempre era el mismo. Pensabas: es imposible que sean capaces de esto. Después, de inmediato, experimentabas un déjà vu nauseabundo: Por supuesto que eran capaces. Siempre lo hemos hecho. Es una más de las cosas que hacíamos. La historia humana era la historia de las cosas que hacíamos. Y ésta, le gustara o no, era una de ellas. Junto con la poesía y la Capilla Sixtina y los chistes y el perdón y la compasión y el amor. *Entre los Justos ser justo. Entre los Sucios sucio también…*

—¿Es necesario que las veas todas? —preguntó Blasko en voz baja. Valerie sabía que él comprendía la pregunta que sus actos estaban formulando: *¿Qué espacio nos deja esto? ¿Qué espacio quedará para el amor?*

—Para, por favor —dijo Blasko, y apoyó la mano sobre la de ella.

Valerie apartó la vista de la pantalla. ¿Podías impedir contagiarte de aquello? Era su versión particular de la pregunta habitual de un policía: ¿Puedes ver lo que ves cada día y vivir sin venirte abajo, con ternura, humor y esperanza?

Con sus últimos vestigios de perversidad, egoísmo o confusión, se volvió hacia la pantalla y clicó una imagen más, con la mano de Blasko posada apenas sobre la de ella.

No era lo peor que había visto, pero era la más peculiar. La espalda desnuda de un niño cubierta de cortes y quemaduras (docenas, montones, más de un centenar) que, al principio, parecían aleatorias. Que todavía parecían aleatorias, incluso después de que reparara en algo similar a la letra A en el hombro izquierdo, formada con quemaduras de cigarrillo. Una chiripa, una inicial accidental.

Después, miró con más atención.

Había una F justo encima del sacro. Una B en mitad de la columna vertebral. Una R profunda, apenas cicatrizada, bajo la escápula derecha. Letras. El responsable había grabado el alfabeto en aquella tierna carne a base de cortes, quemaduras, cuchilladas o tajos. A veces, la misma letra aparecía en más de una ocasión.

—Vale —dijo Blasko—. Ya está. Basta. Se acabó.

Levantó su mano del ratón. Clicó. Apagó la pantalla. Durante unos momentos permanecieron en silencio, sin mirarse. Tristeza, daño, fracaso. Sí. Pero a pesar de todo, la dulce e intermitente insistencia de la conexión entre ellos.

—Lo diré por última vez —anunció ella—. Porque si continúo diciéndolo empezará a envenenarnos: lo siento.

Blasko apoyó la mano sobre su rodilla. Su peso y su calor. Había estado hambrienta de intimidad. Hambrienta de afecto. Tres años de decirse que parte de su vida había terminado. Tres años de no creer en lo que se decía. Tres años (le resultaba evidente ahora) de esperar a que su historia empezara de nuevo.

—De acuerdo —convino Blasko—, no existe…

Pero la puerta se abrió y entró un técnico, que hablaba por el móvil. Blasko dejó caer la mano, pero no a tiempo. Valerie se incorporó. Blasko y ella intercambiaron una mirada. ¿Después? Sí, después.

A mitad de camino de su despacho, Valerie se cruzó con Carla York en el pasillo.

—Ah, hola —saludó Carla—. Ya te tengo. Escucha, no quiero…

Valerie pasó de largo. Carla le cortó el paso.

—Jesús, Valerie. Estoy hablando…

Valerie la empujó a un lado.

—Apártate de mi camino —le espetó.

—¿Qué demonios te pasa?

—¿Crees que no sé lo que está pasando?

—¿Qué?

—¿Crees que no sé lo que estás haciendo aquí?

—Escucha, no vas a…

Valerie se quedó petrificada.

Carla la estaba mirando como si no supiera de qué estaba hablando. O mejor dicho, Carla estaba intentando mirarla como si no supiera de qué estaba hablando. Sin lograrlo del todo.

Pero todo aquello se había convertido, en cuestión de un instante, en algo secundario para Valerie.

Oh, Dios mío. Joder.

—Escucha —empezó Carla—, no sé qué piensas que... ¡Eh! ¿Valerie?

Valerie había dado media vuelta y se alejaba a toda prisa por el pasillo.

Medio minuto después se encontraba de nuevo en el despacho de Blasko. El técnico había terminado su llamada y estaba sentado a su mesa, con las gafas puestas, iluminado por la luz de la pantalla del ordenador. Blasko estaba junto a la máquina silenciosa del rincón. Se volvió cuando ella entró.

—Pon la última imagen que estaba mirando —dijo Valerie.

—¿Qué?

Valerie ya había llegado a su escritorio y cogido el ratón.

—Las fotos que estaba mirando. La última. Jesús...

Abrió la pantalla, pero ahora había una página de diálogo online. Alguien decía: *¡Vainilla, por supuesto! ¿Y el tuyo?*

—Las fotos, Nick. Joder.

—Espera, espera. Déjame... Espera.

Cerró la página y volvió al ordenador portátil. Contestó al aviso de seguridad con una contraseña que Valerie no captó. Abrió una carpeta. Reaparecieron las fotos en miniatura.

—¿Qué está pasando?

Valerie agarró el ratón y empezó a buscar, abriendo y cerrando las imágenes.

—Espera —contestó Blasko—. Aquí. Ésta.

Se reabrió la imagen del cuerpo del niño. Valerie la examinó durante unos momentos. Blasko no hizo preguntas. No era necesario. Reconocía el cambio en su aura. Su significado. La suya funcionaba de la misma manera cuando el trabajo tomaba el mando. El trabajo tomaba el mando y todo lo demás, todo lo demás, dejaba de existir. Le emocionó sentirlo en ella de nuevo. Era la otra gran fuerza que les unía, la enfermedad a la que se habían apuntado años antes.

—¿Para ampliar? —preguntó Valerie. No conocía el software. Los menús desplegables no significaban nada para ella.

—Aquí. ¿Tamaño doble?

—Hazlo.

La imagen aumentó de tamaño.

Valerie miró.

Notó que todo el agotamiento se disolvía en un instante.

El cuerpo del niño con la carne torturada. Las letras grabadas con brutalidad. Las cicatrices. A... R... Q...

Pero no era el cuerpo escrito del niño lo que necesitaba descifrar. Era el entorno en el que le habían fotografiado. Era el *fondo*.

La habitación de un niño. La esquina de una cama deshecha. Una ventana que daba a un patio con un árbol solitario desenfocado. Una pared con la esquina de un abecedario, cada letra ilustrada con una imagen en colores vivos:

A de ALBARICOQUE
B de BALÓN
C de CRONÓMETRO
D de DINOSAURIO
E de ELEFANTE
F de FUSTA
G de GANSO
H de HACHA

Todos sus sanos instintos decían: *Cálmate. Espera. Déjalo reposar. Cientos de miles de casas y guarderías deben de tener el mismo abecedario.*

—Redúcelo otra vez —dijo—. Enfoca la vista de la ventana.

Blasko movió el ratón de nuevo. Clicó. La imagen regresó a su tamaño original.

Valerie se acercó más a la pantalla.

Pero no era necesario. Ya lo sabía.

El árbol del jardín tenía un tronco doble. Una Y invertida.

El árbol delante del cual Katrina Mulvaney, hacia algo más de la mitad de su breve vida, había sido fotografiada.

46

—Consígueme todo lo que puedas sobre esta imagen —ordenó Valerie sin volverse. Estaba saliendo del despacho de Blasko—. Procedencia. Quién la bajó. Cuándo fue tomada.

—Sólo hay… —empezó Blasko, pero Valerie ya estaba corriendo por el pasillo.

De vuelta en su despacho escribió en Google «árboles de forma rara». Cinco millones de resultados. Tecleó: «árbol forma rara Hopper-creek Camp». Clicó «Imágenes».

Fue el primer resultado.

Nuestro árbol friki residente, decía el pie. *Redding, CA.*

Redding. A unos trescientos kilómetros al norte de San Francisco.

Su línea interna sonó.

—Escucha, Valerie —dijo Blasko—, ya tenemos a los distribuidores. Están en la cárcel. Este caso fue de…

—No me interesan los distribuidores. Me interesa el niño de la foto.

Silencio. Cálculo de policía.

—Joder. ¿Es tu chico?

—¿Sabes quién la tomó?

—No. Es una Polaroid. Escaneada hace cinco años. No es el original. Pero puedo hablar con alguien que quizá pueda fecharla con más exactitud.

—Hazlo. Llámame. He de irme.

Su cuerpo estaba repleto de adrenalina. Las mujeres muertas se revolvían a su alrededor. Cuando sucedía, siempre era así: la confusión caleidoscópica de detalles del caso empezaban a conformar una imagen de un solo giro. No podías verlo con la suficiente rapidez. Tenías que obligarte a no permitir que el entusiasmo confundiera tu concentración, ni perderte un solo detalle que podía costarte los segundos, minutos u horas que causarían la muerte de alguien.

Valerie se serenó y llamó a los padres de Katrina. *Que no conteste Dale, por favor.*

—¿Hola? —respondió Dale Mulvaney.

—Señor Mulvaney, soy Valerie Hart.

Se habían tuteado durante la investigación, pero el recuerdo de su último encuentro le aconsejó adoptar un tono oficial. Siguió una pausa antes de que Dale contestara. Valerie intuyó lo que le estaba pasando, la desesperación atomizada que se concentraba de nuevo.

—¿Qué pasa? —inquirió Dale. No parecía borracho. Sólo ronco. Sólo tenso. Sólo a un paso de volarse los sesos.

—Necesito saber exactamente cuándo fue Katrina al campamento de verano de Hoppercreek.

—Cuando... ¿qué?

—Cuando Katrina tenía once o doce años fue a un campamento de verano a un lugar llamado Hoppercreek, en Redding. Estoy intentando concretar la fecha.

Otra pausa.

—Alguien de... ¿Cree...?

La voz de Adele al fondo.

—¿Pasa algo, Dale? ¿Quién es?

—¿Cuándo fue Kate a Hoppercreek? —dijo Dale.

Valerie imaginó la confusión de Adele, la búsqueda de datos a través del dolor. La impaciencia que destilaba Dale.

—No sé... Fue... Tenía once años, me parece. Tenía once años.

Valerie hizo los cálculos: 1990.

—¿Qué pasa? —preguntó Dale a Valerie—. ¿Tiene algo?

Valerie sabía lo que pasaría: se lo contaría, y su ira y pérdida se volverían a concentrar. Habían estado a la deriva a través de la pena. Esto les despertaría de nuevo, les daría algo a lo que aferrarse. Pero sería una traición, incluso si Valerie capturaba a los asesinos. Al margen de la simbólica resolución, su hija continuaría estando violada y asesinada. Su hija continuaría muerta. Los seres queridos de las víctimas decían que querían justicia. Y la querían. Pero ninguna justicia demostraba ser suficiente. ¿Cómo iba a serlo? Lo único que podía ser suficiente era que les devolvieran a la víctima, entera y viva. Lo único que podía ser suficiente era que nada de aquello hubiera sucedido.

—Es muy remoto —mintió Valerie—. Ya saben que siempre hemos sospechado que Katrina debía conocer al responsable de su muerte. Es muy difícil raptar a alguien a plena luz del día en una ciudad como San Francisco. Pero ninguno de los interrogatorios que llevamos a cabo nos proporcionó un sospechoso plausible. Es posible que Katrina conociera a su asesino desde hacía mucho tiempo. Y es posible que ese hombre fuera la persona que tomó la fotografía de ella que Adele me dio durante nuestro último encuentro. No se hagan demasiadas esperanzas, por favor. La probabilidad es muy remota.

Tardó desesperados minutos en colgar el teléfono (minutos de Claudia Grey; ahora, todo el tiempo pertenecía a Claudia). Dale y Adele querían repasarlo todo, el razonamiento, la probabilidad, la desdichada cadena de causa y efecto. Difícil para Valerie hacerlo sin mencionar el abecedario y el cuerpo mutilado del niño. Pero no iba a caer en esa trampa. Resucitaría los objetos. El objeto de Katrina. El albaricoque metido en la vagina. Valerie quería ahorrar a Dale y Adele tener que oírlo de nuevo. A de ALBARICOQUE.

—Les llamaré en cuanto sepa algo más, pero ahora he de irme. No quiero perder ni un momento.

Eso funcionó. La culpa. Diles que están retrasando el proceso. Hazles comprender que, cuanto más sigan hablando, más tiempo disfrutarán de la vida los asesinos de su hija.

Y más cerca estará de la muerte Claudia Grey.

—De acuerdo, de acuerdo, vale —dijo Dale—. Comprendido. Nos informará en cuanto…

—Serán los primeros. Se lo prometo.

La mejor hipótesis del caso era que el crío de la foto fuera ahora un adulto (y asesino en serie) que todavía vivía en la casa donde le habían torturado de niño. Valerie apenas se atrevía a admitirlo como una posibilidad teórica. Porque la mejor hipótesis del caso nunca era la hipótesis real del caso.

Lo del árbol no era un secreto. Todo lo contrario. Era una atracción estrafalaria que gente con demasiado tiempo entre las manos iba a ver en coche. Una llamada a la Oficina de Visitantes de Redding le consiguió la dirección. Los actuales residentes, desde 2008, constaban como Warren y Corrine Talbot. Una segunda llamada a la Oficina del Registro Demográfico del Condado, sita en el ayuntamiento, le dio por fin el nombre de la propietaria en 1990: Jean Ghast. Según los registros, Jean compró la casa en 1974.

En teoría, no encajaba: una mujer. Pero habría tenido un amante, supuso Valerie, un hombre del que estaría esclavizada. Tenía que haber alguien. Era una sofisticación de la crueldad masculina: manipular a las mujeres para que consintieran los malos tratos a sus propios hijos.

Valerie pulsó teclas, abrió ventanas, se desplazó, seleccionó, entró. Aquella pausa mientras esperabas que la información bajara conseguía que fueras agudamente consciente de tu existencia. Pensó en la época de su abuelo en el cuerpo. Sobres de papel manila, listas, hojas de papel carbón, clips. La fragilidad de la documentación física, el olor a tinta y el parloteo insistente de las mecanógrafas. El trabajo habría sido mucho más difícil. Los asesinos habrían salido indemnes con mucha más facilidad. Y ahí estaba ella, sin la excusa de equipo anticuado, con toda la ayuda tecnológica al alcance de su mano… y ocho mujeres continuaban muertas.

Y una novena estaba esperando su turno.

Se esforzó en ir más despacio, en repetir lo que ya sabía. Lo que sabía era que en el verano de 1990 alguien había fotografiado a Katrina delante de un árbol bifurcado. La casa a la cual pertenecía el árbol contenía un abecedario con objetos que correspondían a los encontrados en los cuerpos de las víctimas. Un niño maltratado, un varón, había sido fotografiado en aquella casa. No existía la necesidad lógica de que el menor de la fotografía se hubiera convertido en el asesino de Katrina al llegar a la edad adulta. No existía necesidad lógica (Valerie se preguntó por un momento si el fotógrafo de ambos niños, el niño maltratado y Katrina, era la persona a la que estaba buscando). Pero había algo en la figura de la fotografía. Una desesperación que se desplegaba desde los hombros surcados de cicatrices como alas invisibles. Su intuición de policía insistía. La Máquina insistía.

Se produjo una pequeña deflación en mitad de su aceleración: los malos tratos grotescos habían producido una persona grotesca. Eso mitigaba el asunto. Existía una causa parcial, una explicación parcial. El mundo no lo quería así, por supuesto. A los tabloides les gustaban los monstruos sencillos: maldad en estado puro. Sin excusas. Sin historia. Sin comprensión.

Y sobre la endeblez de su propia persona, si puede, soportar discretamente todos los agravios del Hombre.

Se dio cuenta de que el poema habría podido referirse a un policía. Sobre la endeblez de su propia persona. Sobre la endeblez de su propia persona. Joder. Tenía endeblez a capazos.

Nada de lo cual alteraba los hechos. Que el niño había crecido. Que había matado, como mínimo, a ocho mujeres. Que podría estar matando a Claudia en aquel preciso instante. Que aún faltaban dieciocho letras del alfabeto.

47

Tardó más de lo que habría debido.

Robó más tiempo a Claudia del que habría debido.

Pero a mitad del examen de Archivos Vitales recibió una llamada del periódico local de Redding.

—Valerie Hart —contestó.

—Detective Hart —habló una voz de mujer—. Soy Joy Wallace, del *Redding Record Searchlight*. ¿Está investigando la muerte de Jean Ghast?

—¿Sí?

—Oh, vaya. —Una pausa—. Es el caso del asesino en serie, ¿verdad?

Valerie se puso tensa. El reflejo natural ante el periodismo. Pocas personas en el mundo sabían que ella era la Encargada del caso. Pero todos los medios sí. La policía que no podía impedir la masacre de todas aquellas mujeres. El Famoso Fracaso Nacional.

—Es extraoficial —advirtió.

—Tranquila, detective —repuso Joy Wallace—. No ando a la caza de algo. Escuche, le enviaré un enlace de la historia, pero puedo proporcionarle los datos básicos ahora mismo.

—Adelante —dijo Valerie, con el bolígrafo preparado sobre la libreta.

Lo sabía. Sabía que la información era la información. La información como un solo hilo que sobresalía de una bola imposiblemente enredada que, al tirar de él, desenmarañaba todo el nudo. El momento anterior a recibir la información encendía tu certidumbre, como si no estuvieras descubriendo algo nuevo, sino recordando algo que siempre, muy en el fondo, habías sabido. El momento anterior a la información era el momento del reconocimiento.

A principios del verano de 1992, le contó Joy Wallace, Jean Ghast, de cincuenta y ocho años, fue encontrada muerta al pie de la escalera de su casa de Redding. El veredicto del juez de instrucción fue una combinación equívoca de causas naturales y muerte accidental: Jean, con una disfunción coronaria conocida, había sufrido un infarto. O bien sufrió el ataque en lo alto de la escalera y cayó, o había caído y el susto precipitó el ataque. No había signos de allanamiento de morada. Tenía fama de mujer reservada, pero carecía de enemigos. Vivía sola desde que su conflictiva hija, Amy, se había marchado (escapado, decían las habladurías) en 1979, a la edad de dieciséis años. No existía ningún señor Ghast. Jean había criado a Amy sola.

Unos seis años después de abandonar su hogar, Amy había reaparecido unos días, con un hombre y un hijo de cinco años. No se quedaron, pero desde entonces el niño pasaba algunos fines de semana con su abuela. Nunca iba más allá del patio delantero o trasero de la casa, y Jean Ghast muy pocas veces le llevaba a la ciudad. Al niño, insistían también las habladurías, «le faltaba un hervor». De hecho, apenas hablaba.

Dos días después de que descubrieran el cuerpo de Jean, unos excursionistas encontraron a un niño de doce años, vagando «desorientado» y solo por el Parque Nacional Volcánico de Lassen. Cuando lograron que hablara, les dijo que se llamaba Leon Ghast.

Fueron precisos dos días más (veinticuatro horas para el Departamento de Policía de Redding, veinticuatro horas para los Servicios de Protección de Menores) para determinar que el niño era el nieto de Jean Ghast. Cinco años antes, Amy (ahora una prostituta heroinómana sin domicilio fijo) había quedado embarazada de Lewis Crowe, un proxeneta y traficante de drogas bipolar de Las Vegas que resultó muerto durante una transacción de narcóticos fallida, un mes antes de que su hijo naciera.

—Pero eso no era ni la mitad del asunto —dijo Joy Wallace a Valerie.

Leon Ghast no iba «de visita» a casa de su abuela los fines de semana. Había vivido con ella durante siete años.

—La casa está en el borde de la ciudad —explicó Joy—. Linda con el Hoppercreek Camp por un lado y con el bosque por otro. Sólo cuando todo salió a la luz admitió la gente que nunca había visto a Amy dejar o recoger al niño.

«Todo», cuando salió a la luz, era algo de lo que todavía se hablaba en Redding.

—El crío había sufrido palizas —dijo Joy, con la mezcla de horror y aburrimiento del siglo XXI—. La mujer había borrado las señales de sus brazos y piernas, pero el resto del cuerpo era un desastre.

Amy Ghast había muerto de una sobredosis en 1989. No había parientes vivos que quisieran o estuvieran en situación de acoger a Leon.

—Así que volvió al SPM. Ya puede imaginar la historia. Cuatro años de hogares de acogida, temporadas sin nadie que lo quisiera… Decir que tenía dificultades de comportamiento y aprendizaje es poco. Dislexia aguda más siete años de terapia brutal de aversión al alfabeto. Durante años no había ido al colegio. ¡En serio! Era un milagro que el crío supiera hablar.

Después, en 1997, Leon tuvo una oportunidad. Fue acogido por Lloyd y Teresa Conway, ricos, cristianos renacidos sin hijos, residentes en Fresno. Lloyd había fundado una empresa de ingeniería térmica de éxito, CoolServ, y empezó a enseñar a Leon los aspectos prácticos del negocio, especializado en congeladores a medida.

—Por lo que yo sé —contó Joy—, todavía trabaja en la fábrica de allí.

Las palmas de las manos de Valerie habían cobrado vida. El despacho se había reanimado a su alrededor. El tiempo de Claudia transcurría en un silbido ensordecedor.

—¿Tiene los datos de contacto de los padres de acogida? —preguntó.

—Sí, pero son de hace bastante tiempo. No sé si todavía son válidos. Hicimos un reportaje de seguimiento un año después de que le acogieran.

Valerie asimiló la información.

—Hicieron un reportaje de seguimiento. ¿Fotografía de Leon?

Una pausa. Joy le concedió un momento para que se diera cuenta de los puntos que estaba acumulando.

—¿Fax o correo electrónico?

—Ambos.

—Deme cinco minutos para desenterrarlos.

—¿Los Conway se acordarán de usted? ¿Fue la encargada del reportaje de seguimiento?

—Sí.

—Llámeles. Necesito la dirección y el lugar de trabajo actuales de Leon. Hágalo ahora mismo.

Pausa.

—Por favor —añadió Valerie.

—De acuerdo, detective.

—Debo repetirlo. Esto es extraoficial.

—¿Es él?

—No lo sé —mintió Valerie—. Pero no podemos permitir que esto se filtre prematuramente. Hablo en serio. Nada de chismorreos en la redacción.

—Haré lo que pueda, pero tendría que haber fingido ser otra persona cuando llamó. Yo no hablaré, pero esto es un periódico. Supongo que el reloj está desgranando los minutos.

El reloj está desgranando los minutos.

Primero llegó el correo electrónico. Valerie abrió la imagen adjunta.

Era una foto en un soleado exterior de Lloyd y Teresa Conway en un jardín verde, una pareja vivaz, vestida con ropa informal de colores pastel, que sonreía con timidez a la cámara. Entre ellos estaba un chico de pelo oscuro de dieciséis años (decía el pie), de huesos anchos y más alto que sus padres de acogida, con una sonrisa que no lograba disimular del todo su reticencia.

Valerie colocó la imagen del sospechoso del zoo al lado.

Dos fotos separadas por trece años.

Pero a menos que su sistema de parecidos se hubiera averiado, era la misma persona.

Leon Ghast.

48

A primera hora de la mañana Will Fraser se había preparado para un largo y deprimente rastreo a través de los archivos del caso. Se sentó ante su escritorio poco después de las seis de la mañana con un *latte* de Starbucks (se negaba a utilizar la palabra «grande» cuando lo pedía; la terminología importada para los tamaños del café estaba a punto de obligarle a renunciar a los malditos Starbucks) y la fotografía del bolsillo arrancado apoyada entre el teclado del ordenador portátil y la pantalla.

Incluso un primer vistazo al material acumulado bastaba para convocar la sensación de impotencia. Tanta información que no conducía a ningún sitio. Individuos que aparecían fugazmente bajo el foco de los sospechosos. Direcciones, números de teléfono, transcripciones de interrogatorios. Pistas que conducían a callejones sin salida. El espantoso peso de los detalles reunidos alrededor de las mujeres muertas, que no daban ningún fruto, una tormenta contenida que no estallaba.

Repasó las fotografías de las víctimas, aceptó las imágenes ocasionales del florido polvo de la noche anterior con Marion que desencadenaban: una pierna desnuda; un seno; la planta de un pie. Estaba acostumbrado a esas necesidades, yuxtaposiciones, asociaciones neurológicas. Habían pasado años desde que tenían poder para sorprenderle o preocuparle. Eras policía. El trabajo convertía la muerte, la violencia y la fealdad en parte de tu trabajo, parte de tu marco de referencia. Tenías que aprender a no alarmarte. Tenías que aprender a adaptarte. No era el fin del mundo. Casi nada, cuando eras policía, significaba el fin del mundo. Si eras policía dejabas espacio a la nueva versión de ti mismo en que el trabajo te convertía…, o abandonabas.

Tomó otro sorbo del *latte* (también albergaba recelos sobre la palabra «*latte*»), pensó en salir (ya) a fumar un cigarrillo, resistió la tentación, y después, como era la carpeta más reciente añadida a su portátil, clicó CONGELADOR EN AUTOCARAVANAS.

Se sentía decepcionado por el hecho de que su teoría no hubiera proporcionado resultados. Pero ni siquiera con ausencia de resultados había sido capaz de olvidarla. Tenía una visión recurrente de dos tipos en una autocaravana de tecnología punta, introduciendo un cuerpo encerrado en una bolsa de basura industrial en un congelador del tamaño de un ataúd, para después reordenar el cargamento de helados, hamburguesas y pizzas congeladas. Birds Eye. DiGiorno. Ben & Jerry's. Marcas reconfortantes que ocultaban un monstruoso secreto. Valerie no se había mostrado entusiasta cuando se lo había dicho. Estaba preocupado por Valerie. Cada vez se parecía menos a la de antes. Desde el caso Suzie Fallon. Y ahora, Blasko había vuelto. Todavía había cosas pendientes entre ellos, aunque la mitad del departamento sabía lo sucedido tres años antes. Pero había vuelto, a por más, probablemente, pobre capullo. Will no le culpaba. Valía la pena volver a por Valerie. Will había sufrido un peligroso enamoramiento cuando habían empezado a trabajar juntos (a Marion le había costado mucho tiempo llegar a apreciarla, cosa nada sorprendente); pero amaba a su esposa. Esa verdad era lo que conseguía que todo fuera soportable. Ella y los críos y...

Jesús.

Se quedó petrificado.

URS.

Universal Refrigeration Services.

Oakland, California.

Era el tercer lugar que había visitado.

URS.

El cabrón trabajaba allí. No tenían constancia de un trabajo con autocaravana personalizada porque lo hacía él.

Un estremecimiento de emoción se abrió paso entre el cansancio de Will, como un brazo que barriera todos los objetos de un escritorio atestado.

Buscó en Google URS.

Estamos especializados en soluciones creativas para múltiples industrias, incluidos distribuidores de comida y bebida, procesamiento de comida, supermercados y colmados, licorerías y pequeños supermercados, restaurantes, vinaterías, floristerías, productos biotecnológicos y laboratorios, así como otros proyectos especializados, como salas de maduración y cavas de cerveza.

Y congeladores para transportar tus cadáveres en una autocaravana.

Maldita A.

Pero el logo no coincidía. El fragmento del bolsillo era blanco sobre azul, con mayúsculas. La web mostraba minúsculas negras con borde amarillo sobre fondo rojo. Estaba en las camionetas, los camiones, el membrete, el almacén.

Amplió la búsqueda. ¿Tal vez había dos uniformes con nombre similar? Lo había comprobado la primera vez, quizá media docena. Lo único que tenía en el bolsillo era una «R» definitiva. Las otras dos letras sólo se veían en parte. La «U» podía ser una «J», o tal vez una «W». La «S» podía ser... Bien, no podía ser mucho más que una «S».

Probó «JRS San Francisco». Encontró un montón de material, pero no guardaba la menor relación con congeladores. Lo mismo con «WRS San Francisco». Un grupo religioso... Una emisora de radio digital... Una compañía de baile...

Joder. ¿Estaría loco?

Pero sabía que lo había visto.

Llamó a URS.

Ninguna respuesta. Demasiado temprano.

Recogió la foto del escritorio y tomó la chaqueta.

Mientras conducía hacia Oakland, Will revisó mentalmente su primera visita a la fábrica. Dos unidades industriales en ángulo recto mutuo, un patio de asfalto y una flota de camiones. Había atravesado el almacén, subido dos tramos de escaleras, recorrido tres pasillos, como mínimo, y entrado en el despacho del director. El logo era el mismo en todas partes. No era el del bolsillo. El director era Tony Dawson, un tipo barrigudo con camisa de franela sencilla y pantalones de algodón. Pelo del color de la arena mojada y manos regordetas y moteadas de pecas. Un poco emocionado (y suspicaz) por tener que lidiar de repente con el Verdadero Crimen, aunque Will no hubiera revelado nada (la prensa conocía a Valerie, el público conocía a Valerie, pero el resto del equipo era anónimo, gracias a Dios). Dawson le había llevado a su despacho, apenas adornado con un poco de espumillón y un árbol artificial en una esquina, y dedicó media hora a examinar historias laborales referidas a ese espacio de tiempo. El despacho no era un caos, pero necesitaba un poco de orden. Un cajón de un archivador estaba roto. La bolsa de golf de Dawson estaba en el suelo, y de ella sobresalía un driver astillado. Había tres ordenadores portátiles, por ningún motivo que Will fuera capaz de imaginar. Una caja de cartón llena de copias de facturas rosa. (*¿Papel?*, había pensado Will. *¿Quién coño utilizaba todavía papel?* Pero el mundo era así: nunca tan de alta tecnología como tu versión paranoica imaginaba.) En la esquina…

Santo Dios.

Las manos de Will se tensaron sobre el volante.

En mitad del recuerdo no tuvo otro remedio que autofelicitarse: joder, eres bueno. La Máquina todavía trabaja. Sonrió (mientras otra parte desinteresada de él pensaba: *El trabajo es así. Sonríes porque te has acercado un paso más a ese hijo de puta que martiriza mujeres. ¿Deberías sonreír? ¿Querrían las mujeres muertas que sonrieras?* Pero si no había sonrisa, si no existía placer por hacer bien el trabajo, ¿lograrían alguna vez su venganza las mujeres muertas? ¿Y no era eso lo que deseaban? ¿Acaso no era lo único que les quedaba?).

En la esquina del despacho de Dawson había un recortable de cartón, de la mitad del tamaño normal, de un tipo calvo con un bigote muy negro y ojos muy azules, sonriente.

Con el mono que llevaba el logo de URS en el bolsillo.

El logo habría cambiado desde entonces.

El logo de la fotografía.

El logo del bolsillo encontrado en la mano de la mujer muerta.

¿Eso?, había dicho Dawson, al ver que Will estudiaba al calvo de cartón. Ése es Frank Ransome, mi predecesor. Fue nombrado Director Nacional del Año en 2010. Anuncié en broma que no lo quitaría de mi despacho hasta que yo lo ganara. Sí. La verdad es que lo debo pensar dos veces antes de abrir la boca.

El turno de la mañana ya estaba trabajando cuando Will entró en el aparcamiento de URS, pero Dawson aún no había llegado. El encargado del almacén, Royle, un tipo bajo y nervudo, de unos cincuenta años, con una cabecita maciza y afeitada, sí.

—Jesús, sí —dijo Royle, cuando Will le enseñó la fotografía del Tipo del Zoo de Katrina—. Me acuerdo de él. Este individuo… —Hizo una pausa—. ¿Sobre qué es la investigación?

—Homicidio.

—Mierda, ¿en serio? ¿Está muerto?

—No, no está muerto. Dígame lo que sepa acerca de él. Empecemos con su nombre.

Royle estaba comenzando a asimilar la realidad de la persona con la que estaba hablando y la oscura intriga que emanaba de ello. Su rostro estaba surcado de interrogantes.

—Jesús, ¿quiere decir que es un sospechoso?

—Sólo es alguien con quien necesito hablar. Y eso va a quedar entre usted y yo, ¿de acuerdo?

Royle se humedeció los labios un instante.

—Claro —repuso—. Claro, claro.

—Bien, ¿puede decirme su nombre?

—Xander. Xander King.

Will lo anotó en su libreta.

—Eso es lo que se llama un buen apodo.

—Lo sé, ¿verdad? Pero es lo que hay. En realidad, debería hablar con Lester. Lester trabajaba con él.

—Lo haré, pero cuénteme lo que sepa. Trabajaba aquí, de modo que tendrá su dirección en la ficha. He de verla.

Royle compuso una expresión avergonzada.

—Bien, la cuestión es que trabajaba de manera extraoficial. Cobraba en metálico. Ya no lo hacemos, pero Ransome sí. De eso hace tres años. No sé si teníamos una dirección. Puede pedirle al jefe que lo compruebe. O bien, Marcy llegará de un momento a otro. Ella se lo mirará.

—¿Qué hacía aquí Xander King?

—Era un… Bien, para ser sincero era una especie de chico para todo, desde cargar cajas hasta limpiar los retretes. Afirmaba conocer el negocio de los congeladores, pero Ransome nunca se lo tragó. La cuestión era que no sabía leer ni escribir. Ni una palabra. La persona más inculta que he conocido en mi vida. Pero Ransome era también un poco disléxico, y sentía pena por el tipo. Personalmente, nunca me cayó bien. De hecho, me causaba escalofríos. Ni siquiera Lester le conocía. Era muy callado. Yo pensaba que era un poco, ya sabe, retrasado.

Royle hizo una pausa, inseguro sobre si era correcto utilizar la palabra «retrasado». Will Fraser se limitó a asentir. La corrección política era uno de los muchos lujos que, por ser policía, no podías permitirte. Sólo contaba la información.

—De todos modos —continuó Royle, tranquilizado por el cabeceo de Will—, el tipo heredó dinero de su padrastro o algo por el estilo. Llegó un día y contó a un montón de gente que estaba cabreado por algo y que se fueran a tomar por el culo. Nunca más le volvimos a ver. Muy curioso. Muy curioso, ¿verdad?

—Sí, ahí hay algo. —Will recordó las palabras de Valerie durante su último encuentro: Podrían ser económicamente solventes—. ¿Cuánto heredó?

—Nadie lo sabe. Lo suficiente para largarse de aquí, debió de pensar.

Lo suficiente para financiar tres años de asesinatos, pensó Will.

—De acuerdo —dijo—. Necesito esa dirección. ¿Quién ha dicho que me la conseguirá?

—Marcy. Pero todavía no ha llegado. No debería tardar más de diez minutos.

—¿Y ese tipo, Lester? ¿No ha dicho que trabajaba con King?

El rostro de Royle traicionó el principio de su decepción, porque su papel en la diversión estaba a punto de terminar. El foco de la policía ya se estaba desplazando hacia el siguiente actor.

—Sí —asintió—. Voy a ver si puedo localizarle. Maldita sea. Xander King. Vaya tela.

—Vamos.

Pero averiguaron que Lester había llamado el día anterior, alegando indisposición, y todavía no había aparecido.

La secretaria de Dawson, Marcy, llegó, y si bien confirmó que no conocían la dirección de Xander King, sí tenían la dirección y el número de teléfono de Lester Jacobs.

Will llamó al número. Tres veces. Tres veces le saltó el buzón de voz.

49

Una coincidencia horrible. El capitán Deerholt salió de su despacho al pasillo justo cuando Valerie, acompañada de Laura Flynn y Ed Pérez, estaba a punto de pasar. La puerta estaba abierta. Dentro, Carla York se encontraba junto a la ventana, con los brazos cruzados.

—Adelante, Val, por favor.

—Señor, le tenemos. Vamos de camino. No hay tiempo.

—¿Qué?

Dos segundos para que Deerholt procesara, recalibrara, supiera que no era una treta.

—La agente York va con usted —se limitó a decir—. Haya lo que haya entre ustedes, se lo guarda. ¿Orden judicial?

—Halloran ha ido a por ella, pero de todos modos tenemos causa probable. Capitán, hemos de irnos ahora mismo.

—De acuerdo, vayan. ¿Agente York?

Le había costado treinta y ocho minutos de Claudia Grey, pero tenían la dirección actual de Leon. Allí mismo, en San Francisco. Un cuarto piso sin ascensor en el Tenderloin. El Departamento de Vehículos Motorizados no había encontrado coincidencias con la foto, pero Joy la había vuelto a llamar después de localizar a los padres de acogida. Lloyd Conway había vendido CoolServ y solicitado la prejubilación. Pero el cáncer de páncreas significaba que disfrutó de su jubilación menos de dos años. Su muerte había destrozado a su esposa, Teresa, que desde entonces tenía que medicarse con antidepresivos. «No está exactamente loca —le había dicho Joy a Valerie—, pero no querrías llevarla al estrado por nada del mundo.» Joy había tardado más de una hora de teléfono en dotar de coherencia a su narración. Leon dejó de vivir con los Conway cuando cumplió diecinueve años. Durante tres años habían intentado que la cosa funcionara, pero, había leído Joy entre líneas, el chico no había mejorado. Había trabajado con Lloyd en CoolServ, aprendido algo del negocio, pero se largó en cuanto ahorró algo de dinero. No supieron nada de él durante meses, al principio, que luego se convirtieron en años. Eso había atormentado a los Conway. Desesperados, habían contratado a un detective privado, quien dedicó meses a seguirle la pista. Se produjo una reunión fallida. Pero por lo que sabía Teresa Conway, la dirección todavía era la correcta. Valerie había estado a punto de recurrir a las bases de datos, pero después, con el sentido común propio de un policía, demasiado a menudo sepultado bajo complejidades hipotéticas, había consultado las Páginas Blancas de San Francisco. Y allí estaba, el único Leon Ghast del listín: Ellis Street, 218, apartamento 4D. Por lo que Valerie pudo determinar, sin empleo conocido desde hacía cinco años.

Los detectives y Carla York se trasladaron al lugar en el Taurus de Valerie. Cuatro uniformados en dos coches patrulla les seguían. Sirenas hasta dos manzanas de distancia de Ellis.

No había salida trasera del edificio, salvo por la escalera de incendios. Al llegar al tercer piso, Ed Pérez eligió a uno de los uniformados y, gracias a la placa, accedió a través de un apartamento habitado por una pareja de soñolientos hispanos jubilados. El apartamento de Leon estaba en el cuarto piso.

Ante la puerta, Valerie se volvió hacia el agente más cercano, Galbraith, al cual conocía.

—Quédate aquí —ordenó—. Que nadie entre o salga. Si aparece alguien, grita. Pero retenlo aquí.

—Entendido.

—Tú también —dijo a su compañero, cuya placa rezaba Keely. No era un novato, pero lo bastante nuevo en el cuerpo como para no estar blindado del todo contra el horror. Y que sin duda contaría toda la historia a McLusky después del trabajo. Keely asintió.

Laura Flynn estaba comprobando el cargador de su Smith & Wesson.

Valerie y Carla no habían intercambiado ni una palabra. La tensión entre ellas constituía una especie de presencia en la masa de adrenalina colectiva.

Desde el otro lado de la puerta se oía música a un volumen discreto. Valerie tocó el timbre.

Pausa. Los momentos. Los momentos de la policía. Los momentos en que el universo se equilibraba. Las mujeres muertas congregadas en un triste silencio.

La música bajó de volumen. Pasos.

La mirilla se ennegreció.

Pausa.

—¿Sí?

Valerie alzó la placa.

—Policía, señor. Abra, por favor.

Aunque pareciera increíble (esperaba paranoia, drama, resistencia, un diálogo), el pestillo se deslizó a un lado y la puerta se abrió.

Ante ella tenía a un chico mono que no podría contar más de veinticinco años de edad. Rastas rubias, ojos azules. Aro en la nariz. Camisa blanca india de estopilla. Levi's gastados. Zapatos Purple Converse. No olía a maría. Por eso había abierto la puerta.

No era Leon.

—¿Leon Ghast? —preguntó Valerie, para que constara en acta.

El chico hacía lo que la gente hacía siempre: reunir hasta el último átomo de inocencia. Su rostro compuso una expresión de miedo y de ser buen ciudadano. Estaba repasando a toda velocidad (como cualquiera que sólo era culpable de una manera trivial) los archivos mentales de pecados y faltas que había cometido años antes, y que habían regresado para darle por el culo. Parecía un ángel nervioso. Tenía la boca abierta, a la espera de que su cerebro terminara de revisar el Google de sí mismo.

—Er, no —dijo—. No, no soy ése.

—¿Es ésta la residencia de Leon Ghast?

El chico trasladó su peso del pie izquierdo al derecho.

—¿Quién?

—Leon Ghast. ¿Vive aquí?

—No —contestó, aunque estaba claro que no se sentía a gusto con esa admisión.

—¿Podemos entrar?

Valerie vio que vacilaba. Intuyó que la televisión le estaba diciendo que pidiera la orden de registro.

—Entremos, señor —dijo Carla, al tiempo que exhibía las iniciales universalmente reconocidas: FBI—. Se trata de un asunto urgente.

Siguió otro momento de cálculos. Pero el chico era lo bastante inocente para tener miedo de la policía. Eran los veteranos de la culpa quienes no se asustaban con tanta facilidad, quienes albergaban un interés particular en Conocer Sus Derechos.

—Hum, vale —accedió.

Valerie dirigió una mirada a Carla. Yo me ocupo de esto. Mantente al margen.

Le siguieron al interior. Apartamento típico de Tenderloin: un dormitorio, muebles poco cuidados, persianas venecianas torcidas y un televisor de hacía dos generaciones. Pero, sorprendentemente, muy bien conservado. Una alfombra inuit que parecía recién pasada por el aspirador sobre un suelo de madera pulida. Óleos abstractos con marco de acero que colgaban rectos. Tres o cuatro librerías con los títulos alineados con pulcritud. Valerie observó que al menos una tercera parte eran Penguin Classics de lomo negro. La música era tipo ambient, instrumental. Lo primero que hizo el chico fue enmudecerla con el mando a distancia.

—Siéntese, por favor —le indicó Valerie. Les había dejado pasar de manera voluntaria y era evidente que se estaba cagando encima, y puesto que la puerta del dormitorio estaba abierta, echó un vistazo al interior. La cama de sábanas blancas estaba hecha. La misma pulcra historia minimalista. Cuando terminó, Laura Flynn ya había examinado la cocina y cabeceó para indicar que estaba limpia. El chico se había sentado en el mullido sofá de vinilo verde, testigo de días mejores, con el cuerpo en tensión. El apartamento olía a salsa marinera casera.

—Lo primero es lo primero —habló Valerie—. ¿Podría ver su identificación?

—¿Qué pasa aquí? —preguntó el chico, al tiempo que forzaba una carcajada desesperada.

—Veamos esa identificación.

El chico buscó en el bolsillo de atrás y sacó el billetero. Su permiso de conducir decía: Shaun Moore. Fecha de nacimiento: 23/04/1991. Dirección de Oakland caducada hacía tres años.

—Muy bien, señor Moore —dijo Valerie—. Estamos buscando a Leon Ghast. Consta en los registros como arrendatario de esta propiedad. ¿Le conoce?

—Sólo me alojo aquí provisionalmente.

—Ésa no era la pregunta.

Valerie mantenía un control perfecto de los cambios de tono.

El chico miró a los demás policías presentes. Sus ojos le proporcionaron la información fundamental: Habla con ella, nene. Nosotros no te vamos a ayudar.

—¿Le conoce? —repitió Valerie.

—Nunca he oído hablar de él. Se habrán equivocado de dirección.

Valerie esperó un momento.

—Vale —convino—. No se trata de una investigación acerca de un subarrendamiento ilegal. Cuéntenos el trato. En serio. Sea cual sea, a nosotros nos da igual. No es eso lo que nos interesa.

No tardó mucho. El chico estaba subsubarrendado. El subarrendado original era un tipo llamado Robert Biden, que había vivido en el apartamento algo más de dos años. Valerie sacó la foto de Leon Ghast.

—¿Es éste Robert Biden? —preguntó.

—No.

—¿Está seguro?

—Segurísimo. Éste no es Rob. Conozco a ese tipo desde hace años.

—¿Quién había subarrendado a Rob?

—No sé… Un tío llamado Zan.

—Zan ¿qué?

—No lo sé. Ni siquiera sé si ése es su nombre.

—Mire la foto otra vez. ¿Éste es Zan?

—Nunca he visto a ese tío. En serio. No lo sé, porque nunca le he visto.

—¿Guarda cosas de él aquí?

—¿Qué?

—Los muebles… ¿Todavía hay ropa o lo que sea de él en el apartamento?

—¿De Rob? Lo de los muebles no lo sé. Pero la ropa… Todas sus cosas están aquí. Pero no…

—¿Algo de aquí pertenece a Zan?

—No lo sé. Tendrá que preguntarlo a Rob.

El móvil de Valerie sonó. Era Halloran.

—Tenemos la orden de registro —informó—. Deerholt llamó al juez.

—¿Dónde podemos encontrar a Rob Biden? —preguntó Valerie a Shaun Moore después de colgar.

—Está en Europa. Está en Francia…, no, espere. Está en España. Estaban en España hace dos días.

—¿Estaban?

—Se ha ido con su novia.

—¿Sabe cómo ponerse en contacto con él? ¿Algún hotel?

—No sé dónde se hospeda. Nos comunicamos por mensajes de texto.

—¿Cuánto tiempo lleva fuera?

—No lo sé. Dos meses, quizá.

—¿Está seguro de que ha ido a Europa?

—Sí, estoy seguro. Bien, no puedo demostrarlo, pero… Recibí un mensaje de texto de él hace dos días. Ahí está su gato.

Un esbelto gato negro y blanco de grandes ojos y cabeza pequeña había aparecido en el antepecho de la ventana, frente a la ventana entreabierta. Les estaba mirando con expresión sorprendida y ultrajada.

—Doy de comer al gato —explicó el chico—. O sea, como me alojo aquí, cuido del gato.

—Vale —dijo Valerie—. Se ha emitido una orden de registro de esta dirección. No tardará en llegar gente encargada de registrar el apartamento. Detective Flynn, llame a Forense.

—¿Forense? —se extrañó Shaun Moore. Ahora parecía aterrorizado.

—¿Tiene una foto de Rob? ¿En su teléfono? —quiso saber Valerie. No esperaba que fuera Leon, pero tuvo que recordarse en primer lugar que no existían pruebas tangibles de que Leon fuera el asesino, y en segundo de que estaban buscando a dos asesinos. Ese chico (su instinto ya le había descartado) podía ser el beta. Tampoco existían motivos para que Leon estuviera utilizando su nombre verdadero. ¿Zan? Zan podía ser el beta. ¿Quizá Zan era el alfa y Leon el beta? Caramba, quizá Shaun Moore era el alfa.

Pero los objetos. El abecedario. La firma era de Leon. Y si ese chico era el asesino, quería decir que el instinto de Valerie no valía una mierda. De todos modos, pedirían una muestra de ADN, y como era inocente se la concedería. Una formalidad.

—Sí, creo que… Espere. —Empezó a pasar imágenes—. Aquí está. Éste es Rob.

Una vez más, no era Leon, sino otro joven guapo de veintipocos años, con la cabeza afeitada y traviesos ojos verdes de pestañas negras. Dedicaba a la cámara una sonrisa fingida de chiflado, y a su lado se veía el hombro desnudo de una chica que no aparecía en la foto. ¿Estaba mirando Valerie a uno de los asesinos? Suponiendo que el chico le hubiera dicho la verdad sobre el viaje al extranjero de Biden, eso le descartaría del secuestro de Claudia. Pero ¿y si el alfa le había concedido un año sabático?

—¿Podría darme el número de móvil de Rob Biden, por favor? —preguntó Claudia.

—Dios mío —exclamó Shaun Moore—. Quiero decir… ¿Qué pasa?

—¿Dónde estaba hace dos noches?

—¿Qué?

—Hace dos noches. ¿Dónde estaba?

—Estaba… Joder. Espere un momento…

—Cálmese, señor Moore. Sólo hace dos noches. Venga. ¿Dónde estaba usted?

—Estaba… Estaba en un bar con mi novia. Y dos tipos más.

—¿Qué bar?

—Sundown. Está en Webster. Estuvimos hasta las dos, diría yo.

—Bien. Ningún problema. Le creo. Pero llamaremos a esos chicos para verificarlo, ¿de acuerdo?

—Pues claro que lo verificarán. Estuvieron con nosotros.

—Le he oído. No se preocupe. Si estuvo allí, estupendo. Ahora, ¿podría darme el número de Rob, por favor?

Shaun lo anotó. Le temblaban las manos. Valerie calculó la diferencia horaria. En España deberían de ser las nueve de la noche.

Buzón de voz. Una voz masculina joven, el mensaje destinado a expresar un lacónico cansancio jovial por la necesidad de dejar mensajes: «Hola, soy Rob. Hazlo después de oír la señal».

Valerie dejó transcurrir un silencio de cinco segundos y colgó. Los técnicos sabrían decirle dónde se hallaba el receptor de la llamada.

—Nos gustaría que viniera a comisaría —explicó a Shaun Moore—. Tendremos que acomodarnos a la logística, pero le prometo que no se trata de un problema relacionado con el alquiler. Por ese tema no ha de preocuparse. Si Rob está subarrendando, nos da igual. Necesitamos hablar con el arrendatario original. ¿Se aviene a venir?

—¿Ahora?

—Si no le importa.

—Joder. Joder.

—¿Detective Flynn? ¿Puede llevar al señor Moore en uno de los coches patrulla? Déjeme a Galbraith y a Moyles. Tendremos que ir puerta por puerta. Dígale a Ed que entre, por favor.

Era improbable, pero no imposible, que alguien del edificio supiera dónde localizar a Leon Ghast.

—¿Te quedas? —preguntó Valerie a Carla en voz baja, mientras Shaun Moore recogía sus cosas.

—¿Por qué no? Iremos más deprisa.

Valerie estaba a mitad de los interrogatorios de los apartamentos del piso siguiente, junto con Carla, Ed y Galbraith (ninguna suerte hasta el momento con la foto de Leon), cuando su visión empezó a hacer de las suyas otra vez. Apenas contó con dos o tres segundos para reparar en el borde de cristal tallado de la periferia, antes de que el túnel se cerrara alrededor de ella y todo se pusiera negro.

El golpe que se dio en las rodillas al caer sobre el suelo del rellano debió de impedir que perdiera el conocimiento. Pero el mundo tardó en regresar unos segundos.

—Jesús, detective, ¿se encuentra bien? —dijo Galbraith, inclinado sobre ella—. ¿Qué demonios ha pasado?

Valerie era consciente de los pantalones oscuros y las botas de tacón bajo de Carla, a pocos pasos de distancia. La había visto. Joder. Joder.

—Estoy bien —respondió. Pero cuando intentó incorporarse, notó que las náuseas la invadían. Apoyó la mano contra la pared—. No he desayunado. Estoy bien. Concédanme un momento.

Carla y Galbraith no eran los únicos testigos. Los inquilinos a los que habían interrogado habían salido de sus apartamentos al pasillo para fisgonear. Una mujer negra de unos cincuenta años con un bebé en brazos. Un chico blanco obeso con sudadera gris y zapatillas, fumando.

Valerie, con estremecida determinación, se puso en pie sin aceptar la mano de Galbraith. Reparó en que Carla la estaba observando, la miraba con un patente nerviosismo en la cara y las extremidades.

—Has de tomarte un descanso —le aconsejó.

—Estoy bien.

—No estás bien.

—Escucha… —empezó Valerie. Su teléfono sonó.

Era Will Fraser.

—Vale —dijo—. Tenemos algo.

—Adelante.

Will la informó sobre su desplazamiento a URS, y de allí al apartamento de Lester Jacobs, en Castro. Lester, un viudo de sesenta y dos años con un único pulmón en funcionamiento, estaba enfermo a causa de una infección en el pecho, y no se había molestado en contestar al teléfono. Cuando Will se presentó en el apartamento de Lester, su hija había llegado para saber cómo estaba, y al cabo de unos minutos de persuasión había dejado entrar a Will.

—Leon Ghast —apuntó Valerie.

—¿Qué?

—Se llama Leon Ghast.

—Ése no fue el nombre que me dieron. El mío es Xander King. Identificado a partir de la foto del zoo.

Xander.

Zan.

Valerie había imaginado que empezaba con «Z». Ni siquiera sé si es su nombre o apellido, había dicho el chico.

—Está utilizando un alias —concluyó—. Estupendo. Continúa.

—Resumo la historia. No es que Lester y él fueran colegas, pero unos seis meses después de que King dejara el trabajo en URS se encontraron. Nuestro chico dijo a Lester que había comprado una casa en Utah.

—¿Dirección?

—No. Pero es un estado, al menos.

—De acuerdo. ¿Eso es todo?

—¿No te parece suficiente?

—Eres la hostia, Will.

—Nos vemos en el curro.

Carla la estaba mirando, deseosa de que la informara.

Deseosa de algo, en cualquier caso.

50

La niña que habitaba en el interior de Claudia se aferraba repetidamente a la idea de que alguna fuerza debería intervenir en su favor. Dios. El Espíritu de la Justicia. Una hebra de inteligencia bondadosa en el universo. Pero sus esfuerzos sólo encontraban silencio y vacío. Dios no existía. El Espíritu de la Justicia no existía. El universo carecía de inteligencia, ya fuera bondadosa o lo contrario. Si había albergado dudas en el pasado, ahora lo sabía con certeza.

Tuvo que encomendarse deberes. Si no hacía nada, sólo quedaba el miedo. Había dedicado mucho tiempo a examinar cada centímetro del sótano, hasta donde las luces de las bombillas desnudas se lo permitían. Si había algo susceptible de ser utilizado como arma, tenía que saber dónde estaba exactamente para cuando volvieran a abrir la jaula. Tenía que estar preparada. Sus ojos intentaban registrar los huecos por si ocultaban herramientas de jardinería, un hacha oxidada, una escoba rota, lo que fuera. Pero no había nada. Era imposible saber qué contenía la media docena de cajas de cartón, pero si conseguía dejarlas atrás no contaría más que con un par de segundos. Quizá ni siquiera eso. Si las dejaba atrás. La idea de los dos hombres con las manos sobre ella y el aliento en su cara la devolvió al horror. El horror era como una segunda persona en la jaula, a la que no debía mirar. Porque cuando lo hacía veía a la mujer del vídeo, su absoluta indefensión, su cuerpo tensado contra las ligaduras, las venas de la garganta destacándose cuando la mordaza ahogaba sus gritos, la extasiada concentración de Xander y el cuchillo que se hundía, la carne que se abría. La simplicidad de la carne abriéndose así. El pálido vientre de la mujer transformado de repente en una sonrisa sanguinolenta. El mismo cuerpo que había nacido, al que habían cortado el cordón umbilical, que había sido envuelto, acunado y amado. Veía todo eso y le era imposible hacer otra cosa que acurrucarse contra la caldera con los brazos rodeando su cuerpo, mareada, temblorosa y sola.

De modo que se encomendaba deberes.

En aquel momento, se había impuesto la tarea de buscar debajo de la caldera.

Había un hueco de unos diez o doce centímetros. Lo suficiente para meter el brazo hasta el codo. Se tendió boca abajo y registró toda la zona a la que pudo llegar con los dedos. Estaba repleta de polvo y pelusa.

Y nada más.

El esfuerzo y la inutilidad del esfuerzo la agotaron.

Sacó el brazo. Se hizo un arañazo con el borde oxidado de la placa base. Brotaron algunas gotas de sangre.

Sangre.

Se puso de rodillas.

Tienes suerte. Tienes mucha suerte. Él está enfermo. Tiene gripe.

Lo cual significaba que durante un breve tiempo sólo tendría que lidiar con uno en lugar de con dos.

Lo cual significaba (la lógica era complacida y espantosa) que debería actuar lo antes posible.

¿Actuar?

¿Qué podía hacer?

La lógica habló de nuevo: *Has de convencerle de que abra la jaula.*

¿Cómo?

¿A ti qué te parece?

La dejó paralizada.

La dejó paralizada porque sabía la respuesta.

Sabía qué era lo único que podía utilizar.

Y todo en ella le decía que no podía.

Salvo una pequeña parte que decía: *Si es eso o lo que le pasó a la mujer del vídeo, sí puedes.*

La lógica tenía una coda: *Y de todas formas te va a pasar eso.*

Era brutal permitir que el pensamiento tomara cuerpo. Pero no había forma de no pensarlo. Era como haber engullido algo que ahora moraba en silencio en su interior. Era parte de ella, sí, había sido admitido, pero era demasiado aterrador para afrontarlo de la manera adecuada. No estaba preparada. No podía permitirlo. No podía soportar la verdad.

Devolvió su atención a la parte posterior de la caldera.

Un hueco similar, tal vez un poco más ancho que el que había debajo de la base. Todo el aparato estaba sujeto con pernos a la pared mediante cuatro pesados soportes metálicos. Lo bastante pesados como para que si le golpeaba con uno de ellos en el cráneo pudiera ganar algo de tiempo. Los dos del otro lado estaban fuera de su alcance. Rodeó con los dedos el inferior más cercano y probó su firmeza.

Era sólido. Inamovible por completo. La idea de que pudiera moverlo con las manos desnudas era risible. Intentó con el de arriba. Lo mismo. Era un esfuerzo inútil.

Su brazo se desplomó derrotado.

Sus dedos aferraron el borde de algo.

Era una delgada placa metálica en la que estaba grabado, supuso (lo palpó, como si leyera en braille, con la respiración contenida), el número de serie o las especificaciones técnicas del aparato. En teoría, estaba sujeta por cuatro clavos, uno en cada esquina. Pero sólo quedaban el superior de la derecha y el inferior de la izquierda. El inferior de la izquierda estaba algo suelto.

Claudia comprobó el grosor del metal. Más grueso que una lata, pero más delgado que una matrícula de coche.

¿Podría doblarlo?

Tiró del de la parte inferior derecha, desenroscado. Cedió un poco. Apenas. Podría darle forma con el pie, cuando no con las manos.

Si pudiera desprenderlo. Si pudiera desprenderlo la doblaría, la plegaría, obtendría un filo tosco... Algo... ¿La usaría para levantar una tabla del suelo?

Era penoso aferrarse a eso, pero era lo único que tenía. Un fragmento de metal. Algo que sujetar. Algo entre ella y él. Algo que no fuera sólo su carne y su sangre.

Con dedos soñadores tanteó la cabeza de los tornillos. Eran redondos, con una ranura. Tornillos Phillips. La caja de herramientas de su padre, que olía a grasa y acero. La novedad de ayudarle el día que había construido la pajarera. Vale, pásame el taladro, Claudie. Ella tenía seis o siete años. La admiración de su iniciación en este misterio paterno: el bricolaje. Estos pájaros deberían sentirse agradecidos, había dicho él. Les vamos a proporcionar un alojamiento de cinco estrellas. El Ritz de los gorriones. A ella le había encantado la idea de que los pájaros fueran a descubrir una maravillosa casa acogedora, para alojarse, para refugiarse de los elementos.

Extrajo el brazo y buscó las monedas en el bolsillo. Dos de veinticinco centavos y una de diez.

Deja de temblar. No las dejes caer. Hazlo bien.

La de veinticinco era demasiado grande. No encajaba en la ranura. Pensó: *La de diez será demasiado pequeña. La de cinco sería ideal, à la Ricitos de Oro. Y no tengo ninguna.*

La de diez no era perfecta, pero se acercaba bastante.

Maniobrar fue difícil. No había suficiente espacio para girar la moneda sin rozarse el rasguño de la mano. Cada giro infligía una quemadura malvada y precisa. No le importaba. Demostraba que estaba haciendo algo. Suponía un alivio.

El primer tornillo, el de la parte superior derecha, había salido. Tenía que proceder con cautela. La placa colgaba ahora de un solo tornillo. Si caía y rodaba lejos de ella, igual quedaba fuera de su alcance. Ajustó, estiró, presionó lo máximo posible el brazo contra él sin imposibilitar la acción de destornillar.

Un giro de treinta grados.

Otro.

Estaba funcionando. Se estaba soltando.

Tenía la mano sudorosa, los dedos invadidos de nervios. La posición que debía mantener le causaba dolor en el hombro. Lo absurdo de su esperanza, una delgada placa metálica, era manifiesto, pero desechó la idea, puesto que no existía otra esperanza.

El tornillo se removió. Emitió un ruido metálico. Cayó.

Movió los dedos alrededor del borde de la placa y la deslizó hacia ella, preocupada demasiado tarde por si habían oído el chirrido del metal. Pese a sus esfuerzos, el movimiento arañó el rasguño del brazo. Pero incluso eso supuso una revalorización de la sensación de pequeño triunfo.

Mediría unos veinticinco por quince centímetros, menos de tres milímetros de grosor. Logo del fabricante: HeatRite. Nombre del modelo: XS200.5. Después, una ristra de nombres grabados en relieve que no significaban nada para ella.

No la cagues. Piensa. Maximiza.

No era lo bastante fuerte para levantar una tabla del suelo. Y en cualquier caso la idea de excavar hasta poder pasar por debajo de la reja era ridícula, un endeble proyecto a largo plazo que dependería de que no la mataran antes.

Cuando había imaginado el potencial como arma de la placa había supuesto que la doblaría a lo largo, puesto que alguna gramática de defensa sepultada en su interior le decía que cuanto más largo el instrumento, menos debías acercarte para golpear. Pero ahora se dio cuenta de que eso no funcionaría. El metal era, en todo caso, demasiado flexible. Doblado por la mitad a lo largo, e incluso a la mitad de nuevo, no sería lo bastante fuerte para dejar de torcerse a causa del impacto. Y sólo contaría con una oportunidad. La alternativa (el dolor que iba a costarle ya asomaba en sus manos) era doblarla o enrollarla a lo ancho. Acabaría con algo de sólo quince centímetros de longitud, pero mucho más fuerte, un cigarro metálico corto e irregular.

Una puerta se abrió y cerró arriba.

Se quedó petrificada.

Unos pasos cruzaron el rellano sobre ella. Otra puerta se abrió y cerró.

Silencio.

Se secó las manos en los tejanos.

HeatRite XS200.5. Alguien, probablemente hacía décadas, había fundado una empresa llamada HeatRite. Alguien del mundo que ella había perdido. Imaginó a un tipo con gafas de soldar y mono. Tendría una vida. Gente que le querría. Cervezas y amigos. Angustias sobre gastos generales y declaraciones de renta. Una masa remolineante maravillosa de detalles corrientes que nunca valoraría, a menos que le pasara algo como esto.

Empezó a doblar y enrollar el metal. No era fácil. Sus dedos protestaron. Se rompió dos uñas. La actividad le recordó cuando Alison y ella doblaban los envoltorios de papel de plata púrpura de las chocolatinas Cadbury's Dairy Milk cuando eran pequeñas. Al recordar el chocolate, un pequeño rincón de ella se quejó de que tenía hambre. No había comido desde... ¿cuándo? Nada desde el burrito en el Whole Food Feast, cuando fuera eso. Deshidratada, también. Le dolía la cabeza. Termina de una vez, se dijo, y después bebes un poco de agua.

Tardó lo que se le antojó mucho rato. Tenía que ir parando para meterse las manos bajo las axilas hasta que el dolor se calmaba. Cuando terminó, no había forma de disfrazar la insignificancia del resultado (un bastón raquítico), con el que no lograría nada salvo que lo clavara directamente en un ojo. Si tuviera un martillo para fabricar una especie de punta...

Lo dejó en el suelo y alisó un extremo con el pie. Le imprimió un giro de cuarenta y cinco grados, repitió la acción. Una tercera y cuarta vez habrían completado el trabajo, pero ahora el metal ya estaba demasiado compacto. Una mejora, de todos modos. El cigarro convertido en una V de una maldad útil. Lo agarró en el puño. El tacto le gustó.

Y aterrorizó. Porque no había otra cosa que hacer que aguardar la oportunidad de utilizarlo.

No.

No esperar una oportunidad.

Provocarla.

51

Arriba, en su triste habitación de muebles de segunda mano, Paulie miraba vídeos y trataba de hacerse una paja. No había manera. Desistió. Se quedó tumbado, contemplando el techo manchado, con su polla untada en vaselina mustia como un pez muerto. Fuera, el cielo de la madrugada pintado de azul plateado rodaba sobre la tierra desierta. La cama olía a moho. Se sentía agitado y a la deriva al mismo tiempo. Últimamente, estar con Xander no era bueno, pero estar sin él, perder el calor de su voluntad, era peor. Y desde hacía una temporada lo estaba perdiendo con excesiva frecuencia. Los colocones, las malditas vacaciones minizombis. Cada vez que ocurría, cada vez que pensaba que Xander se había marchado para siempre, el mundo se cernía sobre su cabeza gigantesco y desequilibrado, plagado de visiones de él solo y desamparado: aguantando la cellisca en una parada de autobús; recorriendo el pasillo de un supermercado lleno de gente; entrando en un bar y viendo a la gente inclinada sobre sus bebidas…, con el deseo de largarse al instante.

Es como llevarte cargado a la espalda.

Xander siempre decía cosas por el estilo de vez en cuando. Por lo general, hacía una breve pausa y te miraba durante unos momentos antes de sonreír (para que supieras que no lo decía en serio) y dar media vuelta. Por lo general. Pero desde hacía poco (no tan poco, si Paulie lo pensaba mejor), la sonrisa, la indicación de que no hablaba en serio, se había esfumado.

Conocer a Xander cinco años antes había sido como un regreso al hogar. Ni siquiera sabía explicar bien cómo había sucedido. Ni la certidumbre. Ni el profundo conocimiento. Paulie, que iba a la deriva desde que tenía quince años, había conseguido un empleo de salario mínimo en el almacén de refrigeración de Prescot, Oakland, y había salido un día de la cafetería a la hora de comer para tomar el pastrami de mierda con pan de centeno junto al agua. Se había sentado en un banco vacío al lado del que ocupaba Xander, que en aquellos tiempos era Leon, y después de una extraña conversación de tres cuartos de hora (él hablaba mucho, Xander muy poco), se descubrió invadido por una emocionada solemnidad.

Xander vivía solo en un apartamento destartalado no lejos del almacén, y un tiempo después de su primer encuentro Paulie se dejó caer por allí un día. Los dos hombres bebieron cerveza (una vez más, Paulie mucho, Xander muy poco) y miraron hora tras hora de porno en un silencio intenso. Había empezado con la mandanga habitual, pero al cabo de un rato Xander dijo: Fíjate en esta zorra, y trajo de su habitación un DVD guardado en un sencillo estuche negro. Tres tipos estaban dando por el culo y marcando como si fuera una res a una latina con acné que aparentaba unos dieciséis años. Los valores de producción eran inexistentes. El sonido era malo. Había una pared de ladrillo desnuda y húmeda, un suelo de madera, y los brazos y piernas de la chica estaban cubiertos de moratones. La bola de tela con la que estaba amordazada provocó que brotaran mocos de su nariz, y uno de los tíos exclamó: Madre de Dios, qué asco, y después se pasó la polla por ellos, lo cual hizo reír a Paulie. Xander no rió. Continuó sentado de perfil bebiendo su Coors.

Las semanas y meses que siguieron constituyeron una borrosa adicción para Paulie. Le bastaba con estar en presencia de Xander. Xander era la primera persona que conocía con la que no se sentía encerrado dentro de sí mismo. Con todos los demás estaba condenado a una privacidad claustrofóbica, como a sabiendas de que cualquier cosa que saliera de su boca lograría tarde o temprano que le miraran como si fuera de otro planeta. Había sido así durante toda su vida, empezando con sus padres, que en un momento dado podían estar riendo de algo que él había dicho o hecho, y al instante siguiente le estaban dando una paliza de muerte. Su padre se había ido cuando él era pequeño, unos cinco o seis años. Su madre había muerto en un accidente de coche dos años después. Había sucedido justo delante de su casa, en Delaware. Estaba borracha, dijeron, se estrelló contra una excavadora parada en una hilera de vehículos de obras en carretera que habían dejado aparcados para trabajar al día siguiente en la reparación de los conductos de agua. El coche de su madre había terminado con el morro dentro de la zanja excavada inundada de agua. Paulie, que estaba sentado justo ante la puerta mosquitera, dentro de casa (ella le dejaba solo en casa durante varias horas cada día), salió corriendo y miró. La cabeza de su madre era una masa de sangre, y su brazo estaba doblado de una manera errónea, como si fuera el de una muñeca que pudieras retorcer a tu antojo. La blusa se había roto y le asomaba un pecho.

Después de rebotar durante un tiempo entre parientes lejanos, acabó en los Servicios de Protección de Menores.

Cuando Xander le enseñó la primera chica (no la primera chica de Xander, sino la primera que Paulie consiguió ver), fue como si, en un solo instante, todos los músculos y huesos de Paulie se alinearan correctamente. Era como si reconociera algo que había visto antes, algo que había conocido antes, en un tiempo anterior a su nacimiento. Los dos se habían lanzado a la carretera, recorrido todo el país, y Paulie había sentido que el aura de Xander se henchía de una silenciosa energía, día tras día. Lo revitalizaba todo: los cielos inmensos; la rueda de un camión que les adelantaba; una caja de cartón vacía de McDonald's.

Después, una noche, en la periferia de San Luis, Paulie había despertado en el motel Super 8 y descubierto que Xander se había ido. Sus cosas seguían en la habitación, de manera que no se había marchado, pero de todos modos Paulie se sintió sorprendido al descubrir que no experimentaba pánico, sino una especie de emoción propia de Navidad.

Xander regresó a la tarde siguiente sin dar explicaciones, y dijo a Paulie que debían irse. Ya. Una onda envolvente reveló a Paulie que no debía hacer preguntas. Recorrieron centenares de kilómetros en un silencio casi absoluto hasta que, mucho después de anochecer, Xander paró el coche. Se encontraban en una carretera apartada de Utah. Campos desiertos a un lado, extensos bosques al otro. Xander continuó sentado unos momentos con las manos sobre el volante. Después, dijo: ¿Quieres saber lo que hay en el maletero?

Paulie recordaba el olor de los árboles y el blando suelo húmedo. Su aliento surgía en nubes. Había llovido. El ambiente era pesado y fresco.

Lo supe en cuanto la vi, dijo Xander, cuando abrieron el maletero.

Hubo un momento, justo después de ayudar a Xander a atarla a un árbol lo bastante alejado de la carretera, cuando Paulie tuvo una visión de sí mismo dando la vuelta y regresando al coche. Se vio en un restaurante de reservados rosa, sentado a la barra con una taza de café, una camarera con aspecto de matrona y sonrisa cansada. Imaginó una luminosa mañana húmeda enmarcada en el ventanal, la carretera mojada brillando bajo la luz del sol.

Entonces, Xander le desgarró la blusa y la chica chilló detrás de la mordaza, y Paulie se precipitó como si estuviera en las montañas rusas en su propio futuro, con una dulce sensación de reconocimiento, rendición y alivio.

Sabía lo que debía hacer y lo que no debía hacer. Manos invisibles guiaban hasta el último de sus movimientos. Sabía cuándo debía mirar, cuándo alejarse. Existía una gran complicidad entre Xander y él. A veces, la chica miraba a Paulie como si intentara separarle de Xander, porque él, Paulie, no la había tocado. Pero sus ojos eran capaces de desviarse siempre que eso sucedía. Y cuando Xander empezó con el cuchillo, ella dejó de mirar. Sólo cerró los ojos y gritó.

Cuando Xander hubo terminado, dijo a Paulie: Voy a guardar las cosas. No le toques la boca. No le toques la boca.

Paulie le había visto meter algo dentro, aunque no había podido descifrar qué era.

Tengo una pala en el coche, dijo Xander. No tardes toda la noche.

No tardes toda la noche. Ella no estaba muerta, y Xander sabía que eso era lo que Paulie había estado esperando. Paulie no sabía muy bien lo que había estado esperando, hasta que Xander se lo dijo.

Eso era en los días anteriores a que empezara a filmarlo todo.

Los días anteriores a que le llegara dinero a Xander.

Tanto dinero. Jesús. ¿Por qué no habría sido él?

Tiró el iPad a un lado, se subió la cremallera de la bragueta y se levantó de la cama. Había estado demasiado rato en su habitación. Tenía que ir a ver cómo estaba Xander. *Porque está enfermo*, se dijo. Pero era algo más que eso, por supuesto. Ahora, siempre que Paulie estaba silencioso y solo, empezaba a experimentar la sensación de que el mundo iba a por él. Lo veía en las hojas de hierba y en los colores de un 7-Eleven y en la mirada que le dirigía alguien desde la ventanilla del autobús. Era una conspiración progresiva que sólo Xander podía contener. O al menos, estar con Xander le facilitaba no verla.

52

Xander tenía mucha fiebre. Tampoco era que lo supiera. En lo tocante a él, lo que le estaba sucediendo era una versión trucada de lo que le sucedía desde hacía años. Había momentos en que casi se sentía convencido de estar en la cama de la granja: estaba la ventana con las cortinas corridas a medias; estaba la televisión enmudecida (le irritaba vagamente no poder ver un episodio de *Real Housewives* u *Orange County*); estaba el espejo sin tapar del armario ropero, que se mofaba de él con su reflejo no del todo preciso. Pero cada vez que empezaba a sentirse seguro de su entorno, las formas vibraban, cambiaban y se disolvían, y otras realidades ocupaban su lugar. El sótano de Mama Jean. Sin ventanas y la espeluznante lámpara fluorescente que zumbaba. El patio delantero, al que sólo recibía permiso para acceder los fines de semana. El árbol chiflado. El dormitorio donde recibía las lecciones.

Mama Jean era alta y en forma de pera. Llevaba los tejanos azul claro muy subidos. La gran curva desde su estómago hasta la entrepierna era blanda y pesada. Leon tenía que hacer un esfuerzo para no mirarla. Había algo que le impulsaba a apretar las manos contra ella. Algunas venas de sus pies eran como rayos púrpura fracturados.

La tabla del abecedario había caído de la cama de Xander. Se había quedado dormido con las manos apoyadas encima, pero ahora estaba en el suelo, a medio doblar. Recordaba el tiempo incalculable transcurrido después de que le encontraran vagando por el bosque aquel día. No había querido desprenderse de la mochila, la sensación de que si la perdía algo terrible ocurriría. Entonces, una mujer de voz suave, pelo rubio corto y rostro sonriente abrió la presa de sus dedos con mucha delicadeza y la abrió. Ah, te has llevado provisiones. Ha sido muy inteligente por tu parte, ¿no crees? Una manzana a medio comer. Un plátano. Patatas fritas. Un tarro de mantequilla de cacahuete. Al cabo de un rato, tenía la boca demasiado seca para comer algo. ¿Y esto qué es?, había pregunta-do la mujer, mientras desdoblaba el abecedario con cuidado. Había guardado silencio unos momentos. Como si supiera. Pero ¿cómo iba a saberlo? Ellos no habían querido que lo conservara. Pero cuando ella había intentado quitárselo (para ponerlo a buen recaudo, había dicho), él se puso a chillar y la golpeó.

Lo miró ahora, mientras sus objetos y letras interpretaban su baile enloquecedor.

—Otra vez —dijo Mamá Jean—. Empieza otra vez. De una en una. Estás hecho un manojo de nervios. Por eso no paras de confundirlas.

Ésa era la fase amable. Siempre empezaba así, su voz queda y suave. La cara de Leon se llenaba de calor y de un dolor en los ojos, donde deberían habitar las lágrimas, pero nunca brotaban. Los dibujos del abecedario eran de colores brillantes. El balón era azul. El albaricoque anaranjado. El hacha tenía un mango marrón claro y la hoja plateada. Leon sabía que era inútil. Captaba por separado las letras y sus nom-bres. Las rayas negras que las formaban se alejaban mutuamente y re-molineaban poco a poco, configuraban nuevas formas, volvían a sepa-rarse.

—Sé que te esfuerzas —comentaba Mama Jean—. Lo veo en tu cara. También sé que estás asustado. ¿De qué estás asustado?

Siempre le preguntaba lo mismo. Como si no lo supiera. Su tono implicaba que no lo sabía, como si aquello no hubiera sucedido, exacta-mente de la misma forma, tantas veces antes. Su voz era dulce, y parecía tan desconcertada que le impulsaba a preguntarse si de veras había su-cedido antes. ¿Lo habría soñado? Le obligaba a mirarla, lo cual a su vez provocaba que ella desviara la vista hacia otra parte, hacia la ventana o al humo que se elevaba en volutas de su cigarrillo. Él sabía que mirarla era una mala idea, pero no podía impedirlo. Era como si ella lo estuvie-ra esperando.

—No te estás concentrando —le recriminaba, sin mirarle, mientras el sol que entraba por la ventana convertía sus gafas en dos monedas—. Estás intentando que pierda la paciencia.

Cuando decía eso (Leon no sabía qué era «paciencia», salvo que se trataba de algo invisible que él lograba despertar en ella, como un perro

que de repente oliera algo en otra habitación y corriera a encontrarlo),
era el principio del fin de la fase de la voz amable. Siempre parecía irritada por el hecho de tener que dejar de ser amable. Fumaba su cigarrillo
como si estuviera enfadada con él.

—No sé por qué has de hacer esto —decía—. De veras. ¿Por qué
haces siempre lo mismo?

A veces, con eso era suficiente. La butaca con estructura de madera
crujía cuando ella alzaba su peso y se ponía en pie. Otras veces tardaba
más. Como si quisiera prolongar la fase amable. O no exactamente la
fase amable, sino aquella en la que él la hacía perder la paciencia.

—No te pido que aprendas chino —decía ella, y lanzaba una breve
risita. Leon no la entendía: «chino» eran fideos marrones en cajas de
cartón que a veces ella comía. A Leon le parecían gusanos—. No es más
que el maldito alfabeto. ¿No sabes que si no aprendes esto serás un retrasado toda tu vida? No me extraña que tu madre te abandonara.

A aquellas alturas la boca de Leon se había cerrado y el calor se
apoderaba de su cara. A veces, intentaba concentrarse en la vista desde
la ventana, el jardín verde y el árbol chiflado de dos troncos y el buzón
de un blanco cegador y los bosques al otro lado.

—Ni siquiera estás mirando —decía Mama Jean. Después se producía una larga pausa. Durante la cual Leon notaba que la habitación se
iba impregnando de lo que vendría a continuación.

53

Paulie se acercó a la cama de Xander y le contempló. No le gustaba verle así. Débil.

¿No?

En parte se sentía emocionado. Pese al terror de cómo sería el mundo sin Xander, se descubría acariciando la idea extraordinaria de que allí estaba Xander, debilitado e inconsciente, y de que si él, Paulie, fuera a buscar la pistola y la apuntara a Xander y apretara el gatillo y le metiera una bala en la cabeza Xander no podría hacer nada al respecto. O el machete. Imagínate. Imagínate el peso de la hoja. Levantarla. Tal vez los ojos de Xander se abrirían el tiempo suficiente para ver lo que estaba pasando. Después, Paulie lo descargaría con todas sus fuerzas. Notaría el cuello al desprenderse. O el cráneo al abrirse.

Le pesaban las manos. La imagen le mareó. Pensó: *¿Se te ha ido la olla?*

—C de elefante —dijo Xander con una extraña claridad. Paulie se sobresaltó. No había notado la solidez del silencio de la habitación hasta que Xander lo rompió.

—Jesús —exclamó Paulie—. No tienes buen aspecto. ¿Cómo te encuentras?

Xander tenía los ojos cerrados, pero se movían detrás de los párpados. A Paulie le llegó una imagen de cientos de personas (policías, camareras, enfermeras, bomberos, oficinistas y funcionarios del gobierno con traje oscuro) que contemplaban la escena y avanzaban poco a poco hacia él.

Xander abrió los ojos. Tenía la cara perlada de sudor. Temblaba bajo las mantas.

—Es culpa de él —afirmó, y miró a Paulie.

—¿Qué?

—Maldito idiota. Rompes las cosas. No lo haces bien. Entonces, todo se jode. Tendría que haber sido un koala. No, una jarra. Maldita sea.

—Escucha, ¿quieres que vaya a comprarte algo? ¿Alguna medicina?

Xander sacó lentamente la mano de debajo de las mantas con movimientos torpes. Temblaba.

Y sujetaba la pistola.

La apuntó a Paulie.

—Tendría que haber sido una maldita jarra —dijo Xander.

Paulie dio un salto hacia atrás. Era como si sólo las puntas de sus pies tocaran el suelo. Se le antojó muy raro que también fuera consciente de la brillante imagen del televisor en la oscuridad de la habitación: dos mujeres de increíble belleza con los hombros desnudos comiendo a una mesa bañada por el sol, con brillantes servilletas blancas y la luz que se reflejaba en sus copas de champán y joyas. La cámara alternó primeros planos de sus rostros. Sonrisas que parecían indicar su odio mutuo. Sus ojos parecían aros engastados de joyas.

El armario ropero le golpeó la espalda.

Xander disparó.

Paulie se quedó completamente en blanco durante un momento. Salvo por una vaga sensación de que el mundo había volcado de repente, suelo, paredes y techo habían perdido su relación. Tras lo que se le antojó una larga demora, el sonido de la madera al astillarse. Un pequeño detalle empotrado en el ruido ensordecedor del disparo.

No hubo dolor. Descifró el sentido. Daba la sensación de que tenía todo el tiempo del mundo para descifrar el sentido: Xander había fallado. La bala había atravesado el armario ropero.

«Joder, joder, joder», se oyó decir Paulie en voz baja. Su cuerpo estaba haciendo cosas, intentaba moverse. Estaba caído de costado en el suelo. Sus brazos y piernas estaban trabajando para ponerle de nuevo en pie. Pero sus extremidades cargaban con docenas de pesos pluma. La mano de Xander que empuñaba el arma estaba húmeda. Se le dobló la muñeca un momento, como si estuviera rota, y después se enderezó de manera gradual. Se estaba preparando para disparar por segunda vez.

Se hizo un silencio sepulcral. Paulie notó que la habitación se hallaba conmocionada por el ruido del disparo. El olor a cordita como una cicatriz sobre los olores a madera vieja y yeso húmedo. La aparición súbita de la muerte. Nunca pensaba en la muerte. En la de él no. En la de las mujeres no. Tan sólo existía la fascinación de sus cuerpos tibios resbaladizos de sangre con los que podía hacer lo que quisiera, y después su sensación de dulce y enloquecida vivacidad, y el tiempo trémulo sin plazo definido entre entonces y la siguiente ocasión, la siguiente.

Pero ahora, algo indefinido se precipitó hacia él en una oleada de negrura. La idea de morir e ir a parar a otro sitio, peor que la conspiración horripilante de toda la gente, un lugar donde te obligaban a avanzar en la oscuridad con sólo algunas estrellas, las últimas estrellas, como si trataras de llegar al borde del espacio, hacia algo que te conocía y veía a tu través, y nada te protegería de ello, estarías desnudo por completo y al final lo verías. Lo verías, y eso te vería. Y lo que sucediera a continuación se prolongaría por toda la eternidad.

Los ojos de Xander parpadearon y sus labios se movieron. Su cabeza empapada de sudor conseguía que su pelo pareciera ralo. Como una cría de pájaro, pensó Paulie. Movió un poco la pistola, con la mano todavía temblorosa, y después le fallaron las fuerzas y su brazo cayó sobre las sábanas. No había soltado la pistola.

Paulie se puso en pie y salió corriendo de la habitación.

No podía pensar con claridad. Bajó y cogió la escopeta. La cargó. El peso y la solidez del arma le resultaron extraños. Respiraba con la boca abierta. Xander le había disparado. *Es como cargarte a la espalda.* Xander le había disparado. Pero Xander estaba enfermo. Muy enfermo. La fiebre podía volverte loco. Pero también estaba toda aquella mierda sobre la maldita jarra de leche. Al igual que la muerte, Paulie no pensaba en los objetos. Existían. Se hallaban en la periferia de su pensamiento, pero siempre paraba en seco. Miró por la ventana de la cocina, convencido de que iba a ver a miles de personas al acecho, con rostro decidido. Pero no había nada. Sólo las dependencias bajas y los coches muertos y la tierra desierta que se alejaba ondulante bañada por el crepúsculo.

Volvió a subir con sigilo, la escopeta levantada.

No se oía nada en la habitación de Xander.

Se paró al borde de la puerta abierta.

Avanzó muy despacio para asomar la cabeza.

Los ojos de Xander se habían cerrado de nuevo. Tenía el brazo fuera de las mantas, relajado, los dedos sueltos alrededor de la automática.

Dormido.

Una vez, en casa de un amigo, cuando era muy pequeño, un adulto les había leído *Las habichuelas mágicas*. Jack, el héroe del cuento, entraba de puntillas para robar el arpa del gigante dormido. Había un dibujo en el libro, el gigante derrumbado sobre una gran mesa de madera. Las manos enormes y el pelo oscuro rizado. Jack del tamaño de un mono en comparación.

Has de arrebatarle el arma. La fiebre le ha enloquecido. Te ha disparado. Cuando se recupere todo volverá a ser como siempre. Todo volverá a ser como siempre, pero ¿quién demonios sabe qué pasará mientras esté así?

Había otra voz debajo de la que decía *Todo volverá a ser como siempre* (decía, *No, no lo será*), pero no hizo caso.

Asombrado de sí mismo, Paulie apoyó la escopeta contra la pared del pasillo, se agachó, se desanudó los cordones y se quitó las botas.

Era terrible ir sólo con calcetines. Era como si le hubieran arrancado la ropa. Las mujeres, aunque las obligaras a dejar de chillar y retorcerse, siempre empezaban a chillar y retorcerse otra vez cuando les arrancabas la blusa y el sujetador, cuando les quitabas los tejanos y les bajabas las bragas. Era la carne, desnuda. Era la exposición. Durante un momento, Paulie se sintió identificado con ellas, de una manera extraña y desgarradora.

Pero eso fue absorbido como una chispa en la oscuridad.

Entró de puntillas en la habitación, sujetando la escopeta con la mayor firmeza posible.

Tres pasos. Cuatro. Cinco.

Xander estaba en la cama.

Cada vez que intentaba imaginar a Xander abriendo los ojos y levantando la pistola (cada vez que intentaba imaginarse a sí mismo apretando el gatillo de la Remington y la cabeza de Xander explotando en una nube de sangre), la imagen burbujeaba, se calentaba y se convertía en confusión. No tenías que preguntarte a ti mismo si serías capaz de hacerlo cuando llegara el momento. En cambio, se dijo que lo único que debía hacer era apoderarse de la automática. Entonces, Xander se pondría mejor y todo iría bien. Xander se curaría y todo iría bien y la pequeña zorra del sótano era la más bonita que habían tenido y podía sentir la piel de gallina en sus tetas y lo dulce que sería estar dentro de ella, su cuerpo con el miedo como una cálida bienvenida.

Aferró la escopeta, preparado. En el cuento, el arpa mágica del gigante gritaba «¡Amo! ¡Amo!» cuando Jack la cogía, y Paulie albergó por un momento la fantasiosa certidumbre de que la pistola haría lo mismo. Pero eso no ocurrió, por supuesto. Paulie soltó la pistola de la presa de Xander y la embutió en el bolsillo de atrás.

Xander emitió un sonido quedo, un murmullo, pero sus ojos no se abrieron.

Ya en el pasillo, Paulie estuvo apoyado mucho rato contra el frescor de la pared. Estaba empapado en sudor, pero notaba la piel fría. Se le ocurrió que tal vez Xander le había contagiado la gripe.

No tuvo mucho tiempo para meditar sobre lo que aquello significaba.

Porque después de calzarse de nuevo las botas, se oyó un estrépito procedente del sótano.

54

Claudia había creído que estaba decidida, pero al final se quedó mucho rato con los brazos rodeando su cuerpo, temblando. Todo cuanto había pensado poseía una perversa insistencia matemática. La parte fría de su cerebro sabía que era lo correcto. Pero era débil en comparación con el instinto más profundo. El instinto más profundo era intentar mantenerse viva, más o menos incólume y sola lo máximo posible. El instinto más profundo era esperar y confiar y rezar y suplicar. El instinto más profundo era no hacer nada que pudiera provocar a los hombres que la habían hecho prisionera. Cierto, estaba encerrada. Cierto, lo único que podía hacer era aferrarse a la posibilidad de que alguien acudiera en su rescate. Pero aun así, ahora, durante aquellos valiosos momentos, estaba bien. La idea de hacer algo que alterara eso, la idea de hacer algo de manera voluntaria que la sacara de allí y la catapultara hacia lo desconocido (desconocido salvo en el detalle de que sería todo o nada, la salvaría o precipitaría el horror de su futuro a su presente) era casi sobrecogedora. No podía hacerlo. No podía. Cada vez que se armaba de valor y decía por dentro, ahora, se descubría incapaz de moverse. Cada vez que se decía que era su única oportunidad, el profundo hábito de la vida intervenía y decía: *No lo hagas. Es una locura. No saldrá bien. No puedes. No puedes hacer esto.*

Pero la idea, el razonamiento, era, y lo sabía, irreprochable. Si no hacía nada y nadie acudía en su rescate, los dos hombres la violarían, torturarían y asesinarían. No le cabía la menor duda al respecto. Podía suceder al cabo de un minuto, una hora, un día, una semana, pero sucedería si nadie la ayudaba. Lo cual significaba esperar y confiar en que llegara ayuda, o tratar de escapar. Era la faceta de ella que la diferenciaba de Alison. Era la faceta que la convertía en una persona antipática. Para Claudia, la verdad siempre había sido la verdad, por fea que fuera.

Durante toda su vida la gente se había sentido estupefacta, ofendida, indignada y aterrada de ella porque no tenía paciencia con el desmentido, las mentiras piadosas y el ignorar determinadas cosas porque eran horribles. Su madre, que era tranquila e inteligente, y había concedido a sus hijas un montón de espacio liberal mientras crecían, le había dicho en una ocasión a Claudia (después de que Claudia hubiera dejado a Alison llorando tras una discusión): Es maravilloso poder decir la verdad, querida. Pero existe una cosa llamada consideración hacia la gente que quieres. Sólo porque algo sea verdad no significa que no pueda ser utilizado con crueldad. Utiliza tus talentos con prudencia.

La verdad, comprendió ahora Claudia, no había sido puesta a prueba hasta aquel momento. Porque ella conocía la verdad de la situación, pero era incapaz de actuar en consonancia. Resultaba que el miedo era algo más que un rival para la verdad.

Y así, durante lo que se le antojaron horas, se había quedado con los brazos alrededor del cuerpo y el rollo de metal en el bolsillo, mientras la empecinada parte clínica de ella le ofrecía de manera reiterada sus conclusiones incontrovertibles…, y el terror impedía que las aceptara.

Pero el razonamiento no se borraba. Si actuaba ahora, lo más probable era que sólo tuviera que deshacerse de uno. Y si esperaba, serían dos. Era incapaz de convencerse de que se desharía de los dos.

Sacó el rollo metálico del bolsillo de la chaqueta.

Y si te deshaces de él, ¿después qué? ¿Y si la casa está cerrada con llave? ¿Qué? ¿Y si huyes de la casa? ¿Qué? ¿Correr? ¿Habrían dejado las llaves en la autocaravana? Y en tal caso, ¿sabrías conducirla? Tuvo una imagen terrible de sí misma manoteando con las llaves, las manos transidas de locura, consciente de que los segundos iban pasando, consciente de que venían a por ella. ¿Tendría lo que hacía falta? Si le tocaba correr, correr sobre sus piernas soñadoras, ¿sería capaz de correr lo bastante deprisa y alejarse lo bastante?

Pero aquella imagen, de ella libre y corriendo hacia la bendita oscuridad, de vuelta en el mundo que había después de éste, la embriagó de una repentina necesidad en estado puro, y su mente se relajó un poco, y sin ser del todo consciente de lo que estaba haciendo se tiró al suelo y empezó a patear la caldera y a gritar con toda la fuerza de sus pulmones.

55

El grito de Nell despertó a Angelo.

Hubo una pausa a continuación, un breve silencio durante el cual tuvo que reconstruirlo todo, dónde estaba, qué había sucedido, quién era ella, quién era él.

Estaba oscuro. No tenía ni idea de cuánto rato había dormido, pero se sentía agotado. Había dejado de nevar. La ventana revelaba la tierra blanca y una franja de intenso cielo estrellado. La estufa de leña había agotado casi todo su contenido, pero todavía ardía.

—Hola —dijo, al tiempo que se incorporaba sobre un codo—. Hola, no pasa nada. ¿Nell? No pasa nada.

Estaba aovillada en el saco de dormir al pie de la estufa, y sollozaba. Los residuos de la pesadilla, o más probablemente, de los recuerdos, la habían desolado. El sonido que emitía era terrible para Angelo, una reiteración de la realidad: lo que le había sucedido era cierto, y no había forma de ayudarla. El mundo albergaba esas cosas. El mundo albergaba esas cosas y las distribuía, con violencia aleatoria e indiferente.

Los nervios de su pierna chillaron cuando se movió. El dolor le inmovilizó. Procuró respirar, a pesar de todo. Poco a poco, se puso a cuatro patas sobre el suelo. Desde que la había desvestido cuando estaba inconsciente no la había tocado, pero ahora, sin pensar, apoyó apenas la mano sobre su cabeza, apartó el pelo empapado de sudor de sus ojos. El contacto la enmudeció un momento, y después volvió a respirar, dejó paso a los sollozos. La pequeñez y el calor de su cráneo le dieron pánico, le reveló el horror de lo que le había sido concedido. No podía decir nada. ¿Qué habría podido decir? Nada había cambiado. Ésa era la noticia que la había despertado, una vez más. Había despertado de una pesadilla a una pesadilla peor: el mundo real.

Se quedó a su lado durante largo rato. Extendió la mano hacia su hombro, la dejó posada allí. El cuerpo, pensó, sustituía a las palabras cuando éstas fallaban. La estúpida elocuencia del contacto humano. Era tanto una admisión del sufrimiento como un desafío a rendirse a él. El humilde sacramento de la carne y la sangre decía: Incluso cuando ya no queda nada que decir, no estás solo. No estás solo.

Por fin, la niña dejó de llorar. Sorbió por la nariz ruidosamente. Su cara estaba empapada de lágrimas y mocos.

—Espera un momento —dijo Angelo.

Gateó, surcado de dolores, con los dientes apretados, hasta el cuarto de baño minimalista (había un váter, un lavabo, una bañera diminuta, sin agua caliente; se había lavado con agua calentada en la estufa, aunque cómo se las iba a apañar ahora que la ciática había regresado era un misterio), cogió un nuevo rollo de papel higiénico del paquete que había cargado desde el coche y volvió a la sala de estar. Cortó una porción del papel y se la dio. Continúa proporcionándole actos básicos que pueda llevar a cabo. Continúa intentando que funcione.

La niña se secó la cara y continuó tumbada, parpadeando, con el trozo de papel aferrado en la mano. Estaba muy despierta, con la vista clavada en la ventana.

56

—Ed, investiga los registros de cambios de nombre legales y mira si «Xander King» coincide con una dirección de Utah —ordenó Valerie. Carla, Ed Pérez y ella iban en su Taurus de vuelta a la jefatura, Ed en el asiento del pasajero, Carla detrás, informando a la oficina de la Agencia en Salt Lake. Habían dejado que los uniformados se encargaran del puerta a puerta, sobre todo porque las probabilidades de que alguien del edificio supiera la nueva dirección de Leon eran escasas. También habían registrado el apartamento (con guantes, antes de que llegaran los forenses), en busca de documentos (facturas, títulos de propiedad, recibos) que les proporcionaran lo que necesitaban, pero no descubrieron nada—. No existen motivos para suponer que se haya ceñido a la legalidad, sobre todo teniendo en cuenta que es analfabeto, pero vale la pena comprobarlo.

—... Todas las ventas de propiedades inmobiliarias en Utah durante 2010 —dijo Carla por teléfono—. Podría ir a cualquiera de ambos nombres. No es improbable que estemos buscando una subasta o una venta sin intermediarios, pero de todos modos incluye las transacciones financiadas.

La ausencia de una cuenta bancaria estaba volviendo loca a Valerie. Si Lloyd había legado dinero a Leon o entregado un cheque cuando había vendido CoolServ, ¿cómo habría podido utilizarlo Leon sin un banco? A menos que mediara una maleta llena de dinero en efectivo, tenía que existir una transacción legal. En cuanto llegara a comisaría averiguaría quién administraba la herencia de Will.

—Debió de ser como si Dios le hubiera dado luz verde —comentó Will—. Conseguir que le pagaran.

Valerie había pensado lo mismo. Era una terrible convergencia, un testimonio más del ya abultado caso contra un Dios benévolo. Últimamente, cuando pensaba en Dios, imaginaba a un ser de una esquizofrenia serena e infinita.

—Sí —asintió—, y ya estaba bastante pagado de sí mismo antes de que el dinero llegara para confirmarlo. ¿«Xander King»? Es posible que no sepa quién fue Alejandro Magno, pero sabe lo que es un rey.

—Ghast —dijo Carla por teléfono—. G-H-A-S-T. Prueba también sin la «H».

—Cuentas bancarias —gritó Valerie sin volverse—. Los dos nombres. —Carla la miró: No me digas cómo he de hacer mi trabajo. Valerie hizo caso omiso de la mirada—. Direcciones de San Francisco y Utah. No puedes comprar una maldita casa sin una cuenta bancaria. Y poned en marcha los mecanismos necesarios para acceder a las declaraciones de bienes de los Conway.

En la comisaría, Valerie se dirigió hacia su despacho, pero Carla la detuvo. Su pequeña y afilada cara estaba húmeda. La coleta se le había soltado.

—Deerholt todavía quiere hablar con nosotras —declaró.

—Estás de broma.

—No. Fue muy específico al respecto.

—Sí, iremos cuando tenga un momento.

—Recomiendo que vayamos ahora mismo. Como ya he dicho, fue muy claro.

—¿Puedo preguntarte algo?

—¿Sí?

—¿Qué estás haciendo?

—No sé a qué te refieres.

—Esta mañana dejaste algo sobre el escritorio de Nick Blaskovitch.

—¿Quién es Nick Blaskovitch?

Era buena, tuvo que admitir Valerie. El tono, la expresión algo perpleja, con un toque de impaciencia para añadir realismo.

—¿Crees que no voy a poder demostrarlo?

Carla sacudió la cabeza, una señal de educada confusión, con una leve sonrisa en los labios.

—La verdad… Jesús, Valerie, la verdad es que no sé de qué estás hablando. —Su expresión cambió a otra de preocupación—. ¿Estás bien? Todos vimos lo que pasó en aquel apartamento.

Valerie tuvo ganas de abofetearla.

—Bien —repuso—. Como quieras. Acabemos de una vez.

La puerta de Deerholt estaba cerrada, pero su silueta era visible a través del cristal esmerilado. Estaba hablando, como todos los policías de todos los países en estos tiempos, por el móvil. Valerie levantó la mano para llamar. Justo antes de que lo hiciera, Carla soltó:

—Asesina de bebés.

—Entre —gritó Deerholt, y antes de que Valerie pudiera hablar la puerta se abrió y Carla entró.

Valerie la siguió, con la boca seca y la mente dando vueltas. Deerholt indicó con un ademán a las dos mujeres que tomaran asiento en las dos sillas que había delante del escritorio, pero ambas siguieron en pie.

—Muy bien —dijo, tras finalizar la llamada—. ¿Dónde estamos, Val?

Valerie tragó saliva. Era consciente de la expresión conmocionada de su rostro. Sentía las manos repletas de sangre.

Asesina de bebés.

No obstante, se controló y puso al corriente a Deerholt. Ser policía despojaba al lenguaje de todo lo superfluo. Los hechos destacados, expuestos de la manera más sucinta posible. Ser policía significaba que el reloj siempre estaba desgranando los minutos.

Cuando terminó, el rostro de Deerholt era una mezcla de alivio profesional y angustia personal.

—De acuerdo, bien. («Bien», cuando lo decía Deerholt, era lo máximo que podías obtener.) Ahora, Valerie, si pudieras salir un momento, he de hablar antes con la agente York.

—Señor, yo…

—Lo sé. Tendrás tu oportunidad, créeme. De momento, sal.

Durante unos momentos, tan cerca de la puerta como le fue posible sin que pudieran verla a través del cristal, Valerie intentó escuchar, pero hablaban en voz baja, y en cualquier caso había un despacho abierto enfrente con un murmullo de actividad que imposibilitaba la escucha.

Se alejó hacia un dispensador de agua fría y se sirvió un vaso en forma de cono.

Asesina de bebés.

Muy bien, se acabaron las contemplaciones.

Pero ¿por qué no lo había admitido York la primera vez?

¿Y por qué demonios estaba haciendo esto?

Transcurrieron largos minutos para Valerie, que recorría de un lado a otro los veinte pasos que separaban el dispensador de agua fría de la puerta de Deerholt. Bebía el agua mecánicamente. Volvía a llenar el vaso mecánicamente y bebía de nuevo. El acto de beber la llevó a tomar conciencia de lo deshidratada que estaba. Lo cual la condujo a recordar el desmayo en el edificio de apartamentos de Leon. ¿Estás bien? Apenas podía imaginar lo que Carla estaría diciendo a Deerholt. Y esta vez había testigos. Los uniformados. Los inquilinos. Jesús, incluso Ed Pérez la había visto caer al suelo. ¿Tendría tiempo, se preguntó, para localizarle (y a Galbraith, y a Keely) y suplicarles que lo negaran?

El espíritu de su abuelo flotó en el aire. ¿Deberías pedirles que lo negaran? ¿No te estarás desmoronando? ¿Qué te preocupa más? ¿Cazar a esos cabrones antes de que vuelvan a matar? ¿O dirigir la función a toda costa?

Carla salió. No miró a Valerie. Se alejó por el pasillo.

Valerie entró y cerró la puerta a su espalda. Tenía la cara fría. Estaba temblando. Esta vez se sentó.

Deerholt apoyó la cabeza en las manos, las dejó resbalar sobre su cara, y después las posó sobre su escritorio, alrededor del iPad. Tenía cincuenta y cuatro años, alto y huesudo, con vello oscuro y rizado en el dorso de las manos. Un peinado que siempre estaba a punto de convertirse en un tupé. Pequeños ojos negros y hundidos. Una cara afeitada con tal minuciosidad que daba la impresión de que la navaja había estado a punto de desollarle.

—Jesús, Val —dijo.

Valerie tenía los hombros, el cuello y los brazos tensos. Las mujeres muertas estaban en la habitación con ella, contemplando su fracaso y el futuro sin venganza que las aguardaba. De repente, se sintió desesperada, como si el mundo se estuviera escurriendo bajo sus pies.

—¿Qué está pasando, capitán? —se obligó a preguntar.

Deerholt sacudió la cabeza. Exhaló el aire.

—Lo que está pasando es que la agente York ha lanzado acusaciones muy graves contra ti.

—¿Qué acusaciones?

—¿Resumen? Que no eres apta para el servicio. Por distintos motivos.

—Señor, no sé de qué coño está hablando esa mujer. Estoy bien.

—¿Te desmayaste ayer?

Valerie sacudió la cabeza, resopló, desechó la idea.

—¿Desmayarme? Jesús, me dio un calambre, señor. No fue nada.

—York dice que perdiste el conocimiento. No te podías levantar del suelo. Dice que Ed y los uniformados lo vieron. Si les hago llamar, ¿me dirán que a ellos les pareció un calambre?

—Señor, digan lo que digan, yo le aseguro que fue un calambre.

—¿Como éste? —dijo Deerholt. Abrió un vídeo en el teléfono. Lo reprodujo. Volvió el aparato hacia Valerie.

Por un momento, Valerie experimentó la extrañeza de verse en una película, de verse como el objeto inconsciente de la visión de otro. Pero eso quedó superado por la rápida comprensión de dónde y cuándo había sucedido aquello.

En Reno. En el bosque. Después de encontrar a la víctima del cronómetro.

C de CRONÓMETRO.

Vio las imágenes. Ella, caminando con paso inseguro entre los árboles oscuros. Se paraba. Caía a cuatro patas. No era a causa de un calambre, evidentemente. Evidentemente, porque algo grave le estaba pasando.

Las imágenes se detuvieron. Deerholt dejó el teléfono cara abajo sobre el escritorio.

—¿Y bien? —preguntó.

En el par de segundos que tardó en hablar pensó: *Ya ha tomado la decisión. ¿Cómo es posible?* Tuvo una imagen de Claudia Grey, con las manos atadas por encima de la cabeza, la cabeza húmeda de sudor y sangre. Los perspicaces ojos oscuros despojados de su perspicacia por el miedo, por el dolor.

—De acuerdo —admitió—. Tuve una mala mañana. Me encontraba mal y había dormido poco. Por favor, señor, ya sabe cómo son las cosas. Falta de descanso, falta de combustible. Ya sabe cómo es.

—Lo sé. Y sé hasta qué punto te has implicado en esto.

—No me lo quite, capitán.

—Val, escucha…

—Sabe que estamos muy cerca. Ya ha oído lo que le dije hace diez minutos…

—Para, Valerie —le ordenó Deerholt, al tiempo que levantaba la mano—. No se trata de eso.

Valerie era un saco de adrenalina. Había emboscadas invisibles y tenues por todas partes.

—¿Cuánto te metes cada día? Nada de tonterías, Val. Me refiero a si te hiciéramos un análisis de sangre ahora mismo.

Valerie sintió que el frío de su cara se convertía en calor. Era como ser sorprendida haciendo algo sucio cuando eras pequeña. Como aquella vez en que su madre la sorprendió cuando estaba tumbada boca abajo en la cama, con las manos dentro de los tejanos.

Lo único que pudo hacer fue sacudir la cabeza.

—Señor, estoy bien, estoy…

—Yo bebo —confesó Deerholt—. Joder, la mitad del departamento estará llevando a cuestas la resaca de anoche ahora mismo. Sé cómo son esas cosas. Pero corre el rumor de que se te está escapando de las manos. No estamos hablando de un error marginal de un alcoholímetro. Además, Blaskovitch ha vuelto, y yo sé…

—Esto no tiene nada que ver con él.

—Vale, vale, pero como ya he dicho…

Alguien llamó a la puerta.

—Adelante —dijo Deerholt.

Era Will Fraser. Con aspecto de no saber qué demonios estaba haciendo allí.

Deerholt no le invitó a sentarse. En cambio, se puso en pie.

—Será mejor para ti que haya alguien presente —le comentó a Valerie—. Supuse que elegirías a Will, pero si prefieres que sea otra persona, ahora es el momento de decirlo.

—¿Qué está pasando? —preguntó Will.

Valerie quería ponerse en pie, pero era como si una masa invisible la tuviera clavada en la silla.

—¿Otra persona? —preguntó—. ¿A qué se refiere?

—Jesús, Val, lo siento mucho, pero tengo las manos atadas. He de preguntarte si consumes.

Eran policías. Pese a la pausa de aparente incomprensión entre Valerie y Will, «consumir» sólo tenía un significado.

—¿Habla en serio? —preguntó Valerie.

—Señor… —empezó Will.

—Sí o no, Val.

—No. Por supuesto que no. Esto es una locura.

—¿Te importaría vaciarte los bolsillos y el bolso?

—Señor, esto es una estupidez —replicó Valerie. En parte, se sintió temblorosamente aliviada: si de eso dependía, estaba salvada.

—Sé que es una estupidez —convino Deerholt—. Cuando me asesinen un día de éstos, quiero que seas tú la que lleve el caso, sin la menor duda. Pero existen los protocolos. Hagamos esto y terminemos de una vez. Sé que es una formalidad.

Con un desprecio no fingido, Valerie se levantó y tiró el contenido del bolso sobre el escritorio de Deerholt.

Y vio la bolsita enseguida.

57

—¿Qué coño intentas hacer? —preguntó Paulie. Sujetaba la escopeta.

Claudia había dejado de patalear y chillar en cuanto le vio bajar la escalera.

—Quiero hablar contigo —respondió—. Me aburro.

Por un momento, la miró boquiabierto.

—¿Te aburres? —le espetó a continuación.

—Sí. Me aburro. Sin nadie con quien hablar, esto es muy aburrido.

Paulie se quedó pasmado. Su rostro había perdido toda expresión racional.

—¿Estás mal de la olla?

—No. ¿Y tú?

El hombre se quedó inmóvil, con los circuitos sobresaturados.

El cuerpo de Claudia estaba invadido de una vaciedad hormigueante. Sus piernas querían ceder. Pensó que iba a vomitar.

—Tú no… —empezó él, y después enmudeció. Intentó recalibrar. Claudia se dio cuenta de hasta qué punto le tenía estupefacto la nueva realidad. Pensó: *Él no es el que manda. Es el tío de arriba.* La idea constituía un tímido respaldo de lo que estaba haciendo. No impidió que continuara temblando. Hundió las manos en los bolsillos de los tejanos para esconderlas. Un gesto absurdo de despreocupación. Un gesto muy equivocado contra el miedo. Hasta su cuerpo se sentía consternado por la disonancia. Estuvo a punto de sacarlas de nuevo.

—No lo pillas —dijo Paulie. Después, rió. Una carcajada que transmitía cierta incertidumbre, pensó ella.

—Pues claro que lo pillo. ¿Crees que soy estúpida? Ya sé que no estoy aquí para hablar de Proust.

—¿Hablar de qué? ¿Qué coño es Proust?

—No «qué». «Quién». Valentin Louis Georges Eugène Marcel

Proust. Novelista, crítico y ensayista francés más conocido por su monumental novela *À la recherche du temps perdu*. A veces traducida como *En busca del tiempo perdido*, a veces como *Remembranzas de cosas pasadas*. ¿Sabes leer?

Le vio atascarse de nuevo, intentar descifrar qué estaba pasando, intentar volver al mundo que conocía. Estaba meneando la cabeza, no en respuesta a la pregunta, sino en señal de rechazo o incredulidad. El impulso de reír se formó a medias en su boca, pero después se deshizo de nuevo.

—Sí, sé leer —replicó al fin—. *Sé* leer, joder.

Ella no entendió el énfasis.

—¿Cómo está tu amigo? —preguntó—. ¿Sigue con gripe?

La expresión incrédula de Paulie fue sustituida por un fruncimiento de ceño. Tenía que ser cautelosa.

—¿Y a ti qué más te da?

—Bien… Supongo que es el mandamás. Me gustaría saber cuánto tiempo me queda.

—Él no… Da igual. Vas a… —Sacudió la cabeza de nuevo. Esta vez con irritación. Ella se estaba equivocando de medio a medio (pero no la había contradicho acerca de quién era el mandamás)—. Has de estar como una chota. Has de ser estúpida de cojones.

—Creo que sabes que no soy estúpida. Además, sé algo que tú no sabes.

—¿Qué?

—Te lo diré. Pero no me des prisas. Me da un poco de vergüenza.

Mejor. Mejor. La novedad de que le estaban hablando de aquella manera se iba infiltrando poco a poco en su interior, aunque fuera apenas. Paseó la vista alrededor de la habitación. Una vaga comprobación, para asegurarse de que la realidad no se había vuelto loca también.

—Tú no sabes nada —dijo.

—Eso es una denegación. Significa lo contrario de que lo que crees que significa.

—¿Qué?

—Piénsalo. Quieres decir que yo no sé nada, ¿verdad?

La miró fijamente.

—Pero si yo no sé nada, eso significa que sé algo. ¿Lo entiendes? Es una equivocación habitual.

Lo más extraordinario era que podía verle captándolo, a su manera torpe, a pesar de todo, dene… gación, un brote de comprensión que empezaba a germinar en su cerebro, casi de una manera visible. Como la verdad. Fuera cual fuese. La verdad era la verdad. Le hizo daño y consiguió que el miedo surgiera de nuevo, porque era calderilla sobrante del mundo que había perdido. Pensó en la mujer del vídeo. Estuvo a punto de volver atrás, de caer de rodillas y gritar por favor por favor por favor no me hagas esto por favor por favor por favor. Perdió un poco el equilibrio, intuyó que un pie corría el peligro de perder el contacto con el suelo. Se recuperó con un esfuerzo. El rostro de la mujer desprovisto de toda dignidad. Su espesa concentración. Las manos del hombre que sujetaba la cámara, dominado por la excitación. Revivió la realidad de lo que iba a hacer y pensó de nuevo: *No puedo. No puedo hacer eso.* Las lágrimas se atascaron en su garganta. Las engulló. Para hacer lo que debía tenía que entregarse a la locura. Tenía que dejar atrás a la persona que había sido. Tenía que convertirse en otra diferente.

—Te llamas Paulie, ¿verdad?

—¿Crees que voy a ser amigo tuyo, chochito?

La palabra le hizo daño. Con la realidad de aquella parte de su cuerpo. Con la realidad de lo que le iba a suceder.

Inviértelo. Inviértelo todo. La locura es la única forma de escapatoria.

—¿Crees que la palabra «chochito» me molesta?

Le impresionó. Una vez más. Estaba asustado y fascinado. Abrió la boca para decir algo, pero no había nada. Claudia tenía que mostrarse cautelosa. Cautelosa y loca.

—¿Quién eres, la maldita reina de Inglaterra? —preguntó Paulie.

—No. —Una pausa. Un recuerdo verdadero—. Pero la he conocido.

—No me jodas.

—Es verdad. En 2002, cuando tenía catorce años. Hubo un desfile en Cornualles con motivo de sus Bodas de Oro. —Vio que no la entendía—. Las Bodas de Oro se celebran cuando una reina lleva en el trono cincuenta años. Es como un aniversario de bodas. Ya sabes, veinticinco años son de plata, cincuenta de oro, sesenta de diamante. En cualquier caso, yo estaba de vacaciones en Cornualles con mis padres, y la reina dio un paseo por las calles, con guardaespaldas y toda la pesca. Me encontré cara a cara con ella durante unos segundos. Me dijo: «Hola, querida».

—No me jodas —repitió Paulie—. ¿Qué dijiste tú?

—Le dije que me gustaba su sombrero.

Paulie rió.

—Lo cual era mentira. La reina tiene un mal gusto extraordinario para los sombreros. No se me ocurrió decir otra cosa.

Paulie cayó en la cuenta de que estaba riendo. Paró al instante. Cuando se reprimía, el miedo y la desconfianza se instalaban de nuevo. Claudia tenía que controlar eso. No le des tiempo para reprimirse.

—En cualquier caso, te llamas Paulie, obviamente. Yo me llamo Claudia, aunque imagino que no te interesa ni remotamente. Es que si voy a ser asesinada me gustaría saber por quién. ¿Tienes un cigarrillo, a propósito?

—¿Por qué coño he de darte un cigarrillo?

—Bien, ¿y por qué no?

—Eres rara, eso te lo concedo.

—De hecho, dejé de fumar, pero si voy a morir, ¿qué más da? Venga, no seas capullo. Dame un cigarrillo. ¿Qué más te da?

El hombre pensó en ello durante mucho rato. Ella vio que intentaba decidir si eso le disminuiría a sus ojos. Rió una vez, por la nariz. Su nariz era delgada. El largo cabello rojizo y la barba medieval. Podría interpretar el papel del repugnante traidor de la banda de Robin de los Bosques. Introdujo la mano en el bolsillo derecho de la chaqueta de combate y sacó un paquete de Marlboro. Apoyó la escopeta contra una de las cajas de cartón.

Se acercará a ti y pasará el cigarrillo entre los eslabones y tú lo cogerás y no vas a temblar ni a encogerte. Porque estás loca. Porque estás serena y loca. Porque estás justo como debes estar.

Se acercó a ella, introdujo el extremo del filtro entre los eslabones. Su chaqueta olía a lona húmeda. Pensó que los soldados debían de sentir un gran desprecio por los civiles que utilizaban aquellas prendas. Experimentó una pasajera solidaridad con los soldados. Por su entrega a los extremos. Por su cercanía a la muerte. Por tener que vivir de una forma que les cambiaba.

—No tengo fuego, evidentemente —comentó Claudia.

Estate quieta. Estate quieta.

Cogió el cigarrillo, lo encajó entre los labios. Durante una fracción de segundo, un desconocido le iba a dar fuego en una parada de autobús o en el reservado de un club nocturno.

Hasta que le dieron fuego. Hasta que tuvo que inclinarse hacia delante lo suficiente para que el cigarrillo llegara a la llama del encendedor, con su cara casi tocando los eslabones metálicos de la verja. El hedor a gasolina del Zippo y la magia inocente del fuego conjurado le resultaban familiares, sí (pese a todo, la mezcla de olores le recordó las tiendas apretujadas de los festivales de música, calcetines, tabaco, sudor, sexo), pero la cercanía de la cara de Paulie y sus manos de uñas sucias y el olor grasiento de su piel casi la marearon. Su mano derecha guiaba el cigarrillo, pero la izquierda estaba también fuera del bolsillo, con el puño cerrado. La repentina intimidad de la cercanía del hombre era un sueño obsceno. Tuvo que hacer acopio de toda su voluntad para que sus movimientos fueran lentos, serenos, normales.

—Gracias —dijo, y retrocedió de la rejilla. Sólo un paso. La postura de fumar: mano izquierda en axila derecha, brazo derecho doblado en el codo, muñeca algo flácida, sujetando el cigarrillo. Millones de personas en todo el mundo adoptando dicha postura en la puerta de su casa, mientras reflexionaban sobre sus vidas. Era una ayuda diminuta, concedía a su cuerpo algo familiar a lo que aferrarse.

Él la miró durante unos momentos. Entonces, Claudia se dio cuenta de que volvía a reprimirse. La escopeta. Su lapso. Retrocedió tres pasos con mayor rapidez que ella y la levantó de la caja.

Ve con cuidado. Ve con cuidado. Era muy fácil para el hombre decantarse por odiarla si jugaba con él. No le concedas tiempo para pensar.

—¿Cuántas veces has hecho esto? —preguntó Claudia.

—No me vas a tomar el pelo. Chochito.

Ella se dio cuenta de que la palabra no le salía con facilidad.

—Bien, no me lo digas si no quieres, pero es simple curiosidad.

—Suficientes veces para saber cómo se hace.

—¿Siempre los dos?

—Estoy harto de hablar.

—Oh, venga, no seas así.

—¿Crees que eres la reina del mambo? —Rió. Una risa no del todo forzada, pensó ella. Le estaba perdiendo—. ¿Te crees que eres diferente?

—¿Quieres saber eso que sé y tú no sabes?

—Me importa un huevo lo que crees saber. No sabes una mierda.

—Vale, pero es de lo más extraordinario.

El hombre respiraba a través de las fosas nasales, con los labios apretados.

Claudia dio otra calada al cigarrillo con un gran esfuerzo. El primero en seis meses, se estaba mareando. El cuerpo se limitaba a transmitirle sus sensaciones, indiferente a la situación. El cuerpo no tenía otra elección. El cuerpo de la mujer en el vídeo. *Oh, Dios. No puedo. No puedo.*

La locura era un truco de concentración, o mejor dicho, de anticoncentración, como en aquellas imágenes del Ojo Mágico en que debías bizquear para ver la imagen que ocultaban. Tampoco debía concederse tiempo para pensar.

—¿Por qué no me enseñas los vídeos? —preguntó—. Enséñame los demás.

—¿Qué?

—Me gustaría ver los demás vídeos. Las demás mujeres.

Le había atrapado de nuevo. Hacía mucho tiempo que no aparecían novedades en su vida. Su microclima le asfixiaba, su vida era un puñado de repeticiones. Era susceptible.

La volvió a mirar durante mucho rato. A Claudia le daba miedo terminar el cigarrillo. Terminarlo significaría romper lo que había en la habitación.

—Mientes más que hablas —dijo él—. No quieres verlas.

—¿No?

—Te acojonaste.

—Lo sé, pero es complicado.

—¿Qué coño quieres decir?

—No sé explicarlo de otra manera. Ya te lo dije: me da vergüenza.

—Mientes más que hablas —repitió Paulie.

El cigarrillo estaba casi terminado.

—Enséñame los vídeos —pidió ella con mucha entereza—. Descubrirás algo. Algo que nunca has visto.

Paulie meneó la cabeza poco a poco, sin mirarla. Estaba riendo para sí, pero no era una risa sincera. Se volvió y caminó hacia el pie de la escalera.

—Eres un chochito tonto y chiflado. Tal vez el chochito más tonto y chiflado que he conocido en mi vida —soltó sin volverse.

Pero cuando ella dijo, «Eh», él se detuvo en el tercer escalón.

Su locura se compensó. Casi volvió a ser la de siempre. Sabía lo que iba a decir. Sabía que podría destruirla.

—¿Qué? —preguntó él, con exagerada impaciencia.

El cigarrillo se había consumido hasta el filtro. Se le había subido la sangre a la cabeza.

—No hace falta que él se entere —dijo Claudia.

58

Valerie estaba sentada en el Taurus, aparcado frente a la salida del aparcamiento de la comisaría en la calle Vallejo, fumando. Era lo que había estado haciendo durante las dos últimas horas. Los abogados de los Conway tenían un pequeño bufete local en Fresno, cerrado por vacaciones. Valerie había dejado mensajes en los móviles de cada uno de los tres socios, hasta el momento sin respuesta. Teresa Conway tampoco le había servido de nada, cuando la mujer había contestado por fin al teléfono fijo. Habló como medio dormida, o colocada; desde luego, no estaba muy por la labor. Lloyd no había dejado ni un centavo a Leon en su testamento. Todo había ido a parar a Teresa. Gran parte de su conversación había girado en torno a que Dios apretaba pero no ahogaba, pero ella se sentía ahogada. ¿Dio Lloyd dinero a Leon cuando vendió la empresa? No lo sabía. Lloyd se ocupaba de las finanzas. Lloyd se había ocupado de ella. Lloyd se había ocupado de todo, salvo de sí mismo. Lloyd había querido al chico. Ambos le habían querido.

Lloyd había sido demasiado bueno para este mundo, pero el mundo no fue bueno sin él.

Eran las siete y cuarto, estaba oscuro, hacía frío. Ráfagas de viento levantaban restos de basura, formaban bucles y arabescos con ellos durante unos momentos y los dejaban caer. El tráfico posterior a la salida del trabajo había disminuido. A unos metros de distancia a la izquierda de Valerie, dos uniformados estaban charlando en la acera con el propietario del Chef Bowl Inc. Autoservicio de comida china. Todos los peatones que pasaban junto al coche hablaban por el móvil o enviaban mensajes de texto. Captó fragmentos de sus vidas:

—... sí, pero Stevie dice que eso es una gran chorrada...

—... sólo si podemos conseguir la gamuza por el mismo precio...

—... dice que es vegetariana, pero sé a ciencia cierta que comió cordero en casa de Chrissie...

—... eso es lo que estoy diciendo. Le dije: eso es lo que estoy diciendo...

Todos los detalles que flotaban juntos, formando una masa segura, hasta que aparecía el delito. Allanamiento de morada. Asalto. Violación. Asesinato. Entonces, la masa estallaba. La policía entraba en la vida de un desconocido después del desastre. Todas las cosas asumidas saltaban por los aires, con la víctima abandonada en el centro como un niño en el cráter de una bomba. Empezabas a trabajar de policía, y al principio todo era emocionante. Después, una curva de aprendizaje. Después, si la suerte no te sonreía, una obsesión. Conocía a policías, policías de Homicidios, que habían pasado por esto hasta llegar a lo que ella consideraba la Fase de Maduración: la calma, la eficacia, la capacidad de hacer el trabajo sin que se te metiera debajo de la piel psíquica, la controlable adicción a la droga. Siempre había supuesto que ése sería su destino. Tal vez el caso siguiente. O el otro.

Pero ahí estaba. Ni un centímetro más cerca.

Durante un momento, Deerholt, Will y ella se habían quedado contemplando la bolsita (que cuando Deerholt la probó con la punta de la lengua reveló contener cocaína) en un absurdo silencio. De pronto, Valerie había considerado vergonzoso el contenido minimalista de su bolso: cigarrillos, encendedor desechable, lápiz de labios, gomas para el pelo, teléfono, chicle, llaves, una Milky Way que llevaba allí desde tiempo inmemorial. Era como si hasta los objetos estuvieran consternados por la bolsita de polvo blanco a la que habían hecho compañía en la oscuridad.

—Venga ya —había dicho Will después.

—¿En serio cree...? —había empezado Valerie, pero Deerholt levantó los brazos para enmudecerla.

—No, no creo en serio que seas tan imbécil como para llevar eso en el bolso.

—Esto es una gilipollez —dijo Will.

—York la puso ahí —afirmó Valerie.

—Val...

—Tal vez en el apartamento de Leon. Dejé mi bolso cuando llevé a cabo el registro. Quiero un análisis de drogas ahora mismo.

De lo cual, teniendo en cuenta el alcohol que todavía circulaba por su torrente sanguíneo, se arrepintió en el mismo momento en que lo dijo.

—De acuerdo —convino Deerholt después del análisis, limpia de coca, pero la tasa de alcohol en la sangre muy por encima del límite, después de otra entrevista con Carla York, después de convocar de nuevo a Valerie en su despacho—, esto es lo que vamos a hacer. En lo tocante a York, estás suspendida. Apelará a alguien superior a mí si no hago algo, y en ese caso, estás jodida.

—Esto es una locura —protestó Valerie en voz baja—. Usted sabe que esto es una locura.

—Deja que termine. En lo tocante a York, estás suspendida. En lo tocante al papeleo, estás de baja por enfermedad. Concierta cita con tu médico. Mantente alejada del trabajo. Fraser te mantendrá al tanto.

—¿Me mantendrá al tanto? Nos hallamos a una dirección de distancia. Señor, le suplico que no haga esto.

—O esto, o una suspensión en toda regla. Pistola y placa. No creo que quieras eso.

—De todos modos, ella lo pedirá.

—Que lo intente. ¿Qué tiene contra ti?

—No tengo ni idea.

—Bien, no me cae mejor que a ti, pero escucha, Valerie, éste es el mejor trato que vas a conseguir en este momento. Si te sirve de consuelo, pedí que buscaran huellas en la bolsa, pero está limpia.

Como el sobre que Blasko había encontrado sobre su escritorio.

—Llevábamos guantes —dijo Valerie—. Estúpida no es.

—Te doy mi palabra de que sabrás lo que vamos a hacer en cuanto lo decidamos.

Valerie se quedó un momento inmóvil, aferrándose los codos y con la vista clavada en el suelo. Vio una imagen de sí misma golpeando en la boca a Carla York. Testigo de cómo saltaba por los aires la exasperante compostura.

—Y escucha —continuó Deerholt—, ve a ver a un médico, ¿de acuerdo? Pareces un zombi. Que te recete antibióticos. Los necesitas.

Cuando el jeep de Carla salió del aparcamiento, Valerie lo siguió.

Hacia el este por Vallejo, al sur por Stockholm, al oeste por Broadway.

Al llegar a Van Ness, Carla giró al sur. Valerie No tenía ningún plan concreto. Sólo una rabia que exigía algún tipo de acción. Las últimas palabras que le había dirigido Deerholt habían sido: No empeores la situación. No cometas estupideces. Se había imaginado siguiendo a Carla hasta donde residía (Valerie imaginaba un apartamento espartano, paredes sin cuadros, una cama inmaculadamente hecha. La misma sencilla funcionalidad que reinaba en la cara de Carla. En su traje pantalón comedido y sus botas de tacón bajo. No sabía nada de ella. El conocimiento era poder, como había dicho alguien, y hasta el momento Carla lo tenía todo. Había que cambiar eso). Pero en la Golden Gate Avenue (a pocos edificios al oeste del edificio del FBI), Carla giró a la derecha y entró en el aparcamiento de un supermercado, y antes de haberlo meditado a fondo Valerie se descubrió saliendo del Taurus y corriendo para alcanzarla.

—Eh —gritó, un metro detrás de Carla, a mitad de camino de las puertas automáticas del supermercado, ante las cuales una madre joven estaba desenvolviendo con mucho cuidado un helado para el crío que lo esperaba.

Carla se volvió. Por una vez, observó Valerie, parecía agotada.

—¿Qué?

—¿Por qué me estás jodiendo?

—Porque no eres buena.

Aquella respuesta directa sorprendió a Valerie, a pesar de todo. Por un momento, se sintió desconcertada.

—Estás cometiendo una equivocación —dijo, mientras intentaba recuperarse.

—No. Eres una borracha degenerada. Has perdido los papeles. No eres adecuada para este trabajo. Ya era hora de que alguien hiciera algo al respecto. Antes de que más mujeres mueran por culpa de tu incompetencia.

Era espantoso. Valerie recordó la oleada de vergüenza en sus manos y cara cuando llegó el resultado de los análisis de alcohol en la sangre. Deerholt no se había atrevido a mirarla a los ojos. Ahora, tras haber seguido a Carla para atacarla, se descubrió adoptando una postura defensiva.

—¿Crees que vas a salir indemne después de haber accedido ilegalmente al historial de la clínica?

—Me da igual. Sólo me interesa expulsar del caso a una borracha degenerada asesina de bebés.

La opinión general era que, cuando te ponías furioso, se producía un destello, una ceguera, *lo veías todo rojo*. Pero, en cambio, Valerie experimentó en aquel momento una profunda aunque fugaz relajación, como si todos sus músculos hubieran exhalado aire, y los días, meses y años de tensión se disolvieran en un segundo. Fue una zambullida en la dicha más pura, porque por primera vez en mucho tiempo, no importó absolutamente nada.

Entonces, golpeó a Carla en la cara.

Se quedó sorprendida, en la confusión posterior, de que Carla apenas se resistiera. Habría sido entrenada en el combate cuerpo a cuerpo, pero su resistencia parecía simbólica. Valerie experimentó unos tres o cuatro segundos de dulce liberación, antes de que su yo más listo le ofreciera su aburrido boletín de noticias: *No quiere resistirse. Quiere que le des una paliza. No empeores las cosas. No cometas estupideces.*

Demasiado tarde.

Las dos mujeres estaban casi caídas en el suelo. Un obeso guardia de seguridad del supermercado con uniforme marrón corría hacia ellas, mientras gritaba «¡Eh! ¡Eh!» Con el rabillo del ojo, Valerie fue consciente de la joven madre que contemplaba boquiabierta la escena, aunque el crío estaba concentrado en su helado.

Valerie soltó a Carla. Retrocedió. La noche se reafirmó: los halógenos blancos del aparcamiento, las hileras de coches, el contacto del aire frío, algo húmedo, en su garganta y muñecas acaloradas, la sangre que corría alborotada por sus venas. Un chico que empujaba una serie de carritos de la compra se había detenido a mirar.

—Gracias —dijo Carla.

59

Claudia sabía que la pesadilla la mataría a menos que la aceptara. La única forma de impedir que la pesadilla la matara era abandonar el lastre del mundo de antes de la pesadilla. El mundo de antes de la pesadilla era el mundo en que era libre, compleja, ambivalente, llena de ideas y expectativas y todos los matices de la conciencia. El mundo de antes de la pesadilla era el mundo en el que nadie iba a matarla. Cuanto más se aferrara a ese mundo, más cercana estaría su muerte en este mundo. En el mundo de la pesadilla debía reducirse a un único propósito: huir del mundo de la pesadilla.

Lo cual significaba invertirse.

Lo cual significaba adentrarse más en la pesadilla. La pesadilla era un agujero negro. La única forma de escapar a su gravedad era aceptar su atracción y atravesar su núcleo para llegar a lo que hubiera al otro lado. Tal vez lo que había al otro lado era un mundo casi exacto al que había perdido. Idéntico, de hecho, salvo en un detalle: que ella habría cambiado para siempre.

Pero cambiada o no, seguiría viva. Y eso era lo único que importaba en aquel momento.

—Enséñame —dijo.

Estaba parada a medio metro de la verja. Paulie estaba al otro lado, muy cerca, sujetando el iPad. No sabía qué estaba pasando. Su rostro iba alternando sonrisas y muecas de desprecio, además de prolongados momentos en que sus facciones aparecían despojadas de la inteligencia que las guiaba.

—Enséñamelas todas.

Tenía las manos embutidas en los bolsillos de los tejanos, empapadas de sudor.

En la mano derecha, la placa metálica enrollada con su malvada punta en forma de V, que no podía dejar de acariciar con el pulgar. Durante las últimas horas se había convertido en todo para ella. Una cuerda que podía salvarla del infierno. Pero sabía que muy pronto tendría que dejar de aferrarla. Muy pronto. Minutos. Segundos.

—Estás loca —dijo Paulie. Su voz erra ronca, harta de incertidumbre. Tenía las uñas de los dedos sucias. Claudia se preguntó cuándo se habría lavado por última vez. Le llegó una imagen de él sentado en una bañera de agua grisácea y mugrienta, las manos apoyadas sobre las esqueléticas rodillas blancas, la vista clavada en las baldosas del cuarto de baño.

Sacó las manos de los bolsillos y pensó, con un ramalazo de pánico, qué pasaría si el metal se enganchaba, se enredaba con…

Para de una vez. No pienses. Olvídate de ti.

Incapaz de apartar los ojos de ella, Paulie dio unos golpecitos sobre la pantalla. Ella observó que su cara temblaba un poco. Proyectaba un hedor a sudor y ropa rancia. Estuvo a punto de contener el aliento. Pero sobrevivir dependía ahora de dominar sus actos reflejos. Inhaló el hedor. Dejó que se inscribiera en su realidad. Que se hundiera un poco más en la locura imperante. En el núcleo de un agujero negro existía una singularidad. Donde el tiempo y el espacio se desmoronaban. Donde Einstein y Newton se descomponían. Donde nada tenía sentido. Salvo el final de todo lo conocido…, y la oscura posibilidad de algo nuevo al otro lado.

Paulie rió una vez, y después enmudeció de nuevo, mientras la luz de la pantalla parpadeaba sobre su cara.

Volvió la pantalla hacia ella.

Mira pero no veas.

Mira pero no veas.

No hablaban, los dos hombres.

Los únicos sonidos eran la vibración del micrófono del iPad y la desdicha amordazada de la mujer. Lo que los hombres le estaban haciendo los reducía al silencio. Aparte de alguna risita ocasional de Paulie, cuando la cámara temblaba.

Mira pero no veas.

Pero era imposible no ver.

La mujer era joven, tal vez de la edad de Claudia, de pelo oscuro y piel café con leche.

Las mismas ligaduras. El mismo suelo. La misma habitación.

Claudia sintió que su mandíbula se apretaba y las piernas le flaqueaban. Sus extremidades eran hebras de gasa. No podía hacerlo. Toda su historia y toda la ternura y el rostro de facciones finas de su madre y su padre diciendo, *Tranquila, tranquila, Claudia, no pasa nada, chis, no llores,* después de cada topetazo, tropezón, arañazo o picadura, todo cuanto había podido superar hasta aquel momento decía que no podía, no podía, no podía hacer aquello.

Sintió que la desdicha crecía en su interior. Cada segundo decía que no podía soportar aquello. Cada segundo exigía el chillido, lo empujaba garganta arriba.

No puedo aguantarlo.

Insoportable.

En algún lugar había leído: *La palabra «insoportable» te convierte en mentiroso, a menos que sea seguida por tu muerte.*

El cuerpo de la mujer, todavía entregado al ritual del rechazo, las contorsiones y los tirones con el fin de encontrar una huida, todo desaparecido ya salvo ese impulso.

Pero las ligaduras eran las ligaduras. El cuchillo era el cuchillo. Los hombres eran los hombres. La física era la física. El mundo era el mundo, plagado de necesidades obedientes. Si haces x, a continuación viene y. El mundo era inocente por completo. La maldad era intrínseca al hombre.

Claudia no supo cuánto tiempo duró. El tiempo se había parado. Sólo existía lo que estaba viendo. Sólo existía la locura que se confirmaba en el ardor de su rostro. La mujer había perdido todo cuanto la convertía en un ser humano. Había perdido todo, salvo su cuerpo y la desesperación de perder eso también, puesto que ahora no era otra cosa que el recipiente de sus sufrimientos. Sufrir así anulaba a la persona, los tesoros de su vida, los recuerdos, chistes, ideas, esperanzas, sueños, todo cuanto la convertía en lo que era, y sólo les dejaba el grito animal que suplicaba el fin de lo que les estaba sucediendo.

La mujer apenas se movía ya. Tenía los ojos cerrados. Era como si estuviera presa de un sueño inquieto. Los dedos de su mano izquierda se abrían y cerraban, con suavidad. La sangre que corría desde su tobillo derecho hasta la pantorrilla, como un calcetín rojo desgarrado que le llegara a la rodilla. La voz grabada de Paulie decía en voz baja: *Venga, está... Me toca a mí.* Xander, que se ponía en pie como borracho. La miraba un momento. Después, se alejaba como un animal aturdido.

Paulie bajaba la cámara con movimientos inseguros. Durante dos segundos apuntaba a una esquina mohosa del techo del sótano, y después las imágenes finalizaban y se reinstauraba la foto fija del principio.

Hasta aquel momento, Claudia había hecho lo posible por mantener una expresión indiferente en su cara.

Pero ahora miró directamente a Paulie (quien la estaba observando con sus pequeños ojos brillantes y la boca abierta), e hizo algo tan contrario a sus sentimientos que no supo hasta el último momento si la traicionaría y liberaría el grito contenido en su garganta. Calor y vacío y la amenaza de abandonar su cuerpo. El aire que la rodeaba era espeso, una claustrofobia insistente.

Le sonrió.

—Enséñame otra —dijo.

60

Valerie volvió a su apartamento, deprisa, con las extremidades todavía enloquecidas por la adrenalina. No iba sola en el coche. Las mujeres muertas, apretujadas, murmuraban. El fantasma de su abuelo, henchido de conmiseración condenatoria. La voz de su madre decía, Tu mal genio, Valerie, tu mal genio… La imagen de Claudia Grey, chillando, florecía y se difuminaba en el parabrisas. Joder. Joder. Joder.

La rabia y el agotamiento agitaron sus llaves ante la puerta del apartamento. Cayeron de sus manos. Se quedó inmóvil un momento, con los puños cerrados y las lágrimas como un torniquete en la garganta. Ya dentro abrió una botella de Smirnoff. En el fregadero de la cocina dejó caer el vaso donde lo estaba sirviendo. El vaso estalló contra los azulejos de la encimera. Con los últimos restos de furia arrojó la botella contra la pared donde, obedeciendo con inocencia a las leyes de la física, se rompió también, y derramó su contenido transparente sobre la pintura.

Encendió un Marlboro y llamó a Will Fraser.

—Hasta el momento nada —dijo él—. Los catastros de Utah están divididos por condados. Lo peor es que York dice que no existen cuentas bancarias a nombre de Xander King o Leon Ghast en Utah.

—¿El banco de los Conway?

—York está en ello. Cuestión de horas.

—Sigue investigando. Llámame en cuanto sepas algo.

Estaba a punto de colgar. Se serenó.

—Espera —dijo—. Las tomas del Tipo del Zoo. Mira las llamadas procedentes de Utah. Hazlo ya. Te espero.

Menos de un minuto de Claudia Grey.

—Hay una. De ayer. Saint George. Una mujer anónima. Dice que le vio en el Red Cliff Mall hace una semana.

—¿En un centro comercial?

—No dijo nada más. Sólo eso. Estamos esperando todavía las imágenes de las cámaras de seguridad.

Valerie cogió un bolígrafo.

—Dime la dirección del centro comercial.

—Red Cliffs Drive, 1770, Saint George, 84790 Utah. Hemos llamado al Departamento de Policía de Saint George y a la oficina del FBI. De momento, cero.

—Llámalos otra vez.

—Val, podría estar a trescientos kilómetros de allí sin haber salido de Utah.

—Llámalos.

—¿Qué vamos a hacer?

—No lo sé.

Pero sí que lo sabía. Y se rió por dentro.

Hizo una consulta en Internet. El último vuelo directo de San Francisco a Saint George partía al cabo de una hora. No llegaría a tiempo. Todo lo que había después implicaba escalas, enlaces en Los Ángeles, Las Vegas o Denver.

Sonó su teléfono.

—Soy yo —dijo Nick Blaskovitch.

Yo. Con suerte, tenías alguien en la vida para el que «yo» era una identificación suficiente.

—Estoy abajo. Déjame entrar.

En cuanto entró por la puerta, el apartamento revivió su historia. No te dabas cuenta de lo muerta que estaba una atmósfera hasta que resucitaba. Valerie pensó: *Tres años desde la última vez que estuvo aquí. Tres años desde lo último que vio antes de marcharse. Yo, follando con otro tío.* El dormitorio era una invitación y una herida.

—Will me ha contado lo que pasó —anunció.

Valerie estaba apoyada contra la encimera de la cocina con los brazos alrededor del vientre. No confiaba en sí misma sin algo sólido a lo que aferrarse.

—Sí —afirmó—. Ha sido…

No terminó. Él se había fijado en la botella rota, la mancha de licor en la pared. Era consciente de que él estaba recreando la escena, con mayor o menor precisión. Él la conocía. Ella le conocía. No había nada más que decir.

—Te habrás sentido bien —fue lo único que dijo Blasko.

Ella no le había mirado a los ojos. Lo hizo ahora. Reconocimiento. Lo cual les obligó a ambos a desviar la vista de nuevo.

—¿Qué vas a hacer? —preguntó él.

—Me voy a Utah. Hay una pista en Saint George. Inútil, probablemente.

Blasko asintió.

Siguieron sin mirarse.

Todavía estoy enamorada de ti, Nick. Todavía estoy enamorada de ti, pero no merezco que tú estés enamorado de mí. Dilo. Dilo.

No lo hizo. Él tampoco habló. Valerie pensó: *Si me acerco y le doy un beso sucederá una de dos cosas. O me devuelve el beso o no. Si no, no sé si seré capaz de soportarlo. Si es que sí, le llevaré a la cama y no abandonaré este piso durante días.*

Sabía que él estaba pasando por el mismo proceso mental. Era como si lo hubieran verbalizado. Tan sólo les separaba un delgadísimo velo emocional. Pero era como si estuviera funcionando una cerradura con sistema de relojería. Una cerradura con sistema de relojería que ninguno podía dejar de consultar.

—Has de salir de aquí —dijo él.

—Lo sé.

—¿Me mantendrás informado desde Utah?

—Sí.

Sí. Bastaban monosílabos. Significaban más que actualizaciones sobre el caso. Significaban, en potencia, todo.

La expresión de Blasko decía que había comprendido.

Fue a la puerta y la abrió. Se volvió.

—Ve con cuidado, nena.

—Lo haré. Te lo prometo.

La palabra «prometo» le dolió en el corazón.

Cuando se hubo marchado, Valerie permaneció inmóvil unos instantes para serenarse. La atmósfera del apartamento era como un puño apretado que se iba abriendo poco a poco.

En el dormitorio echó un par de mudas en una bolsa. Cogió un forro polar del ropero. Ordenador portátil, llaves, bolso, ibuprofeno.

Pistola. Placa.

De todos modos, tenía que abandonar la ciudad antes de que vinieran a buscarlas.

Hizo una pausa en la puerta. Evaluó el estado en que se encontraba. Imaginó los indicadores de energía de su cuerpo que destellaban en rojo: *Vacío. Vacío. Vacío.* Las horas de sueño perdido y el virus contra el que estaba luchando la miraban como un ejército enfurecido de filas prietas a la espera de cargar. Probabilidades ridículas. Una mujer contra miles.

Bien, de todos modos iba a hacerlo.

No tenía otra elección.

61

Paulie se encontraba en un estado peculiar. De hecho, Paulie se encontraba en un estado desconocido para él hasta aquel momento.

—Ya te dije que sabía algo que tú no —rió Claudia.

Claudia. Ella había pronunciado su nombre, y ahora era algo raro acomodado en su cabeza. Le dolía la polla dentro de los tejanos. Con las otras nunca había sabido su nombre hasta después, cuando ayudaba a Xander a quemar sus bolsos, tarjetas de crédito, permisos de conducir.

Ella había dejado la mano delante de los tejanos, y empezó a tocarse. A Paulie le costaba sujetar con firmeza el iPad. Todo lo que se le ocurría decir (*Estás loca, estás como… No me lo creo*) moría antes de salir de su boca. Los músculos de su cara eran inútiles. Pero su cuerpo estaba vivo de calor, y la polla era su centro palpitante. Todavía quería decir algo, pero le resultaba imposible. Su mente llegaba siempre a un callejón sin salida, mientras observaba el movimiento de su mano entre las piernas, los pequeños tendones de la esbelta muñeca tensarse y relajarse, tensarse y relajarse, su respiración pesada.

El último vídeo acababa de terminar.

—Joder —exclamó ella en voz baja, y se mordió el labio inferior—. Joder.

Paulie le dio la vuelta al iPad y puso el primer vídeo otra vez. Lo había hecho antes de ser consciente de que lo estaba haciendo. No paraba de descubrirse haciendo cosas.

—¿No puedes…? —dijo ella—. O sea, Jesús…

Paulie escudriñó sus ojos un momento. Tenía las cavidades nasales dilatadas. Era absurdo que la forma en que sus cavidades nasales se dilataban le pusiera aún más…, le pusiera…

Ella abrió los ojos. Miró la pantalla. Tenía la boca abierta, los labios húmedos. Sus dientes eran pequeños. Parecía que estaba en trance. Imaginó el tacto suave y cálido de su cara contra su mano. Imaginó que enredaba el puño en su pelo, le echaba la cabeza hacia atrás cuando le metía toda la polla en el culo. Y después le estrellaba la cabeza contra el suelo.

Salvo que no... No era correcto. No sabía si le enfurecía que ella... En algunos momentos, cuando ella miraba los clips, desviaba los ojos hacia él. Después, volvía a mirar la pantalla. Después a él. Cada vez que le miraba era terrible, conseguía que no lograra saber... saber si...

—¿Se te ha ocurrido alguna vez hacerlo con una chica? —le planteó ella con voz entrecortada.

Lo más raro es que supo enseguida a qué se refería. Se refería a ella y a él en lugar de a él y a Xander. Hacerlo con alguien. Juntos. Le asombró su clarividencia. Su rostro encendido como ahora, la sonrisa con los dientes pequeños. Casi como los dientes de una niña. Sobándose con la mano mientras él le hundía el cuchillo en el coño a alguna zorra. Imaginó que Xander se enteraba de lo que estaba pasando allí abajo, y durante uno o dos segundos el mundo salió pitando y su cráneo se encogió, como si fueran a darle un golpe en la nuca. Pero entonces recordó que Xander estaba arriba, con la habitación pesada a su alrededor y el gran rostro moreno contraído y sudoroso. La bala que se hundía en el armario ropero, al lado de su cara. Es como cargarte a la espalda.

—¿No puedes echarme una mano? —preguntó Claudia.

Sacó poco a poco la otra mano del bolsillo de la chaqueta. Sus dedos se enroscaron en el dobladillo del top. Empezó a empujarlo hacia arriba sobre su vientre desnudo. Lentamente.

62

—¿Dónde estás? —preguntó Liza Terrill.

—A unos ochenta kilómetros al oeste de Saint George —contestó Valerie—. Utah.

Habían transcurrido ocho horas desde su pelea frustrada con Carla, y las había pasado todas en la carretera. Ahora estaba sentada en el Taurus, en el aparcamiento de un McDonald's abierto las veinticuatro horas, con un vaso de agua caliente y limón demasiado caliente para beberlo, pero el calor le estaba calmando las manos. El reloj del coche anunciaba las 3.46 de la madrugada. Al otro lado del área de descanso y las luces de la autopista, el terreno despejado se alejaba en la oscuridad. La noche estaba algo nublada, con manchas de estrellas. Will Fraser había llamado cuatro horas antes. Carla había ido a ver a Deerholt de nuevo. Contaba con declaraciones de testigos (el guardia de seguridad, la madre joven, el chico de los carritos de la compra) en las que testificaban que Valerie la había atacado. También tenía los moratones que lo demostraban. Deerholt estaba, en palabras de Will, cabreado como una mona.

Desde entonces, horas y kilómetros de soñar despierta al volante. Le dolía todo el cuerpo. Cuando se sonaba la nariz enrojecida, notaba los mocos calientes. Escalofríos ocasionales, a pesar de la calefacción del Taurus. Su piel susurraba, encogida, pesada y fría. Las sensaciones la devolvieron a la infancia. Fiebres que se apoderaban de los detalles de su dormitorio y los deformaban, convertían su colchón en melaza tibia, transformaban los dibujos de la alfombra en monstruos marinos, dotaban de libertad a las flores oscuras de las cortinas para moverse y metamorfosearse. Durante la infancia, el delirio era la confirmación del mundo agazapado detrás del mundo, aquel sobre cuya existencia siempre daba pistas la imaginación, a la espera de hacerse visible. Pero durante

la infancia (su infancia, pensó, no la de cualquiera, no la de Leon) existían misericordiosas intercesiones: la mano fresca de su madre sobre la
frente; su padre, que la llevaba en volandas al cuarto de baño cuando
estaba demasiado débil para andar. Estas misericordiosas intercesiones
impedían que te precipitaras de una vez por todas en ese mundo agazapado detrás del mundo. Pero cuando eras adulta, estabas sola.

A menos que tuvieras amor.

—¿Qué demonios estás haciendo en Utah? —preguntó Liza.

Lo cual puso de manifiesto lo absurdo de lo que estaba haciendo:
conducir de un lado a otro por si se topaba con ellos.

Le contó lo del avistamiento.

—Jesús, podrían estar en cualquier sitio —comentó Liza.

—No si continúa viva. Si continúa viva la llevarán a su cuartel general.

—Valerie, lo único que tienes es un estado.

—Soy consciente de ello.

—Vale, vale, pero no te confundas. Te llamo para decirte que tenemos el ADN de las lentejuelas del bolso. Hay coincidencia. Son tus chicos. O al menos uno.

—Genial, gracias. ¿Se lo enviarás a Will?

—Ningún problema. ¿Cómo te va con Blasko?

No tenían secretos. Valerie le había hablado del regreso de Nick
cuando estaba en Santa Cruz.

—Acojonados —contestó Valerie—. Los dos. He de acabar esto…
Si empezáramos ahora…

—No mezcles las dos cosas.

Valerie no necesitaba descifrar la frase: No os hagáis dependientes
del caso. Como hiciste antes. Como la cagaste.

—Te conozco a ti y a tus genes católicos dementes —dijo Liza—.
Crees que no te lo mereces.

—No me lo merezco.

—Vale, cuando vuelvas, tú y yo iremos a emborracharnos como cu-
bas. Y si no vuelves a casa y te encamas con él, lo haré yo.

—De acuerdo. Me parece justo.

—Escucha, vuelve de una pieza, ¿de acuerdo?

—De acuerdo.

—Y cuidado con esos cabronazos mormones.

Después de colgar, Valerie continuó sentada unos momentos, mientras soplaba sobre su agua caliente con limón. Una vez más se imaginó ajena a todo aquello, una mujer sentada ante una cabaña de adobe bajo un sol de justicia, los pies descalzos sobre un polvo tan rojo como pimentón picante. Sola. Al mismo tiempo, sintió la promesa del calor y la paz de estar en la cama con Blasko. Amor. Espacio para cada uno. Un futuro.

Y entre ella y cada visión las mujeres muertas que susurraban. El cuerpo del niño con su texto de heridas y las alas invisibles de la oscuridad. El enloquecedor silbido interior del tiempo de Claudia Grey, que se iba disolviendo en la nada.

63

La división entre la mano de Claudia y el metal que guardaba en el bolsillo iba y venía. En un momento dado era un objeto en sí, y al siguiente era parte de ella, una extensión de su carne, sangre y huesos de sus dedos y la palma de la mano. Sus nervios se le adelantaban, ensayaban el segundo en que levantaría el brazo, lo deslizaría a través del espacio que les separaba, trazaría el arco imposible que terminaría con el arma enterrada en la cuenca del ojo. Una versión fantasmal de ella repetía el momento una y otra vez, y cada vez se sentía más débil, como si cuanto más esperara menos probabilidades existieran de que fuera capaz de hacerlo. Pensamientos e imágenes inútiles zumbaban y parpadeaban: su primera mañana en el colegio, la cara apretada contra los barrotes helados de la puerta del patio de recreo mientras su madre daba media vuelta y se alejaba; entrar andando en el océano Índico una noche, el agua tibia suave y pesada alrededor de sus piernas desnudas; sentada en su habitación de Magdalen con un whisky de madrugada y su manoseado ejemplar de *Middlemarch: un estudio de la vida en provincias*, y después alzaba la vista hacia la ventana oscurecida y veía los grandes copos de nieve que estaban cayendo; salir del metro en Tottenham Court Road un viernes por la noche, sola y emocionada y viva, al misterio de otra noche de Londres. Existía una superabundancia de estos pensamientos y recuerdos, como si su vida estuviera llevando a cabo un esfuerzo por reunificarse antes de morir.

Y contra todo eso estaba la realidad del ahora, estos minutos, estos segundos, el hecho del lugar donde se hallaba que, con independencia de en dónde había estado y qué había hecho durante sus veintiséis años, era lo único que importaba.

Hacía un rato que no hablaban. Él se había quedado mirándola, mientras se masajeaba con la mano la polla enfundada en los tejanos. Su rostro era un delicado equilibrio de trance y desconfianza. Respiraba a través de la boca. Claudia tenía que proceder con cautela. Él tenía miedo de su voz. Tenía miedo de mirarla a los ojos. Cierto grado de aversión era necesario. Ella comprendía los matices precarios. Si cometía una sola equivocación, todo habría terminado.

Se desabrochó los dos botones superiores de los tejanos. Era espantoso tener que emplear ambas manos. Soltar el rollo de metal que guardaba en el bolsillo de la chaqueta. Sólo dos botones. Aún podría correr. Nada le impediría correr. Otro delicado equilibrio. Desde que se había levantado el top y exhibido los senos, una fresca capa de horror se había posado sobre ella. Estaba llevando la contraria al instinto a un nivel celular. Se estaba obligando a sufrir una transformación. En algún momento experimentó la sensación de que se iba a desmayar. La idea de correr embargaba sus piernas de cansancio.

Él apoyó la escopeta contra la pared. Rebuscó en el bolsillo.

Las llaves.

Ya estaba.

Oh Dios. Oh Dios ayúdame por favor.

Abrió la boca para decir algo, una última palabra de aliento y confirmación, pero en el último momento se contuvo. No debía hacer nada. Sólo lo que estaba haciendo. Lo que estaba haciendo era eficaz. Una palabra podría romper el hechizo. El hombre estaba actuando sin saber muy bien qué hacía. Se estaba convirtiendo en un desconocido para sí mismo a cada segundo que transcurría.

Se inclinó para introducir la llave en el candado. El sótano acumulaba su silencio alrededor de los pequeños sonidos. Claudia quería que parara. Era demasiado pronto. No estaba preparada. Nunca estaría preparada. No podía. No albergaba suficiente locura en su interior. Creías que ya estabas asustado al máximo, pero descubrías que había más miedo. Descubrías que tu espacio para el miedo era infinito.

Las llaves arañaron el suelo. Tintinearon. La cerradura chasqueó.

No había vuelta atrás. No había tiempo. No podía creer que hubiera provocado eso. No podía soportarlo. Sabía que si chillaba ahora, no dejaría de chillar. Era demasiado tarde. Era un error. No podía hacer lo que debía hacer. Se había engañado a sí misma.

Apoyó la espalda contra la pared de ladrillo vista. Para evitar venirse abajo. Los ensayos mentales se habían convertido en un caos. No había, comprendió ahora con estremecedora claridad, repasado bien los detalles. Se acercaría a ella y le estamparía el puño en la cara. Se acercaría a ella y le arrancaría un mechón de pelo. Se acercaría a ella y le rajaría el estómago con el cuchillo. En una de sus optimistas (estúpidas) visiones le había visto tendido de espaldas, con ella a horcajadas sobre él. Se había visto disponiendo de todo el tiempo del mundo para clavarle el metal en el ojo con precisión. Le había visto con los ojos cerrados, sin ver lo que se avecinaba. Ahora sólo veía su puño lanzado contra su cara. Ahora se veía doblada en dos en el suelo, y a él pateándola repetidamente, en la tripa, en los pechos, en la cara. Ahora se veía tendida boca abajo con los tejanos y las bragas bajados, y la mano de él agarrando su pelo y el cuchillo penetrando en su costado como sin querer.

Todo ello permutaciones de su fracaso, su locura, su desesperación, su estupidez.

La rejilla ascendió con un violento chirrido. Un monstruo que carraspeaba.

No había nada entre ella y el tramo de escalera.

Salvo él.

¿Podría ponerse a correr, sin más?

Leyó en su cara y en sus hombros que estaba pensando en bajar la rejilla y encerrarse con ella.

Pero no lo hizo. También tenía miedo de perder su impulso. No sabía qué estaba haciendo. Sólo que estaba avanzando hacia algo nuevo.

Era demasiado tarde. Una vez más. Los segundos la habían traicionado. Medio metro de distancia. Percibía su olor. Tuvo que reprimir el acto reflejo de meter la mano derecha en el bolsillo y sacar el tubo metálico.

El rostro del hombre estaba cerca. Los ojos azules como blancos de tiro con arco, la absurda asociación con Robin de los Bosques otra vez, siendo él el traidor lloriqueante. El verde profundo de los bosques ingleses. Su padre diciendo: Hace mucho tiempo, Claudia, toda Inglaterra estaba cubierta de árboles.

Muy poco a poco, sin dar crédito a sí misma, extendió la mano y la apoyó sobre el bulto de los tejanos.

Eso bastó para hacerle estallar. Se lanzó sobre ella.

En la confusión posterior todas las imágenes (de su familia, de su pasado, de huir) implosionaron. Había imaginado un cálculo. Había imaginado que elegía el momento. En cambio, sólo había esto. Sin tiempo. Nada. Todo.

Pero sintió su aliento cálido y agrio en la cara y los dedos que se hundían en su pecho y antes de saber lo que estaba haciendo sacó la mano derecha del bolsillo, el metal aferrado en su puño húmedo.

Se le antojó interminable el momento en que lo sostuvo sobre su cabeza. El silencio que les separaba ejercía sobre ella una presión estática. La sangre tronaba en su cráneo. El aire libre que había en el exterior de la casa era como una gravedad que tirara de ella. El aire libre. Libertad. Vida.

Echó el brazo hacia atrás. Sus músculos decían que era imposible. Todo decía que era imposible.

Se le ocurrió (un dato remoto, irrelevante) que tenía la pierna derecha entre las de él. Todas las películas que había visto en que una mujer le hacía eso a un hombre. Un chico que había visto una vez en el gimnasio del colegio, en Bournemouth: estaba andando sobre la barra. Resbaló. Recibió todo el peso de su cuerpo en los testículos. Toda la clase estalló en carcajadas. Pero dio la impresión de que el chico estaba inmóvil desde hacía una eternidad, con las piernas en tijera alrededor de la madera, antes de desplomarse de una manera cómica sobre la colchoneta. Al cabo de unos momentos vomitó, y todo el mundo guardó silencio.

Claudia levantó la rodilla con todas sus fuerzas.

Notó que se le escapaba el aire. Vio el extraordinario detalle de su cara delgada con la boca abierta y los ojos desorbitados. Sintió que su cuerpo intentaba recuperarse y fracasaba, fracasaba, fracasaba. Se inclinó hacia delante, habría caído de rodillas de no ser por ella, de no ser por la suavidad de su estómago que le acunó la cabeza. Esa intimidad la asqueó de inmediato.

Ciega, sorda, asaltada por la energía concentrada de la habitación, atacó con el tubo metálico.

Lejos de su ojo. Se hundió en el cartílago del oído.

El hombre emitió un extraño sonido, como un falsete, a modo de protesta insignificante.

Ella lo clavó de nuevo, vagamente consciente de que su puño estaba tibio y mojado de sangre.

No se le antojó un golpe muy fuerte, pero al mismo tiempo sintió que arrancaba un pequeño pedazo de carne de su cráneo.

A pesar de ello sus manos conservaban la fuerza. La izquierda agarró su solapa. Las uñas de la derecha arañaron su pecho. Había caído en la cuenta. Comprendía que estaba perdiendo el control. No daba crédito a lo que estaba sucediendo. Lanzó la cabeza contra ella. Intentaba no caer de rodillas. Claudia notó que las luces de su cuerpo destellaban. Una ciudad sobrecargada de electricidad...

La mano de Paulie asió su garganta. La parte delantera de su garganta. Ella notó sus dedos de puntas afiladas estrujar su tráquea, mientras se disparaban las señales de alarma del oxígeno de su cuerpo y la inanición corría por sus arterias. Él intentaba que las sucias uñas de sus dedos se encontraran. Intentaba rajarle la garganta.

Ella echó la mano hacia atrás (imaginó por un momento el malvado borde en forma de V), chilló y se la clavó en la cabeza con todas sus fuerzas.

Él debió de verlo venir. Debió de leerlo en sus ojos, entre la nube de dolor, sus intenciones. Volvió la cabeza para protegerse los ojos.

El metal se hundió tres centímetros en el lado de la garganta.

Por un momento, pareció que no pasaba nada.

Los dos se quedaron petrificados unos segundos. Para Claudia era como si él estuviera haciendo una pausa para recalibrar, para hacerse cargo de la alteración sufrida en la situación. Su mano aún le sujetaba la garganta, pero ella notó que su peso estaba resbalando hacia abajo. Sabía que si retiraba el arma y trataba de clavársela otra vez podía fallar. Estaba distraída por la nueva y extraordinaria sensación: haber apuñalado a alguien, la mano que todavía aferraba el metal enrollado, su asombroso hundimiento en la carne. Con una curiosa precisión de concentración, tuvo claro que sólo tenía un momento para infligir todo el daño posible.

De modo que en lugar de intentar sacar el arma e intentar causar una segunda herida, la hundió con todas sus fuerzas en su garganta.

—Joder —farfulló él en voz baja mientras inhalaba aire—. Joder.

Ella soltó el metal y le dio un empujón. Dos segundos de resistencia, y después el hombre se apartó de ella, sus piernas se doblaron bajo el cuerpo, todo a cámara lenta. La soltó y acercó las manos, en una exploración vacilante, confusa, al metal sepultado en su cuello. Los ojos azules parpadearon, con delicadeza.

En el segundo que tardó Claudia en dejarle atrás experimentó la sensación imaginaria de que él la agarraba por el tobillo.

Cosa que no sucedió.

En cambio, el espacio del sótano se abrió a ella. Todos sus movimientos le parecían lentos. Fue consciente de que se bajaba el top sobre los pechos. Fue un alivio ínfimo y precioso, una repentina integridad.

La escopeta estaba donde la había dejado él, apoyada contra la pared. La cogió.

Matarle.

Pero el sonido del disparo atraería al otro. Jamás había aferrado un arma en toda su vida. El extraño peso. La oscura personalidad del objeto. El sonido del disparo el sonido del disparo el sonido...

Se dio cuenta de que la levantaba y la apuntaba al hombre y apretaba y apretaba y apretaba el gatillo.

No pasó nada. Un nervio de su dedo protestó.

Algo estaba haciendo mal.

El seguro.

Había algo llamado el seguro.

Era demasiado. No podía pensar. Búscalo. Tiempo. No hay tiempo. Corre.

Corre.

El hombre había localizado el punto en que el metal se había hundido. Lo estaba sacando. Verle hacer eso, y la sangre que lo acompañaba, disparó algo en ella. De repente, el solo hecho de verle moverse todavía, de intentar recuperarse como un animal, con las uñas sucias y las pestañas que se agitaban, fue más de lo que podía soportar.

Sujetó la escopeta por los cañones, la levantó hasta la altura del hombro y la descargó sobre el cráneo de Paulie.

64

Cuando Xander despertó Mama Jean estaba sentada en la silla de la casa vieja, junto a la ventana, fumando. La cama de Xander estaba mojada.

—La cosa más sencilla del mundo —dijo la mujer—. La cosa más sencilla del mundo, a menos que seas más burro que un arado.

Xander sentía la boca cerrada a cal y canto. Sabía que debería poder hablar. Pero no podía. El calor y el peso y el cosquilleo familiares, porque estaba consiguiendo que perdiera la paciencia.

—¿J de?

La mujer se inclinó hacia delante en la silla. La madera crujió. Llevaba la camisa a cuadros azul y los tejanos azul claro. Sus pálidos pies rechonchos estaban descalzos. Las gruesas uñas se curvaban bajo el sol. El humo de su cigarrillo se elevaba recto unos centímetros, y después se ponía a ondular como enloquecido.

—¿J de? —repitió la mujer.

Jarra. Jarra. Jarra.

Los músculos de su cara estaban transidos de suave electricidad.

Mama Jean exhaló un profundo suspiro. Se reclinó en la silla. Sacudió la cabeza. Sonrió para sí con una especie de ternura.

—No sé por qué haces esto —reconoció—. De veras que no lo sé.

Con un esfuerzo poderoso, Xander se obligó a incorporarse. No sólo la cama, sino toda la habitación parecieron inclinarse. Sentía las manos gigantescas e inútiles.

Mama Jean se bamboleó y parpadeó. Empezó a ponerse en pie.

Xander cerró los ojos.

Cuando volvió a abrirlos, la mujer había desaparecido.

La televisión continuaba encendida, con el sonido todavía bajo. Un publirreportaje de un cinturón de ejercicio. Una mujer rubia con mallas azules y pantis, que caminaba en una cinta de correr. Un tipo musculoso con sudadera verde y un polo blanco inmaculado, que no paraba de mover la boca. La cámara enfocó al público del estudio. Todo el mundo parecía muy complacido. Dientes y ojos. Algunos sacudían la cabeza como si no dieran crédito a la felicidad que les embargaba.

Xander se había metido en la cama vestido, incluso con las botas. Sentía la ropa como cosida a la piel, como si fuera parte de él. Quería quitársela, pero tenía frío.

La cosa más sencilla del mundo.

Había esperado demasiado. Había permitido que Paulie se cargara la forma correcta de hacer las cosas, y desde entonces todo había ido de mal en peor. Había soñado con disparar a Paulie. ¿Soñado? ¿Dónde estaba la pistola? ¿No se había metido en la cama con la pistola?

Rebuscó entre las sábanas. Nada. Regresaron imágenes. Paulie contra el armario ropero.

Había un agujero de bala en el armario ropero.

Pasó las piernas por encima del borde de la cama. No se encontraba bien. Nada iba bien. Desde la cagada de Colorado. La nieve. El crío en el dormitorio. La mujer.

Porque no tenía la jarra. No tenía la J.

La J estaba debajo de su brazo. Pero brillaba también cuando tenía los ojos cerrados. Como niños escribiendo en el aire negro con bengalas. Había esperado demasiado. Era como si la habitación crujiera. El tiempo se acababa. Mama Jean dijo: *Puedo esperar todo el día. Tengo todo el tiempo del mundo.*

Se puso en pie, temblando.

Oyó algo abajo.

Paulie.

Sería más sencillo sin Paulie. Sería, después de tantos años, un alivio.

65

Claudia había llegado casi a lo alto de la escalera cuando pensó en las llaves. Había media docena en el manojo que Paulie sujetaba.

Le vino una imagen de ella encontrando cerrada con llave cada puerta de escape. No se había dado cuenta de que estaba llorando hasta que ese pensamiento la detuvo. Durante tal vez dos segundos había sufrido un perfecto equilibrio entre el terror de ser incapaz de huir y el horror de volver a por las llaves. *Volver*. Las palabras conseguían que volver fuera imposible. Se arrojaría por una ventana en caso necesario. No había vuelta atrás. No podía volver.

Pero tenía que volver.

La puerta del sótano estaba cerrada con llave.

Las lágrimas se agolparon y cayeron al instante. Una fractura de debilidad que atravesaba su cuerpo.

Se obligó a bajar de nuevo la escalera. Tan sólo poner un pie delante del otro amenazaba con derrumbarla. Cada paso era más tembloroso que el anterior, como si su esquema mental para bajar escaleras la estuviera abandonando.

Paulie estaba tendido de espaldas, con los ojos cerrados, inmóvil, pero todavía respiraba. Un charco de sangre que iba manando muy poco a poco del punto del que se había extraído el metal de la garganta. Percibir su olor a tabaco, lona mojada y sudor la mareó. Estaba temblando, pese al calor que proyectaba la caldera. Tocarle se le antojó inconcebible.

Pero apretó la mandíbula (los sonidos que producía, respirar, sollozar, eran ruidosos y guturales) y se obligó a hacer lo que debía.

Las llaves estaban en el bolsillo derecho de la chaqueta de combate.

Las agarró, dio media vuelta y subió corriendo la escalera. En el último momento recordó coger la escopeta. Aunque no pudiera disparar era algo a lo que aferrarse, era un garrote, como ya lo había demostrado.

Había hecho demasiado ruido en la escalera.

La primera llave no. Ni la segunda. Ni la tercera.

Sus manos eran pájaros frenéticos anclados a sus venas. Dejó caer el manojo. Se rozó la frente con la puerta cerrada cuando se agachó para recuperarlas.

¿Qué llaves había probado?

Las palabras empezaron a enfermarla de nuevo de rabia y miedo. El tiempo se escapaba como una hemorragia. Su tiempo. Se iba…

La segunda llave que probó encajó.

La puerta se abrió con el sonido de un crujido amplificado.

Había salido.

El pasillo en el que se encontraba (recordaba muy poco de cuando lo había visto en la oscuridad) conducía en una dirección a la cocina, y por la otra a una puerta con una sección de cristal esmerilado a la altura de la cabeza. La puerta de delante. El cristal revelaba una luz crepuscular. ¿La aurora? ¿El ocaso? No tenía ni idea. Frente a ella había dos entradas más, una (a su izquierda) con la puerta cerrada, la otra (tres metros a su derecha) con la puerta entornada. Yeso rayado y suelo de madera desnudo. Una alfombra de pasillo podrida apretujada cerca de la puerta principal, sujeta con un viejo limpiabarros de hierro. Gruesos interruptores de baquelita y dos bombillas desnudas envueltas en telarañas que colgaban del techo desconchado. En la casa reinaba el silencio. En el mundo reinaba el silencio. No había tráfico. Podría haber sido el único edificio de un planeta desierto.

La cercanía de las salidas le aconsejó a gritos que corriera. Anuló el impulso la idea de que el otro tipo la oyera. El otro tipo. ¿Dónde estaba?

Caminó de puntillas hacia la puerta principal. Probó el pomo.

Cerrada con llave.

La pesadilla de las llaves. Otra vez. Sus manos peor, sus manos temblando. La necesidad de mirar las llaves y de mirar hacia atrás. No podía hacer ambas cosas a la vez. Cada vez que miraba las llaves, la certidumbre de que alguien se le acercaba por la espalda. La casa vigilante.

Probó todas las llaves.

Ninguna encajaba.

Ahora era imposible proceder con lentitud. Se volvió y corrió por el pasillo hacia la cocina.

Acababa de dejar a su espalda la puerta entornada, cuando Xander salió por detrás de ella, la agarró del pelo y le dio un tirón brutal.

66

Valerie se inscribió en el Best Western de East Saint George Boulevard (las dos mujeres de recepción se tocaban con gorros de Papá Noel), se duchó, se cambió y dormitó durante una hora y cuarenta minutos, antes de que el Red Cliffs Mall abriera. No le sirvió de nada. Cuando la alarma de su teléfono sonó fue como elevarse de un reino submarino casi impenetrable, invadido de malas hierbas. Se aplicó agua fría a la cara, se cepilló los dientes, tomo un par de ibuprofenos y volvió al Taurus, temblando. Se le ocurrió que en su antigua vida se habría puesto el termómetro. Su antigua vida. ¿Cuánto hacía de eso? Ni siquiera estaba segura de que hubiera existido su antigua vida.

Había llamado a Will para que dijera al director de las galerías comerciales que la esperara. Existía el hecho manifiesto, por supuesto, de que su jurisdicción en Utah era cero, pero Will les intimidó, de modo que no hubo resistencia (de hecho, hubo deferencia) cuando apareció un poco después de las siete y media de la mañana, exhibió su placa y la acompañaron a la sala del sistema de vigilancia con cámaras, en el segundo piso.

—Ya hemos enviado el material a los chicos de Saint George —le dijo el jefe de seguridad—. Si aún no ha llegado a su gente, son ellos los que se están columpiando, no nosotros.

Se llamaba Marcellus Corey, un apuesto negro de cincuenta y dos años nacido en Nueva Orleans, con vetas blancas en su pelo corto y un rostro de pómulos altos, con una sonrisa que esperaba cortésmente mientras soltabas chorradas, hasta que estabas dispuesto a decir la verdad.

—Ya lo han enviado —contestó Valerie—, pero aquí estoy de todos modos

Marcellus sonrió. Los labios apenas entreabiertos revelaron el destello cálido de un diente de oro. *Siente pena por mí,* pensó Valerie. *Sabe quién soy.*

—La escucho —dijo Marcellus—. Bien, aquí tenemos los originales.

La mujer que había llamado no estaba segura de si había visto al sospechoso el miércoles o el jueves, lo cual significaba, en teoría, que a Valerie la aguardaba la perspectiva de dos días de imágenes de compras. Marcellus la acomodó en la sala de control con un café, pero después de dos horas la sensación de inutilidad se apoderó de ella. La mujer que había llamado sólo había dicho «el centro comercial». Valerie había decidido ver primero las imágenes de la zona pública general, y después ir tienda por tienda. Pero ¿para qué? Lo mejor que podía esperar era una identificación positiva. ¿Adónde la conduciría eso? A Leon todavía le quedaba todo el estado. ¿Y si estuvo en Saint George una semana antes? Eso no demostraría que vivía allí. El territorio de Utah abarcaba 219.887 kilómetros cuadrados. El cuartel general de los asesinos (y quizá de Claudia Grey, si todavía seguía con vida) podía estar en cualquier sitio desde ese punto a Logan, trescientos kilómetros al norte.

Le dolían los ojos. El esfuerzo constante de intentar comprimir visualmente los píxeles. Detuvo las imágenes, se levantó, se estiró. Le dolía la cabeza, y aunque se había puesto el forro polar debajo de la chaqueta continuaba temblando. Buscó más ibuprofeno en el bolso. No quedaban. El bolso. La bolsita. El análisis.

Antes de que más mujeres mueran por culpa de tu incompetencia. Asesina de bebés.

—Jesús —exclamó Marcellus, cuando pasó ante ella camino de la sala de control—. ¿Se encuentra bien, detective? Parece... No tiene muy buen aspecto.

—Sí. Estoy resfriada.

—No soy médico, pero a mí me parece algo más que un resfriado.

—Estoy bien. Tengo la vista algo cansada de tanto mirar la pantalla.

—Bien, voy a buscar café. ¿Puedo traerle algo?

Ibuprofeno, pensó Valerie. *Codeína. Y ya puestos, unas anfetaminas.* Pero estaba harta de tomar analgésicos. Era como un fracaso moral.

—Café me apetece mucho —dijo—. ¿Un capuchino?

Sola en la sala de control (otros tres agentes de seguridad habían entrado y salido durante la mañana, pero ahora estaban todos abajo), Valerie paseó unos segundos, mientras intentaba reinicializar su concentración. Había tres ordenadores y varios monitores, que grababan en directo y cambiaban de ángulo. Se preguntó cómo llevaría Marcellus lo de trabajar cada día vigilando a gente que ni por un momento se sentía vigilada. Desde allí arriba se veía de todo: flirteos; rupturas; hijos mal cuidados; gente feliz; gente triste; gente solitaria; sobre todo, gente que se arrastraba sin reflexionar a través de la inagotable riqueza de su extraordinaria vulgaridad. *El trabajo se te mete dentro.* Debías sentirte como un pequeño Dios allí arriba, hora tras hora, día tras día. Marcellus poseía una pizca de esa cualidad, una especie de adaptación paciente, incapaz de llevarse sorpresas.

Con una muy leve sensación de culpa voyerista, buscó a Marcellus, mientras se preguntaba si él se habría preguntado si ella haría justamente eso. Tardó un poco, pero le localizó. Estaba delante de Starbucks, con los dos cafés en un recipiente de cartón, conversando con un miembro del equipo de limpieza del centro comercial, un negro calvo y bajito que sujetaba un carrito verde chillón equipado con mochos y cepillos. Por un momento, la deprimió la idea de que, incluso en los Estados Unidos del siglo XXI, muy pocas veces veías a una persona blanca encargada del trabajo de limpieza.

Un crío que se había escapado de la presa materna salió de Starbucks justo detrás de Marcellus, con una alegre expresión de niño travieso, y tropezó contra las piernas de un tipo barbudo de pelo oscuro que llevaba gafas de sol. El hombre cargaba una bolsa en cada mano, y algo que Valerie no logró identificar encajado bajo la axila. A causa del impacto del niño, el paquete resbaló y cayó al suelo. El niño, un chico rubio con mono tejano, le miró un momento y prosiguió su paseo con andares vacilantes, perseguido un segundo después por su madre, una mujer bonita de pelo rubio idéntico, con un vestido estampado, chaqueta de cuero corta y Nikes blancas.

El tipo se agachó para recoger lo que había dejado caer: un koala de peluche envuelto en celofán, al tiempo que la madre se apoderaba del niño. Animó algo a Valerie que la joven no pareciera enfadada, que en parte se complaciera en la vitalidad obstinada de su hijo.

El tipo reacomodó el peluche bajo el brazo. No pareció enterarse de las disculpas de la joven mientras se alejaba.

Valerie había dado media vuelta para encaminarse hacia su temido ordenador, cuando se le ocurrió la idea.

K de...

¿Sería «Koala»?

Jesús.

Giró en redondo hacia la pantalla, pero el tipo había salido del encuadre.

Las gafas de sol y la barba ocultaban sus facciones.

Pero la altura y la complexión eran correctas.

Joder.

No había tiempo.

Se puso a correr.

67

—Cierren el centro comercial —ordenó Valerie a Marcellus.

—¿Qué?

—Está aquí. Ciérrenlo.

¿Cuántos segundos habían transcurrido? ¿Minutos? Tiempo. Claudia.

—No puedo... O sea...

—Hágalo. Ya. ¿Cuántas salidas hay?

—Dos. Pero también hay salidas en las tiendas. Yo diría...

—Envíe a sus chicos a ellas. Varón blanco, cabello y barba oscuros, gafas de sol, metro ochenta, ochenta kilos. Tejanos y cazadora azul oscuro.

Se marchó en la dirección que había tomado el individuo.

—Y vigile las cámaras del aparcamiento —dijo sin volverse—. Podría estar allí. Busque una autocaravana.

La angustia se apoderó de ella mientras se alejaba, consciente del tiempo consumido por el procesamiento de Marcellus. El tiempo que tardaría en ponerse en contacto por el walkie-talkie con el grupo de seguridad, volver a la oficina, conseguir la correspondiente aprobación, poner en marcha el mecanismo.

Examinó las tiendas mientras pasaba por delante, pero lo principal era llegar a la salida. Una de las dos salidas. Por lo que sabía el tipo podía estar en la otra, o haber utilizado la de Sears, J. C. Penney, Dillard's...

Las puertas de seguridad no habían bajado. El tráfico humano circulaba en todas direcciones. Como circularía, sabía, a través de todas las demás entradas y salidas del edificio.

Transcurrieron quince minutos. Apareció uno de los hombres de seguridad que Valerie había visto antes. No iba solo. Un tipo blanco y alto de cara redonda, con vestido de lino oscuro, se presentó.

—Mark Vaughn —dijo, y extendió la mano—. Soy el director del centro. ¿Qué está pasando, detective?

Lo que está pasando es que probablemente has permitido que un asesino en serie se haya salvado de ser detenido. Lo que está pasando es que por no cerrar las salidas del lugar otra joven va a morir.

Incluso antes de empezar las explicaciones, Valerie tomó conciencia del tiempo que desperdiciaría. Mark Vaughn no estaba intentando poner dificultades. Sólo estaba asustado. Cerrar el centro durante lo que podían ser varias horas en Nochebuena. Posible pánico masivo. Tendría que responder ante alguien.

Decidió ponerse agresiva. Utilizar su miedo.

—O cierra el centro o le acusaré de obstrucción a la justicia —lo amenazó—. Se trata de una investigación de asesinato múltiple. ¿Lo entiende?

—Escuche —empezó el hombre—, es que… Quiero decir…

—¡Detective!

Marcellus se dirigía hacia ellos. Parecía sin aliento.

—Se ha ido —anunció.

Valerie sintió un sofoco en la cara.

—Cámara de la salida de Sears. Debió de salir por la tienda justo después de que usted le viera.

El miedo de Mark Vaughn fue en aumento.

—Aparcamientos —dijo Valerie, al tiempo que asía a Marcellus por el codo y le conducía hacia la escalera.

—Lo siento —se disculpó Marcellus mientras subían—. Tuve que obtener su permiso. Le dije que no había tiempo.

—No es culpa de usted.

Llamó a Nick Blaskovitch.

—¿Qué pasa, nena?

—Escucha. Reproduce la foto del tipo.

—No estoy en mi despacho.

—¿Cuánto tiempo?

—Estoy en la sala de pruebas.

—Vuelve allí.

—Val, estoy en mitad de…

—Hazlo, Nick. Ahora. No colgaré. Date prisa.

Él no discutió. Se conocían. Conocían los tonos. Valerie no podía dar reposo a su mente: caza a ese cabrón y podrás intentar el amor de nuevo. Sabía que era una locura. Pero ¿qué no era una locura en su vida?

—¿Qué pasa?

Oía correr a Nick.

—Posible identificación.

—¿Sigues en Saint George?

—Sí.

—¿Le has visto?

—No —mintió—. Un testigo. Sólo es una posibilidad. ¿Ya has llegado?

—Un minuto.

Valerie y Marcellus entraron en la oficina de seguridad. El hombre empezó a rebobinar las imágenes del aparcamiento.

—Vale —dijo Blasko—. La voy a reproducir.

—El abecedario —le indicó Valerie—. ¿Hay un koala? ¿K de koala?

—Ampliando.

—Albaricoque, Balón, Cronómetro, Dinosaurio, Elefante, Fusta, Ganso, Hacha…

—No lo sé. Después de Hacha, Isla, después Jarra. Lo siguiente no sale en la foto. Sólo el borde. No puedo decir con seguridad que sea un koala.

—¿De qué color es?

—Marrón. El fragmento que veo es marrón.

—Te volveré a llamar.

—¿Estás con el Departamento de Policía de Saint George?

—Sí.

Mentiras, mentiras, mentiras.

—No mientas. Cuando estés cerca, llama para que te envíen refuerzos.

—Lo haré. He de irme.

—Val, no estoy bro…

Ella colgó.

Las imágenes no sirvieron de nada. El sospechoso giraba a la izquierda al salir de Sears, y no se le volvía a ver. Había un ángulo de cámara solitario para la salida del aparcamiento. Los destellos del sol poniente sobre los parabrisas lograban que la mitad de los conductores resultaran invisibles. El hombre se había ido. Lo había tenido al alcance de la mano y lo había perdido. Percibió que la desdicha de Marcellus se solidarizaba con la de ella en la habitación sin ventanas.

—Joder —exclamó el hombre en voz baja—. Lo siento. —Hizo una pausa—. ¿Qué hacemos ahora?

La adrenalina continuaba agotándose. Sintió que su cuerpo asimilaba la realidad de la situación una vez más: no tenía nada.

—¿Qué hacemos ahora? —repitió. Y pensó: *Me dedico a circular en coche por ahí, con la mente en blanco, impulsada por la estúpida esperanza de que le veo.*

—Lo que haremos ahora es enviar la descripción actualizada a la policía local y a todas las demás agencias —dijo—. ¿Puede imprimirme una foto de esto?

68

El tráfico de clientes en el Red Cliffs era denso cuando Valerie bajó la escalera. Los adornos navideños centelleaban y parpadeaban desde cada tienda, aunque apenas se había fijado en ellos durante la confusión de las últimas horas. Navidad. Para ella, las festividades eran algo vago ahora, acontecimientos carentes de importancia que apenas se registraban en el contínuum de un policía. El asesinato era indiferente a la época del año. Pensó en los Mulvaney, en el árbol adornado con espumillón en la diminuta sala de estar, en todas las veces, durante la infancia de Katrina, que la familia lo habría preparado, y ahora no quedaba ya nada del mágico ritual, tan sólo una redundancia resplandeciente. Habían hecho el esfuerzo para sus nietos, pero el principal invitado de la mesa sería el fantasma de Katrina. Siempre, durante el resto de su vida. Entretanto, el mundo (o todo el mundo al que el homicidio no le había robado un ser querido) continuaría adelante, envolviendo regalos, asando pavos, bebiendo ponche de huevo y devorando chocolatinas, viendo *Qué bello es vivir*, quemando la tarjeta de crédito. Hacía mucho tiempo que la familia de Valerie había dejado de esperar que fuera una activa participante en las Fiestas. Sus sobrinos y sobrinas (la sobrina por parte de su hermano menor, los dos sobrinos por parte de la hermana mayor) habían recibido la consigna, con discreción, de que no podían contar con ella. De hecho, durante varios años la madre de Valerie se había ocupado de comprar los regalos «de tía Valerie», lo cual precipitaba el preocupante asunto anual de intentar averiguar cuánto había gastado su madre e intentar devolvérselo en metálico, pero su madre insistía en que no era nada, no valía la pena que se tomara la molestia. Valerie calculó ahora, mientras pasaba ante el escaparate de Barnes & Noble, ocupado casi en su totalidad por merchandising de la película de Superman del año, *El hombre de acero*, que le debería más de mil pavos. También había perdido el contacto con el cine. Estrellas de la pantalla, grandes estrenos. Existía toda una nueva generación de actores, por lo visto, cuyas identidades constituían un absoluto misterio para ella, aunque en el cartel de *El hombre de acero* asomaban algunos rostros del pasado: Kevin Costner, Laurence Fishburne. Un barbudo Russell Crowe, con una especie de indumentaria plateada de ciencia ficción. Nunca había comprendido su atractivo. A ella le parecía rechoncho, hosco y misógino. Como un niño pequeño sexista grandote, le había resumido a Liza la última vez que las dos habían ido de copas para fingir que gozaban de una vida normal. Puedes perdonar a Johnny Depp que esté enamorado de sí mismo, había dicho Liza. Al menos, lo hace con un poco de ironía. Pero Russell Crowe…

Valerie se detuvo.

Crowe.

Joder.

Recordó las palabras de Joy Wallace: *Cinco años antes, Amy (ahora una prostituta heroinómana sin domicilio fijo) había quedado embarazada de Lewis Crowe, un proxeneta y traficante de drogas bipolar de Las Vegas que resultó muerto durante una transacción de narcóticos fallida, un mes antes de que su hijo naciera…*

Amy debió de poner el apellido del padre en la partida de nacimiento. Lo cual debía ser probablemente la única forma de identificación legal de Leon. Con la cual había abierto una cuenta bancaria. En la cual había depositado el dinero (de dondequiera que hubiera salido). Y de la cual había pagado la propiedad comprada en Utah.

No Xander King. Ni Leon Ghast.

Leon Crowe.

Llamó a Will.

69

Claudia emergió de la negrura. No sabía si Xander la había dejado sin sentido o si su organismo, forzado más allá de sus límites, se había colapsado. En cualquier caso, no guardaba el menor recuerdo del tiempo transcurrido entre entonces y ahora. «Entonces» era el momento en que la había agarrado del pelo. «Ahora» era (los hechos eran como una piedra de molino dando vueltas sobre ella, poco a poco) estar de vuelta en el sótano, estar de nuevo detrás de la rejilla cerrada, estar de vuelta con las manos y los pies atados y la boca amordazada, que se esforzaba por albergar una bola de plástico, como las que había visto incluso en el escrutinio más superficial de pornografía. Notaba que le resbalaba saliva sobre la barbilla. Sus manos estaban sujetas a los nudos que le cortaban la circulación de los tobillos. *Atada de pies y manos.* La terminología era válida. No podía evitarlo: el lenguaje era el lenguaje. Aunque fueras su desdichado objeto.

Ahora ya no quedaba nada para ella. Todas las microesperanzas habían desaparecido. Su futuro finito ocupaba todo el espacio que la rodeaba, de modo que hasta el más ínfimo movimiento la apretaba contra él. Era sólido, rebosante, inamovible. La rodeaba de certidumbre. No iba a escapar. Lo que iba a sucederle iba a sucederle. Se sentía cansada. El agotamiento superficial de los recursos de su cuerpo, sí, pero más allá un hastiado desprecio por el hecho incontrovertible de que un hálito de vida se obcecara en subsistir. Una porción de sufrimiento absolutamente inútil. Casi había superado el miedo. La ponía enferma tener que estar allí para aguardar su inevitable fin, tener que estar allí (no había discusión al respecto) como sujeto y como testigo. Sin siquiera un Dios al que poder despreciar. Ni Dios, ni diseño divino, nada. Sólo la esclavitud del mundo físico al principio de causa y efecto. Si *x*, después *y*. Nunca había sentido tanto asco por la vida. Pero ahora lo sentía. Quería

que terminara. Quería acabar con su cuerpo, aunque al hacerlo acabara
con ella misma. Imaginó un estado después de la muerte: una oscuridad
confusa, salvadora. Un largo sueño. *En paz*, decían las lápidas. Ahora lo
entendía. Sin tu cuerpo y su sufrimiento, podías estar en paz.

Paulie estaba al otro lado de la jaula, tendido en posición fetal, cubierto de sangre, su respiración un estertor cuajado de mocos. Tenía los
ojos abiertos. La delgada cara húmeda y gris. El rastro de sangre sobre
el suelo desnudo que conducía hasta su cabeza revelaba que le habían
arrastrado hacia allí por los pies. Xander estaba de pie sobre él, sujetando un machete sembrado de manchas de óxido. Tenía los miembros
pesados. La cara flácida.

—Tú eres el culpable —dijo Xander en voz muy baja.

Paulie intentó decir algo, pero no salió nada. Una burbuja de sangre
oscura se formó en sus labios, y después estalló. El sonido fue leve y
tierno.

—He cargado contigo desde el primer momento —prosiguió Xander—. El maldito Colorado. —Alzó la voz, como si hablara con alguien
duro de oído—. El maldito Ellinson, el maldito Colorado, he dicho.

Paulie rió, una reacción extraña.

Por un momento, Xander pareció no fijarse en eso.

—Todo iba bien —continuó—. Todo iba de puta madre hasta que
tú la cagaste en Colorado. ¡Ahora mira! —Hizo un gesto circular con el
machete, como abarcando el sótano—. ¡Mira qué situación! Y todo por
tu culpa. Nunca entendiste lo que hago aquí. Nunca entendiste que estoy perdiendo la paciencia, por los clavos de Cristo. ¿Significa eso algo
para ti? ¿Crees que mi paciencia es…? ¿No creías que perdería la paciencia? O sea, ¿por qué me haces esto? ¿Por qué?

Sin previo aviso (de hecho, con una curiosa acción retardada, como
para ver si Paulie se iba a encoger), Xander levantó el machete y lo dejó
caer con fuerza sobre la cadera doblada de Paulie.

Éste chilló y se revolvió. La hoja había atravesado los tejanos y
la carne con un crujido húmedo. Xander tuvo que apoyar el pie en la
pierna de Paulie para desclavarlo. Chilló varias veces más, con un falsete desagradable. Era como si intentara imitar a un pájaro alienígena
alarmado. No obstante, estaba claro que carecía de fuerzas para mover

los pies o levantarse. Siguió tendido en el suelo, lloriqueando y temblando.

—Hay una forma —continuó Xander—. Hay una forma de hacer las cosas. ¿No lo entiendes? ¿Crees que esto se hace... al azar? ¿Crees que no existe un orden en todo esto?

De la misma forma vacilante y exploratoria acuchilló a Paulie seis o siete veces más con el machete. Después de los tres o cuatro primeros golpes Paulie dejó de agitarse. Claudia absorbió los sonidos de la hoja atravesando la carne. Le evocó la carnicería a la que iba con su madre cuando era pequeña, medio complacida medio amedrentada. El jovial señor Donaldson cortando pedazos de carne entreverada, las huellas dactilares marrones y las manchas de sangre del delantal en desacuerdo surrealista con su cara risueña y su animada charla. Se tocaba con un pequeño sombrero de paja, con una cinta a rayas azules y blancas sobre el ala. Intrigaba e inquietaba a Claudia que su madre y el señor Donaldson se entregaran a una vivaz conversación sobre la carnicería que cubría el mostrador. Era como si fingieran que no estaba sucediendo algo horrible.

—Ella te vio —afirmó Paulie.

Siguió una larga pausa. Xander, boquiabierto, estaba regresando de sus meditaciones.

—¿Qué? —dijo por fin.

Paulie rió, luchó un momento por recuperar el aliento.

—La cría —contestó con voz ahogada—. La niña de Colorado.

Se puso a reír de nuevo.

Xander respiró ruidosamente.

Paulie estaba llorando y riendo. O en algún impreciso estado liminar entre llorar y reír.

—¿Qué estás diciendo? —preguntó Xander sin alzar la voz.

—Ella te vio y ella... —La cara de Paulie onduló. Guardó un breve silencio, y después lanzó un gemido animal entre los dientes apretados—. Huyó. Cruzó el puente. Ni siquiera sabías que estaba allí. La cagaste.

Una de las heridas de las piernas de Paulie estaba rezumando sangre. La sangre se movía sobre el suelo desnudo como desesperada por cartografiar su nuevo territorio.

Xander permaneció inmóvil unos momentos, se inclinó un poco hacia delante, los brazos en jarras, la mano derecha blandiendo el machete. Podría haber sido un policía armado con una porra de alguna película cómica antigua, mientras escuchaba con escepticismo el relato fantasioso de un muchacho. Después, se incorporó y se alejó unos pasos. Sus movimientos testimoniaban unos intensos cálculos interiores.

De la boca de Paulie escapaban sangre y saliva. Sus manos realizaban leves y débiles movimientos.

Xander había llegado a la pared del fondo del sótano. Estaba muy quieto.

El machete resbaló de su mano y cayó al suelo con un ruido metálico.

Durante lo que a Claudia se le antojó una eternidad permaneció inmóvil, contemplando los ladrillos desnudos.

Después, recogió el machete y volvió a quedarse de pie sobre Paulie.

Con mucho cuidado, le agarró del pelo y echó hacia atrás su cabeza. El aliento de Paulie formaba burbujas. Ahora tenía los ojos cerrados. Claudia reparó en que llevaba desabrochados los cordones de una bota. Le llegó una breve imagen de él, agachándose para atarlos. Le llegó un vislumbre imaginario de su vida compuesta por actos ordinarios y extraordinarios. Todo parte de la misma persona, de la misma vida.

Entonces, Xander levantó el machete y lo dejó caer sobre el cuello de Paulie.

70

Claudia se había aplastado contra la pared. Los nudos que se le clavaban en las muñecas y las manos estaban tibios y resbaladizos de su sangre. Le dolían los hombros. No había postura que pudiera adoptar capaz de aliviar el dolor.

Xander estaba sentado inclinado hacia delante en la butaca rota, con los codos apoyados sobre las rodillas, la vista clavada en el suelo.

El charco de sangre alrededor de Paulie había dejado de expandirse. Su cabeza seguía sujeta todavía a los hombros. Claudia había cerrado los ojos después del primer golpe, pero los había oído. Cuatro, cinco, seis. Los sonidos referían su propio informe, puesto que no tenían otra elección. Los había oído, puesto que no podía taparse los oídos, puesto que no tenía otra elección. Esas cosas se habían infiltrado en su vida. Ahora sólo existían esas cosas. Volvió a cerrar los ojos. Le ardía el corte de la garganta. El recuerdo de haberse movido con libertad por el espacio de la casa todavía vivía como una conmoción en su cuerpo. Su cuerpo continuaba protestando porque se lo habían arrebatado. Por última vez.

Xander se acercó a la rejilla.

—He de arreglar esto —dijo—. He de ir a buscar tu cosa.

La bola de plástico que la amordazaba le causaba dolor en la mandíbula. El pedazo de metal que había utilizado contra Paulie seguía en el suelo, al lado de su cuerpo. Lamentaba no haberlo conservado, porque lo habría utilizado para cortarse las venas. Entonces, lo que Xander le hubiera hecho sería finito. Habría un límite. Habría un final.

Pero no lo había conservado, por supuesto.

—He de arreglar esto —repitió Xander—. No tardaré mucho.

Se agachó y comprobó el candado, tiró de él un par de veces. Sacó el manojo de llaves del bolsillo de los pantalones. Las miró. Las guardó de nuevo. Se detuvo un momento para echar un vistazo al cuerpo de Paulie. Su rostro mostraba una expresión de leve confusión.

Después, se volvió y se encaminó hacia la escalera.

Xander tardó un rato en ponerse en marcha. No dejaba de pensar que se dirigía hacia los vehículos, y después descubría que no era así. Se encontraba en el dormitorio. En el rellano. En la cocina. Pequeños lapsos de tiempo entre esas habitaciones que no podía explicar.

Te vio y huyó. Cruzó el puente. Ni siquiera sabías que estaba allí. La cagaste.

La habitación a medio pintar. El cuarto de una niña pequeña.

Estuvo sentado un rato en la autocaravana, temblando. La mañana era fría y transparente. La luz del sol mostraba lo sucio que estaba el parabrisas, todos los insectos que se habían estrellado contra él. Se sentía fatal. Cuando se llevó la mano a la cara se sorprendió de nuevo al palpar una barba incipiente que ahora era una barba de verdad. Aún no se había afeitado. Era malo olvidarse de esas cosas. Tendría que comprar pilas. La jarra y las pilas.

Pero cuando pensó en la jarra se apoderó de él una sensación de asco. No había derecho. La jarra tendría que haber sido para la zorra de Ellinson. No había vuelta de hoja. Espera. ¿La jarra venía a continuación? ¿No iba el koala antes de la jarra? ¿El koala o el mono?

Las imágenes se arrastraban, revolvían y superponían delante de él.

El mono tenía una cara estúpida, con los ojos redondos y una sonrisa. El mono se estaba rascando el sobaco.

El limón le escocía en la garganta y el balón siempre le hacía pensar en el campo de juego.

Basta.

Eso era lo que pasaba. Maldita sea, eso era lo que pasaba si no hacías bien las cosas.

El parabrisas sucio iluminado por el sol le hizo daño en los ojos. Cogió las gafas de sol de Paulie del atestado salpicadero y se las puso. Algo mejor, pero le pesaban en la cara. Pese a los temblores, el calor todavía aparecía y desaparecía de su piel. Le castañeteaban los dientes.

Los apretó. Imaginó a Paulie diciendo, eh, tío, esas gafas de sol son mías. Todo iría mejor sin Paulie. Podría hacer lo que era necesario. Pero al mismo tiempo ya se sentía raro sin él. Como si se hubiera alejado cientos de kilómetros de un lugar y caído en la cuenta de que se había dejado la chaqueta allí. Y no sabía manejar la cámara. No le gustaba el iPad, pero estaba bien para ver las películas. Verlas de nuevo le proporcionaba una paz insatisfactoria. Verlas de nuevo conseguía que sintiera más cercana la siguiente.

Estaba a punto de introducir la llave en el encendido, cuando descubrió que estaba en el vehículo que no debía. La autocaravana para la carretera, el Honda para las cercanías. También tenía la furgoneta, pero el neumático delantero de la izquierda estaba un poco desinflado. La idea de bajar y cambiar de coche intensificó los problemas de su cuerpo. Casi ni se tomó la molestia.

Pero en el último momento (porque no podías permitir que esas cosas se te escaparan, era como la barba y Colorado, dejabas que un par de cosas se torcieran y antes de darte cuenta sabías que todo se había ido al garete), bajó y cruzó el patio hasta el Honda.

Iría a la ciudad y compraría la jarra, y el koala, y el limón, y el mono. Lo conseguiría. Incluso sin Paulie.

71

—La granja Gale —dijo Will a Valerie por teléfono, veinte minutos después—. Garner Road, saliendo de la Antigua Autopista 91 justo después del embalse de Ivins. Comprada en efectivo hace dos años, ciento nueve mil dólares. Estás buscando unas ruinas.

Valerie estaba en el Taurus en el aparcamiento del centro comercial, con el motor en marcha.

—Transmítelo a Saint George —indicó, mientras tecleaba la dirección en el GPS. Sus manos temblaban—. Nada de sirenas cuando se acerquen.

—Si llegas primero, te quedas quietecita, Valerie. Te quedas quietecita, ¿vale?

—Sí.

Puso la sirena y dirigió el Taurus hacia la salida.

El hombre de acero.

Russell Crowe.

Crowe.

Leon Crowe.

Joder. Ocurría muy a menudo así, accidentes y detalles aleatorios que se alineaban hasta iluminar lo que, sin ellos, habría sido un caos impenetrable. Un cartel de película. El apellido de un asesino. Una dirección. Era una de las cosas que removían los rescoldos de su fe casi muerta en un plan divino. O un plan, en cualquier caso, ya fuera divino o no. En esos últimos tiempos, cuando pensaba en Dios (muy raramente), el bondadoso viejecito de ojos centelleantes y barba bíblica había sido sustituido por algo astuto y nebuloso, un diseñador de juegos cósmicos anónimo, cuyos parámetros sólo insistían en que existieran relaciones entre todos los elementos del juego, desde los más mundanos hasta los más grotescos o exaltados. Los parámetros, por tanto, serían aprovechados por los jugadores malvados igual que por los buenos. El juego era absolutamente amoral. Daba igual quién ganara el encuentro, sólo importaba satisfacer el apetito del diseñador por la intriga, por el juego. Si existía un Dios, no necesitaba nuestra fe, nuestra adoración o nuestro amor. Sólo la diversión que podíamos aportar. Si existía un Dios era un adicto a los juegos. El problema consistía en que nosotros también. Y los policías eran los colgados más grandes de todo el planeta.

Mantén la calma. Conduce deprisa y mantén la calma.

Pero no podía mantener la calma. Sentía las manos húmedas sobre el volante. Tenía los hombros tensos. La adrenalina se había disuelto entre sus síntomas, aunque sus restos todavía lanzaban lejanas quejas en su organismo. Llevó la mano a la pistolera, sacó la Glock y comprobó el cargador. Lleno.

Aceleró hacia el oeste por Saint George, torció a la derecha por North Bluff, después a la izquierda, al oeste de nuevo por West Sunset Boulevard. El tráfico se abría como el mar Rojo. ¿Qué la esperaba? No habían encontrado un cuerpo con una jarra dentro, pero eso no significaba que tal cuerpo no existiera. No significaba que no fuera el cuerpo de Claudia Grey, por lo que Valerie sabía a cientos de kilómetros de allí. El frío consuelo era que si no había comprado el koala hasta ahora no había pasado de la K. *¿Cuántas hasta ahora? Siete. No, ocho. No, nueve. Quizá diez. No dejes que sean diez. Por favor, Dios cabrón adicto al juego, no dejes que sean diez.*

EMBALSE DE IVINS 4 KM.

Apagó la sirena. De todos modos, el tráfico era escaso en la Antigua Autopista 91. Aumentó la velocidad a 105 kilómetros por hora. El día era frío y soleado. El asfalto refulgía. El corazón que latía y el reloj que desgranaba los minutos. Las mujeres muertas corrían sobre el coche con ella, una procesión fluida.

«Gire a la izquierda a doscientos metros más adelante», le indicó el GPS.

Dejó atrás el embalse de Ivins. Aminoró la velocidad. Giró a la derecha por Garner, una carretera de tierra con el letrero de *Acceso restringido*. La tierra estaba sembrada de matorrales, con la excepción de un pequeño bosque de árboles de hoja perenne un poco hacia el oeste.

Valerie circulaba despacio. Con sigilo. Cincuenta metros. Setenta y cinco. Noventa. Quince kilómetros por hora. Ocho.

Paró el coche.

Otros cien metros por la pista hasta un grupo de edificios bajos.

Vehículos aparcados delante. Un Honda. Un Ford antiguo sobre bloques.

Una autocaravana.

72

¿Habría oído el coche? ¿Había parado lo bastante lejos?

Quédate quietecita.

Fácil de decir. Pero no de hacer. No cuando cada segundo podía ser el último de Claudia Grey. Claudia Grey no tenía tiempo de que ella se quedara quietecita.

Valerie saltó la valla de madera. Era vieja, plateada por la intemperie. Le habrían aplicado la última capa de pintura tal vez una década antes. Podría haberla tirado abajo con un empujón fuerte.

Cobijo.

No había cobijo.

Apenas ningún cobijo. Unos cuantos matorrales raquíticos de tojo dispersos que salpicaban las malas hierbas que la separaban de los edificios. Una granja. Ruinosa, tal como había predicho Will. Dos edificios anexos de tablillas con techo ondulado. Le vino una imagen de Leon vigilándola desde una de las ventanas de arriba. Le vino una imagen de él levantando un rifle. Siguiéndola con el punto de mira. Los matorrales de tojo parecían diminutos. Y todo aquel espacio despejado intermedio.

Se agachó, con la Glock desenfundada. El viento silbaba en la hierba. Primer matorral. Segundo. Tercero. Imaginó el punto de mira como un tercer ojo en su frente o sobre su corazón.

Todavía cuarenta metros. Los veinte últimos sin tojo.

Su muerte zumbaba entre la adrenalina. Su muerte era la fuente de su adrenalina. Su muerte conseguía que su vida apareciera vívida, palpitante y cercana. La asaltaron detalles aleatorios: la sombra de una nube alta sobre la tierra; la delgada concha de un caracol junto a su pie, sus bonitas espirales logarítmicas; el olor del polvo pálido de la pista; el sonido de su ropa cuando se movía. No había pasado ni futuro, sólo aquel

presente en expansión. Ni siquiera existía la decisión de hacer lo que
estaba haciendo. Sólo el hecho de que lo estaba haciendo.

Los últimos veinte metros. Al descubierto por completo. Pensó: *Si
muero, ¿mi vida ha sido aceptable?* La respuesta era confusa. Todas las
aproximaciones y remordimientos. Pero la riqueza de su infancia, y después, la fuerza gigantesca del amor. Se quedó sorprendida al pensar: *He
tenido suficiente. Ha sido plena.* Pero eso provocó una punzada de tristeza, por supuesto. Si moría ahora nunca podría despedirse de la gente
a la que amaba, de la gente que la amaba.

Ni tampoco Claudia Grey.

Afrontó los últimos veinte metros. Se encaminaría hacia los edificios
anexos más próximos y los rodearía en dirección al lado de la casa. A
plena luz del día se sentía absurdamente (cómicamente, si no fuera por
lo que estaba en juego) visible, lo único que se movía en el paisaje, por lo
demás inmóvil. No pudo evitar pensar que aunque Leon no la estuviera
vigilando, cualquier cambio en el entorno, algún ruido que se filtrara
por las paredes de la granja, le alertaría. Le imaginó tenso de repente,
como un perro que percibiera un olor. Levantando la cabeza. Dándose
la vuelta. Avanzando hacia ella.

Bien. Con tal de que eso le alejara de Claudia Grey.

Siguió avanzando.

La complació aplastar la espalda contra la pared. La calmó, la fría
solidez que la separaba de los habitantes de la casa. Habitantes. En plural (asumiendo con optimismo que Claudia Grey se contara entre ellos.
Asumiendo con optimismo que aún moraba en el mundo de los vivos).
Leon, sí, pero también el beta. Dos tipos. ¿Cuántas habitaciones? ¿Y
cuánto tardaría en llegar la policía de Saint George?

El primer edificio anexo no era más que un cobertizo vacío. Un
suelo desnudo de tierra roja, tal vez de unos nueve metros por seis. Un
olor dulzón a excrementos secos y antiguos. Ganado, en otro tiempo,
evidentemente. Se alzaba en un ángulo de cuarenta y cinco grados en
relación con la casa. Detrás, paralelo a ésta, había un segundo edificio,
más pequeño, de un piso, con dos ventanas bajas de cristal mugriento y
una puerta de madera cerrada con candado.

¿Allí dentro?

No parecía probable. Una sola mirada a través de la ventana revelaría lo que había dentro. La tendrían en la casa. Entre sesión y sesión, iría a la cocina a buscar una cerveza o un trozo de pollo frío.

Sesiones. Suzie Fallon había sido torturada durante días. El tipo que lo había hecho habría comido durante ese tiempo, se habría parado ante la nevera abierta contemplando sus opciones, mientras deliberaba entre una pizza en el microondas o los restos de comida china para llevar. El horror de los horrores era que eso se había codeado con lo cotidiano. Eso era lo que la había jodido. Eso era lo que la había llevado a creer que no tenía derecho a lo cotidiano, a los desayunos y los paseos por el Golden Gate Park y a despertar con Nick. Eso era lo que la había llevado a creer que no tenía derecho al amor.

Pegada a la pared, rodeó la parte posterior del edificio anexo. El viento levantaba su pelo, que le abofeteaba la cara. Descubrió una goma para el pelo en el bolsillo y se hizo una coleta. Puso en modo silencio el teléfono. Desde allí se veía con más claridad la casa, que tenía forma, en su opinión, de T rechoncha. Dos pisos. Desde donde se encontraba podía ver el conjunto de la fachada, tres ventanas en la planta baja, cuatro más pequeñas arriba, y una puerta principal de madera, pintada de azul y desconchada. Una entrada lateral con dos peldaños cubiertos de musgo, que debía de dar a la cocina. Una ventana. No podía ver la parte de atrás ni el otro lado. Lo cual era inaceptable. Tenía que memorizar las salidas.

Sin concederse tiempo para pensar, Valerie corrió desde el cobertizo hasta el segundo edificio anexo, y desde allí a la pared de la cocina de la casa. Mantente agachada. Alinéate con la estupenda piedra sólida encalada. Pensó en la casa, que llevaría décadas en pie. Imaginó una familia, años antes, conversaciones, comidas, discusiones, risas, una mujer con un sencillo vestido sin mangas en la entrada de la cocina, mientras veía el sol ponerse, una adolescente cepillándose los dientes aunque estaba disgustada por algo, un tipo que se levantaba temprano, preparaba café en la cocina antes de que amaneciera.

Todo eso ya desaparecido. Ahora, la casa albergaba aquello.

Se incorporó centímetro a centímetro para mirar a través de la ventana más cercana a la puerta lateral.

Cocina. Correcto. Telarañas. Tuberías anticuadas y manchas de humedad. La puerta de un armario colgando de los goznes.

Habitación vacía.

Pensó en el sencillo hecho de que debería entrar. Era imposible e inevitable. Ahora fluía. Fluir te empujaba hacia lo desconocido. Era lo que temías y tu razón de existir. Si eras policía.

Tardó menos de un minuto, pegada al exterior, en efectuar todo el circuito de la granja. Necesitaba dos policías más. Uno para la puerta principal (cerrada con llave) y uno para la puerta (también cerrada con llave) del lado opuesto del edificio.

Para ella la entrada de la cocina, cuya puerta aún no había tanteado.

La brisa acariciaba las partes expuestas de su cuerpo: la cara, las muñecas, la garganta. La tierra olía a limpio y a piedra. Le temblaban las manos.

73

Xander, cargado con las bolsas de la compra, abrió la puerta del sótano y bajó la escalera. Había comprado el koala, la jarra, el limón, el mono, la naranja, la olla, la red, el paraguas y (era increíble lo caras que eran esas cosas) el violín y el xilofón

El xilofón le había dado un dolor de cabeza increíble. Tardó un buen rato en conseguir que la zorra de la tienda de música entendiera lo que estaba pidiendo. ¡Noventa malditos dólares!

La chica estaba donde la había dejado, por supuesto, aunque había conseguido acercarse más a la caldera. Le había dejado la mordaza puesta. No le gustaba oírlas hablar. Siempre era lo mismo (*por favor, por favor, por favor*), pero las palabras le irritaban cada vez más. Las palabras y la forma de mirarle, aquellos segundos o minutos antes de que dejaran de ver, antes de que se encerraran en sí mismas. Cuando le miraban era como si intentaran discernir algo secreto, como si intentaran descubrir algo de él. Era como si creyeran de veras que tenía algo dentro y que lograrían verlo. Resultaba irritante. Le daba la sensación de que estaba perdiendo el tiempo. Como cuando miraba los caballos pintados del tiovivo que daban vueltas y vueltas, y el tiempo de disfrutarlo se iba agotando, y su madre y Jimmy bebiendo cada vez más cerveza y el tiempo que pasaba, pasaba, pasaba.

Dejó caer las bolsas junto a la pila de cajas y trató de aclarar sus pensamientos. Quería volver arriba y meterse en la cama, subirse las mantas hasta la barbilla. Cuando era Leon en casa de Mama Jean remetía el borde de las mantas bajo sus pies y la parte superior bajo la barbilla, y era estupendo. Se frotaba los pies uno contra otro y eso también era estupendo. Era algo privado estupendo, el placer de frotarse los pies así. Lo hacía durante lo que le parecían horas, en la oscuridad del sótano, hasta que se dormía.

Sacó la jarra de una bolsa. El koala también. Y el mono y el limón y el violín. No, eso estaba mal: faltaba mucho para el violín. Tendría que ir a buscar el abecedario de arriba. El violín… Faltaba mucho para el violín, lo sabía, aunque en su cabeza se había ido desplazando hasta los primeros puestos. Sonaba música de violín en la tienda de música. La zorra con cara de rata de detrás del mostrador le había mirado de una forma rara. Se alegró de que el tipo de los tatuajes estuviera trabajando en la sección de guitarras. Se alegró de no estar sola en la tienda. Xander poseía desde siempre el talento de ver eso en la gente; en cuanto estaban a solas con él deseaban que apareciera alguien más. Era por sus ojos. Otra cosa agotadora, año tras año. Siempre estaba cansado.

Ella te vio y huyó. Huyó a través del bosque. Ni siquiera sabías que estaba allí. La cagaste.

No recordaba a ninguna niña. Había registrado toda la casa. No había…

La pequeña habitación enfrente de la del chico. A medio pintar.

Mama Jean había dicho: un niño de tres años es capaz de hacerlo. Si alguna vez vas al colegio, las niñas se partirán el culo de risa contigo. ¿Es eso lo que quieres? ¿Que todas se partan el culo de risa por el bebé grandote y tonto del rincón?

La jarra. Estaba seguro de que la jarra venía a continuación.

Pero la jarra habría debido ser para la zorra de Colorado. ¿Debería utilizar la jarra aquí, ahora? ¿O el koala? Pero eso no era… No podías… El mono…

La cosa no iba bien. Los objetos no dejaban de cambiar de lugar. Prepararía a la zorra, y después subiría a buscar el abecedario.

—Voy a prepararte —dijo. No estaba mirando a la chica de la jaula. Lo dijo para darse otra cosa en que pensar. Las cuerdas y el cuchillo. Le gustaban boca arriba, con los brazos detrás de la cabeza y abiertas de piernas. Le gustaba la forma en que forcejeaban para juntar las piernas, aunque sabían, debían saberlo, que era imposible, una vez las había atado. Le gustaba la forma en que todo su cuerpo intentaba encontrar una manera de que aquello no sucediera. Pero él tenía el control absoluto de lo que estaba sucediendo. Tenía el control absoluto de todo. Él era lo que estaba sucediendo. No había nada más. En aquellos momentos todo lo demás desaparecía, las paredes, la habitación, la casa, todo. Era como si estuviera solo con ellas en el alegre espacio infinito, acogedor y mullido, en que no existía nada, absolutamente nada más. Era como si jamás hubiera existido nada más, sólo él, completo, intenso y perfecto, con todo el tiempo del mundo.

La cagaste.

Lo raro era que sabía que Paulie no había mentido. Era todavía más agotador saber que éste no había mentido. Era una maldición, ser capaz de saberlo. Pero siempre podía. Nadie había podido mentirle en toda su vida. Tendría que haber salido en la televisión. Un talento, como el tipo que podía doblar cucharas y detener relojes con la mente. Mientras preparaba las cuerdas (había una tubería principal que corría a lo largo de la base de la pared opuesta, donde iban las ligaduras de las muñecas, y una barra de hierro que había clavado en el suelo a tres metros de distancia para las ligaduras de las piernas), se imaginó en un programa en que la gente le decía cosas y él debía decir si era mentira o no. Algunas mujeres de *Real Housewives* estaban en el plató con él, y el público del estudio era como el público del publirreportaje, complacido y asombrado. Y él siempre acertaba.

La jarra.

El mono.

El limón.

El koala.

Se quedó un momento con la cabeza apoyada contra la pared del sótano. Estaba fría y húmeda y le calmaba. Sentía la cabeza grande y caliente otra vez. Había un nido de avispas en el patio trasero de Mama Jean, y salía calor de él. Lo sentías si te atrevías a acercar lo bastante las manos. Si utilizaba ahora el koala podría volver... Podría volver y... Pero a esas alturas ya la habrían encontrado. Tendría que haberla enterrado. ¿Por qué se había largado en el coche así como así?

Por culpa del maldito Paulie. Paulie le había distraído. Y encima no había jarra. Recordó haberse herido con una astilla cuando pasaba la mano sobre los armarios de la cocina. Era un insulto diminuto, añadido a todo lo demás que había salido mal. ¿Y por qué? Porque Paulie había dicho que quería hacer aquello solo, y él, Xander, en un momento de absoluta estupidez, había dicho que vale. Sorpresa sorpresa, cuando llegó el momento Paulie había reculado como un gato asustado, intentó sonreír, intentó bromear con su fracaso, y Xander había tenido que hacerlo.

Le molestaba que la chica respirara por la nariz. Ojalá pudiera volver arriba y acostarse de nuevo, pero las cosas de las bolsas de la compra eran como una multitud que cuchicheara en su cabeza. Sólo lograría que el rumor aumentara de intensidad. Le vino una imagen del busto desnudo de la chica y de hundir los dientes en él con todas sus fuerzas, la estupenda sensación de su peso sobre ella y el grito sofocado en su suave garganta bajo su mano. Ella se recluiría en su interior y él pararía y esperaría a que volviera. Entonces, empezaría de nuevo. Le fascinaba la forma en que iban y venían, iban y venían. Era como un dial que pudieras girar. Nunca querían volver. Significaba una agonía para ellas volver. Pero si parabas lo que estabas haciendo durante el tiempo suficiente, siempre volvían. Era una de esas cosas que podías dar por hecha.

El koala era el siguiente.

No, la jarra.

La has cagado.

Ya no podía aguantarlo. Le dolía la mandíbula de tanto apretar los dientes. Tenía ganas de chillar. Dio media vuelta y fue hacia la rejilla. La chica emitió un ruido irritante a pesar de la mordaza. Se revolvió. Las ataduras le habían herido la piel de las muñecas y tobillos. Tenía ensangrentadas las manos y los pies. Intentaba sentarse.

Xander abrió la rejilla y la sacó a rastras.

Acababa de atarla y estaba a punto de cortarle la ropa, cuando oyó un ruido en el piso de arriba.

74

La casa estaba volcada con toda su inocencia en delatar la presencia de Valerie. Las tablas del suelo crujían y gemían. Cada paso detonaba un nuevo sonido. Sujetaba la Glock con la palma de la mano húmeda. Su respiración alteraba el silencio. Las ventanas de la cocina estaban tan sucias que sólo dejaban pasar la luz al cincuenta por ciento, pero había suficiente para revelar las señales de una ocupación mínima: comida enlatada en la alacena abierta; un cubo de basura rebosante; vasos y tazas sin lavar; botellas de cerveza vacías; un par de zapatillas de deporte.

Al otro lado de la cocina, un pasillo a oscuras. Escaleras que subían a la derecha. Dos entradas a la izquierda. Una puerta cerrada que conducía al exterior en el lado opuesto. Otra puerta en el flanco de la escalera, con toda seguridad la que bajaba al sótano.

El sótano.

Valerie apoyó la mano izquierda en la pared para no caerse. No paraba de recordarse que habría dos hombres en la casa, lo más probable. Lo cual significaba recorrer una habitación tras otra.

Pero el sótano.

Los segundos. Los minutos. El tiempo.

El sótano.

Se acercó de puntillas a la puerta y aplicó el oído a la hoja.

Nada.

Probó el pomo con mucho cuidado.

Cerrada con llave.

Arriba, una tabla crujió.

Se alejó de la puerta. Tenía la boca seca. Un solitario estremecimiento (un síntoma testarudo que no desaparecía) recorrió su cuerpo.

Alguien arriba.

Pero antes había que investigar las habitaciones de abajo.

Aferró el pomo de la puerta con la mano izquierda, la pistola bien sujeta y levantada. La puerta no estaba cerrada con llave. La abrió con rapidez.

Estaba mirando una sala de estar, pesadas cortinas estampadas, corridas. Una voluminosa chimenea rodeada de cerámica de color claro. Una butaca de vinilo oscuro gigantesca. Nichos con estanterías vacías. Un agujero del tamaño de un melón en la esquina de la sala. Restos destrozados de papel pintado a franjas anchas. Una vez más, vacía.

Cocina y habitaciones de la planta baja despejadas.

Salvo el sótano.

Pero el sótano estaba cerrado con llave. Lo cual significaba destrozar la cerradura de un disparo. Lo cual significaba el fin del sigilo. Todavía no. Primero, arriba. Deprisa. O lo más deprisa que la persona de arriba permitiera.

La escalera también convirtió sus precauciones en una farsa, a pesar de que subió de puntillas. A mitad de camino, un escalón envió un informe similar al de una rama al romperse. Al llegar arriba se volvió en el rellano. Un cuarto de baño encima de la cocina. Dos habitaciones a la izquierda. Una tercera sobre lo que sería el vestíbulo delantero de abajo. El cuarto de baño contenía tuberías al aire y una bañera con la marca del nivel del agua a la que le faltaba el panel lateral, una pared de piedra vista, un váter con una mancha de heces en su cuenco de agua oscura. Olía a masculinidad condensada, camisetas rancias y calcetines sudados, una dieta rica en carne, eructos de cerveza, ceniceros. A cada segundo, la sensación de que estaban allí, a pasos de distancia, la iba asfixiando más y más. El aire que la rodeaba se encrespaba. Su cráneo se encogía, se relajaba, se encogía. Pensó que hasta los latidos de su corazón serían visibles.

Pero los dormitorios, aunque era evidente que estaban habitados, se hallaban desiertos. En uno de ellos había una televisión encendida, con el sonido apagado. *The Apprentice.* Donald Trump, con su estúpido bisoñé en forma de cruasán. Veían la televisión, por supuesto. Comían, bebían, evacuaban, compraban cigarrillos, se duchaban, por supuesto. Por supuesto. Eran hombres. Eran personas.

Las hipótesis se formaban y disolvían. Leon la había visto. Había alertado al beta y los dos habían salido por la puerta del vestíbulo. O Leon estaba solo. O estaban los dos. Esperándola.

Salió al rellano de arriba y alzó la vista. Había una trampilla en el techo, pero estaba cerrada con candado por fuera.

O estaban en el sótano o se habían ido.

Era la única estancia de la casa que no había investigado todavía.

75

Xander dejó sin sentido a la chica de un culatazo de la escopeta, apenas un capirotazo, y después esperó hasta oír a la persona que se movía arriba. Sentía el cuerpo trémulo y confuso. Los objetos eran como una explosión que se repetía en su cabeza. Había alguien en la casa. Era imposible. Había alguien… ¿Quién estaba en la casa? ¿Cómo era posible que hubiera alguien en la casa?

Los acontecimientos de los últimos días daban vueltas en su estela. Retrocedió a tientas para descubrir… Para descubrir cómo… ¿Cómo era posible que hubiera alguien en la casa?

Aquello era Colorado. Aquello continuaba siendo Colorado, extenso, en expansión. Aquello era lo que pasaba cuando no hacías bien las cosas.

Pensaba muy pocas veces en la policía. Paulie era el que estaba preocupado siempre por la policía. Cuántas veces le habría dicho Xander: *Deja de pensar en la policía. La policía es idiota.* Y no obstante, pensó ahora, mientras abría con sigilo la puerta del sótano y salía al vestíbulo, «la policía» siempre le había acompañado. Era como si la policía le acompañara siempre, lo bastante cerca para percibirla como una multitud atontada a su espalda, pero siempre mirando a donde no debía. Como si supiera que algo estaba pasando a su espalda, pero nunca se diera la vuelta para verlo. De vez en cuando, pensaba en que le atrapaban. De vez en cuando, tenía una vaga imagen de la policía apareciendo en su puerta. Pero era incapaz de retener la imagen. La imagen se desvanecía en la certeza de que, con policía o sin ella, no iba a parar de hacer lo que debía. Lo que debía le empujaba hacia delante con un calor persuasivo. Mantenía un acuerdo tranquilo con ello. Ni siquiera era fácil tratar de imaginar el momento en que la tarea hubiera concluido. Cuando lo intentaba, se veía como alguien que saliera de la oscuridad de un cine a un sol cegador y a un mundo descolorido, confuso, vago, inseguro, con el deseo de volver a los intensos colores del interior. Lo que debía hacer no tenía nada que ver con la policía.

Cruzó el vestíbulo. Las dos puertas del salón estaban abiertas. El intruso había fisgado en las habitaciones. Se imaginó a un vagabundo, un sintecho cubierto de harapos, con piel de lagarto y aquel hedor grasiento de los despojados de todo. Imaginó a ese vagabundo, con su rostro agotado, las greñas apelmazadas grisáceas y la suela de un zapato bostezante, sin hacer caso del letrero que había al final de la pista, que caminaba arrastrando los pies hasta la casa. Le imaginó pensando que la casa estaba abandonada. Le imaginó buscando algo de comer, trastos para vender, dinero. Un lugar donde refugiarse un rato.

Sabía que no era un vagabundo. Su respiración era superficial. Todo estaba sucediendo demasiado deprisa. El recuerdo de la chica tiraba de él. La hinchazón de la piel de gallina de sus pequeñas tetas. El ardor y la rapidez de su resistencia. Su cabeza morena oscilando de un lado a otro. Era estupendo sentir todo eso en sus manos. Sus manos habían sido traicionadas. Sus manos estaban estampadas en ella, y le habían robado las manos. Pero todo seguiría en su sitio cuando volviera. Le arrojaría agua encima y ella despertaría, vería sus ojos enfocados en él, la vería darse cuenta de que no había sido un sueño, de que seguía en aquel sitio, vería la desolación invadir de nuevo su rostro. Y en ese momento podría empezar todo de nuevo. Eso era lo mejor, ser capaz de empezarlo todo de nuevo, verlas darse cuenta de que no había terminado, de que no terminaría hasta que él lo permitiera. Y eso tardaría mucho, mucho tiempo en suceder.

Pero aquello. Alguien en la casa. Él no… Debería… Todo se atropellaba en su cabeza. ¿Tendría que deshacerse de la casa? ¿Tendría que empezar de nuevo? ¿Debería largarse ahora? Todo se le estaba escapando de las manos. Primero Colorado, ahora aquello.

Ella te vio y huyó. Huyó a través del bosque. Ni siquiera sabías que estaba allí. La cagaste.

La cagaste, dijo la voz de Mama Jean. *La cosa más sencilla del mundo, a menos que seas más burro que un arado.*

Entró en la primera sala, dejó la escopeta y sacó la pistola de la parte posterior de los tejanos. El cuchillo de pescado estaba en el bolsillo de atrás. El tacto de la hoja apretada contra él le consoló en parte. Dejó la puerta entreabierta, tal como la había encontrado.

76

Valerie se encontraba en ese estado. Era un foco concentrado alrededor del cual revoloteaban pensamientos y recuerdos. Cada peldaño que bajaba solidificaba el foco, pero aportaba nuevos fragmentos de basura mental que gorjeaban y daban vueltas a su alrededor: su madre, que levantaba la vista de la plancha y decía, Valerie, tu pelo me recuerda un gorro de cosaco; años atrás cuando cruzaba el Golden Gate en bicicleta, con la brisa salada y los colores de los coches y las patas de las gaviotas colgantes bañadas por el sol; el gato de la familia, *Buster*, fallecido mucho tiempo atrás, que atravesaba la gatera de la cocina y les miraba como si no tuviera ni idea de quiénes eran ni de en dónde estaba; Nick, que hablaba en sueños, y una noche se incorporó y anunció: Ese tubo tiene un cacahuete dentro. No quiero ese tubo. Ella le despertó con sus carcajadas.

Esos pensamientos y docenas parecidos, pero al mismo tiempo la concentración monumental, la inmersión en su ahora desplegado, cada paso más cerca, la casa como alguien obligado a mirar y la absoluta certeza de que no estaba sola. Estaba viva. Vibraba de vida.

Notó el dolor antes de oír el disparo.

Un golpe cálido en un lado de la cabeza, seguido una fracción de segundo después por el sonido de un disparo, ensordecedor en el angosto espacio del pasillo.

El tiempo se ralentizó. Por lo visto, contaba con una gran cantidad de tiempo. Su cuerpo cayó hacia atrás centímetro a centímetro. Tuvo tiempo de ver a Leon salir de la entrada del primer salón, con la escopeta todavía levantada. Su cara se veía húmeda y presa de un agotamiento vigilante. Había una V oscura de sudor que descendía desde el cuello de su sudadera azul claro.

Tuvo tiempo de pensar: *Me han disparado en la cabeza.* Una flor cálida y entumecida de sensaciones detrás de la sien, un acontecimiento que todavía estaba preparando su entrega de dolor. El dolor llegaría, pero quedaba tiempo para que Valerie se diera cuenta de que aún no había llegado, de que la bala todavía lo estaba descargando. Percibió el olor de Leon, el denso origen del olor de las habitaciones de arriba, agrio y curiosamente triste. Tuvo tiempo de percibir los lejanos cálculos de su propio brazo que intentaba levantar la Glock, el rechazo de su dedo a apretar el gatillo, las paredes y el techo que se desplomaban.

A lo lejos, el sonido del motor de una moto que aceleraba y moría.

Su cabeza chocó contra la puerta (con suavidad, al parecer), y después se estrelló con más fuerza contra el quitalodos. Negrura total durante un momento, la visión periférica que se acercaba, se cerraba y se abría de nuevo como en una instantánea fotográfica. Volvería a ocurrir, lo sabía. Eran momentos aislados antes de que la oscuridad la absorbiera de una vez por todas. Había caído con el arma atrapada bajo la espalda. Vagamente, ya entregada a las soñolientas articulaciones de intentar liberar su brazo, se preguntó cómo podías recibir un tiro en la cabeza y seguir teniendo conciencia de lo que estaba pasando. Fue una labor inmensa y prolongada levantar la cadera para liberar el brazo. La pistola era pesada. Dudó de poder levantarla.

Leon levantó la automática por segunda vez justo cuando Valerie liberaba su mano.

—Maldita… —dijo.

Entonces, Valerie apretó el gatillo.

Durante unos largos momentos Leon permaneció inmóvil, intentando asimilar lo sucedido. Después, se inclinó hacia delante y cogió su mano derecha con la izquierda, con delicadeza. La pistola había caído al suelo, junto a sus pies. Corría sangre entre sus dedos. Abrió y cerró la boca varias veces. Emitió un sonido extraño, como una carcajada.

La negrura se abatió de nuevo sobre Valerie. Pensó: *Esto es la muerte. Esto es mi muerte.* Decidió plantarle cara. Decidió recurrir hasta a la última molécula. Sería su último acto, la gigantesca y tozuda resistencia a la muerte. Fracasaría, pero concedería al último destello de pensamientos un poco más de tiempo: que le había gustado vivir; que su infancia había estado plagada de cosas en las que valía la pena reparar (cielos, flores, la personalidad de los animales, sueños); que su familia la había querido; que Nick y ella habían tenido amor, mucho amor, dulce amor.

Resistió a un gran tirón de la negrura. Abrió sus ojos cerrados. Era como combatir el sueño más pesado, la debilidad de agitar las pestañas contra el peso de la eternidad. Pensó: *No podré volver a hacerlo. El siguiente se me llevará.*

La luz del vestíbulo cambió, se apagó un poco. Un walkie crepitó. Una voz de hombre dijo:

—Quieto ahí. Las manos sobre la cabeza.

Entonces, llegó la siguiente oleada y Valerie se zambulló.

77

Xander se volvió y vio a un joven policía motorizado parado en la entrada de la cocina. Con la pistola desenfundada. Sujeta con ambas manos. Se miraron. Xander se sentía mareado. La bala de la mujer le había atravesado la mano derecha. Su izquierda todavía la acunaba con ternura. El dolor estaba pasando del hielo al fuego. Estaba confuso. De repente, su vida se había llenado de cambios. Experimentaba la sensación de que todo (las paredes y el suelo de la casa, el terreno de fuera, el cielo) estuviera cambiando de sitio y organizándose de nuevo. Al cabo de unos momentos no reconocería nada. Fue la claridad de percibir que el tiempo se estaba acabando lo que le informó acerca de lo que debía hacer. Se le ocurrió que Paulie estaba muerto. La chaqueta abandonada. Siempre se producía esa leve decepción cuando morían. Era como lograr lo único que deseabas y no conformarte con eso. Sólo aquello que te espoleaba hacia la siguiente.

—Me han disparado en la mano —dijo, y extendió ambas. Un pequeño charco de sangre ya se había formado entre sus botas—. No me encuentro bien.

El policía dio un paso adelante.

—Échese bocabajo —ordenó—. Ahora mismo. Bocabajo. No se lo pienso repetir.

Xander osciló. Arañó el aire con la mano buena. Cayó de rodillas. Se inclinó un poco y adoptó una postura casi sentada, apoyado contra el lado de la escalera. Con los ojos cerrados.

—Eh —le advirtió el policía—. Eh.

Xander no contestó.

El policía se acercó más. Le dio una patada en la cadera.

—Eh.

Xander tenía la boca abierta. La cabeza reposaba sobre su pecho. Notaba que un hilillo de saliva resbalaba sobre su labio inferior. El policía le dio una patada más fuerte. Las botas de los motoristas tenían la punta de acero. Le dolió, pero lo más grande era el dolor de la mano, un fuego rabioso al final de la muñeca.

—Maldita sea mi estampa —dijo el policía en voz baja.

Xander oyó que se quitaba las esposas del cinturón.

No había mucho tiempo. Tenía una leve oportunidad. No podía creer que hubiera decidido hacer aquello, acorralado en un rincón, de manera que era la única opción. Le sorprendió que hubiera tomado aquellas decisiones en privado, sin ser consciente de mucho más que la agonía de la mano y las partes del mundo que se reorganizaban como un gran escenario de cartón.

El policía ya había soltado las esposas del cinturón. Xander notaba sus movimientos a través de los párpados bajados. Pistola en una mano, esposas en la otra. Estaban diseñadas de forma que sólo necesitaras una mano para utilizarlas.

Xander gimió, sin abrir los ojos. Se volvió, como atontado. El policía apoyó la rodilla sobre el pecho de Xander y extendió la mano hacia la muñeca derecha ensangrentada para sujetar la primera esposa.

—¡Ay! —exclamó Xander, y sus ojos se abrieron—. ¡Me has hecho daño!

Entonces, apartó la pierna del policía de una patada y se lanzó.

La pistola se disparó (el tercer disparo en el silencio traumatizado del pasillo), pero la bala se hundió en la escalera. Xander blandía el cuchillo de pescado en la mano izquierda. El policía era lento. La situación se había alterado con excesiva rapidez para él. Xander notó que el tipo intentaba revolverse, reaccionar. Dedicaba los días a poner multas y beber té helado, largas horas en las carreteras de Utah.

Xander hundió el cuchillo con fuerza y rapidez, más veces de las que sabía contar, hasta que el policía dejó de agitarse bajo su peso. La sangre que ocupaba el espacio entre ambos era caliente. Durante el tiempo que había durado, la mano de Xander había dejado de bramar. Un paquete de chicle había caído del bolsillo de la chaqueta del policía al suelo. Wrigley's Extra. Menta. Su reloj de pulsera era grande y plateado, con la esfera negra.

El mundo continuaba reorganizándose. Xander se puso en pie con un esfuerzo, resbaló en la sangre y estuvo a punto de caer de nuevo. De pronto, se sintió muy cansado. Todo su cuerpo zumbaba de cansancio, y a causa de la rapidez con que todo se había estropeado. Aún no se hacía una idea de hasta qué punto se había estropeado todo. Tenía que huir. Echó un vistazo a la mujer tendida junto a la puerta principal. Tenía la chaqueta abierta. Pistolera. La placa sujeta al cinto. Policía. Un policía. Dos policías. Vendrían más. ¿Cómo le habían encontrado? Tenía que hacer muchas cosas, pero no había tiempo. Sentía a los policías como una plaga que corría hacia él, cientos, miles, como en aquella película de terror en que el tío quedaba cubierto y devorado por cucarachas. Pensó que oía sirenas. Avanzó tambaleante hacia la cocina. No podía respirar. La casa se estaba encogiendo. El mono y el koala y el violín y el limón y Mama Jean sentada en su silla sonriente y sacudiendo la cabeza al ver el desastre que él estaba provocando. Su mano era gigantesca y ruidosa. Tenía que huir antes de que la casa se ciñera a su cuerpo como una piel. Todo había salido mal y había sirenas *y ella te vio y huyó y atravesó el bosque ni siquiera sabías que estaba allí la cagaste* y todo había salido mal desde el maldito Colorado. *Exacto*, dijo Mama Jean, no tengas prisa. *Caramba, tómate todo el tiempo que quieras. ¿Por qué no te preparas un café y apoyas los pies sobre la mesa, ya puestos?*

No había tiempo.

78

Valerie abrió los ojos. Tardó un momento, pero se dio cuenta de que continuaba en el lugar donde había caído, justo detrás de la puerta del pasillo. Tenía la impresión de que el quitalodos estaba cosido a su cráneo. Rodó de costado y vomitó.

Durante unos momentos tuvo que permanecer inmóvil, escupiendo saliva. Tragando. Escupiendo más saliva (la primera vez que se había emborrachado, las horas en el cuarto de baño, alzándose de las baldosas frías para vomitar en el váter, sujeta al borde de la taza, mientras intentaba salvar su pelo del desastre y fracasaba. Su hermana le había dicho, de pie con los brazos cruzados: Ni te tomes la molestia de decirte que no volverás a hacerlo. Lo harás. Cientos de veces. Y había acertado).

Levantó la mano para examinar la herida de la cabeza. La bala la había rozado. «Rozado» era la palabra, pero no parecía suficiente para el trozo que la bala se había llevado del lado de su cabeza. Al principio le pareció absurdo lo que estaba palpando, hasta caer en la cuenta de que sus dedos estaban tocando hueso. Fue una espantosa introducción a la realidad de su cráneo. Creyó que iba a vomitar de nuevo. Apartó la mano. Infección. Imaginó que le daban puntos. Hospital. Médicos. Anuncios por megafonía. Máquinas expendedoras. Revistas. Olor a café y antiséptico. El mundo que había estado a punto de perder.

Apoyó las manos sobre el suelo y se puso de rodillas. Sentía la cabeza como si estuviera a punto de partirse.

Un agente de policía estaba tendido boca arriba a unos pasos de distancia, en un charco de sangre. Entraba aire del exterior desde la cocina. La puerta estaba abierta.

Leon.

Joder. ¿Dónde estaba?

¿El policía estaba muerto? ¿Dónde estaba su Glock?

Se movió despacio. La pistola estaba en el suelo, al lado de su rodilla izquierda. La recogió. Se sintió tranquilizada. No había ni rastro de Xander, pero no podía dar nada por hecho. Se arrastró a cuatro patas hacia el agente. No había pulso. Múltiples heridas de arma blanca, incluida una que había atravesado la carótida. Un halo de sangre rodeaba su cabeza. No había pulso. Su placa decía Coulson. Para alguien, su amante, sus padres (confiaba en que no hubiera hijos), todos los detalles serían preciosos. Para alguien, la noticia de su muerte le llevaría a preguntarse si podría seguir adelante.

—Agente Coulson, haga el favor de contestar —dijo su walkie.

Valerie lo soltó de su correa.

—Aquí la detective de Homicidios del SFPD Valerie Hart. El agente Coulson está muerto. Código diez cero cero. No tiene pulso, múltiples heridas de arma blanca. Envíe médicos de inmediato a Gale Farm, Garner Road, a la izquierda después del embalse de Ivins, en la Antigua Autopista 91. Procedan con cautela. Es posible que el sospechoso continúe aquí y vaya armado. Repito, extrema cautela. ¿Y dónde coño está el resto de mi apoyo?

—Repita su identificación, por favor —pidió la voz, pero Valerie ya estaba de pie, con el arma apuntada a la cerradura de la puerta del sótano. Sentía la cabeza como algo grande, pesado y de poca confianza. La cabeza de un toro. Era un milagro que su cuello la sostuviera.

Estaba a punto de disparar, cuando se dio cuenta de que el pestillo de la puerta estaba descorrido. No la cerró con llave cuando subió. Antes de que subiera. Él. Ellos. Podría haber otro ahí abajo.

Introdujo la mano y encontró el interruptor de la luz. Estuvo a punto de perder el equilibrio y precipitarse escaleras abajo. Se enderezó. Bombillas desnudas al final de la escalera. Bajó, mareada, presa de náuseas.

Lo primero que vio fue el cuerpo de un varón blanco tendido en el suelo del sótano, con la cabeza casi desprendida del cuello. Tenía la boca y los ojos abiertos, y la cabeza vuelta hacia la escalera, en una especie de vigilancia aterrorizada. A su lado, gastado y con los pliegues rotos en algunos puntos, había un abecedario. Albaricoque. Balón. Cronómetro. Dinosaurio.

Lo segundo que vio fue la chica, amordazada y atada en el suelo, en un charco de sangre. Con el mango de un cuchillo que sobresalía justo debajo de sus costillas. Le habían subido el top sobre los pechos y bajado los tejanos y las bragas. Una pequeña jarra de cerámica entre sus muslos. Tenía los ojos cerrados. Valerie corrió hacia ella.

Era Claudia Grey.

Y todavía respiraba. Apenas.

Valerie procedió a toda prisa, aunque la herida de su cabeza amenazaba con arrastrarla de nuevo hacia la oscuridad. Enfundó la Glock, levantó la cabeza de Claudia, desanudó la mordaza y se la quitó con cuidado. Después, las muñecas atadas. Los tobillos. Las ligaduras habían cortado la piel, y había una herida poco profunda en el cuello de Claudia, pero el cuchillo estaba clavado hasta la empuñadura debajo de sus costillas. El impulso de extraerlo (la obscena injusticia de dejarlo allí) era poderoso, pero Valerie sabía que no debía hacerlo. Una hoja cortaba tanto cuando entraba como cuando salía. Si lo sacaba ahora, corría el riesgo de provocar una hemorragia mayor. En aquel momento, el cuchillo debía de ser lo único que impedía que Claudia Grey se desangrara hasta morir. Valerie se quitó la chaqueta y cubrió los genitales expuestos de la chica. *Por favor Dios no permitas que la hayan violado. Aunque tenga que morir, no permitas que muera violada. Por favor.*

Claudia abrió los ojos.

—Estás a salvo —dijo Valerie, aunque la verdad era que empuñaba la Glock en la mano derecha porque no había forma de saber dónde podía estar Leon—. Claudia, escúchame: estás a salvo. Soy agente de policía. Vamos a sacarte de aquí. No intentes moverte.

—¿Dónde está él? —preguntó Claudia. Inglesa, recordó su acento a Valerie. Había ido a Londres una vez, de vacaciones con sus padres cuando era pequeña. Los ridículos cascos de los policías ingleses. Desarmados. Los grandes parques frondosos y el palacio de Westminster. Habían hecho una excursión en barco por el Támesis. Pensó ahora en cuánto se había alejado Claudia de todo aquello. Regresaría, pero nunca volvería a ser igual. Nada volvería a ser igual.

Pero volvería viva, pese a que nada volvería ser igual, y eso era lo único que importaba.

—No está aquí —dijo. Técnicamente no era una mentira—. Todo va bien. No te muevas. Te pondrás bien. Tú quédate conmigo, ¿vale?

Claudia parpadeó. Era demasiado. Valerie ya lo había visto antes. El regreso de la muerte. La increíble retirada de la muerte. Lo había visto antes, pero no lo suficiente. Sobre todo, sólo veía muerte.

—Estoy… —La voz de Claudia desfalleció—. ¿Dónde está?

—Todo va bien —repitió Valerie—. Estás a salvo. —Apartó el pelo de Claudia de sus ojos—. Quédate conmigo, cariño. Ya vienen.

Con sirenas, oyó, pese a sus instrucciones. En aquel momento, les adoró por ello.

79

La mano de Xander ardía. Todo había ido mal. Resonaba en su cabeza como una orquesta en la que todo el mundo desafinara. Era como si durante todos aquellos años todo le hubiera engañado con la libertad, mientras en secreto planeaba eso, esa reorganización del escenario, ese cambio que había durado, ¿qué? ¿Minutos? ¿Segundos? Todo le había engañado. ¿Y qué había iniciado el engaño? El maldito Colorado. El maldito Paulie.

La cría. La niña pequeña. Te vio y huyó.

¿Qué cría? No existía la maldita cría.

Salvo que la habitación a medio pintar debía de ser de ella. La estaba redecorando. El olor a pintura reciente.

Su mente describía círculos. Quería ir a algún lugar tranquilo y dormir.

Oh, claro, dijo Mama Jean. *Echa una siesta. ¿Por qué no paras el coche? Tienes todo el tiempo del mundo, ¿verdad?*

Había cogido la furgoneta. La autocaravana era… Le indignaba la idea de que la zorra policía hubiera descubierto su casa. Conseguía que se sintiera como un estúpido.

Pero estaba muerta, así que le den. Estaba muerta y el chochín del sótano estaba muerto y le había colocado la jarra.

Sí, salvo que la jarra tendría que estar en Colorado.

Y no había tenido tiempo. Lo cual envió más oleadas de calor a su cabeza, el no haber tenido tiempo para hacer las cosas bien. Había sentido la tentación, le había subido el top para ver sus tetitas, había disfrutado con la agitación de sus caderas cuando le bajó las bragas. Qué desperdicio. Habría sido la mejor hasta el momento. La habría enviado a su retiro interior y la habría obligado a regresar muchas veces.

Tenía que curarse la mano. No podía. Siempre informaban sobre las heridas de bala. El volante de la furgoneta estaba resbaladizo de su sangre. Ni siquiera una maldita tirita. Había cortado la manga de la camisa para envolver la herida con la tela, pero no servía de nada. Le dolía mucho. Tenía que encontrar una gasolinera, una tienda, una maldita farmacia. Te metes la mano mala en el bolsillo y pagas con la buena. Tenía dinero en el billetero. Tanto dinero y todo se había ido a la mierda...

Piensa con lucidez, por los clavos de Cristo. Busca una gasolinera, lávate. Un motel. Cura esto. Cúralo.

La escopeta estaba en el maletero. El machete. La pistola y una docena de cargadores. Pero los objetos de las bolsas de la compra se habían volcado sobre el asiento del pasajero, a su lado, y no le dejaban en paz.

Paulie no mentía, dijo Mama Jean cuando miró por el retrovisor. Si quieres arreglar esto, hay que empezar con aquello.

Fue en aquel momento cuando cayó en la cuenta de que había olvidado lo más importante.

Se había dejado el abecedario en el sótano.

80

El mundo no era ideal, garantizado, pero el azar dispensaba tanto dones como maldiciones: Angelo encontró los restos de una caja de ibuprofeno en el bolsillo del abrigo. Cinco cápsulas de gel blando relleno de líquido todavía encerradas en su blíster de papel de aluminio.

—Toma —dijo a Nell, al tiempo que le extendía una con una taza de hojalata llena de agua—. No es gran cosa, pero te aliviará el dolor durante un par de horas.

Ella compuso una expresión preocupada.

—Sólo es ibuprofeno. Mira, lo pone en la parte de atrás del envoltorio. Es bueno, te lo prometo.

Sabía que su vacilación se debía en parte a que, sin duda, su madre le habría dicho que jamás aceptara medicamentos procedentes de un desconocido, y en parte a que estaba sopesando si rechazarlo le ofendería. Pensaba reservarlos todos para ella, durante las horas que les aguardaban, pero para tranquilizarla tomó uno.

—Los tomo para el dolor —explicó—. Son útiles. No te los daría si no fueran inofensivos, pero comprendo que te niegues a tomarlos. En cualquier caso, tú decides.

La niña meditó unos momentos, y después se metió el comprimido en la boca y bebió.

—¿Crees que vendrá alguien hoy?

La pregunta era una presencia permanente en su cabeza. Nell había guardado silencio toda la tarde, tendida de costado y con la vista clavada en la ventana. Cierto entumecimiento se estaba insinuando en ella, Angelo lo sabía. Como una roca sumergida que se iba haciendo visible a medida que las últimas briznas de esperanza se difuminaban. Reprimió la urgencia de decir: Estoy seguro. Si decía eso y no venía nadie, sería un fracaso y una traición. En la ausencia absoluta de otras personas, Angelo necesitaba que ella tuviera fe en él.

—Eso espero —contestó—. No pueden tardar mucho más.

¿Podrían tardar mucho más? ¿Cuánto tiempo podía estar alguien herido o muerto en su casa sin que nadie reparara en que había desaparecido de la circulación? Calculaba que era Nochebuena. ¿No eran esos días en que la gente entraba y salía de la casa de los demás, para entregar regalos de última hora y pedir prestados ingredientes cruciales para la fiesta?

—No pueden tardar mucho más —repitió.

Aquella noche Nell soñó con caras y voces. A veces estaba en la cabaña. Otras veces en la cama de casa. Angelo, inclinado sobre ella, decía, Bebe un poco de agua. Inténtalo, por favor. Los detalles de su rostro eran nítidos, los poros de la piel, el verde húmedo y agrietado de los ojos. El pelo de la barba era de un plateado áspero. Intentó decirle que los pelos le recordaban los pinceles que su madre había sacado del cobertizo cuando habían empezado a redecorar su habitación, pero él no pareció entenderla. Su madre también entraba y salía en camisón. El calor se posaba sobre ella como un cuerpo blando y pesado. Se esforzaba por salir de debajo. Un juego enloquecedor. Josh entraba con su uniforme de rugby del colegio, el rostro manchado del barro del campo: Ponte en pie, tonta, le dijo él. Puedes salir de aquí. Desde el barranco al árbol. Puedes atravesar ese árbol con facilidad. Puedes pasear por ese árbol, Nellie, Jesús. Quítate esa mierda del tobillo. ¿Qué te pasa? En el sueño se quitaba las tablillas del tobillo, pero las manos de Angelo se interponían. Daba la impresión de que su voz le llegaba desde una gran distancia. Sus manos eran enormes. Las suyas se le antojaban diminutas. Las tablillas la irritaban. Las tablillas, pensó, impedían que se levantara. Cuando bajó la vista, vio que estaban sujetas al suelo. ¿Por qué hacía eso el hombre? ¿Clavarla al suelo de esa manera?

La liebre dorada de su brazalete se alzó a su lado, a tamaño natural. Ahora vio que estaba hecha de la misma luz de color amarillo anaranjado que se producía cuando escribías en el aire oscuro con una bengala. Te garantizo un buen viaje, dijo la liebre, que se movía como un líquido a su alrededor. No hay nada que temer. Ya eres lo bastante mayor. Se vio a sí misma moviéndose a través del árbol, con la liebre zigzagueando entre sus pies. Sus pies apenas tocaban la corteza del abeto.

Angelo no había querido quedarse dormido, pero había dormido tan poco y de una forma tan entrecortada durante los últimos tres días que no había sido consciente de que el sueño se apoderaba de él. Cuando se había acostado en el sofá para descansar la espalda, los últimos rayos de luz diurna estaban muriendo. Ahora había oscurecido por completo. La luz de la lámpara de aceite arrojaba sombras temblorosas.

Nell se había puesto en pie.

Al menos, estaba erguida sobre un pie. Se había quitado las tablillas y puesto las botas, y estaba, con ambas manos aferradas a su bastón, moviéndose en pequeños pero dolorosos pasos, atravesando la cabaña y arrastrando el tobillo herido.

—Jesús —exclamó Angelo—. ¿Qué haces, Nell?

Ella levantó la cabeza y le miró. Tenía la cara pálida, demacrada, mojada de lágrimas. Tenía los ojos enrojecidos.

—Puedo andar —dijo—. He de ir al otro lado.

—¿Al otro lado?

—Voy al árbol.

Le asombró por un momento que hubiera tomado esa decisión mientras él dormía. Era terrible la idea de imaginarla tendida, mientras hacía acopio de valor, se quitaba las tablillas y embutía el pie en la bota.

—Dame otra pastilla —pidió Nell—. Ahora no me duele mucho. Puedo andar. He de irme.

Angelo la miró. Vio exactamente lo mucho que le dolía. Era posible que el ibuprofeno hubiera suavizado el dolor, pero aun así le ponía enfermo pensar en lo que aquellos movimientos le estaban costando. Los niños eran muy fuertes. Y las mujeres. Los niños y las mujeres primero. Tal vez no porque eran débiles, sino porque en el fondo sabíamos que eran fuertes. Contenían lo mejor de la especie.

—No puedes, Nell —dijo, y reprimió un grito cuando empezó a levantarse del sofá. Se había movido con demasiada rapidez. Joder, no había tregua. La inagotable persistencia de su dolor le enfureció. El único ibuprofeno ni siquiera lo había rozado. Apretó los dientes. Se bajó al suelo. Respiró.

—Sí puedo —replicó Nell, y avanzó hacia él otro paso vacilante—. Puedo hacerlo.

Angelo tenía que pensar. Ve con cuidado. No la asustes. Si intentas detenerla por la fuerza se volverá loca.

La niña dio otro paso. Sujetó el borde de la mesa. Se enderezó. Era asombroso: se estaba entrenando para aguantar el dolor.

—Escúchame —le pidió el anciano—. Es de noche. Está oscuro. No puedes hacerlo a oscuras. No puedes ir al otro lado a oscuras. Te caerás.

Nell miró por la ventana como si hubiera perdido la conciencia de que había oscurecido.

—Piénsalo —le aconsejó Angelo (no le digas que no puede hacerlo. Dile que existe una forma mejor. Gana tiempo)—. Piénsalo bien. Si no ves por dónde vas, no podrás llegar al otro lado. Espera a que amanezca. Habrá más probabilidades. Habrá mejores probabilidades por la mañana.

Intuyó que la fuerza de su razonamiento estaba pesando en ella, contra su voluntad. Podía ser que la conmoción la hubiera alcanzado con retraso o que el dolor la hubiera desquiciado, pero no era estúpida.

—Por la mañana —insistió con dulzura—, pensaremos en cómo hacerlo bien. Yo te ayudaré. Pero hemos de poder ver por dónde vamos para hacer algo, ¿de acuerdo?

Ella meditó.

—Te sentirás más fuerte por la mañana. Podrás comer algo. Y los comprimidos funcionan mejor con el estómago lleno. Ahora descansa un poco. Duerme. Esperaremos a que haya luz, y entonces lo intentaremos.

Tardó un rato, pero al final la convenció. Por suerte para él, el ibuprofeno y el agotamiento habían obrado efecto. Se durmió al cabo de pocos minutos. Angelo sabía que, por la mañana, se tomaría los comprimidos restantes y trataría de llegar al árbol caído. No sería suficiente. Sería imposible. Pero lo único que podía hacer era intentarlo.

Bebió los restos del café de la noche y se tumbó sobre el sofá.

Quédate despierto, dijo Sylvia. *Vigílala. Protégela.*

81

—No se llevó la autocaravana —informó Will Fraser a Valerie—. El tipo muerto ha sido identificado como Paul Stokes, y hay un Dodge Gran Caravan de 2007 registrado a su nombre, de modo que tenemos la matrícula. Esperamos confirmación del ADN, pero es muy evidente que se trata de la otra mitad del equipo.

—Había una furgoneta —apuntó Valerie—. Estaba al otro lado de la casa.

Se encontraba en un pabellón de cinco camas del Centro Médico Regional Dixie de Saint George. Le habían dado puntos y vendado la herida de la cabeza bajo anestesia local, pero se la quedaron ingresada durante la noche por conmoción cerebral. Tenía un chichón en el cráneo del tamaño de un huevo. Claudia Grey se estaba recuperando en la UCI, después de cuatro horas en la mesa del quirófano. Sobreviviría. Will y Carla habían llegado en helicóptero. Carla estaba con Claudia, a la espera de que despertara.

—Lloyd Conway le dio una parte cuando vendió la empresa —explicó Will—. Ciento treinta de los grandes, para ser exactos. Probablemente porque el Señor pensó que sería una buena idea.

—Le tenía —dijo Valerie—. Le tenía, Will.

—Hay una chica de veintiséis años viva al final del pasillo en este preciso momento, gracias a ti. El tipo la ha cagado. Le detendremos. Por cierto, me gusta el look punk. —Habían afeitado el lado izquierdo de la cabeza de Valerie para curar la herida—. No muchas mujeres de tu edad podrían lucirlo.

—Voy a pedir que me afeiten el otro lado. Estilo mohicano. Ay. Cuando sonrío me tiran los puntos.

—¿Cómo conseguiste el apellido?

—Un cartel de película. Russell Crowe. Y sigue sin gustarme.

—A Marion la puso bastante en *Gladiator*, pero dijo que sólo se acostaría con él si quería castigarse por algo.

—Sé que Marian me odia, pero a mí me cae bien.

—Lo hablaré con ella. Ha entrado en una especie de fase pornográfica. Creo que podría montárselo contigo ahora que te has afeitado la mitad de la cabeza.

Valerie sentía ternura por el mundo. Así eran las cosas cuando habías estado a punto de perderlo.

Su teléfono sonó. Era Nick.

—Voy a buscar café —dijo Will—. Te informaré cuando la chica se despierte.

Valerie respondió a la llamada.

—Hola —saludó—. Me han afeitado la cabeza.

—¿Sólo la cabeza?

—Muy gracioso.

—Dime que estás bien.

—Estoy bien. Me visto y me largo dentro de un minuto.

—No. Will me ha dicho que sufres conmoción cerebral.

—¿Qué sabrá Will?

—No me obligues a ir.

—Te echo de menos.

Lo soltó antes de poder reprimirse. Siguió una breve pausa. Le imaginó en su escritorio. Se preguntó si el tipo que compartía el laboratorio con él estaría presente.

—Lo siento —se disculpó—. No debería...

—Cierra el pico. Yo también te echo de menos.

Una pausa más larga. Valerie tragó las lágrimas que le habían tendido una emboscada. La última vez que había estado en la cama de un hospital fue tres años antes. Todo a lo que se había aferrado durante esos tres años empezaba a abandonarla. Casi. Ese «casi» le dolió en el corazón. Durante unos momentos fue incapaz de hablar.

—¿Qué te parece si te llevo a cenar cuando regreses? —preguntó Blasko.

—Sí, por favor.

—¿Tienes idea de lo bien que me sienta oír tu voz?

—No seas amable conmigo. No puedo soportarlo.

—¿Qué te parece si soy amable contigo, pero prometo portarme como un capullo cuando te vea?

—De acuerdo.

—¿Cuándo volverás?

—No lo sé. Él anda suelto por ahí. Estamos esperando a que la chica recupere el sentido.

—Sí, Will me dijo que lo había superado. Hiciste algo bueno.

Valerie volvió a tragar saliva. Era terrible recibir amabilidad cuando te encontrabas en aquel estado.

—Oye, no llores —dijo Blasko.

—Lo intento.

—Todo acabará bien.

—¿Sí?

—No lo sé, pero vamos a dar por sentado que sí.

—Vale.

Un teléfono sonó en su extremo de la línea.

—Espera —le pidió—. Mierda. Lo siento, he de atender esta llamada. ¿Seguro que te encuentras bien?

—Seguro.

—Quédate en la cama.

—Vale.

—Lo digo en serio.

—Vale.

—Volveré a llamarte. Entretanto, piensa dónde quieres ir a cenar.

Pocos minutos después de colgar, Will apareció en la entrada del pabellón y señaló hacia el final del pasillo: Claudia había despertado.

82

En una Rite Aid dolorosamente iluminada, en la periferia de Grand Junction, Xander compró un botiquín de primeros auxilios que iba dentro de una caja de plástico blanco cutre con una cruz roja por 35,95 dólares. Compró tijeras, una maquinilla de afeitar eléctrica nueva, pilas, agua. Siempre tenía sed. Tardó tan sólo unos minutos (se había lavado como había podido en un Texaco, tres kilómetros antes), pero era consciente del cajero, un tipo calvo de unos sesenta años con gafas de montura metálica, que le miraba de una forma rara. Tuvo que ocultar la mano derecha en el bolsillo durante toda la transacción, y tenía la cara perlada de sudor.

—¿Qué tal la noche, señor? —se interesó el cajero.

—Bien.

—Mucho rato conduciendo, ¿eh?

—Sí.

—Conozco la sensación. Todos lo hacemos, ¿verdad?

—Sí.

—A oscuras, también. Lo sé. Antes era camionero. Esos faros nuevos no deberían ser legales, si quiere que le dé mi opinión. ¿Le queda mucho todavía?

—No mucho.

—Bien, si necesita descansar, hay un Motel 6 a unos tres kilómetros de aquí, siguiendo la carretera.

—¿Cuánto es en total? —preguntó Xander. Cuando lo dijo, se dio cuenta de que había cometido un pequeño error. Siempre le pasaba lo mismo con esas cosas. La sonrisa del tipo se disolvió, para después recuperarse, pero todo entre ellos había cambiado.

—El total son ciento veintisiete dólares con ochenta y nueve centavos. ¿Con tarjeta o en efectivo, señor?

—En efectivo —contestó Xander. Ya tenía cuatro de cincuenta sobre el mostrador. El cajero manipuló la caja registradora, hizo una pausa, devolvió uno de los billetes de cincuenta a Xander sin decir palabra, y después le entregó el resto del cambio. Xander tuvo que guardar el cambio antes de recoger la bolsa. Se dio cuenta de que el tipo se estaba preguntando qué le pasaba en la mano derecha, ¿y cómo podía conducir un tipo con una sola mano?

—Gracias por chivarme lo del motel —dijo Xander, pero sabía que ya no podía reconciliarse con el cajero. Éste sonrió cuando dijo, «De nada», pero Xander intuyó que todo había cambiado.

T de tijeras. De ésa estaba absolutamente seguro. Mama Jean le había grabado la T con unas tijeras afiladas. Estate quieto, maldita sea, he de hacerlo bien.

De manera que ahora también tenía las tijeras, aunque estaban muy lejos todavía. Casi tan lejos como el violín y el xilofón. El violín y el xilofón daban vueltas uno alrededor del otro. No sabía cuál iba primero.

De vuelta en la furgoneta que había dejado en el aparcamiento (había unos sesenta centímetros de nieve, y había empezado a nevar con fuerza de nuevo), hizo lo que pudo para curar la mano. Desinfectante, tan abrasador que estuvo unos segundos temblando, con la mandíbula apretada y las lágrimas a punto de derramarse. Había paquetes de apósitos, tiritas, esparadrapo, guantes de goma, un líquido negro en una botella pequeña, un rollo de vendas, un termómetro y otro par de tijeras, de modo que había tirado el dinero al comprar el primer par. Adhirió un apósito estéril a cada lado de la herida y la envolvió con una venda. Dolía muchísimo. Aún no la podría utilizar para conducir. Bebió la botella de agua y se puso en marcha de nuevo.

No paró en el Motel 6. No iba a parar en ningún sitio (tenía miedo de parar), pero al cabo de otra hora se sintió mareado y con náuseas. Sabía que estaba en la 70 Éste (el asiático de cara de luna de la gasolinera se lo había confirmado, aunque había mirado a Xander como si estuviera loco), pero todas las señales de tráfico que miraba empezaban a remover los objetos en su cabeza, y no podía parar de mirarlos. Pensaba sin cesar en lo mal que le había sentado ver a la zorra policía en su casa, ¡en su propia casa!, husmeando en las habitaciones, toqueteando sus cosas. Jamás había imaginado que eso pudiera suceder (lo mejor del dinero era que podías tener un lugar donde nadie podía entrar, un lugar que casi nadie sabía que estaba habitado). En el mismo momento en que la había visto el mundo había empezado a removerse bajo sus pies, como el suelo móvil de la casa de la risa el día que fue con su madre y Jimmy. Se había caído de culo y Jimmy le había levantado con brusquedad, riendo.

Disminuyó la velocidad cerca de la salida, arrepentido de no haberle metido la jarra como era debido, pero para ello habría tenido que rajarla y había oído las sirenas (¿verdad?), y lo único que importaba era largarse cuando aún había tiempo.

El tipo de recepción del Super 8 aparentaba dieciocho años. Debía de tener algo de sangre negra, pensó Xander. Pestañas largas y cara femenina, de labios gruesos y rastas sujetas en una pequeña coleta.

—¿En efectivo? —preguntó, cuando Xander abrió el billetero.

—Sí —contestó Xander. Tuvo que aferrarse al borde del mostrador para no oscilar. Sufría un calor insoportable. Cuando fuera a la habitación, pensó, se daría una ducha fría. Tras haberlo pensado, experimentó una desesperada necesidad, porque le calmaría muchísimo. Había un gordo Papá Noel de plástico en el mostrador de recepción, sonriente, en equilibrio sobre una pierna.

—Señor, de todos modos necesitamos una tarjeta de crédito como garantía de su habitación —dijo el chico.

—No puedo firmar —repuso Xander.

—Ah, no pasa nada. Con la tarjeta no hace falta que firme, la pasaremos por la máquina. Pero, hum, es necesario que firme el registro.

—Bien, no puedo.

—¿No puede firmar con la otra mano? Lo siento muchísimo, señor. Pero es necesario… No ha de ser perfecta ni nada por el estilo. Lamento lo de su mano.

El joven le acercó el formulario de registro y un bolígrafo por encima del mostrador.

Xander cogió el bolígrafo con la mano izquierda.

Caramba, esto sí que va a ser bueno. Ardo en deseos de verlo. Venga, genio, a ver cómo te las apañas.

Notaba el bolígrafo enorme entre los dedos. Pensó que iba a vomitar. La zona de recepción olía a alfombra mojada. El chico esperaba, sonriente. Sus labios se esforzaban constantemente en tapar sus dientes. Xander imaginó que clavaba el bolígrafo en uno de los grandes ojos oscuros y líquidos del muchacho.

Apretó la punta del bolígrafo contra la línea de puntos donde el chico había hecho una marca. Una marca de xilófono. X de xilófono. Siempre se hacía un lío. «Xilófono» empezaba con el mismo sonido de «silbato». ¿Cómo era eso posible? ¿Cómo era eso posible? No podía creerlo.

—En serio, señor, con sus iniciales es suficiente. No es gran cosa.

Xander sabía cuáles eran sus iniciales. Tuvo que ponerlas en el banco, cuando Lloyd y Teresa le habían abierto una cuenta. Lloyd había dicho: No ha de ser tu nombre entero, hijo. Sólo una marca en el papel que te identifique. No pienses en ello como si fueras a escribir. Es como hacer un dibujo. Sé que sabes dibujar. Te he visto hacerlo. Así que mira, dibuja una pierna recta con un pie recto así, hacia la derecha. Después, dibuja al lado una media luna grande. Ahí tienes, una L y una C. Después, pones un garabato que te guste en medio, el mismo garabato cada vez, recuerda, así que haz uno del que puedas acordarte, y ya tienes una firma.

Xander dibujó con la mano izquierda la pierna recta con el pie recto y una imposible media luna. No se molestó en añadir el garabato. L de limón y C de cronómetro. No obstante, cada vez que tenía que firmar sólo podía relacionar las marcas en el papel con la pierna y el pie rectos y la media luna. El limón y el cronómetro eran algo muy diferente. Limón. Cronómetro. Leon. Crowe. No tenía nada que ver lo uno con lo otro. Por eso no se lo creía.

—Genial —dijo el chico con una gran sonrisa—. Todo está correcto. Aquí tiene la llave de la habitación. Está en la habitación veintitrés, a la izquierda de recepción, subiendo la escalera y al final del pasaje. Si necesita algo, lo que sea, marque el nueve. Que disfrute de su estancia.

En la habitación veintitrés, Xander dejó las bolsas sobre la cama, se desvistió (sin mirar los espejos) y se dio una ducha fría. Se sintió mejor durante unos cuantos minutos, pero cada vez que pensaba en la zorra policía y en el joven patrullero se enfadaba, y la ira se convertía en calor, y los objetos no dejaban de parlotear en su cabeza. Volvió a vendarse la mano, pero la sangre todavía se filtraba a través de los hilos y dejaba una mancha en el vendaje. Tendría que haber comprado ropa limpia. Tendría que. No había hecho muchas cosas que habría debido hacer. Su cabeza era como el nido de avispas del patio de Mama Jean, que nunca estaban calladas. Y el menor trastorno revolucionaba el enjambre. Le picaba la cabeza. La maldita barba. Desnudo, volvió a entrar en el cuarto de baño, enchufó la afeitadora nueva, localizó el accesorio con que los soldados se rapaban la cabeza en las películas, y puso manos a la obra. El zumbido del trasto empeoró la situación, y ya le costaba bastante hacerlo con la mano izquierda. Pero estaba decidido.

Cuando hubo terminado, quitó las bolsas de la cama, apartó las sábanas y se metió dentro. El calor le había abandonado. Ahora estaba temblando.

No durmió bien. El dolor de la mano le mantenía despierto. Analgésicos. Compraría analgésicos. ¿Por qué siempre pensaba en esas cosas después?

Pasaban de las seis y media cuando volvió a recepción para pagar y marcharse. El mismo chico, bebiendo una Coca-Cola, sorprendido de verle. Xander observó que caía en la cuenta de que se había afeitado la barba.

—¿Todo bien, señor?

—Sí, pero he de ponerme en marcha ya.

El chico abrió la bocaza para decir algo, pero prefirió callarse. En cambio, sonrió. Xander estaba acostumbrado a que la gente sonriera cuando pensaba en otra cosa. Cuando alguien sonreía, siempre estaba pensando en otra cosa. Paulie había sonreído cuando le había contado lo de la niña.

Si quieres arreglar esto, has de empezar con aquello.

—Oye —dijo Xander (la idea se abrió como una flor en su cerebro)—, ¿crees que podrías ayudarme con el GPS? —Levantó su mano vendada—. No puedo... ¿Sabes?

—Claro —convino el muchacho—. Deje que le lleve esas bolsas.

En la furgoneta, Xander dejó que el chico ocupara el asiento del conductor para manipular el aparato. Olía un poco como aquellas tiendas que vendían incienso y otras mariconadas asiáticas. Las uñas de sus dedos eran de una perfección extraordinaria.

—De acuerdo —dijo el chico, después de dar dos golpecitos a la pantalla, hasta que el cursor de destino parpadeó—. ¿Adónde se dirige?

83

Carla abandonó el hospital nada más finalizar el interrogatorio de Claudia Grey. Durante el cual no había dirigido la palabra a Valerie en ningún momento, apenas la había mirado. Carla había formulado todas las preguntas. Fue minuciosa, tuvo que admitir Valerie. Preguntó todo lo que habría preguntado ella. También había perfeccionado la neutralidad serena necesaria: Claudia, te lo he de preguntar, aunque comprendo que esto sea doloroso para ti: ¿hubo agresión sexual? Claudia volvió la cabeza unos segundos, con los ojos cerrados. Sin lágrimas (las lágrimas llegarían más adelante, como bien sabía Valerie, en las madrugadas de los meses y años futuros, en momentos tranquilos de una tarde soleada o mientras fregaba los platos; el recuerdo tendería emboscadas a Claudia durante el resto de su vida. Claudia sería una Claudia diferente mientras viviera. Pero viviría. Eso era lo único importante). Por fin, Claudia dijo: No. Pero Valerie sabía que era una excusa para disimular la verdad. La letra de la verdad de la ley. En el espíritu de la ley, toda aquella terrible experiencia había sido una agresión sexual.

—¿Hasta qué punto lo tengo crudo en este momento? —preguntó Valerie a Will en el pasillo, una vez Carla se perdió de vista.

—Escucha, Carla cree que estás suspendida. Tuve que ser de lo más zalamero para conseguir que te dejara entrar ahí. Amenazó con filtrar a la prensa tu desmayo en Reno y los resultados del análisis de sangre. Pero la verdad es que Deerholt todavía no ha confirmado la historia de la baja laboral, o al menos no lo había hecho cuando me marché. Técnicamente, no son más que palabras, en conjunto. Y no se lo has puesto exactamente fácil, entre lo de descubrir al asesino, salvar la vida de una joven y toda la pesca.

—Yo no. Russell Crowe. Y perdí al asesino.

—Sí, sí, sí. Parece suerte. Siempre parece suerte. Pero ¿quién descubrió al Tío del Zoo? ¿Quién identificó el árbol de Redding? ¿Quién se molestó en venir aquí y tragarse todas las cintas del centro comercial?

—Vale, soy un genio. ¿Carla volverá?

—Lo dudo. Con la pista de Colorado no. Si es que se trata de una pista. Sigue siendo una aguja en un pajar, aunque él esté allí.

—Consigue otra vez la foto de Leon, con barba y sin. Asegúrate de pasar la información de que tiene la mano derecha herida. Lo quiero en todos los canales de noticias. Lo mismo digo de la matrícula de la furgoneta. Hazlo ya.

—Claro, pero es Nochebuena. Todo el mundo estará viendo chorradas.

—Lo sé. Hazlo.

—¿Qué vas a hacer? ¿Circular en coche por Colorado con la cabeza rota?

—¿Quién está de guardia en casa?

—Media docena de los habituales. Más Ed y Laura mañana. Yo estoy libre mañana, pero recibimos a mi madre y a los padres de Marion, de modo que no dudes en llamar si no es una emergencia.

—He de enterarme al momento de cualquier llamada al número que dimos. Cualquier cosa, donde sea.

—¿Te vas quedar aquí?

—Está más cerca de Colorado, y Colorado es lo único que tenemos en este momento. Además, Claudia podría recordar el nombre de la ciudad.

—No lo ha contado todo.

—Lo sé, pero todo lo que hizo fue para seguir con vida.

—Fantástica. Esa chica es una estrella del rock.

—Una última cosa. Mi coche.

—No pensarás conducir.

—Sí, bien, como técnicamente soy tu jefa, te lo diré de otra manera: ve a buscar mi coche, mamón.

Claudia estaba terminando una llamada de móvil cuando Valerie entró para verla a solas.

—¿Tus padres? —preguntó Valerie.

Claudia asintió.

—Una enfermera me dejó su teléfono. Son muy amables aquí.

—¿Van a venir?

—Les dije que no, pero sí. Mi hermana también.

—Estupendo.

Valerie se sentó al lado de la cama. Se sentía fatal. Los efectos de la anestesia estaban desapareciendo y le picaban los puntos. Le temblaban las manos. Las náuseas aparecían y desaparecían. Estaba sudando, a pesar del aire acondicionado. Hacía cuarenta horas que no bebía. Las palabras «síndrome de abstinencia» destellaron, enviaron una oleada de vergüenza a través de su cuerpo. Borracha puta asesina de bebés. Se obligó a formularse la pregunta: ¿Quieres beber ahora mismo? La respuesta fue: Sí.

—He estado intentando recordar —comentó Claudia—. El nombre del lugar. Lo siento. No puedo.

—No te preocupes. A veces, la mejor forma es no pensar en ello y te viene a la cabeza.

—¿Cómo está la tuya?

—Me pica. ¿Crees que debería afeitarme el otro lado?

—No, es mejor así. Asimetría.

Era extraño conversar de aquella manera. Cada vez que sus ojos se encontraban recordaban su estremecedora presentación. Una insistencia de intimidad entre dos personas que no se conocían.

—Te dejaré descansar —dijo Valerie al cabo de unos minutos.

Pero Claudia le cogió la mano.

—Aún no he podido darte las gracias —afirmó.

Valerie sintió un nudo en la garganta. *No llores.*

—Lamento no haber llegado antes —confesó—. Lamento no haberle cogido.

Hablar de él era una obscenidad, presente en la habitación entre ellas. Valerie pensó un momento que cuando alguien pronunciara la palabra «él», algo en el fondo de Claudia reavivaría el recuerdo de lo sucedido. La muchacha parecía una recién nacida que hubiera llegado al mundo de una manera traumática, tumbada allí.

—Fuiste amable conmigo —dijo Claudia—. Me salvaste la vida. Gracias.

84

Jared Hewitt, veintiún años, estaba haciendo lo que nunca había hecho: echar un polvo el día de Navidad. Con una chica blanca. Tampoco era que hubiera echado un polvo con una chica no blanca el día de Navidad. Nunca había echado un polvo el día de Navidad, punto. Tampoco se sentía con demasiado derecho a utilizar la expresión «chica blanca». No porque Stacey Mallory, cuatro años mayor que él, no fuera blanca (lo era, y también una rubia natural), sino porque él no era, estrictamente hablando, negro. Su madre era en parte africana y en parte mexicana, su padre (al que nunca había conocido), al parecer, judío. La joven vida de Jared se había visto acentuada por esta herencia de no ser ni una cosa ni otra, de estar mal identificado, mal descrito, mal calculado. La parte buena de la herencia consistía en que era ridículamente apuesto. Las mujeres le miraban de una forma inequívoca. Sobre todo las mujeres mayores. Sostenía una relación abúlica con el gimnasio, pero no cabía duda de que estaba bueno. Metro ochenta y tres, delgado, musculoso, con pestañas que hasta las mujeres envidiaban. No era presumido, sólo estaba dispuesto a tomar en serio la importancia de la evidencia empírica.

—Vale —dijo Stacey después de correrse por tercera vez, al estilo de las vaqueras—. Tu turno. ¿Qué quieres por Navidad?

Jared ya tenía lo que quería por Navidad, que consistía en Hacer Lo Que Le Diera La Gana. Había funcionado a la perfección. Su madre salía con el mismo tío desde hacía diez meses, y los dos habían ido a México de vacaciones. Lo cual significaba que tenía la casa para él solo. Stacey, que era una mujer chiflada y entregada al sexo con tal montón de credenciales a medias (actriz fracasada, bailarina fracasada, universitaria fracasada) que Jared no estaba seguro de qué partes de la historia eran auténticas, y que había regresado a Grand Junction tras una breve relación con un bajista de death metal de Denver, y que ahora se alojaba en casa de su hermana, no procedía del tipo de familia, por lo visto, que consideraba una ofensa no pasar en casa el día de Navidad, aunque estuvieras en la misma ciudad.

—Date la vuelta —ordenó Jasper con voz ahogada. Habían establecido su proporción de orgasmos hacía un rato: Stacey llevaba tres o cuatro por cada uno de él. No porque Jared hubiera sido bendecido con un aguante sobrehumano, sino porque Stacey podía tener tres o cuatro en menos de cinco minutos. Y otros tres o cuatro después de que él tuviera el suyo. Era el tipo de cosa maravillosa que a él le daba miedo estropear si pensaba demasiado en ello. Hacía lo posible para que eso no sucediera.

—Eres un hombre malo —dijo Stacey, y se colocó para un sesenta y nueve. Estaban en el dormitorio de él con las cortinas corridas, sobre las que parpadeaba la luz de la televisión sin sonido. La noche anterior habían estado bebiendo cócteles de vodka. La habitación olía a sexo y alcohol azucarado.

—Ajá —convino Jared.

Se encontraba en un estado delicioso. Había vuelto a casa nada más terminar su turno en el motel. Habían follado dos veces, y después cayeron dormidos como troncos, y ahora allí estaba ella, apenas iniciado el día, despierta del todo y preparada. Stacey se había dejado puestos los zapatos (había dormido con ellos), aunque sin nada más. Sandalias de tira con tacón alto, con lo que parecían esposas de bondage alrededor de los tobillos. Rediós, aquella chica sabía lo que hacía. Le quitó el condón y le recibió en su boca celestial. Jared experimentó paz y buena voluntad hacia toda la humanidad.

—Santa madre de Dios —exclamó, un ratito después, cuando se había recuperado más o menos de una de las más explosivas eyaculaciones de toda su vida. La tibia cabeza dorada de Stacey reposaba sobre su muslo. Las manos de Jared acunaban las fabulosas nalgas de su culo—. Jesús, Jesús, Jesús.

—Blasfemias el día de Navidad —ronroneó ella—. Vas a arder en el infierno, amigo mío.

—Eres un ángel.

—No creo, pero lo acepto.

—Un ángel sexual.

—Un ángel sexual es para toda la vida. No sólo para Navidad. Creo que deberías prepararme otro combinado de vodka. Además, y no se trata de un detalle insignificante, me muero de hambre. Eso suponiendo que tengas comida...

—¿Bromeas? —dijo Jared. Besó su nalga izquierda y volvió la cabeza para ver qué echaban en la tele—. Mi madre ha dejado suficiente comida para alimentar a un... ¡Hostia puta!

—Más blasfemias. ¿Qué eres tú, un satanista?

—Eh... Mierda... Mierda... Levántate un momento. Rediós.

—¿Rediós? —preguntó Stacey, mientras empezaba a desenredarse—. Todavía quiero comer algo, señor.

Pero Jared ya había saltado de la cama, y estaba buscando el mando a distancia en el suelo.

—Jesús —repitió—. No puedo creerlo. Este tío... Este tipo era...

—... una herida en la mano derecha —estaba diciendo la voz en off de las noticias—. El sospechoso va armado y es extremadamente peligroso, y nadie, repito, nadie debería acercarse a él. Cualquier persona que pueda informar debería llamar al número que sale ahora en la pantalla. Este número también está disponible en la web de KJCT8.com. En otras noticias, un hombre de Denver ha demandado a la ciudad por lo que él describe como...

Jared apagó el sonido y se quedó mirando la pantalla boquiabierto.

—¿Qué? —inquirió Stacey—. ¿Qué pasa?

85

Valerie acababa de salir de la ducha en su habitación del Best Western, cuando llegó la llamada de Laura Flynn.

—¿Cuánto hace? —preguntó Valerie.

—Acabo de hablar por teléfono con el chico.

—¿Lo sabe Carla?

—Ed está hablando por teléfono con ella ahora mismo.

—¿Dónde está ella?

—Espera.

Agonía. Agonía. Agonía.

Laura volvió a la línea.

—Está en el Town Palace Suites. Hay un helicóptero disponible en el PD de Saint George.

—Llama a Ellinson. Diles que mantengan los ojos abiertos.

—Estoy en ello —tuvo el tiempo justo de decir Laura, antes de que Valerie colgara.

Vestida en menos de veinte segundos, Laura fue en coche a la comisaría de Saint George con la sirena puesta. Un minuto enloquecedor con el sargento de guardia para verificar su identidad. Otro minuto enloquecedor para llegar al helipuerto. El helicóptero estaba a punto de despegar. Carla iba a bordo.

—Fuera de aquí —ordenó Carla, en cuanto Valerie abrió la puerta y se coló dentro.

—Que te den. Soy la principal investigadora de este caso y aún tengo derecho a colaboración nacional. Deerholt no me ha suspendido y no puedes hacer nada al respecto. Si quieres colgarme en YouTube, adelante. Pero ahora nos vamos a Ellinson, Colorado. —Enseñó su placa al piloto—. Vámonos.

El piloto miró a Carla.

—Quédese donde está —dijo Carla—. Esta mujer va a bajarse del helicóptero.

Valerie desenfundó la Glock y la apretó contra la rodilla de Carla.

—¿Vas a dispararme?

—¿En la rodilla? Claro. Te sentirás mejor. Puedo dispararte en la rodilla, o bien tú puedes dejar de lado eso que tienes contra mí hasta que cacemos a ese hijo de puta. En cualquier caso, mi amigo y yo nos vamos a Ellinson.

—Joder —exclamó el piloto—. ¿Qué coño hago?

Carla meditó un momento.

—Tu carrera ha terminado —sentenció.

—Sin duda —replicó Valerie—. Pero todavía no. Vámonos.

Empezó a nevar al cabo de una hora de vuelo. Podemos continuar, dijo el piloto, pues la velocidad del viento era inferior a quince nudos, pero empeoraría cuanto más al este se desplazaran. El ATC dijo que Denver consideraba el tiempo aceptable, pero había pedido por radio que tuvieran preparado transporte terrestre por si acaso. En cualquier caso, deberían repostar en Grand Junction.

—¿Qué hay en Ellinson? —preguntó Valerie a Carla.

—Menos de setecientos habitantes. Un sheriff. Tres ayudantes, a tiempo parcial. Denver enviará agentes de campo. También refuerzo aéreo.

—Leon ya habrá llegado, si es que ha ido allí. Se fue de Grand Junction hace horas.

—Habrá llegado y marchado antes incluso de que pasáramos la información.

—Sí, bueno, pero no tenemos otra cosa. ¿Por qué no me lo cuentas?

—Contarte ¿qué?

—Por qué me odias.

Carla no contestó. Se limitó a mirar por la ventana la nieve que caía sesgada.

86

Xander conducía en la oscuridad de la mañana bajo la nieve que caía. Cuando se fue del hotel caía lentamente. Ahora caía con prisas, como si fuera su última oportunidad de mostrar su existencia al mundo. Se sentía fatal. Ardiendo en un momento dado, helado al siguiente. Había comprado cinco botellas de agua de litro. No podía calmar su sed. La única constante era la voz serena y estilosa del GPS. Eso, y el dolor que palpitaba en su mano. Se mantenía fuera de la interestatal siempre que podía. Cada vez que la abandonaba el GPS adaptaba el cambio sin alterar el tono, pero aun así Xander experimentaba la sensación de que estaba poniendo en apuros al aparato, como si el tipo que hablaba se ofendiera y llevara a cabo un gran esfuerzo para no parecer cabreado.

Te vio y huyó. Huyó a través del bosque. Ni siquiera sabías que estaba allí. La cagaste.

Cada vez que pensaba en ello se sentía invadido de rabia y debilidad. El profundo conocimiento de que Paulie no había mentido. ¿Por qué no podía creer que Paulie hubiera mentido? Porque no podía. Su don/maldición para la verdad. No quería volver, pero no volver era imposible. *Si quieres arreglar esto, has de empezar con aquello.* Media docena de veces había parado para examinar los objetos de las bolsas. Algo había agujereado el celofán y abierto un pequeño agujero en el koala. La jarra estaba… No, de la jarra ya se había encargado. L de limón. El olor a limón le mareaba cada vez que lo tocaba, mezclado con el olor del desinfectante y el vendaje ensangrentado. El violín era demasiado grande. Eso iba a ser… Si había una niña ya la habrán encontrado a esas alturas. Vio el enjambre de cucarachas policía enfurecidas en la arteria principal de la ciudad. Pero siguió conduciendo. Su mente describía círculos. Mama Jean estuvo sentada un rato en el asiento del pasajero, riendo para sí. Cuando miró en dos ocasiones no vio el lado de la furgoneta, sino el dormitorio de Redding que se abría detrás de ella, con las manos enlazadas sobre la suave hinchazón de sus tejanos claros. *Desde cualquier punto de vista que lo examinara, todo iba bien hasta que la cagaba en aquella mierda de ciudad. Si no puedes arreglar esto, tendrás que volver a empezar desde el principio. Tendrás que seguir haciendo esto hasta que te salga bien. Ya lo sabes. Ya lo sabes.*

Perdió tiempo. Recordó haber parado en un área de descanso y la suave oscuridad que limitaba su visión. Cuando volvió en sí no tenía ni idea de cuánto tiempo había pasado. El viento mecía la furgoneta. Tomó más analgésicos, bebió más agua. Había una barra a medio comer de Musketeers en el salpicadero, pero cuando mordió un trozo y empezó a masticar tuvo que escupirlo. La tierra que le rodeaba era blanca bajo el cielo encapotado. Las nubes como un techo demasiado bajo, que ejercían presión sobre su cráneo. Le parecía erróneo estar tan caliente cuando hacía tanto frío fuera. Se imaginó tendido en la nieve, que se fundía a su alrededor con un silbido.

Las calles de Ellinson estaban desiertas, el puñado de tiendas cerrado. ¿Era domingo, tal vez? Había perdido la pista de los días. Habían echado sal en la arteria principal hacía poco, pero las calles laterales estaban atestadas de nieve, montones que sobrepasaban el metro de altura. Los faros de la furgoneta taladraban la oscuridad. Caía una nieve ligera, convertida en un caos de estática por el viento tumultuoso. Ahora era más difícil conducir con una sola mano. Intentaba recordar. La casa estaba bastante lejos de la ciudad, a tres kilómetros como mínimo. Las pistas, los bosques y los campos blancos, todo le parecía igual. Las ramas cargadas de nieve se perdían en la lejanía. Era algo fascinante, si dejabas vagar tu mente, una especie de hipnotismo.

Ah, claro. Hipnotismo. Tienes todo el tiempo del mundo para eso.

Pasó la manga sobre el parabrisas cubierto de vaho y aumentó la velocidad de los limpiaparabrisas.

87

Tom Hurley, sheriff de Ellinson, cincuenta y dos años, divorciado, no creía en el destino ni, por extensión, en lo de tentar al destino, pero no pudo evitar echarse la culpa cuando, diez segundos después de pensar, *Jesús, espero que no llame nadie,* alguien llamó. Acababa de servirse una taza de café (iría más tarde a la comida de Navidad en casa de los Westcott, puesto que Leonard Wescott era amigo de él desde hacía más de treinta años y era miembro honorario de la familia Westcott: le recibían cada Navidad desde que se había divorciado, diez años antes) y de poner los pies en alto delante de la televisión. Estaba zapeando en busca de algo glamuroso y necio. Una película de Bond, quizá, aquellas chicas desgarradoras de piernas lustrosas y rostro cruel. Estuvo a punto de no contestar a la llamada. Su hijo estaba pasando la Navidad en Pueblo con su madre, y aún estaría durmiendo. Su hermana (el cerebrito de la familia, que había dado clase de estudios sobre el Renacimiento en la Universidad de Columbia durante los últimos veinte años) no llamaría hasta la noche. Y como ése era el límite de su familia viva, sólo podía ser trabajo.

—¿Sheriff Hurley?

—¿Sí?

—Gracias a Dios. Soy Meredith Trent. La madre de Rowena Cooper. Algo ha pasado.

Tom se puso en alerta al instante. Nerviosismo e inquietud por igual. Había visto a la madre de Rowena varias veces cuando había venido desde Florida para visitar a su hija y los críos, pero nunca habían intercambiado más de un par de minutos de educada conversación.

—Hola, señora Trent, ¿qué puedo hacer por usted?

—Escuche, tal vez le parezca paranoica, pero he estado llamando a casa de Rowena desde ayer por la noche y no me contesta. Lo mismo ha pasado con su móvil. Llamé al móvil de Jenny Swann, pero está con su familia en Boulder. No tengo ningún número más de ahí. Lo siento, pero me estoy volviendo loca. Hoy es Navidad y es imposible que no estén en casa. ¿Podría ir a ver qué pasa?

Tom cogió el bolígrafo y el bloc de notas que había al lado del teléfono. Fuera, el viento soplaba cada vez con más fuerza. Un efecto sonoro de película de terror.

—¿Cuándo fue la última vez que habló con Rowena, señora Trent?

—Hace cuatro días. No quiero decir con ello que hablemos cada día, pero dijimos que hablaríamos el día de Navidad. Por favor, sheriff, estoy muy preocupada. Vive muy lejos de todo.

—De acuerdo, señora Trent, no se preocupe. Voy a acercarme a ver qué pasa. ¿Qué le parece?

—Oh, Dios, sí, por favor. No es propio de ella dejar de comunicarse así.

—Lo comprendo. Lo más probable es que haya perdido el móvil, y puede que haya algún problema con la línea terrestre, pero me acercaré de todos modos. ¿Tiene un bolígrafo a mano? Le daré mi número de móvil.

—¿Irá ahora mismo?

—Ahora mismo, sí, señora. ¿Puede tomar nota?

Mientras conducía en dirección a casa de Rowena bajo la nieve, Tom pensó que vivir en una pequeña población lo simplificaba todo, incluida, por desgracia, tu capacidad de solucionar los problemas cuando algo iba mal. Imaginó a un agente de Nueva York que recibiera la misma llamada de una madre preocupada por una hija que vivía sola en la ciudad. El número de explicaciones posibles de por qué alguien no contestaba al teléfono. Un lugar como Ellinson reducía tales explicaciones a improbabilidades. Conocía a Rowena y los chicos. Era una buena mujer. De haber sido veinte años más joven... Buenos chicos, también, por lo que había visto. El muchacho, Josh, era tranquilo, muy protector de su madre, cosa que a Tom le gustaba, y la pequeña, Nell, era una criatura divertida y vivaracha. ¿Línea terrestre averiada y móvil sin cobertura? Optimismo. Un accidente. Esas carreteras con ese tiempo. Se estaba preparando mentalmente, de camino, para doblar una curva y encontrarse frente a frente con un accidente de coche. El día de Navidad, un vehículo podía permanecer volcado en esas carreteras secundarias durante veinticuatro horas o más, caído de costado, quemado, derramando aceite y humo y cristales rotos y sangre. *Jesús, por favor, no dejes que sea eso. No dejes que sea así de malo, por favor.*

88

Xander aparcó el Dodge un poco más allá de la casa, donde los árboles colgaban sobre la carretera. La mañana era oscura y la nieve giraba en el aire con la ventisca. Su primera idea fue salir de la carretera y volver a través del bosque, pero la nieve era demasiado profunda. Se hundiría hasta los muslos. Tendría que utilizar la carretera y confiar en que no apareciera nadie.

Hacía mucho frío, lo cual le sosegó un momento (sólo llevaba cazadora, tejanos, la camiseta sucia, botas), pero al cabo de veinte pasos, con la cabeza gacha, le entraron los temblores de nuevo. Había perdido la cuenta de los analgésicos que había tomado. Tenía las tripas revueltas. Había pasado mucho tiempo desde la última vez que había comido. De hecho, no recordaba cuándo había sido. Se sentía muy alejado de la comida, como si hubiera superado la necesidad de alimentarse. Por lo visto, sólo le quedaba la sed. Ojalá hubiera cogido una botella de la furgoneta.

Era extraño volver a ver la casa. Pensó que había esperado ver la casa aislada con cinta amarilla, una escena del crimen. Sin embargo, no se sentía sorprendido.

El jeep Cherokee continuaba en su sitio, con las cadenas puestas. Eso era bueno. Cuando terminara podría cambiar de vehículo. Las llaves estarían en la casa. Un jeep sería más adecuado para este tiempo, las cadenas de los neumáticos se abrirían paso entre los ventisqueros. Podría acceder a terrenos más elevados. Podría respirar, pensar con lucidez, con el mundo extendido bajo él.

Cuando terminara. ¿Qué significaba eso? No paraba de abordarlo en su mente, pero lo único que obtenía era la sensación de que sabría qué debía hacer cuando llegara. Había pensado en coger el koala, el limón y el mono. Pero cuando atravesó el patio de la casa se dio cuen-

ta de que había llevado consigo todas las bolsas. Las blandas asas de
plástico se le clavaban en la palma de la mano buena. Daba la impresión de que contenían más cosas de las que recordaba haber comprado. Ahora le daba miedo mirar en su interior. Había visto un hacha.
¿No había empleado ya el hacha? Eso era lo bueno de Paulie y los vídeos del iPad: le ayudaban a mantener un seguimiento. Le ayudaban a
conservar las cosas en su sitio. ¿Y adónde iría cuando hubiera terminado allí? Cada vez que pensaba en la zorra policía y el patrullero en
su casa, en sus habitaciones… Miró hacia atrás. Nadie. Tenía ganas de
entrar en la casa de una vez para huir del frío. Reinaba una suave oscuridad bajo los árboles.

*Huyó a través del bosque. Ni siquiera sabías que estaba allí. La ca-
gaste.*

Ahora sabía por qué sabía que Paulie no había mentido. Paulie se
había cascado la rodilla. Paulie dijo que había creído ver a alguien, pero
era un ciervo. No era un ciervo.

Pero si eso era cierto, ¿por qué no había sabido en su momento que
Paulie le mentía?

Porque estaba… Porque había salido mal. Y estaba buscando la jarra. Lo que tenía en su mente era la jarra, mientras intentaba, incluso
entonces, incluso entonces (la idea provocó que apretara los dientes)
hacerlo bien. Todo lo ocurrido era culpa de Paulie.

La puerta de la cocina no estaba cerrada con llave. La abrió y entró.
Llevaba el cuchillo de pescado en el bolsillo de atrás y la automática
embutida en los tejanos. Hacía calor dentro. Calefacción con temporiza-
dor. Dejó las bolsas en el suelo de la cocina. Hicieron ruido, pero no le
molestó mucho. La casa no parecía… La casa estaba silenciosa. Una
gran cosa sólida indiferente a las turbulencias del exterior. Y aquel olor:
diarrea abundante y huevos podridos. De todos modos, sacó la pistola.
Nunca había intentado disparar un arma con la mano izquierda. No le
gustaba la sensación, pero cuando la trasladó a la mano derecha herida
descubrió que no podía mover los dedos.

La cocina se abría al pasillo que conducía al pie de la escalera y la
puerta principal. Las manchas de sangre continuaban en su sitio. Las
siguió hasta la sala de estar, adonde la había llevado a rastras. El recuer-

do destelló en su mente, el tacto de su puño envuelto en el pelo de la mujer, una vibración en la polla.

Ella continuaba allí, por supuesto. Estaba donde la había dejado. La habitación hedía. Zumbaban moscas. Había un árbol de Navidad. Las luces se encendían y apagaban. Había visto adornos de Navidad cuando había ido de compras. No había quedado registrado en su cerebro. No se acordaba mucho de la Navidad. Recordaba los días posteriores. Los árboles y los envoltorios de los regalos en la basura. Era como si el mundo se riera de lo tontos que habían sido todos, del error de las luces, el espumillón y los regalos.

Estaba tumefacto, de modo que se desabrochó los pantalones y se quedó con la polla fuera sobre la cara manchada y la lengua colgante. Las moscas murmuraron, agitadas.

Pero al cabo de unos minutos se rindió. La mujer no tenía nada dentro. La jarra la habría convertido en… El violín, no, el koala… Pero ahora ya era demasiado tarde. Su cabeza se llenó de algo. Sentía los ojos como huevos duros. Pensaba que sabría lo que debía hacer. Los objetos de la sala de estar procuraban no mirarle. Eran como las cosas de casa de Mama Jean. Se ponían tensas y no querían mirar, aunque debieran hacerlo.

Arriba, el chico estaba también donde le había dejado. Con los grandes auriculares puestos. Con la televisión encendida y el sonido apagado. Era curioso pensar en todos los programas y anuncios que habrían echado, con el chico tendido en el suelo. Ahora ponían *Ultimate Makeover*. Una mujer en la cama de un hospital con la cara hinchada y la nariz vendada. Daba la impresión de que le habían pegado una paliza de muerte. El amplificador emitía un ruido irritante, como una avispa muy silenciosa. Xander extendió la mano para tañer las cuerdas de la guitarra, algo que no había hecho jamás en su vida, pero no pudo decidirse a pulsarlas. Salió de la habitación.

El olor estaba por todas partes. Estaba en la habitación de la mujer, en la parte delantera de la casa, mezclado con el olor de sus cosméticos, perfume y colada limpia. Estaba en el cuarto de baño, con su olor a toallas tibias y limpiador de baño. Estaba en un cuarto lleno de cajas de plástico cerradas con grapas, pulcramente apiladas (Xander distinguió un guante de béisbol, una pelota de tenis, rollos de algodón, CD, revistas).

Y estaba en la habitación a medio pintar, enfrente de la del chico.

89

Huyó a través del bosque. Ni siquiera sabías que estaba allí.

Xander se sentó en el borde de la cama. A través de los remolinos, punzadas y destellos de los objetos, y la mezcla efervescente de rabia y pánico, una parte de él estaba intentando dilucidar lo ocurrido. Si estaba viva, ¿cómo era posible que no hubieran ido a buscar los cuerpos? Ella se lo habría dicho. ¿Habría muerto? Tal vez había caído y se había roto la pierna en el bosque, y había muerto congelada. ¿O se habría escondido en algún sitio, demasiado asustada para salir?

No consiguió nada. Tenía calor y estaba confuso. Se levantó, mareado, y volvió al dormitorio de la mujer. Durante un rato se dedicó a abrir cajones y armarios, con la mente en blanco, entrando y saliendo del dolor de su mano. Notaba una especie de hormigueo en la herida. Pensó que tal vez una mosca se había colado debajo del vendaje. Lo desenvolvió. No vio nada, pero sentía que algo se movía bajo la piel rota. Pensó en la historia de aquel tipo atrapado en una grieta que se había cortado el brazo para salir. Volvió a ponerse el vendaje. No podía imaginarse cortándose el brazo. Pero las moscas. Quería más analgésicos. Y agua. Había dejado el botiquín de primeros auxilios en el coche.

No estás arreglando esto, gilipollas.

Cierra el pico. Cierra el pico.

Tenía que pensar.

Encontrarla.

Tenía que pensar, maldita sea.

El cuarto de baño. Botiquín. Analgésicos. Agua.

Pero camino de la puerta reparó en la fotografía sobre la mesilla de noche. Una reproducción en color enmarcada de la mujer con sus hijos. Estaban de pie en un porche nevado con ropa de invierno, chaquetas acolchadas y gorros de lana. El chico llevaba uno de aquellos estúpidos con orejeras. La mujer llevaba uno de piel plateada que le daba apariencia de espía rusa. La pequeña llevaba uno azul y blanco con botones alargados que colgaban debajo de su barbilla. Eso y una chaqueta roja acolchada. Todos sonreían. Colgaban carámbanos del techo inclinado del porche. La niña se parecía a su madre.

No consiguió manipular las astutas anillas metálicas de la parte de atrás, de modo que rompió el cristal y sacó la reproducción. No tenía ni una sola fotografía de él. No le gustaba la idea más que los espejos. Todavía le causaba una impresión rara verse en los vídeos del iPad. Nunca acababa de creer que fuera él.

En el cuarto de baño encontró ibuprofeno, tomó algunos comprimidos y bebió agua del grifo.

A través del bosque. No estará bien arreglado hasta que la encuentres.

Abajo, trasladó las bolsas de las compras desde la cocina a la sala de estar. Había más cosas de las que recordaba haber comprado. Clavos grandes. Una piña. Un reloj de pulsera. Un yoyó. Una muñeca con una corona. Los objetos eran como las moscas que revoloteaban sobre la mujer, se alteraban con facilidad.

Pero era el koala. Estaba seguro de que el koala iba después de la jarra.

90

El sheriff Tom Hurley aparcó su Explorer en el camino de entrada y subió, con los hombros encorvados para protegerse de la nieve, hasta la puerta principal de Rowena Cooper. Había visto el Cherokee, intacto, ante el garaje abierto. Si habían tenido un accidente, no había sido en su coche. Pero también había observado que la profundidad de la nieve sobre y alrededor del vehículo le decía que hacía tiempo que no lo conducían. Si no ibas a ir a ningún sitio, ¿por qué no lo guardabas en el garaje? Daba igual. Podrían haberse ido en el coche de otra persona. Una visita sorpresa el día de Navidad. Un pariente. Un amigo. Caramba, tal vez Rowena tenía un novio. Tal vez algún tipo que la había conocido de paso y no daba crédito a su suerte. Las habladurías pueblerinas eran fiables, pero no omniscientes.

Tocó el timbre de la puerta.

No hubo respuesta.

Probó por segunda vez.

Igual.

Desenfundó la pistola y encendió la linterna. Hizo un barrido. Examinar todas las ventanas de la planta baja. No era un accidente de coche. Joder. Que no te entre el pánico. Procedimiento. Tú no sabes nada.

Pero claro que sabía.

La primera ventana que examinó fue la de la sala de estar. Las cortinas estaban descorridas. Las luces del árbol de Navidad se encendían y apagaban.

E iluminaban el cuerpo semidesnudo de Rowena Cooper, retorcida en el suelo ennegrecido por la sangre.

¿Cuándo habló por última vez con Rowena?, había preguntado a Meredith Trent. *Hacía cuatro días.*

Aparentaba llevar cuatro días muerta, como mínimo. Joder. Mierda. Mierda. Su máquina profesional zumbaba (los chicos, entra y mira, podrían estar vivos, desangrándose, podrían quedarles minutos, segundos), mientras que su parte humana, padre, exmarido, persona, estaba destrozada a causa de la tristeza: había visto a Rowena en la ciudad hacía un par de semanas. Hola, sheriff. Hola, Rowena. La había visto salir de la oficina de correos. Últimas felicitaciones de Navidad. *¡Le deseo una feliz Navidad y un próspero Año Nuevo!* Se dirigía al restaurante del otro lado de la calle, donde los críos la estaban esperando en un reservado. Toda esa vida. La fértil historia y el futuro prometedor. Todas las conversaciones que había sostenido. Besos, risas, momentos de silencio mirando el tiempo, leyendo un libro, todas las ideas y los pensamientos. Los grandes eventos de su corazón. La muerte de su esposo. Los hijos. El amor. La pérdida. Una persona. Desaparecida. Una repentina y obscena sustracción al mundo. *Señora Trent, lo siento, tengo malas noticias…* La madre jamás se recuperaría, del todo no. Quedaría deformada por dentro durante el resto de su vida.

Todo esto pasaba por su cabeza mientras volvía hacia la puerta principal, encajaba la linterna en el cinto, probaba el pomo, descubría que no estaba cerrada con llave, la abría en silencio con la mano izquierda, la pistola sujeta con fuerza pero no demasiado firmeza en la derecha.

Captó el olor de inmediato. Nada igual en la tierra. El hedor único de la muerte. Reprimió las ansias de vomitar. Sus piernas vacilaron.

Quería agarrar el arma con las dos manos, pero necesitaba ver. Extendió la mano hacia el interruptor de la luz del pasillo… Alto. *Huellas. No toques nada. Básico. Joder. Cálmate.* Cogió la linterna con la mano izquierda. *Llama para pedir refuerzos. Pero el tiempo. Minutos, segundos. Los críos. Los críos primero. Jesús, permite que estén vivos. Por favor, Dios, permite que estén vivos.*

Cuatro habitaciones en la planta baja: sala de estar, comedor, cocina, lavadero.

Rowena tenía algo que sobresalía de un corte en el abdomen. Tardó un momento en dilucidar qué era, e incluso entonces no estuvo seguro.

Parecía la mitad superior de un muñeco de peluche, un koala. La mitad del envoltorio de celofán seguía retorcido a su alrededor.

¿Por qué? Nunca importa el porqué.

Comedor, cocina, lavadero.

Despejado.

A mitad del pasillo las vio: huellas de botas mojadas.

Dios santo... ¿Seguiría el hombre allí?

Le vino una imagen veloz, grotesca: el asesino mudándose a vivir con la familia muerta. Preparando café. Viendo la televisión. Volviendo para visitar a los cadáveres. Hablando con ellos. Follando con ellos. De pronto, parecía la cosa más natural del mundo. El mundo albergaba individuos para quienes sería la cosa más natural del mundo. Una vez conocías las posibilidades, no podías dejar de tomarlas en cuenta. Tantas cosas que sabías y que habrías preferido no saber.

Subió la escalera.

Dormitorio de la parte delantera despejado.

El viento disminuyó de intensidad un momento. Oyó el chisporroteo de electricidad cuando estaba justo delante del segundo dormitorio. Experimentó una oleada de esperanza.

Entonces, miró dentro.

Oh, santo Dios.

Josh.

Oh. Santo. Dios.

Las hinchadas tripas al aire. Algo... Un juguete blando embutido... Joder.

Osciló, reprimió las náuseas por segunda vez, consiguió apoyar la espalda contra el marco de la puerta. Las moscas que revoloteaban sobre el cuerpo, irritadas, trazaban urgentes ochos en el aire, se reubicaban. Tardó un momento.

No puedes perder ni un momento. Muévete. Muévete.

Estaban decorando la habitación de enfrente. Habían quitado los muebles.

La niña sólo podía estar en el cuarto de baño. Le vino la imagen de su cuerpecito, desnudo y manchado en el agua roja, ya fría, de la bañera, el pelo flotando, los intestinos meciéndose en la superficie.

Salió de la habitación y se volvió.

Un hombre con la mano vendada estaba parado en la entrada del cuarto de baño, armado con una pistola.

91

Xander perdió más tiempo, sentado en el Cherokee de la mujer con las bolsas de la compra en el asiento del pasajero. El olor a piña aguijoneaba su garganta. El viento emitía un sonido agudo entre los árboles. Seguía la pista que atravesaba el bosque, en la que apenas cabía el vehículo. Las copas de los árboles se encontraban en lo alto. No recordaba haber parado. Cuando pensaba en las últimas horas y días, las piezas de su pasado se desordenaban con suavidad. Habían tramado una astuta conspiración para dejarle así, sin ningún sitio adonde ir, sin saber qué hacer, sin control. Las cosas se le habían ido acumulando demasiado deprisa, una tras otra. Todas las cosas en las que confiaba le habían traicionado. Paulie. El maldito Paulie. Tenía que huir. Era consciente de eso. Pero se sentía muy cansado. El dolor de la mano había dejado de estar confinado en la mano y se había extendido a todo el cuerpo. Cada vez que respiraba se agotaban un poco más sus fuerzas.

Huyó a través del bosque. Cruzó el puente.

No paraba de pensar que la veía, se movía entre los árboles con la chaqueta roja acolchada.

Pero no, por supuesto. Habían transcurrido días desde eso. No podía estar allí. Habría muerto de frío. A él no le parecían días, sino momentos. Tenía que recordar lo sucedido durante esos días. No había sitio para dar la vuelta al Cherokee. La idea de volver sobre sus pasos hasta la carretera le dio ganas de cerrar los ojos de nuevo, de dormir. Tenía la impresión de que hacía mucho tiempo que no dormía, si bien recordaba el motel, el muchacho afeminado medio negro, la pequeña descarga de ira y tristeza cuando le vio teclear las letras de Ellinson en el GPS, sonriente, sin esfuerzo. Lo más sencillo del mundo, a menos que seas más burro que un arado.

Aceleró. Habría algún sitio donde dar la vuelta. Encontraría un hueco entre los árboles. Las ramas entrelazadas en lo alto habían protegido en parte la pista de la nieve. Continuaría un rato más. Era mejor seguir avanzando, aunque tuvo una visión de los árboles apretujándose a su alrededor cada vez más, como una multitud de gente, hasta que el camino quedaba bloqueado por completo.

Tres o cuatro minutos de penoso avance. Los ventisqueros inclinados inmóviles y blancos y suaves. Después, de repente, el número de árboles a ambos lados de la pista se fue reduciendo y se encontró en un claro. Había un coche aparcado a unos metros, casi sepultado en la nieve. Era lo último que esperaba ver. Y ahora, cualquier cosa inesperada con la que se topaba despertaba su miedo. Más cambios de escenario, más traiciones.

Asió la pistola y bajó.

No había nadie en el vehículo. Por ningún motivo real del que fuera consciente probó las puertas. Todas cerradas con llave. No sabía qué significaba eso, pero no le gustó. No le pareció normal que el coche llevara tanto tiempo allí abandonado, a juzgar por la nieve acumulada.

Se alejó unos pasos y desvió la vista hacia el extremo del puente. Había un letrero que no se atrevió a mirar más que un momento, y hasta esa mirada logró que los objetos se pusieran a zumbar. Las moscas agitadas alrededor del cuerpo de la mujer. Un barranco, que se alejaba hasta perderse de vista en ambas direcciones. No había luces al otro lado, sólo más árboles apretados que trepaban a la colina blanca. Se acercó al borde (a cada paso se hundía hasta las rodillas) y miró hacia abajo. Agua negra se retorcía y parpadeaba en el fondo. El puente colgaba contra la roca, doblado donde había golpeado contra un saliente. Xander nunca había visto nada semejante, todo un puente colgando. ¿Así iba a ser todo a partir de ahora? ¿Nada sería como cabía esperar? ¿Cada día un cambio nuevo en el paisaje?

Tal vez la niña se cayó.

Cayó. Atravesó el bosque y cayó en el barranco.

No sabía si eso era bueno o malo. Pensó en sí mismo, rebuscando allá abajo. Era imposible.

¿Crees que has arreglado esto? No lo has arreglado. No has arreglado nada.

Se quedó inmóvil durante largo rato, contemplando el abismo helado, a la espera de saber qué debía hacer.

Pero el aire mordía su cara y el estómago le hacía daño y el dolor que se había extendido desde su mano al resto del cuerpo conseguía que el tiempo fuera una vibración constante y agónica.

Al final, dio media vuelta y regresó al Cherokee. Tenía que alejarse. Tenía que alejarse y encontrar un lugar tranquilo donde acostarse y dormir durante días. Pero esa visión no paraba de disolverse, hasta que su mente desistió de retenerla.

92

A media hora de Ellinson Carla recibió una llamada por radio del agente de campo del FBI Dane Forester. Habían descubierto el Dodge registrado a nombre de Paulie Stokes cerca de una casa, a unos cinco kilómetros de la ciudad.

Eso no era lo único que habían descubierto.

—¿Y bien? —preguntó Valerie. La nieve estaba cayendo a más velocidad ahora, y no cabía duda de que la velocidad del viento tenía muy preocupado al piloto. Pasaban unos minutos de las once de la mañana.

—Vino y se largó —dijo Carla—. Tres homicidios en una residencia privada en la periferia de Ellinson. Mujer adulta, varón adolescente. Y el sheriff de la ciudad. La mujer y el niño llevan muertos días. El sheriff, unas horas.

—Joder. ¿Ha cambiado de vehículo? No puede ir a pie.

—El coche de la mujer ha desaparecido. Les lleva una ventaja de una hora, probablemente más.

—Ha vuelto a por la niña.

—Nell Cooper. Diez años de edad. No han encontrado su cuerpo.

—Si la historia de Stokes es cierta, está desaparecida desde que su madre y su hermano fueron asesinados. Días. Si huyó, alguien tuvo que ayudarla. Estará escondida, herida o muerta.

Aterrizaron en el terreno despejado que se extendía entre la parte posterior de la casa y la línea de árboles. La escena estaba muy concurrida. Cinco agentes federales y dos ayudantes de Ellinson, ambos con aspecto de estar traumatizados. Un equipo forense iba a llegar desde Denver. Valerie imaginó la mañana de Navidad de los ayudantes del sheriff en casa con su familia, la cordialidad y la seguridad desgarradas por la llamada de la Agencia. En un momento dado, el tintineo del desayuno, los intensos aromas de la comida y la riqueza corriente de la vida doméstica, y al siguiente eso: la cruda realidad de tres personas, incluido su jefe, muertas. Asesinadas. Hablarían de ellas en Navidades venideras. Debía de ser el único asesinato que jamás habrían visto. Valerie se preguntó cuántos había visto ella, cuántos había olvidado.

—¿Qué es el juguete? —preguntó Carla. Estaban en el cuarto de Josh. Los federales habían repartido polvo para las huellas y látex.

Valerie (sus manos temblaban visiblemente; no podía tenerlas quietas) levantó lo que suponía la cabeza del juguete con unas pinzas. Orejas de soplillo. Una cola, apenas discernible entre los intestinos endurecidas. Ojos grandes, sorprendidos.

—Un mono —dijo—. M de mono. K de koala abajo.

El cuerpo del sheriff, tras un examen superficial, no reveló objetos.

—La L debía de ser para la niña —apuntó Valerie. Por más que lo intentaba, no se imaginaba a Nell Cooper viva. ¿Escondida? ¿Con ese tiempo? Habría muerto congelada—. Vamos a necesitar un equipo completo de investigación —indicó a Carla—. Stokes dice que huyó al bosque. Dejemos a un ayudante aquí que espere a los forenses. El resto deberíais empezar a peinar la zona. Debe de haber una foto de la niña.

—Menos mal que estás aquí —repuso Carla—. A mí no se me habría ocurrido.

—Yo vuelvo al helicóptero. Tú haz lo que te dé la gana.

Al cabo de una hora el tiempo empeoró. La nieve caía con fuerza. Valerie experimentaba la sensación de que el helicóptero no estaba volando a través del aire, sino de una extensión de agua agitada. La física revelaba lo absurdo del helicóptero: un diminuto mosquito de hojalata en un mar malhumorado. Se palpaba en la atmósfera que la tolerancia del piloto se había agotado. Estaba volando con silenciosa determinación para acabar de una vez. En cuanto lo hiciera, sabía Valerie, su voluntad se impondría y, a menos que apretara una pistola contra su cabeza, no podría hacer nada al respecto. En parte le admiraba, por su disposición a llegar hasta el límite del peligro razonable, pero no más allá. Ella tenía las manos húmedas, aferradas al borde del asiento. Era consciente de su cuerpo tembloroso, la multitud aterrada de sus síntomas y la red de adrenalina que los contenía.

—Esto es absurdo —dijo Carla—. Dentro de cinco minutos no podremos ver nada. Estamos perdiendo el tiempo y… ¡Jesús!

Una ráfaga de viento les golpeó, y el helicóptero cayó y se inclinó a la izquierda. Durante un momento, la ventanilla de Valerie se llenó de una masa de árboles coronados de nieve. Se le revolvieron las tripas.

—Esto es una locura —se lamentó el piloto—. Casi no se puede volar.

—¿Cuál es la ciudad más cercana al otro lado del río? —preguntó Valerie.

—Spring —contestó el piloto—. Veintidós kilómetros al noreste. Pero ya la hemos sobrevolado. Tendrán mejores probabilidades por tierra.

—Vuelva a sobrevolarla —ordenó Valerie.

—¿Quiere pilotar usted?

—Se fue hace mucho rato —declaró Carla.

—Por favor —rogó Valerie—. Hágalo.

93

Nell experimentaba la sensación de haber dormido durante mucho tiempo. La luz decía que la mañana se estaba marchando. La nieve caía con celeridad y el viento cantaba cuando tocaba los bordes de la cabaña. Angelo dormía como un tronco en el sofá. El tazón de café vacío estaba volcado junto a su mano. Cosa extraña, sintió pena por él al verle así dormido.

Aún llevaba puesta la ropa de la noche anterior, las botas, la chaqueta roja acolchada. Angelo le había rogado que le dejara sacarle las botas para volver a poner las tablillas, pero ella ya no quería saber nada más de las tablillas. Eran incómodas. Prefería ir calzada con la bota, aunque el tobillo continuaba palpitando con una rítmica vida propia. Le entraban ganas de devolver si pensaba en ello, de manera que se obligó a no hacerlo. Se sentía muy despierta, pero el efecto del comprimido había pasado. Notaba una cuchillada en el costado cada vez que respiraba.

Se puso de rodillas. La pequeña caja de ibuprofeno estaba donde Angelo la había dejado, sobre la esquina del fregadero. Un comprimido calmaba el dolor. Podías matarte si tomabas los comprimidos que no debías. O demasiados. Existía algo llamado sobredosis. Pero una sobredosis debía de ser una caja entera o algo por el estilo, de eso estaba segura. Siempre que veías a alguien con una sobredosis en la televisión se había tomado un puñado, y casi siempre acababa en el hospital, donde le hacían un lavado de estómago o le obligaban a vomitar. Quería que el dolor desapareciera lo máximo posible. Su madre tomaba dos si tenía dolor de cabeza. Dos para un dolor de cabeza. Lo que ella tenía dolía mucho más que un dolor de cabeza. Sin pensar en ello (o mejor dicho, pensando que, aunque muriera, ahora ya no importaba), se zampó las tres cápsulas restantes del blíster y las tragó con un poco de agua de la olla que aún descansaba junto a la cocina.

Su gorro estaba en el suelo, debajo de la mesa. Lo iba a necesitar. *Los comprimidos funcionan mejor con el estómago lleno,* había dicho el hombre. No le había parecido que mintiera, y de repente se sintió muy hambrienta. Gateó hasta el armario. No quiso levantarse hasta que tuvo que hacerlo. Y en cualquier caso, los comprimidos tardarían un rato en surtir efecto, ¿verdad?

Sólo había latas. Encontró una de melocotón en almíbar, con abrefácil. Le sorprendió la rapidez y avidez con que devoró su contenido. Angelo no se movía. Se le ocurrió que era la primera vez que le veía dormir desde que había llegado. Se preguntó por él, cómo era su vida, por qué estaba allí. Tenía un aspecto terrible. Imaginó que hablaría de él a su madre y a Josh, pero en cuanto pensó eso rememoró de nuevo lo sucedido y el mundo osciló. Se sintió mareada. Su madre. Tanta sangre durante todo ese tiempo. Su madre estaba…

Tenía que volver. Había esperado demasiado. Daba igual lo que hubiera sucedido. Lo único que deseaba era volver a casa. Telefonearía al 911. Vendrían médicos. Vendrían con un equipo y sabrían qué hacer. Recordó un programa de televisión sobre gente que había muerto y vuelto a la vida. Una de esas personas había salido flotando de su cuerpo y mirado hacia abajo desde el techo. Había visto que los médicos trabajaban en él. Lo había visto todo. Oh, sí, había dicho Josh, cuando ella se lo había contado, nada del otro mundo. La gente siempre está técnicamente muerta y vuelve a la vida. Ve una especie de luz blanca y empieza a derivar hacia ella. Pero entonces algo les devuelve a sus cuerpos, como cuando les aplican aquellos aparatos eléctricos y sus corazones empiezan a latir de nuevo. Una mujer salió flotando del edificio del hospital y vio la zapatilla que alguien había perdido mucho tiempo antes, descansando sobre el antepecho de una ventana del tercer piso, y se lo dijo cuando despertó, y fueron a mirar… ¡y allí estaba! ¿A que es guay?

Terminó los melocotones y gateó para recuperar el gorro de debajo de la mesa.

Te ayudaré por la mañana, había dicho Angelo. Pero ¿cómo le iba a ayudar? Estaba peor que ella. No podía hacer nada para ayudar. Por un momento, en la puerta, aferrada al bastón de Angelo, le supo mal abandonarle de aquella manera. Él necesitaba el bastón. Pero si no iba a pedir ayuda, él también se quedaría atrapado en la cabaña para siempre. ¿Qué haría cuando se acabara la comida? Era feo, sabía, marchar sin despedirse, pero él lo comprendería. De repente, cayó en la cuenta de que había cuidado de ella. Le había salvado la vida. Parecía muy solo, dormido en el sofá. Se preguntó quién sería su familia.

Abrió la puerta con sigilo, gateó hasta el porche, la cerró con el mayor silencio posible, puso el bastón debajo de ella y se incorporó.

Por un momento el mundo se puso blanco, y después negro. Pensó que iba a caer otra vez. Pero abrió los ojos y, con una extraña suavidad líquida, las cosas se enfocaron de nuevo. Sentía los dientes entumecidos, pero de calor y no de frío. A modo de experimento, apoyó un poco de peso sobre su pie herido. Sintió dolor (imaginó delgados rayos blancos atravesando los huesos de la pantorrilla, la rodilla y el muslo), pero extrañamente apagado. Más que sentirlo, sabía que estaba ahí. Apoyó un poco más de peso. Los rayos adquirieron más brillo. Demasiado. Tal vez los comprimidos habían empezado a obrar efecto hacía tan sólo unos momentos. Tal vez podría apoyar más peso al cabo de un rato.

El viento arrojó nieve a su cara. Los botones alargados del gorro repiquetearon. Se preguntó cuánto rato tardaría en llegar al árbol caído. Sabía que el viento era demasiado fuerte para que pudiera cruzarlo a pie. Tendría que ir a gatas. Y encontrar una forma de sujetar el bastón. Volvería a necesitar el bastón cuando llegara al otro lado. Si llegaba al otro lado.

94

Xander quería dejar de conducir, pero no podía. Cuando pensaba en parar veía los ríos de cucarachas policía que se acercaban desde todas direcciones. El GPS no le servía de nada ya, porque no sabía reiniciarlo. Tomaba las carreteras al azar, izquierda, derecha. Por lo que él sabía, igual iba conduciendo en círculos. Tomó más analgésicos, pero no le sirvieron de nada. Tenía la garganta seca, por más agua que bebiera. Sólo quedaba una botella de litro. Las luces de los pocos coches que iban en dirección contraria le aguijoneaban los ojos. Era la primera vez en mucho tiempo que no sabía qué hacer. Hasta Mama Jean le había abandonado. Por todas partes, tierra blanca despejada y las masas oscuras de árboles.

El río era parte del traicionero escenario cambiante. Pensaba que se había alejado de él, pero descubrió que estaba cruzando un puente más grande y, en un momento indeterminado posterior, que entraba en una ciudad. No había nada abierto, salvo una tienda solitaria en la calle principal, cuya luz proyectaba franjas verdes y blancas, y dos hombres con camisa blanca miraban una televisión portátil detrás del mostrador. La ventisca se había apoderado de las calles. No quería estar en una ciudad, pero el vacío de los espacios abiertos le ponía tenso, mientras el tiempo se agotaba, y siempre sin saber qué hacer, adónde ir, cómo arreglar las cosas. Las señales de la vida ciudadana constituían, al menos, una distracción, las tiendas a oscuras y las ristras de luces de Navidad en las casas. A través de la neblina causada por la nieve vislumbraba gente al otro lado de las ventanas, que reía, comía, bebía, con niños pegando brincos a su alrededor. Una muchacha con pantalones cortos tejanos, calcetines altos hasta la rodilla y sandalias, como las que calzaba la niña del tiovivo, la hebilla que le había arañado la cabeza, el golpe que le había arrojado bajo los cascos saltarines de los caballos.

Pero la visión de un coche patrulla vacío aparcado le trastornó. No podía quedarse allí. Era como entregarse a ellos. El coche patrulla se enfureció cuando pasó a su lado. Volvió a la calle principal y la siguió hasta el borde de la ciudad. Una carretera más estrecha con mayor acumulación de nieve se alejaba sinuosa, abrazada a la pendiente de la colina. El barranco del río a la izquierda, las hileras de árboles a la derecha. Se adentró en ella. Encontraría una pista en el bosque, como antes. Se refugiaría bajo la avenida abovedada de los árboles. Descansaría. Dormiría.

95

Nell no había llegado muy lejos (tal vez sólo treinta pasos, aunque cada uno le había parecido que costaba minutos), cuando empezó a sentirse un poco confusa. Las pausas para descansar entre paso y paso se habían ido prolongando cada vez más. Tenía sueño. Sus piernas eran cosas muy remotas. No sólo sentía entumecidos los dientes, sino toda la cabeza. Cuando parpadeaba, era como un telón de terciopelo pesado que descendiera muy lentamente. La nieve caía con virulencia a su alrededor. Apenas veía nada delante de ella. Si no fuera por la pendiente de la subida cubierta de árboles de su derecha, y sus huellas detrás, no estaría segura de hacia dónde tenía que avanzar.

Dio otro paso, pero se descubrió sentada en la nieve. Sólo un momento, se dijo. Descansa sólo un momento. Estaba pensando en el árbol. Josh y Mike Wainwright se habían sentado en él aquella tarde, y a Nell le aterrorizaba la perspectiva de que si Josh lo intentaba y se caía tendría que ir a contar a su madre lo sucedido. Su madre estaba enterada de lo del árbol, y les había prohibido terminantemente cruzarlo. Seis metros, había dicho Mike Wainwright. No pueden ser más de seis metros. A Nell se le había antojado una distancia enorme. Tendrías que abrirte paso entre las ramas. Tendrías que gatear. Mike Wainwright había afirmado haber visto a otro chico, mayor, Francis Coolidge, que había ido y vuelto a pie, provisto de unos zapatos blandos especiales de goma que Mike llamaba de «agarre nodular», pero ni Josh ni Nell habían dado crédito a sus palabras.

No entendía por qué se sentía tan cansada. Aquella noche había dormido lo que creía mucho tiempo.

Y al pensar en eso el sueño volvió a ella, y recordó la liebre.

Viaje seguro. Ahora ya eres lo bastante mayor.

Metió la mano en el bolsillo.

La liebre no estaba.

Angelo despertó de un sueño en que Sylvia y él surcaban en una barca un agua de un azul rutilante, y descubrió que Nell, y el ibuprofeno restante, habían desaparecido. Supo al instante lo que había sucedido, lo que ella había hecho. Lo que él había hecho.

Y viniendo a los discípulos, los encontró dormidos, y dijo a Pedro: ¿de modo que no habéis podido velar conmigo una hora?

¿Cuánto tiempo había dormido? ¿Cuánto rato hacía que ella se había marchado? La idea de salir a por la niña le reveló la medida de su energía. Lamentable, pese al sueño, que no habría podido prolongarse más de dos horas. Y se había llevado su bastón.

Tendría que ir a buscarla. Dios del cielo, si había intentado cruzar el árbol... Y con esa maldita ventisca...

Estaba buscando en la cabaña algo que le sirviera para apoyarse, cuando la puerta se abrió.

—Mi pulsera —dijo Nell—. No puedo hacerlo sin mi pulsera. ¿Dónde está?

—Gracias a Dios —exclamó Angelo—. Pensaba que habrías... Jesús, entra, entra. Cierra la puerta.

Pero Nell no cerró la puerta. Se postró de hinojos. El bastón de Angelo cayó al suelo a su lado.

—Estaba en mi bolsillo —contó—. Mi mamá me la regaló. Es para viajar con seguridad. Con ella podré atravesar el árbol.

Angelo gateó hacia la puerta y la cerró. La niña parecía diferente. No era la misma. ¿Los comprimidos? Había tomado el triple de la dosis recomendada. Tendría que ir con cuidado. Equivocada o no, ahora gozaba de más movilidad que él. Hablaba con calma.

—Has perdido tu pulsera. De acuerdo. La buscaremos. ¿Cómo es?

—Es una cadena de plata con una liebre de oro.

Se estaba quitando la chaqueta.

—Estaba en mi bolsillo —comentó, y los registró por enésima vez—. Ha de estar aquí.

—Mira en el forro. Yo encontré el ibuprofeno en el mío. Entretanto, acércate a la estufa.

Nell gateó hacia el calor, arrastrando la chaqueta.

—He de recuperarla —insistió—. Tiene que estar en algún sitio.

—¿Cómo te encuentras? ¿Te duele el estómago? Igual has tomado demasiados comprimidos. Así que si te encuentras...

—¡Está aquí! —exclamó Nell—. ¡La he encontrado!

Arrastraba un poco las palabras.

La pulsera estaba en el primer sitio donde había buscado: debajo del sofá. Era probable que Angelo la hubiera enviado de una patada allí durante uno de sus numerosos y espectaculares desplazamientos por el suelo.

—Estupendo —exclamó el anciano—. ¿Me la dejas ver?

—La cadena se ha roto. Se rompió cuando caí. Pero me salvó de caer al río.

Sí, algo había cambiado. Había averiguado lo bastante de ella durante los últimos tres días para saber que era demasiado mayor y demasiado lista para algo así. (*Dice el hombre que habla con los muertos.*) ¿Cuánto tiempo hacía que se los había llevado? No tenía ni idea del rato que había estado ausente.

—Es muy bonita —admitió, y examinó la pulsera que la niña sostenía en la palma de la mano—. ¿Y da buena suerte a los viajeros?

—Mi mamá me la regaló —repitió—. Ha sido de la familia durante años.

—Una verdadera reliquia de familia. Y en estos tiempos, no muchas...

Calló. Ambos lo habían oído. El sonido que casi habían dejado de creer que volverían a oír.

Un coche. Estaba al pie de la colina, pero sólo podía seguir en una dirección. No había nada al otro lado, salvo el final de la carretera y el puente hundido.

Intercambiaron una mirada durante un segundo. Sintieron demasiadas cosas a la vez. La cara de Nell había perdido toda expresión lógica, toda. Estaba suspendida al margen del tiempo.

—Gracias a Dios —dijo Angelo. Cogió el bastón, se apoyó con fuerza y se puso en pie (un grito cuando S1 lanzó un bramido de protesta).

—¡Espera! —susurró Nell.

Angelo, doblado por la mitad, se volvió. Ella le miró, temblorosa, con la esperanza de que comprendiera.

Angelo hizo una pausa. Era un idiota. ¿Ya lo había olvidado todo? *¿De quién demonios estaba huyendo Nell?*

De todos modos, las probabilidades eran muy remotas. Las probabilidades de que los hombres que habían atacado a la madre...

Razón y paranoia.

Muy remotas. Pero no imposibles.

—De acuerdo —convino—. Lo sé. Jesús. Vamos a... Métete ahí, deprisa.

En el cuarto de baño no, sino en la habitación de al lado, vacía salvo por algunas cajas de madera antiguas, la mitad de las cuales había destrozado para hacer leña. Una ventana daba al porche. Una puerta de madera desvencijada se abría al pequeño patio trasero vallado de la cabaña. Una vía de escape, se dijo, para qué lo ignoraba, puesto que pese al chute de ibuprofeno la niña no podría correr.

—No te preocupes —dijo Angelo—. Todo saldrá bien. Será alguien de Spring que se ha equivocado de camino, por suerte para nosotros.

Nell no contestó. Ninguno de los dos había caído en la cuenta de hasta qué punto el silencio y los confines de la cabaña se habían convertido en su mundo. Ahora que sufría una perturbación repentina, le devolvía todo el horror de su huida hasta llegar a ella. Y a él, el hecho insuperable de su virtual indefensión.

—Si pasara algo —le indicó Angelo—, te escondes. ¿Entendido? Te escondes.

Cuando salió, empapado de sudor por el esfuerzo, el frío le dejó atónito. Sin abrigo. El viento estuvo a punto de derribarle. Los copos volaban hacia los párpados. Apretó la mandíbula. El dolor se abría paso como una quemadura entre la adrenalina, un incendio que se propagaba sin freno. Pero permaneció en pie, doblado bajo su peso invisible, temblando. El viento había abierto la puerta de la cabaña, aunque él la había cerrado a su espalda.

Faros a través de la furiosa ventisca. El vehículo avanzaba con lentitud, un ser que se acercaba con cautela. El motor sonaba grande y saludable. Llevaba con él la civilización. Angelo tenía la cara y las manos húmedas. *Piensa. No des nada por sentado. Piensa.*

Nueve metros. Seis. Tres.

Se detuvo.

La puerta del conductor se abrió y bajó un hombre con cazadora, con un brazo sobre los ojos para protegerse de la nieve.

—Jesús —habló Angelo con voz ahogada, y avanzó tambaleante—. Gracias a Dios que está aquí. Necesito ayuda. Tengo una lesión en la espalda y llevo aislado varios días. He de bajar a Spring. ¿Tiene móvil? —Había gritado para imponerse al viento, pero la velocidad de éste disminuyó un momento, y sus últimas palabras sonaron como si estuviera hablando con un sordo—. Lo siento —dijo, sin gritar—, pero he estado aislado por completo.

Los dos hombres se miraron.

—¿Adónde lleva esta carretera? —preguntó el recién llegado.

—A ningún sitio. La carretera sólo llega hasta el puente, y el puente se ha caído. Por favor, necesito hacer una llamada, si tiene teléfono. ¿Lleva móvil?

—¿Adónde lleva el puente?

Angelo vaciló. Algo le pasaba a ese tipo. Ni siquiera reparaba en su presencia.

—A Ellinson —respondió, justo cuando el viento se reanimó de nuevo, de modo que tuvo que gritar—: Pero el puente se ha caído. Esto es un callejón sin salida.

El tipo se alejó unos pasos, los brazos en jarras, como si eso fuera lo último que necesitara oír. La profundidad de la nieve le confería un aspecto ridículo, como un bebé airado que diera vueltas en su habitación.

Una ráfaga derribó a Angelo, que cayó de rodillas. Los nervios de su pierna rugieron. Lanzó un grito. De momento, no podía levantarse.

El hombre de la cazadora volvió y se paró sobre él. No estaba mirando a Angelo. Estaba mirando la puerta de la cabaña abierta, que se abría y cerraba, se abría y cerraba.

—Esto sí que es un callejón sin salida —manifestó. Estaba todavía con los brazos en jarras. Llevaba una mano vendada.

Angelo no dijo nada. Notaba el terreno inseguro bajo él. El tipo parecía agotado.

—Espere —le indicó el hombre, y llevó la mano al bolsillo de atrás—. Déjeme ver si tengo cobertura.

Pero no era un teléfono.

Era una pistola.

Con la que golpeó a Angelo en la cabeza.

Nell, que estaba espiando desde la habitación de los trastos, vio que el hombre golpeaba a Angelo. No era el hombre de la casa. Un hombre diferente. ¿Cómo es...? Aún están aquí, había dicho su madre. Están. Más de uno. ¿Dónde estaba el tipo del pelo rojo y la barba rala? Vio que Angelo caía.

Si pasara algo, te escondes. ¿Entendido?

No había ningún lugar donde esconderse. El hombre la encontraría en cuestión de segundos.

La puerta. El porche trasero. Debajo.

No había nada. Nada, salvo los ocasionales pinchazos de dolor y la seguridad de que eso era todo. Todo había terminado. Iba a suceder.

Aferró el antepecho de la ventana y se izó sobre el pie bueno. Ahora, sin bastón. Angelo se lo había llevado. Sin él, las costillas del costado izquierdo le robaron el aliento cuando dio el primer paso. Bajó.

Huye. *Huye, ahora mismo, Nellie.*

Era la voz de su madre. La cara de su madre con sangre en los labios. *Huye ahora mismo. No estoy bromeando. Hazlo o me enfadaré. ¡Ya!*

Pero no podía correr.

Tu madre está muerta.

Gateó. El olor del suelo resultó íntimo de repente, madera vieja y la tierra helada debajo. Se preguntó cuántos años tendría la cabaña. Se preguntó también (vagamente, como si tuviera todo el tiempo del mundo) por qué Angelo había ido allí. Nunca se lo había preguntado. Ahora, ya nunca lo sabría. Se le ocurrió así, a pesar de lo amable que había sido con ella. Ojalá le hubiera dado las gracias. La imagen del otro hombre golpeándole en la cabeza con la pistola seguía reproduciéndose en su mente. Partió un pequeño tallo en su corazón. El agua que había calentado para ella, el aroma limpio del jabón y la toalla. Se había sentido mejor después. Había hecho muchas pequeñas cosas por ella.

¡Huye!

Al llegar a la puerta de atrás tuvo que alzarse para alcanzar el pestillo. No pensaba. Sólo se movía. Se movería mientras pudiera, y cuando ya no pudiera moverse más sucedería lo inevitable. Ante ella se extendía una inmensa nada. Salvo la sensación de que veía a su madre al otro lado. Eso la consoló. Ocurriría, luego terminaría y pasaría al otro lado.

En cuanto abrió la puerta la ventisca abofeteó su cara. La nieve era una perentoria y suave asfixia. Daba la impresión de que el dolor de su tobillo estaba envuelto en capas y capas de calor. Le provocaba náuseas si pensaba en ello. De rodillas, cerró la puerta a su espalda. El porche estaba espolvoreado de nieve, pero en la zona que había al otro lado era profunda. Más todavía si gateaba. Si intentaba gatear bajo el porche. Si había espacio debajo del porche. Era imposible. El hombre abriría la puerta y la vería de inmediato, medio enterrada en la nieve, camino de alguna parte, un animal indefenso que continuaba moviéndose, mucho después del punto en que habría debido rendirse.

El tejado del porche era bajo, una barandilla, montantes que aguantaban la pendiente a cada lado.

No me preocupa que te caigas. Lo que me preocupa son tus genes de mono.

Examinó las posibilidades. Había un soporte oxidado para colgar cestas que sobresalía a mitad del montante. La pierna buena primero. La rodilla sobre la barandilla. Las manos sobre el montante, y entonces podría llegar al borde del tejado. Izarse. Pie izquierdo sobre el soporte.

Y después ¿qué? Era imposible. No podría apoyar ese peso sobre la pierna derecha. Sólo pensar en ello la mareaba. No se dio cuenta de que estaba llorando.

Pero no había otra cosa que hacer. La alternativa era volver dentro, en cuyo caso el hombre la encontraría. O esperar en el porche, en cuyo caso el hombre la encontraría. Puesto que lo único que deseaba ahora era pasar al otro lado y ver de nuevo a su madre, ¿no sería mejor dejar que la encontrara? ¿Qué más daba dónde?

Esta perspectiva la tentaba dulcemente, con una voz silenciosa entre el estruendo de su sangre.

La chaqueta roja de la niña estaba caída en el suelo junto a un saco de dormir. Xander la había visto cuando la puerta se abrió. La puerta no paraba de abrirse y cerrarse, y se la enseñaba cada vez. La puerta estaba decidida a que viera lo que debía ver. La puerta estaba de su parte.

Se irguió sobre el hombre caído en la nieve. La cabeza del viejo sangraba, pero no estaba inconsciente. Tenía la boca y los ojos abiertos. Xander le dio una patada en el estómago, una vez, dos veces, tres veces. Sentía que le embargaba un gran alivio, le calentaba por dentro pese al aire helado en su cara y manos. El frío llegaba incluso a entumecer su mano un poco. Permaneció inmóvil unos momentos en el aire ensordecedor, disfrutando de la sensación. Todas las horas y días, todo el tiempo y los kilómetros congregados le estaban abandonando, un enjambre que le había cubierto y conseguía que cada movimiento fuera lento, se estaba desprendiendo a toda prisa de su cuerpo y se lo llevaba la nieve. Notaba el peso que se alzaba. Mama Jean rió en voz baja, a su lado. Todo iba a salir bien. Iba a arreglarlo. Iba a arreglarlo todo.

Propinó una última patada a la cabeza del hombre (sintió, a través de la bota, el extraño detalle sin importancia de un hueso que se rompía), vio que cerraba los ojos, después se volvió y subió la escalera del porche hasta la puerta principal de la cabaña.

No había nadie en la sala de estar. El fuego de la estufa se estaba apagando y las lámparas de aceite estaban encendidas. Las enormes sombras oscilaban. Percibió el olor a comida frita. La chaqueta roja North Face que había estado esperando que la puerta le enseñara. Apretó con más fuerza la pistola. Se estaba acostumbrando a utilizar la mano izquierda.

Las otras dos habitaciones (una que sólo contenía cajas rotas y la otra un estrecho cuarto de baño) estaban vacías.

Volvió a la sala de estar. Miró en los armarios, debajo del sofá. Nada. Volvió a la habitación vacía. Una puerta de madera al fondo. Había salido por allí. No había otra explicación. Notaba que los momentos se incendiaban a medida que transcurrían, el tiempo se quemaba. El alivio que había experimentado tan sólo minutos antes ya estaba empezando a desvanecerse en sus venas.

La puerta se abría a un corto porche de madera con tejado y un diminuto patio vallado con alambre al otro lado, en que la nieve virgen llegaba hasta la rodilla. Un solitario árbol desnudo a unos pasos de distancia, una pajarera podrida clavada en el tronco. Nieve virgen. *Sin huellas.* Pero no podía estar en otro sitio. Durante un momento enloquecido albergó la convicción de que estaba escondida en la nieve. Tuvo una breve visión de sí mismo excavando en ella con sus manos. Pero habría dejado huellas. ¿Cómo era posible que no hubiera huellas? Empezó a sentir calor de nuevo. Joder. Joder.

El viejo la habría escondido en alguna parte. Tal vez había un sitio que hubiera pasado por alto, una trampilla en el suelo, un espacio angosto bajo el maldito porche...

Atravesó la cabaña a toda prisa hasta la parte delantera, agarró al viejo con la mano buena y le arrastró dentro.

Nell estuvo a punto de desistir. Llegaría un momento, y sabía que llegaría, en que no se creería capaz de hacer lo que debía. Apoyaría las rodillas sobre la barandilla, aferrando el montante para no perder el equilibrio. Introduciría las manos en el canalón del tejado inclinado. Pero con el fin de apoyar el pie bueno en el soporte para cestas, debería permitir, al menos un momento, que su pierna mala recibiera parte del peso de su cuerpo. Eso era lo que se le antojaba imposible. No paraba de oír a Angelo diciendo, Estoy convencido de que te has roto el tobillo... Las palabras «te has roto el tobillo» ya insinuaban la magnitud del desastre. Intentó imaginar cómo sería el dolor. Echaban en la televisión un anuncio de Tylenol en que salía un atleta transparente de efectos generados por ordenador corriendo, visibles sus nervios y esqueleto, con rayos azules que surgían de ellos para representar el dolor. Ya sentía rayos preparatorios en sus dientes. El ibuprofeno era como el Tylenol, suponía. Y si bien el extraño y adormecedor entumecimiento se había propagado desde sus dientes al resto del cuerpo, era como si su tobillo le estuviera diciendo que no sería suficiente. Ni de lejos.

No pienses en eso.

Tiró hacia arriba con todas sus fuerzas y levantó la pierna izquierda. Su boca se cerró sobre el grito. Lo sintió en los huesos del cráneo. Cerró los ojos. Durante un segundo o dos pensó que había llegado la muerte. Todo desaparecía, salvo el dolor. Negrura total. No había otra cosa que el dolor.

Su pie izquierdo encontró el soporte. Resbaló. Volvió a encontrarlo. Incluso con el peso trasladado, su tobillo continuaba enviando rayos. Continuaba enviando rayos porque quería que ella se enterara de que jamás debía volver a hacer eso. Era una transgresión cuyo castigo debía ser extremo, para impedir que se le ocurriera repetir la ofensa. De pronto, se sintió ingrávida, como a punto de desmayarse.

Dio la impresión de que transcurría mucho tiempo, durante el cual no pudo hacer otra cosa que mantenerse inmóvil, un recipiente de dolor. Su pierna derecha colgaba inútil. Su tobillo pesaba. Pensó que su propio peso lo arrancaría de la pierna.

Pero ahora tenía la cabeza y los hombros por encima del borde del tejado. La nieve que tenía delante alcanzaría quizá más de un metro de profundidad. Moriría congelada. Josh le había dicho que lo último que sentías, si morías congelado, era un calor celestial. Podía creerlo. Ya tenía la cabeza caliente. No sería tan espantoso.

La siguiente maniobra fue la misma que cuando tenías que izarte sobre el borde de una piscina.

Esta vez, no fue el tobillo. Las costillas.

Llevaría a cabo ese último acto, pensó, ese último horror infligido a sí misma, y si el dolor no la mataba, se tendería en la nieve y esperaría a sentir calor por última vez.

Cayó agua fría sobre la cara de Angelo. Despertó, jadeante. Estaba tumbado de espaldas junto a la estufa, atado de manos y pies con ligaduras de plástico con velcro. El tipo de la cazadora estaba de pie junto a él, sujetando la cacerola que había utilizado para mojarle. La dejó sobre la estufa y sacó de la parte posterior de los tejanos un cuchillo de pescado de mango blanco. La puerta de la cabaña estaba cerrada con llave y pestillo. De manera inexplicable, habían aparecido tres o cuatro bolsas de la compra sobre la mesa. Una piña sobresalía de una de ellas. Lo más extraño, el cuello de un violín. A pesar de todo, Angelo pensó en las compras de Navidad, los regalos que esperaban a ser envueltos.

—¿Dónde está? —preguntó el tipo.

—¿Quién?

Sin previo aviso y con asombrosa precisión, el hombre se inclinó, subió la pernera izquierda de Angelo y clavó el cuchillo en la pantorrilla expuesta. Angelo chilló.

—Puedo estar haciendo esto durante horas. —El tipo levantó con la mano vendada la chaqueta roja de Nell—. ¿Dónde está?

—Se ha ido. Estuvo aquí, pero se fue.

El tipo dejó caer la chaqueta y clavó el cuchillo en la pantorrilla de Angelo por segunda vez. Una herida más profunda.

Angelo volvió a gritar.

—¡Joder, para, por favor, para! No te miento. Escúchame. Por el amor de Dios, escúchame. Estuvo aquí hace tres días, pero… ¡No, no! ¡Espera!

El hombre levantó el jersey de Angelo, con el cuchillo en alto.

—¡Basta! ¡Escucha! Estuvo…

Un sonido dejó petrificados a ambos.

Inidentificable. Un gruñido gigantesco procedente de arriba.

Los dos compartieron un absurdo suspense. Niños interrumpidos en mitad de algo que no deberían estar haciendo.

Nieve. Que se movía. En el tejado.

Un pedazo que, por su sonido, parecía del tamaño del tejado se desprendió, resbaló, cayó detrás de la cabaña.

Un segundo momento absurdo en que compartieron la descodificación.

Entonces, el tipo de la cazadora miró a Angelo. Fue un momento de pureza. De conocimiento compartido. Sylvia estaba muy cerca. Sin hablar. Sólo irradiaba amor como el calor de un horno. *Se me ha ido de las manos*, pensó Angelo, cuando el cuchillo captó la luz. *Estés donde estés, mi amor, te encontraré.*

Un bloque de nieve se movió bajo Nell, cayó y se estrelló en el suelo. Sabía que tenía que moverse. Sólo había un lugar al que ir. Arriba.

Apenas podía sentir el dolor. El dolor era como un sonido procedente de una habitación situada a una distancia de muchas puertas cerradas. El viento corría sobre su rostro. Un mechón de pelo mojado se le metió en la boca. Sentía el sueño como un peso sobre ella. Se izó sobre los codos en la pendiente del tejado. La vista se le antojó familiar, como si la hubiera soñado hacía mucho tiempo, o vivido en ella en una existencia anterior a ésta. Como si el único propósito de su vida fuera volver a esa escena, devolverla a sus principios. Durante un momento, la liebre dorada se metamorfoseó a su lado, y después se desvaneció.

—¿Adónde vas? —preguntó la voz del hombre.

Nell volvió la cabeza. Se encontraba de pie donde ella había estado antes, sobre la barandilla, con los antebrazos apoyados cómodamente en el tejado del porche trasero, aunque la ventisca remolineaba a su alrededor. Parecía alguien que esperara con paciencia en el mostrador de recepción de un hotel.

Ella continuó ascendiendo. Se le había subido el jersey. Tenía el estómago desnudo apretado contra la nieve. No le parecía extraño que no pudiera sentir el frío. De hecho, se le antojaba lo más natural del mundo. La cima del tejado se hallaba a un metro de distancia. Pero sabía que cuando llegara a ella sus fuerzas se habrían agotado. Cuando llegara, pensó, cerraría los ojos y no volvería a abrirlos nunca más.

—No puedes ir a ningún sitio —dijo el hombre. Hablaba en tono cordial, como si le estuviera consintiendo que perdiera el tiempo de aquella forma tan divertida.

Bueno, supongo que tendré que subir ahí.

Nell no podría llegar arriba de todo. Sus brazos ya no daban más de sí. La irritó vagamente estar tan cerca, pero no poder alcanzar su objetivo. Era como un trabajo sin importancia abandonado sin terminar. Con un último intento desganado, dobló la pierna izquierda bajo el cuerpo e intentó elevarse sobre la rodilla. Al menos, sería estupendo mirar desde arriba, hacia el barranco y el otro lado del bosque, hacia su casa.

Consiguió echar un vistazo, aunque en el caos de nieve no había nada que ver. Sintió que el pelo se desparramaba a su espalda, y a su madre junto a ella. Volvió la cabeza para dedicarle una sonrisa, para decirle que la quería.

Entonces, algo desapareció bajo ella. Cayó.

Casi consiguió eludirle. Resbaló sobre su estómago en una masa susurrante de nieve. Si él hubiera fallado, habría conseguido caer por el borde del porche al ventisquero blando y blanco del patio.

Pero él no falló.

El momento en que sus dedos se cerraron alrededor de su muñeca significó para él la perfección. Hacía mucho tiempo que esperaba eso.

Te estás muriendo, pensó Angelo. *Se acabó. Je vais chercher un grand peut-être,* como había dicho Rabelais. *Voy en busca de un gran quizá.* Le consolaba que su vida contuviera tales recuerdos, muchos de los mejores y más bonitos que se habían escrito, si bien ahora que había llegado el momento sabía que no contaban gran cosa, que no sabíamos nada, ni siquiera por mediación de nuestros mayores indicios. Sylvia había muerto. De ella no le quedaba nada, salvo una intuición. El tipo de intuición que podrías recibir al entrar en una habitación silenciosa y serena en la cual alguien te hubiera dejado sus últimas palabras en una nota. Le parecía justo que uno se viera obligado a efectuar la última parte del viaje, la definitiva, solo. Se sentía en paz. Sonrió.

Pero estaba la niña. El hecho de que siguiera viva, de que su vida estuviera a punto de terminar, se oponía con fuerza terrible a su deseo de zambullirse en la nada. Era un vínculo lamentable, pero todavía sin cortar, con el mundo que debía abandonar. La gran tentación física, una seducción en sus venas como una droga dura, consistía en ceder. No tardaría en morir (minutos, segundos), de manera que ¿por qué no dejarse ir? Su contrato con el mundo se iba desgranando momento a momento, como una hemorragia. ¿Qué más daba si la niña vivía o moría? ¿Qué más daba si todo el universo dejaba de existir cuando exhalara su último suspiro? ¿Por qué continuaba siendo su responsabilidad?

Sonrió de nuevo. Existía una nueva ecuación: todo miedo era, al final, miedo a la muerte. En cuanto sabías que te estabas muriendo, ya no había nada que temer. Te concedía el último gran don: valentía infinita.

Se sentó. Era lo más sencillo del mundo: utilizaría el escaso margen que le quedaba. Era desesperado. Era (imaginó a Dios riéndose) ridículo, pero lo convertiría en su último proyecto hasta que ya no pudiera continuar. Estaba fascinado por la idea. ¿Cuánto más podría continuar? Era una pregunta de un surrealismo estimulante.

Tenía las manos atadas. Eso debería cambiar. Rió. Su tono interior era en aquel momento el de un nuevo director, sensato pero bondadoso, que entraba en un colegio sin esperanza. *Había que recuperar el uso de las manos.*

Abrió la puerta de la estufa. Tenía el fuego. Tenía las llamas. Tenía las manos atadas. ¿Cuánto tardaría? ¿Cuál era la temperatura de fusión del plástico duro? ¿En qué punto las quemaduras de primer grado pasaban a ser de segundo, y después de tercero?

Sabía que no podría hacerlo. Y que debía hacerlo.

Era imposible. Por lo tanto, lo haría, porque no había otra alternativa, y porque poseía la energía necesaria para hacerlo.

Fracasaría. El fracaso ya estaba presente. Invadía todo su ser. No podría soportarlo. No tenía tiempo. Tenía momentos. Sabía que no podría hacerlo.

Por lo tanto, lo haría.

Levantó las manos. Las llamas temblaron. El calor ya estaba cerca de ser insoportable. La idea sobrepasaba a su imaginación.

Era necesaria la cercanía de la muerte, tal vez, para sacar a flote todo el talento del cerebro. Porque sin las llamas que le lamían y el calor y la imaginación derrotada y el dolor y la garantía del fracaso y la levedad y la valentía infinita que era casi indiferencia, sin alguna y ninguna de estas cosas, tal vez, jamás se habría acordado del hacha.

Pensó que Nell se alarmaría cuando la viera al despertar.

De modo que la escondió debajo de la estufa.

Todo iba a salir bien, pensó Xander. Estaba agotado. Cargar con la niña hasta el interior de la cabaña (estaba inconsciente cuando la había atrapado al borde del tejado) había despertado de nuevo el dolor de la mano. Le dolían los hombros y sentía la piel pesada y húmeda. Pero todo iba a salir bien. La tenía a ella y tenía las cosas que necesitaba. Estaba arreglando lo que había que arreglar. Después de esto, todo se encarrilaría. Se iría a algún lugar muy alejado durante un tiempo (tenía una visión muy clara de sí mismo sentado solo en una playa calurosa bajo el sol del anochecer) y resolvería en su cabeza lo que debía hacer a continuación. Recobraría las fuerzas y encontraría a alguien que le curara la mano. Las cosas casi habían escapado a su control, pero lo había recuperado. Arreglaría esto, y después iría a buscar la playa calurosa y dormiría durante un largo y plácido período de tiempo sobre la arena.

Entró en la sala de estar y se detuvo. La puerta estaba abierta y la nieve entraba empujada por el viento.

No lo entendía. No habría tardado más de cinco minutos.

Pero el viejo había desaparecido.

Angelo necesitó un esfuerzo de voluntad extraordinario para no cortar primero las ligaduras de las manos. Pero en el microtiempo de esos momentos su cerebro se había convertido en un escrupuloso realista acelerado: *Sólo te quedan segundos. Puedes moverte sin utilizar las manos, pero no sin utilizar las piernas.* Así que había cortado las ligaduras de plástico de los tobillos, para luego arrastrarse junto con el hacha hasta la puerta y salir al porche delantero. La ciática, al no encontrar motivos de por qué la muerte inminente debía detenerla, persistía en su empeño. La misma agonía con cada movimiento, en competición ahora con las abrasadoras heridas y la mandíbula rota. Notaba un sabor extraño en la boca, hasta que cayó en la cuenta de que era su sangre, que manaba sin cesar de un diente que había saltado. (¿Dónde estaba el diente? ¿Se lo habría tragado? En el caso de que no se muriera. Tendría que ir a Speigel, su dentista, quien haría gala de un silencioso asombro, cuando no de una abierta incredulidad, por el hecho de que lo hubiera perdido.) Se agachó en la entrada del helado cobertizo contiguo a la cabaña con la hoja sujeta entre los tobillos y las ligaduras de las muñecas levantadas. El frío era asombroso. Así como el calor de la herida en la tripa. Significó una pequeña satisfacción para él haber llegado tan lejos. Le divertía la idea de que el tipo de la cazadora se exasperaría al descubrir que había desaparecido.

Xander dejó caer a la niña en el suelo de la sala de estar y corrió hacia la puerta abierta. Estaba henchido de rabia contenida. Los objetos zumbaron y bramaron cuando pasó ante las bolsas de la mesa. Cada vez que pensaba controlar la situación... Cada dichosa vez. Lo único que deseaba era arreglar aquello y dormir. No podría aguantar mucho más. Le costaba mucho pensar, pero con un gran esfuerzo hizo una pausa y obligó a su cerebro a trabajar. En primer lugar, localizar al viejo. Ése sería el limón. No, el mono. Maldición, ya había acabado con el mono. Las imágenes de los vídeos se embarullaban en su mente. La zorra en la que había tenido que meter el ganso. Le había roto una pata al encajarlo. Se había partido en su mano como una broma. Paulie, que estaba filmando, exclamó, «¡Uy!» y rió. Había estado a punto de matarle en aquel momento. Durante todo el tiempo que habían estado juntos, Paulie no había sospechado ni por asomo las veces que Xander había estado a punto de matarle. Era un milagro que hubiera durado tanto. Pero el recuerdo de Paulie le devolvió la memoria de la última chica en el sótano. ¿Por qué no lo había hecho como era debido? La maldita jarra habría tenido que estar dentro de ella. Había cometido muchas equivocaciones. Pero la zorra policía lo había estropeado todo. El capullo uniformado también, con su maldito reloj de pulsera del tamaño de su cabeza y su estúpido chicle de menta.

R de reloj.

¿Tenía el reloj? El reloj venía más tarde, ¿verdad?

Has cometido una equivocación, dijo Mama Jean. Conservaba un vívido y extraño recuerdo de haber visto la ropa interior de Mama Jean tirada en el suelo del cuarto de baño. Estaba sentado en el váter, evacuando, con la piel todavía ardiendo a causa de la marca que le había grabado por la mañana. Sus grandes sujetadores y bragas blancos estaban tirados al lado del cesto de mimbre de la ropa sucia. Terminó sus necesidades y tiró de la cadena, aunque el hedor todavía persistía. Recordó haberse puesto a cuatro patas y olido las bragas, como un perro que olfateara su comida. Una sensación de excitación y vacío total que no había comprendido. Le había provocado una reacción rara en las tripas y en el pene.

Se removió inquieto. Jesús, ¿qué le estaba pasando? El viejo. El viejo, maldición. Se encaminó hacia el Cherokee y abrió el maletero. La escopeta. ¿Por qué demonios no había cogido la escopeta, para empezar? El viento le abofeteó. Cerró el maletero y regresó hacia la cabaña.

Fue entonces cuando oyó que algo se acercaba desde el barranco.

96

Valerie y Carla vieron el puente derrumbado en el mismo momento, y pensaron exactamente lo mismo. Valerie apoyó una mano en el hombro del piloto.

—Hemos de ir a mirar ahí abajo —dijo.

La resistencia del piloto (eso era una locura; se había saltado todos los protocolos de seguridad de vuelo) salió proyectada de él como electricidad. Ella la sintió en el hombro. El hombre negó con la cabeza.

—Escuche —empezó, pero Valerie se inclinó hacia delante.

—Tiene diez años —apuntó—. ¿Tiene hijos? —La resistencia seguía viva. El piloto negó con la cabeza. El helicóptero escoró a la derecha—. Tiene diez años. ¿Quiere eso sobre su conciencia?

—No —contestó el hombre—. Pero tampoco quiero que los tres nos matemos.

Pero de todos modos descendió hacia el barranco.

—Joder —masculló—. Esto es… Maldita sea.

Valerie apretó la cabeza contra la ventanilla y la rodeó entre sus manos. El enloquecedor contraste entre el radio tembloroso del foco y la impenetrable oscuridad que se abría más allá. Roca negra veteada de nieve. Agua blanca donde las piedras rompían los bordes del río. Tenía diez años. Y si estaba allí, estaba muerta. Había unos sesenta metros desde el puente hasta el fondo, y aun en la extrema improbabilidad de que hubiera sobrevivido a una caída, ¿después qué? El agua fría arrebataba el calor al cuerpo veinticinco veces más deprisa que el aire a la misma temperatura. La hipotermia acabaría con ella en cuestión de minutos.

Una ráfaga alcanzó al helicóptero. La pared oeste del barranco se cernió de repente, terrible con sus detalles inocentes. El piloto ascendió, descendió, volvió a ascender.

—Basta —ordenó—. Esto es un suicidio. Vamos a regresar.

—No puede —dijo Valerie.

—Puedo y quiero. Soy el responsable de este trasto. Joder, si hasta puede que no logremos regresar. Se acabó.

Ascender fue para Valerie como cortar un cordón umbilical. Imaginó a la niña, oculta en un recoveco o bajo un saliente, que oía el helicóptero, les veía, agitaba los brazos, gritaba auxilio mientras su última esperanza se alejaba en la oscuridad.

—Enviaremos un equipo ahí abajo —determinó Carla.

—Será demasiado tarde —repuso Valerie—. Ya es demasiado tarde.

El helicóptero dejó atrás la pared este del barranco.

—Jesús —exclamó el piloto.

Entonces, el parabrisas estalló y la cabeza del hombre salió disparada hacia atrás.

La mitad de su cara había desaparecido.

El helicóptero describió una vuelta completa, giró sobre su morro como si algo enorme lo sujetara. Pero un segundo después se inclinó a la izquierda y perdió altura. Tan claro como si fuera la escena de una bola de nieve, Valerie vio bajo ella el Cherokee y la cabaña y la figura solitaria con la escopeta todavía levantada. Dio la impresión de que el sonido de las palas del helicóptero cambiaba de tono. Oyó que Carla gritaba algo a su lado. La caída era demasiado grande. No podía creer lo que estaba haciendo. No había tiempo para creer. No había tiempo para nada. Abrió la puerta. Una diminuta imagen de los huesos de sus espinillas astillándose; las manos de Carla sobre ella. Después, saltó.

Tardó unos momentos en levantar la cabeza. La nieve la había recibido con un frío repentino y estremecedor. Le faltaba el aire. Dolor en sus tobillos y antebrazos, pero no creía haberse roto nada. Se encontraba a menos de seis metros del Cherokee aparcado. Carla estaba tendida unos pasos a su derecha, cabeza abajo, inmóvil. El viento aminoró su furia. En el silencio (era como si el tiempo hubiera enmudecido a propósito), el sonido de las palas del helicóptero que se alejaba, cayendo al barranco. Después, lo que se le antojó un absoluto silencio durante un largo y dilatado momento, antes de una explosión y una nube de luz anaranjada opaca cuando el helicóptero se estrelló contra la pared oeste.

Oyó el chirrido y el estruendo del metal cuando el aparato cayó al río. El viento, que se había calmado para no perderse el espectáculo, se reanimó de nuevo. Arrojó nieve a la cara de Valerie.

El Cherokee se interponía entre ella y Leon.

El hombre avanzaba hacia ella.

Se puso en pie y se llevó la mano a la funda de la pistola.

Justo a tiempo de ver que Leon levantaba la escopeta.

El impacto lanzó por los aires a Valerie. Sintió que caía hacia atrás antes de sentir el dolor.

Después, el dolor.

El abrazo de la nieve por segunda vez, con un extraño ruido, a caballo entre un crujido y un jadeo, como si le hubiera arrebatado el aliento al suelo y no al revés. Recordó que hacía muñecos de nieve cuando era pequeña. Tejanos mojados y la cara levantada hacia el cielo bajo.

Su hombro izquierdo. Sus pulmones se vaciaban. El aire se escapaba de ella, un aire que había llegado al final de una pendiente larguísima. Era inconcebible que pudiera inhalar de nuevo. Nunca más volvería a respirar.

Leon se paró sobre ella. La nieve se aferraba a su pelo. La nieve remolineaba a su alrededor. La mano vendada acunaba el cañón de la escopeta. Tenía la cara mojada, tensa, vívida.

—¿Tú? —dijo—. ¿Tú?

Después, dio la vuelta al arma, la levantó, la bajó.

Valerie vio las bandas de goma en la culata de la escopeta, un curioso dibujo que sellaba y refrendaba el final de su vida.

Después, la oscuridad cayó sobre ella.

Nell abrió los ojos y vio el suelo ya familiar de la cabaña, que se alejaba de ella. Estaba tendida de costado. El viento había apagado una lámpara de aceite. La puerta estaba abierta. Había dejado de nevar, aunque el viento todavía silbaba a través del barranco. La entrada enmarcaba una furgoneta grande, de aspecto nuevo. Apoyadas contra el costado, como muñecas de trapo, dos mujeres a las que nunca había visto. Una de ellas, más derrumbada que la otra, derramaba sangre sobre la nieve. El hombre de la cazadora estaba de pie junto a ellas (Nell pensó que su mente desvariaba) y tiraba bolsas a sus pies.

Valerie se elevó desde el fondo del pozo de agua oscura y recobró la conciencia, justo a tiempo de ver que Leon sacaba la pistola de la funda de Carla y la embutía en la parte posterior de los tejanos. Su arma también había desaparecido. Su respiración era superficial. Las dos estaban derrumbadas contra el Cherokee. El armazón de la rueda se clavaba en la espalda de Valerie. Algo extraño de lo que era consciente, además del dolor en el hombro. Al otro lado de Leon vio la entrada abierta de la cabaña, iluminada por una luz amarillenta parpadeante. El cuerpo de una niña yacía en el suelo. Muerta, probablemente. La que se escapó. Salvo que, al final, no lo consiguió. La nieve había dejado de caer. Eso la consoló, por motivos que no logró discernir. Tan sólo porque podía ver, quizá. Veía el mundo antes de despedirse de él. Ya era algo. Carla la miró. Abrió la boca para hablar, pero sus ojos se cerraron de nuevo.

Leon estaba examinando las bolsas de la compra, sacaba objetos y los dejaba en la nieve. Una piña. Una muñeca con una corona. Un yoyó. Un xilófono. Una bolsa con clavos. Sujetaba un limón en la mano vendada.

—Estabas en mi casa —dijo, al tiempo que se volvía hacia Valerie—. Estabas en mi puta casa.

Carla abrió los ojos de nuevo.

—Nunca volvió a ser el mismo —sentenció.

—Cierra la puta boca, chochín —le ordenó Leon.

Carla sacudió la cabeza, a modo de débil negativa. Farfulló algunas palabras, pero Valerie no pudo descifrarlas. Sabía que otros policías llevaban una segunda arma. En una funda lateral. En la bota. Ella no. Cuando había ido en coche a la granja se había olvidado de ponerse el chaleco antibalas. Estaba en el maletero del Taurus. No había tiempo. Ni siquiera se le había ocurrido. Y ahora tampoco lo llevaba. Era una

La letra con sangre

policía espantosa. Tenía una imagen muy clara de sí misma tumbada en la cama con Nick Blaskovitch, la cabeza apoyada en su pecho (el sol del verano transformaba en lingotes dorados las persianas de la ventana del apartamento), y le decía: Soy una policía espantosa. Se lo había dicho hacía mucho tiempo. Él había guardado silencio durante un largo rato. Sus cuerpos estaban tibios y dormidos. Habían hecho tantas veces el amor que reunir energías para levantarse de la cama parecía inverosímil. Después, él dijo: No sólo eres una policía espantosa, sino que tienes el culo más bonito del mundo occidental. Todo el mundo te odia. Incluso yo. Pero escucha: ¿qué te parece si desayunamos? El recuerdo era tan vívido e imparcial (su alma ordenando la jerarquía de cosas que se llevaría antes de morir) que sonrió. Morir no era tan malo si habías vivido una existencia plena. Y ella la había vivido. Resultaba que todo cuanto necesitabas para aceptar la muerte era saber que habías vivido.

Leon no estaba contento, eso era evidente. Tenía la cara congestionada. Era un hombre apresurado contra su voluntad. Era un hombre obligado a comprometer la calidad de su trabajo sólo para quitarse la tarea de encima. Mientras le miraba, el tipo se volvió y soltó: «Lo estoy haciendo. ¡Lo estoy haciendo, por los clavos de Cristo!», como a un ángel guardián que sólo él pudiera ver. Frunció el ceño, desabotonó los pantalones de Carla, se los bajó hasta los tobillos, junto con la ropa interior, y después se incorporó para mirarla. Valerie sufrió al ver que la tibia de Carla asomaba a través de la piel de la espinilla. Hueso. Éramos piel y sangre y nervios y huesos. Era un conocimiento tan terrible, que Dios lo ocultaba a la vista casi en su totalidad.

—Hace un poco de frío para ese tipo de cosas, ¿no? —preguntó Valerie. Había perdido la sensibilidad en el hombro izquierdo. En parte, estaba inmersa en vagas especulaciones médicas sobre hasta qué punto podían solucionarse dolorosamente los daños sufridos en la clavícula y la escápula. Se imaginó a un cirujano, que en la sala de consultas se comportaría como un capullo insolente, pero quien, una vez en el quirófano, dedicaría cada átomo de su ego a arreglar algo que, en justicia, no podía arreglarse. Llevaría gafas con montura dorada y pondría de fondo música de Mahler. Le odiarías, pero no le cambiarías por nadie más.

—Cierra la puta boca —replicó Leon, y le apuntó con el cuchillo—.
Cierra. La. Puta. Boca.

Agarró la blusa de Carla y la desgarró. Al ver el bonito sujetador de
encaje negro, Valerie se sintió triste. Recordó haber pensado que Carla
era un ser asexuado.

Carla abrió los ojos e intentó apartarse. Leon la abofeteó. La agarró
del pelo para volver a sentarla.

Era un gran alivio, descubrió Valerie, darte cuenta de que estabas
preparada para morir. Te concedía libertad para toda clase de ejercicios
académicos. Uno de ellos era que la tarea resultara de lo más irritante
para Leon.

Repasó en su mente todo lo sucedido (mientras otras partes de su
ser leían a toda velocidad su vida de infancia rebosante y adolescencia
angustiada y madurez plagada de lujuria y aproximación profesional y
amor y amor y amor [y pérdida]), convencida, aunque admitió de nuevo
la naturaleza académica del ejercicio, que existía, incluso ahora, incluso
ahora...

¿Quién no volvió a ser el mismo?

La pregunta solitaria la distrajo un momento.

Carla volvió a abrir los ojos. Esta vez, volvió en el momento preciso.
Justo a tiempo para la mala noticia. La peor noticia. La única noticia que
importaba.

Leon, que todavía sostenía el limón en la mano derecha, se puso de
rodillas y apretó el cuchillo de pescado contra la piel desnuda del vientre de Carla. Una gota de sangre brotó alegremente y resbaló por la hoja.
Carla levantó la cabeza como si fuera el objeto más lento y pesado del
mundo. Leon la abofeteó.

—Tonto del culo —lo insultó Valerie.

Leon hizo una pausa. La hoja vaciló. Penetró un poco más. Carla
gritó.

—Oye, Leon —dijo Valerie—. Sí, sí, estoy hablando contigo, tonto
del culo.

Él la miró. Parecía gratamente sorprendido.

—La has cagado —continuó Valerie—. Lo sabes, ¿verdad? O sea,
¿sabes que ni siquiera ahora, después de tantos años, aún no sabes

hacer bien la cosa más sencilla del mundo? Joder, mira que eres estúpido. —Rió y se sujetó el hombro—. Estúpido, estúpido, estúpido. ¿Crees que lo has entendido? No lo has entendido. ¿Quieres que te lo deletree? ¿Quieres que te lo deletree, genio?

Leon sacó el cuchillo y se puso en pie.

—El limón va después del koala. El limón va después del koala. K de koala, L de limón. Jesús, qué lento eres. J, K, L. Jarra, koala, limón. ¿Y qué has hecho tú? Dime: ¿qué has hecho tú?

Leon frunció el ceño, respirando por la nariz. Su mano estaba tensa alrededor del mango blanco del cuchillo.

—¿Se te ha comido la lengua el gato? No me sorprende. No me sorprende que te sientas avergonzado. Deberías estarlo. Hiciste jarra, koala, mono. J, K, M. Mono. Es un insulto a los monos, Einstein. Y ahora estás parado ahí como un puto limón, sujetando… ¿qué? ¡Un limón! Es divertidísimo, Leon, divertidísimo. Leon el limón. ¿Sabes deletrear «incompetente»? ¿Sabes deletrear «la cagaste»?

Leon avanzó un paso y se paró delante de Valerie.

Detrás de él, Valerie vio que una figura gateaba hacia ellos desde la cabaña.

Angelo se encontraba al final de sus fuerzas. Le dolía el pecho. L5 y S1 habían trabado una nueva e intensa relación, un amor apasionado que maximizaba su dolor. Su cabeza se había reducido al dolor de la mandíbula rota. La memoria, liberada y anárquica, ahora que el trabajo de su vida había terminado, le dijo que Muhammad Ali había peleado contra Ken Norton dos rounds con la mandíbula rota, mientras recibía repetidos golpes en la cabeza. Lo cual forzó una divertida concesión: de momento, no le estaban golpeando en la cabeza, de modo que ¿hasta qué punto podía ser grave la situación? Gatearía.

Empujaba el hacha delante de él a través de la nieve. Quería ver a Nell por última vez, pero tenía miedo de que el movimiento le paralizara. El viento se agitaba y cantaba, como complacido con toda aquella locura humana.

Nell había gateado centímetro a centímetro sobre los codos, para después desplomarse en la entrada de la cabaña. Ahora todo parecía invadido y roto, el calor de la estufa y la suave luz de las lámparas. El viento recorría el lugar como un vagabundo, con libertad absoluta para manipular lo que le diera la gana. Daba la impresión de que hacía un año que había atravesado el barranco. Los días transcurridos desde que su madre le había dicho que huyera habían sido más largos que toda su vida anterior. Se sentía anciana, como si la vieja que sería un día hubiera ido a verla, un fantasma del futuro perdido.

—Y eso no es todo —dijo Valerie a Leon—. ¿La chica de tu sótano? Está viva. Ni siquiera eso supiste hacer bien. Me metí en tu casa de mierda y creíste que había muerto. Pero mira: aquí estoy. Pensabas que ella había muerto, ¿verdad? Pues no. Yo la salvé. Está vivita y coleando. En este momento se está riendo del desastre que has provocado. Ella y todos los policías del país. Tu foto sale en todos los noticiarios. El asesino más tonto de la historia. Tu abuela debería sentirse orgullosa. Tu abuela debería morirse de risa, la muy cerda.

Leon se había quedado muy inmóvil. El viento había perdido intensidad de nuevo. Valerie era consciente de que Carla estaba llorando en voz baja.

Leon levantó el cuchillo.

Y chilló.

El sonido silenció incluso a Carla.

Dio la impresión de que pasaba mucho tiempo. La bola de nieve estaba parada por completo.

Leon dejó caer el cuchillo. Muy lentamente extendió la mano hacia atrás y extrajo el hacha que Angelo había hundido en la parte posterior de su muslo. La miró un momento, aturdido, y después se volvió.

El viejo estaba tendido de costado en la nieve, con los ojos cerrados, resollando.

Valerie dobló las piernas bajo el cuerpo. Su hombro estaba muerto y tenía las manos entumecidas, pero un calor seductor había invadido su cara. La chaqueta de Leon se había subido por encima de la Beretta de Carla, embutida en sus tejanos.

Nell vio que Angelo caía de costado. El hombre de la cazadora se paró al lado de él, sujetando el hacha con las dos manos. Se le había desenrollado el vendaje. Colgaba de su muñeca como una triste serpentina de una fiesta. El viento había cesado por completo, como si hubieran apagado el interruptor que lo controlaba. La nieve acercaba todos los sonidos. Oyó que Angelo se esforzaba por respirar. Una de las mujeres se había puesto en pie.

Angelo derivaba dulcemente hacia una oscuridad de bordes suaves, como un océano en la noche. Su cuerpo parecía algo muy lejano, insignificante, sin más consecuencias que la ropa que hubiera dejado en la playa antes de salir nadando de una orilla a la que jamás regresaría. Pensó en Sylvia, que le decía: *Saber que he tenido esa clase de amor en mi vida hace soportable la partida. Saber que he tenido lo mejor.* Nadie lo vio, pero estaba sonriendo.

Mientras extendía la mano hacia la Beretta, Valerie pensó: *Necesito las dos manos para esto.*

No tienes dos manos. Así que hazlo con una.

Se inclinó hacia delante. Extendió el brazo.

Sintió que el arcoíris de cristal tallado enturbiaba su visión.

Ahora no.

Oh, Dios. Ahora no.

Apretó los dientes con fuerza. Fuerza de voluntad. Fuerza de voluntad.

La oscuridad la invadió. La abertura empezó a cerrarse. No había tiempo. No había tiempo.

Su mano temblaba. Su mano contaba con un número infinito de formas de hacerlo mal.

Una oportunidad.

Carterista.

Rodeó la culata de la Beretta con los dedos muy lentamente.

La abertura se estremeció, se estrechó un poco más.

Arrancó el arma de los tejanos de Leon. Quitó el seguro.

—Suéltala, Leon —dijo, al tiempo que apretaba el cañón contra su nuca—. Suéltala o eres hombre muerto.

La oscuridad tembló. El círculo de luz se estrechó, se expandió, se estrechó. *Mátale ahora. Ahora que todavía puedes. Mátale. Termina de una vez.*

Tú no haces las cosas así. Le detienes. Le encierras. Justicia. No ejecución. Asesinar a un asesino sigue siendo un asesinato.

El ojo de la cámara se abrió apenas. Le dolía la mandíbula. Los arcoíris destellaban. Flirteó con tirar la toalla.

Esposas. Llamada. Tribunal. Abogados. Las familias. Palabras. Katrina Mulvaney, sonriente junto al árbol de tronco bifurcado. La inmensa desesperanza de la historia de Leon. Y antes de eso la historia de Jean Ghast, los antecedentes todavía desconocidos, una regresión infinita, infinitas matrioskas. Causas.

Pónmelo fácil, Leon.

Lo hizo.

Levantó el hacha. Y se volvió.

Pronunció una sola palabra.

—Zorra.

Entonces, Valerie apretó el gatillo.

97

En el Centro Médico Regional de Sterling, Colorado, Valerie hizo una nueva amiga. Morfina. El disparo había atravesado el deltoides, interesado el húmero, errado la arteria subclavia. Pero aún quedaban muchos daños por reparar. Continuaba siendo, en palabras del cirujano, un desastre espantoso. Y no le dio una respuesta directa sobre los nervios. Llevaba el brazo en cabestrillo. No tenía ni idea de si podría volver a utilizarlo. Intentó imaginar eso: la Detective Minusválida. No pudo. En cambio, obtuvo una imagen de sí misma ante el fregadero de la cocina, sin poder pelar bien una patata.

En teoría no podía salir de la cama, pero cameló al colega de Carla, el agente de campo Dane Forester (quien había llegado en la ambulancia, y no parecía compartir el odio de Carla), para que se agenciara una silla de ruedas y la llevara a ver a Nell.

La niña estaba apenas despierta. Llevaba el pie enyesado. La habían sedado un poco, y la mantendrían en ese estado hasta que llegara su abuela de Florida. Esperaban que apareciera de un momento a otro.

Valerie estuvo sentada un rato al lado de su cama, complacida con verla en brazos de tecnología punta. Los monitores, la intravenosa, las pulcras sábanas blancas. La pequeña pulsera de plástico para identificarla alrededor de su muñeca decía Nell Louise Cooper. Tenía las uñas sucias. La luz del sol que se reflejaba en la nieve se colaba a través de las persianas venecianas. El mundo era un lugar maravilloso. Plagado de pesadillas.

Estaba a punto de llamar a Forester para que la devolviera a su habitación, cuando Nell se removió y abrió los ojos. Tardó unos segundos en enfocarlos. Valerie no sabía cuánto le habían contado, pero su rostro decía que ya lo sabía. Tu madre y tu hermano han muerto. Tal vez lo había sabido desde el preciso instante en que empezó a huir.

—Hola —dijo Valerie—. ¿Te acuerdas de mí? ¿Cómo está tu tobillo?

Eran prácticamente las primeras palabras que le dirigía. En la cabaña, había conseguido transmitir su emplazamiento y decir a Nell que era agente de policía antes de desmayarse. Cuando llegó la caballería, Nell era la única persona de la escena consciente.

—No lo siento —contestó Nell.

Estaba visiblemente agotada. Horror adulto inducido por la fuerza en la infancia, pérdida adulta. La mirada de absorto sufrimiento que veías en los ojos de los niños hambrientos, como si estuvieran obligados a mirar toda la crueldad y falta de sentido del universo, mientras tú dedicabas toda tu vida a olvidarte de ello con placeres que dabas por sentados y más que suficientes para comer. Los ojos de los niños hambrientos eran una acusación, y los ojos de aquella niña siempre contendrían algo de eso. En el nuevo lugar donde terminara, fuera cual fuese (con su abuela en Florida, de momento), en el nuevo colegio donde la matricularan, la gente lo intuiría, algo diferente en ella, ese algo anormal, ese algo erróneo. Su vida futura sería una terrible adaptación. Crecería, viviría (suponiendo que no se viniera abajo ni se suicidara), pero todo cuanto hiciera y aquello en lo que se convirtiera hundiría sus raíces en lo que le había sucedido.

—Yo tampoco siento mi hombro —admitió Valerie. La discrepancia entre lo que la vida necesitaba y lo que las palabras podían conseguir. Esa niña habría sido educada a base de cuentos de finales felices y justicia milagrosa. Y se le había negado la posibilidad de abandonar la fantasía con naturalidad. Valerie sintió el reflejo moribundo, que debería existir algo con lo que pudieras impedirlo. Pero no existía, para ella no. Lo único que podía hacer era detener a los depredadores antes de que actuaran de nuevo. No era suficiente. Aunque lo continuara haciendo durante el resto de su vida, no sería suficiente.

La puerta se abrió. Forester entró con una mujer de unos sesenta años. Joanna Trent, adivinó Valerie, la abuela de Nell. Era una mujer alta y guapa de pelo castaño rojizo teñido muy bien cortado, que le caía en dos espesas ondas sobre los hombros. Abrigo de lana verde largo y pantalones de pana negros. Aferraba un bolso de piel oscura y tenía los ojos enrojecidos. Había perdido a una hija y a un nieto, pero se esforzaba por ser fuerte para su nieta. Se esforzaba. Habría pasado todo el vuelo deshecha en lágrimas, habría llorado, sabía Valerie, hasta pararse ante la puerta de Nell un momento antes. Todos los traumas se leían en su cara, que estaban a punto de revelarse en sus facciones. Era como si el aire que la rodeaba temblara debido a lo que le estaba costando mantener la compostura. Y en cuanto vio a Nell acostada en la cama, las lágrimas brotaron de nuevo, aunque no emitió el menor sonido.

—Abuela —dijo Nell.

Al cabo de unos segundos estaba de rodillas al lado de la cama de Nell, y rodeaba con sus brazos a la niña.

—Nellie, Nellie, cariño, estoy aquí. Estoy aquí.

Apenas podía hablar debido a las lágrimas.

Valerie cabeceó en dirección a Forester, quien se la llevó a toda prisa.

—Volveré dentro de un rato —anunció Forester, mientras depositaba a Valerie al lado de la cama de Carla.

—Gracias —dijo Valerie—. ¿Puedes encargarte de que alguien cuide de la señora Trent?

—Hecho.

La pierna de Carla estaba encajada en un artilugio incomprensible. Las dos mujeres guardaron silencio durante un rato.

—Todavía no lo sabes, ¿verdad? —preguntó al fin Carla.

—¿Qué?

Carla parpadeó poco a poco.

—Carter —respondió.

Valerie esperó. Ordenemos las piezas. El agente Mike Carter. Tres años antes. El otro candidato a padre de su hijo perdido. Junto con Nick Blaskovitch.

Carla sonrió, sin nada de humor.

—No era nada para ti —continuó—. Para mí era mucho más que nada.

No había nada que decir.

—Nunca volvió a ser el mismo —prosiguió Carla, mientras estudiaba a Valerie con una especie de vacía fascinación—. No sé qué le hiciste, pero te felicito.

—Lo siento —se disculpó Valerie, al cabo de unos momentos—. No lo sabía. No sabía que había otra persona.

—¿La situación habría cambiado de haberlo sabido?

Meditó al respecto. Cómo era ella entonces. La voluntad de causar estragos de manera indiscriminada. No podía mentir.

—No —contestó—. Creo que no.

Carla cogió el vaso de agua de la mesilla de noche. Dio unos sorbos con la pajita.

—Y ahora me has salvado la vida —dijo. Hizo una pausa—. Cosa que no ayuda en absoluto.

No había nada que decir, tampoco. Valerie no sabía si Carla la odiaba o se sentía agradecida. Entonces, se dio cuenta de que Carla tampoco lo sabía. Ambas se hallaban en un punto muerto debido a la sencilla incompatibilidad de los hechos.

—¿Qué está haciendo aquí? —preguntó la enfermera de Valerie, que había aparecido en la puerta—. Se supone que ha de estar acostada. Vuelva a la habitación. Ahora. Inmediatamente.

Diez minutos después de que Valerie volviera a la cama, sonó el teléfono de su habitación.

—Nena, hazme un favor —le pidió Nick Blaskovitch—. No dejes que te vuelvan a disparar, ¿vale?

—Vale.

—Porque mi resistencia a estas cosas tiene un límite. Ya es bastante horrible que te hayas afeitado la cabeza.

—A todo el mundo le gusta.

—Todo el mundo es irrelevante. ¿Has pensado en dónde vamos a cenar?

Era terrible el deseo de verle cuanto antes. Durante unos segundos fue incapaz de hablar.

—Bien —respondió, y tragó saliva—. En este momento, a cualquier lugar donde pueda ir utilizando sólo el tenedor.

—Manca y medio calva. Horroroso. Supongo que necesitarás ayuda para desnudarte, ¿no?

—Eso parece. Lo siento. Si quieres pirarte, lo comprenderé.

Si quieres pirarte. No, por favor. No, por favor.

Una pausa.

—¿Te encuentras bien? —preguntó Blasko. Se acabaron las bromas. Su voz. Su familiaridad. La silenciosa complicidad. El amor. Todo cuanto ella no merecía. Estaba a punto de permitir sentirse… Feliz no, pero dispuesta a probar suerte de nuevo sí. A punto y muy asustada. No existía nada más peligroso que el amor.

—Me encuentro bien. Estupendamente.

—Bien, pues hazme otro favor.

—¿Sí?

—Fíjate en tu puerta.

Tres segundos. Cuatro. Cinco.

Entonces, Blasko entró, sonriente, sosteniendo todavía el móvil.

—Lo siento —dijo—. La impaciencia me ha podido.